Hors limites

Du même auteur

Le Dernier Soupir, Librairie des Champs-Élysées, 1994.
Retour de manivelle, Librairie des Champs-Élysées, 1995.
Crack en stock, Librairie des Champs-Élysées, 1996.
Arrêts de jeu, Librairie des Champs-Élysées, 1996.
Gènes toniques, Librairie des Champs-Élysées, 1996.
Le Chant des sirènes, Éditions du Masque, 1997.
Mauvais signes, Librairie des Champs-Élysées, 1998.
La Fureur dans le sang, Éditions du Masque, 1998.
Une mort pacifique, Librairie des Champs-Élysées, 1998.
Au lieu d'exécution, Éditions du Masque, 2000.
Le Tueur des ombres, Éditions du Masque, 2001.
La Dernière Tentation, Éditions du Masque, 2003.
Mystère et bûches glacées, Éditions du Masque, 2003.
Quatre garçons dans la nuit, Éditions du Masque, 2005.
La Souffrance des autres, Éditions du Masque, 2007.
Noirs tatouages, Éditions du Masque, 2008.
Sous les mains sanglantes, Éditions du Masque, 2009.
Sans laisser de traces, Flammarion, 2011.
Fièvre, Flammarion, 2012.
Comme son ombre, Flammarion, 2013.
Châtiments, Flammarion, 2014.
Lignes de fuite, Flammarion, 2015.
Une victime idéale, Flammarion, 2016.
Les Suicidées, Flammarion, 2017.
Skeleton Road, Flammarion, 2018.

Val McDermid

Hors limites

Traduit de l'anglais (Écosse)
par Perrine Chambon et Arnaud Baignot

Flammarion

Titre original : *Out of Bounds*
Éditeur original : Little, Brown

ISBN : 978-2-0814-2650-4

Ceci est mon trentième roman. Je le dédie à l'indestructible, l'infatigable et implacable Jane Gregory, amie et agent depuis le commencement. Respectée, aimée et crainte dans le milieu littéraire, elle m'a toujours défendue et soutenue. Son rire est un bonheur de tous les instants.

1

— Trop d'la balle cette soirée, hein, les gars ?

Ross Garvie passa un bras en sueur autour du cou de Wee Grantie, son meilleur pote au monde.

— Ouais, trop bien, bredouilla ce dernier.

Les deux jeunes se déhanchèrent à l'unisson sur les notes graves et profondes des basses qui se répercutaient à l'intérieur de la boîte de nuit.

Les deux amis avec qui ils avaient commencé la soirée en buvant dans l'appartement de la sœur de Wee Grantie sautillaient sur place en dressant les poings en l'air.

— On est les Arabes, chantaient-ils en chœur. On est les Arabes !

Leur maillot aux couleurs du club de football Dundee United, dont les supporters étaient baptisés « Arabes », expliquait ce chant bizarre ; leur équipe avait remporté un match dans l'après-midi, ce qui arrivait rarement.

— J'ai envie de rouler toute la nuit, cria Ross en s'agitant nerveusement sous l'effet d'un mélange de Red Bull, de vodka et d'un cocktail de produits chimiques qui n'avait pas encore de nom.

Wee Grantie ralentit quand retentit « I Gotta Feeling » des Black Eyed Peas.

— On n'a pas de bagnole.

Ross s'arrêta.

— T'as aucune ambition ou quoi ?

Wee Grantie baissa les yeux sur ses pieds, sachant qu'il n'y avait pas de réponse satisfaisante à cette question.

Tam et Tozer, leurs compagnons de débauche, se donnèrent réciproquement un coup de poing dans l'épaule.

— C'est ça, cria Tam. Ce soir, c'est la folie, comme ils disent dans la chanson. Ce soir, on pique une caisse, OK ?

Wee Grantie fronça les sourcils.

— Vraiment ? demanda-t-il en se redressant, les mains enfoncées dans les poches de son survêtement.

— Bon, allez, on se tire d'ici. Y a pas de meufs de toute façon. C'est pas ici qu'on va draguer ; autant aller faire un tour.

Ross était déjà à mi-chemin de la sortie et n'eut pas besoin de regarder derrière lui pour vérifier que sa bande le suivait.

À l'extérieur, l'air glacial refroidit aussitôt leurs ardeurs. Ils se mirent à frissonner. Tam et Tozer se donnèrent des petites tapes sur tout le corps. Il n'y avait personne d'autre dehors ; il était encore trop tôt pour que les clients quittent une boîte de nuit dont ils avaient payé l'entrée.

— Écoute, Rossi, si c'est ce que tu veux, lance-toi avant que mes couilles se transforment en glaçons, gémit Tozer.

Ross balaya du regard le terrain vague qui faisait office de parking pour la boîte de nuit, à la recherche d'une voiture facile à fracturer et à démarrer. Il en repéra une au milieu de la rangée : elle se distinguait des autres par sa hauteur.

— Eh ben voilà, dit-il en se mettant à courir, zigzaguant entre les véhicules jusqu'à un Land Rover Defender. Un modèle récent, carrément galère à manœuvrer, mais facile à piquer. Trouve une pierre, lança-t-il à Wee Grantie, qui obéit sans discuter.

Il savait d'expérience ce dont il avait besoin : une pierre assez lourde pour provoquer un véritable impact et assez pointue pour briser la vitre renforcée. Il avait l'embarras du choix sur le sol du parking et avant même qu'il en déloge une à coups de talon, les trois autres s'agitaient déjà devant la portière conducteur.

Ross lui arracha la pierre des mains et l'agrippa fermement. Il leva le bras et donna un coup rapide contre la vitre. Le verre se craquela mais ne se brisa pas. Il asséna un second coup. Ils se retrouvèrent tous ensuite à l'intérieur de la voiture, bondissant sur leur siège comme des gamins attendant la pause-pipi, pendant que Ross délogeait adroitement les fils électriques avec son couteau suisse ; il les coupa avant de reconnecter ceux qui démarraient le moteur.

— C'est ça ma jolie ! cria-t-il en allumant les phares tout en embrayant.

À dix-sept ans à peine, Ross ne possédait pas le permis et n'avait jamais pris de leçons de conduite, mais il était confiant puisqu'il volait des voitures depuis qu'il pouvait en atteindre les pédales.

Le Defender bringuebala vers l'arrière, emboutit les phares et la calandre d'une Golf Volkswagen avant de bondir en avant dans un bruit de verre brisé une fois la première enclenchée. Les pneus crissèrent tandis que Ross quittait rapidement le parking au volant du Defender peu maniable. Il fonça en direction du centre-ville, brûlant les feux et coupant la route à des conducteurs noctambules qui roulaient tranquillement, ne voulant pas se faire remarquer.

Les lumières de la ville défilèrent rapidement. La conduite nerveuse de Ross donnait aux trois passagers le sentiment d'être engagés dans une course-poursuite et leur arrachait des cris d'excitation ; ils se fichaient d'être projetés violemment contre leur portière quand Ross jouait du frein à main.

Ils se retrouvèrent bientôt sur Perth Road, pied au plancher, roulant à fond. Le Defender protesta quand l'aiguille du compteur de vitesse atteignit les 130 km/h, mais dans ce monstre de deux tonnes, on avait l'impression d'aller encore plus vite.

— À quoi ça sert d'avoir une Porsche ? cria Ross tandis qu'ils s'élançaient vers un rond-point, moteur hurlant. Je vais tracer tout droit sur cette putain de butte. Et c'est parti pour du tout-terrain !

En percutant le rebord du rond-point à la vitesse maximale, les quatre copains furent projetés en l'air avant d'atterrir en un tas désordonné. Les pieds de Ross quittèrent les pédales et pendant quelques secondes il eut l'impression de flotter en apesanteur ; seules ses mains agrippées au volant lui permirent de garder le contact avec la terre ferme.

— Waouh ! cria-t-il en atterrissant sur le siège et en appuyant de nouveau sur l'accélérateur.

Le Defender tenait encore sur ses quatre roues et creusa de profonds sillons à travers le gazon et le parterre de fleurs avant d'émerger de l'autre côté de la butte.

— On emmerde les écolos ! s'exclama Tozer. C'est nous les culs-terreux !

Nouvelle secousse en franchissant le bord du rond-point et ils se retrouvèrent sur la quatre voies. Mais cette fois, ils avaient de la compagnie : loin derrière eux, Ross aperçut le flash d'un gyrophare bleu. Un connard avait appelé les flics qui étaient maintenant à leurs trousses.

— On les emmerde ! lança-t-il en se collant au volant, comme pour avancer plus vite.

Un autre rond-point se profilait, encore plus élevé. Ça ne l'intimida pas. Il n'allait pas s'embêter à le contourner alors qu'il pouvait aller tout droit. Mais cette fois, il sous-estima l'obstacle. Un muret se trouvait de l'autre côté du rebord que le Defender vint percuter au plus mauvais endroit. Pendant un instant, la voiture sembla osciller, en équilibre, avant d'être entraînée par son élan au moment où elle se retourna. Le Land Rover enchaîna deux tonneaux, envoyant valdinguer les quatre jeunes, jambes par-dessus tête, comme des dés dans un cornet.

Le Defender heurta de plein fouet l'autre bord du rond-point et fit un nouveau tonneau dans une autre direction. Il finit par s'écraser dans une gerbe d'étincelles contre la barrière de sécurité au milieu de la quatre voies. On n'entendit plus qu'un crissement aigu et métallique quand le Defender s'immobilisa.

La sirène d'une voiture de police mit fin au silence et le véhicule accidenté baigna bientôt dans la lumière irréelle de gyrophares stroboscopiques bleus qui révélèrent des traces et des éclaboussures sombres derrière ses vitres.

— Tu vois ce que je vois ? demanda le conducteur à son jeune collègue.

— Dis-moi que ce n'est pas du sang, répliqua l'autre, pris d'un léger vertige.

— C'est du sang. Petits cons. À mon avis on n'aura pas besoin d'appeler une ambulance.

Au moment où il prononça ces mots, la portière avant déformée s'ouvrit dans un grincement et le corps mutilé de Ross Garvie s'effondra sur le macadam.

— À moins que je ne me trompe, soupira le policier. Il y en a toujours qui arrivent à s'en sortir.

2

Kinross était une ville de petite taille, mais suffisamment grande pour offrir différents types de pubs. Il y avait des hôtels-restaurants qui proposaient une sélection de bières sans intérêt, de vins et de spiritueux. Il y avait un pub où se retrouvaient les jeunes pour boire du cidre et des shots de vodka au son d'une musique tonitruante. Il y en avait un autre où les clients jouaient au billard, aux fléchettes et regardaient le football sur des écrans géants en buvant des bières standard pas chères. Et puis il y avait Hazeldean's à la sortie de Kirkgate, avec son décor lambrissé qui n'avait visiblement pas changé depuis les années 1950, et ses habitués fidèles à son éventail de bières artisanales et à sa large sélection de whiskies pur malt. Des boxes avec banquettes longeaient les murs et le sommet des tables était en cuivre martelé. Des tabourets s'alignaient d'un côté du bar en forme de L et de l'autre courait un repose-pieds en laiton où les clients pouvaient s'appuyer pendant qu'ils buvaient au comptoir. C'était le genre de pub où chacun avait sa place attitrée.

Celle de Gabriel Abbott était sur un tabouret, près de l'angle du comptoir. Hazeldean's était l'un de ses ports d'attache, un point d'ancrage quand il traversait des eaux tumultueuses. D'un point de vue extérieur, rien dans l'existence de Gabriel n'aurait semblé justifier cette instabilité. Après tout, il n'avait pas de soucis liés au travail. Il disposait d'une maison confortable dont le loyer était totalement pris en charge. Il s'inquiétait un peu des récentes dispositions gouvernementales pouvant affecter ses allocations, mais il ne voyait pas qui aurait pu affirmer qu'il était en état de travailler.

Les raisons qui le rendaient inapte au travail étaient celles-là mêmes qui le tourmentaient. Malgré tous ses efforts pour se montrer calme et normal, il savait que les gens le considéraient comme un type bizarre et farfelu. Ses lubies le rendaient souvent déraisonnable, bavard et agité. C'était quand il n'avait pas l'esprit occupé que les problèmes commençaient pour Gabriel. À ce moment-là, la paranoïa prenait le dessus, rongeait son calme intérieur, le privait de sommeil, laissant la peur et les idées conspirationnistes lui envahir la tête. Comme s'il était une feuille de papier arrachée et dispersée aux quatre vents.

Ça se terminait toujours de la même façon. Il finissait à l'hôpital, avec un traitement et une thérapie quelconque. Ça l'aidait à se remettre sur pied. Il réintégrait le monde, fragile, mais redevenu lui-même, en apparence. Jusqu'à la crise suivante.

Il savait qu'il n'avait rien de menaçant. Sa tignasse de cheveux noirs et sa garde-robe de vestes en tweed, de chemises et de pantalons – jamais de jeans – trouvés dans des friperies lui donnaient l'allure légèrement négligée de l'universitaire excentrique tel qu'on pouvait se l'imaginer. Souvent, quand il était assis à contempler le Loch Leven ou longeait la rive depuis son cottage jusqu'au centre-ville, des inconnus engageaient la conversation avec lui. En l'espace de quelques minutes, un flot de paroles incontrôlables sortait de sa bouche et il retombait dans un de ses délires qui l'obnubilaient depuis des années, obsessions qui l'avaient aidé à bâtir un extraordinaire réseau de contacts dans une douzaine de pays. Il pouvait alors voir la mine effarée de ces inconnus pris au dépourvu qui essayaient de couper court à une conférence sur les mouvements de résistance en Birmanie ou sur la politique intérieure de la Corée du Nord.

Mais au Hazeldean's, on s'était habitué à lui. Il s'y rendait presque tous les soirs à pied, par tous les temps, en longeant le lac sur environ trois kilomètres. Il arrivait vers les vingt et une heures et buvait deux pintes de bière de la semaine. Il échangeait quelques mots sur la météo avec Jock le barman ou Lyn la serveuse. Quand Gregor Mutch était là, ils parlaient politique. Quand Dougie Malone était là lui aussi, il se joignait à eux. Ils partageaient tous deux sa fascination pour l'Histoire et la géopolitique de l'Asie du Sud-Est, mais ils le connaissaient suffisamment bien pour savoir quand lui dire « stop » ; même si c'était difficile pour Gabriel de la mettre en veilleuse, il y parvenait généralement.

Ce dimanche soir, pourtant, Gabriel était préoccupé. Gregor était là, sa grosse carcasse juchée sur le tabouret voisin comme un navet sur un cure-dent, et Gabriel se lança avant même que sa première pinte soit posée devant lui.

— Je suis inquiet, dit-il. Très inquiet.

Jock lui servit sa bière et il en avala une longue gorgée.

— Qu'est-ce qu'il y a ? demanda Gregor avec circonspection.

— Tu te souviens que je t'ai parlé de Saw Chit ? Mon ami de Birmanie ? Celui qui essaie de récolter des infos sur la corruption dans les partis politiques là-bas ?

Gregor émit un vague grognement qui ne découragea pas pour autant Gabriel. Si Gregor avait voulu qu'il la ferme, il le lui aurait dit.

— Eh ben, il m'a envoyé un mail la semaine dernière disant qu'il avait découvert de très importantes informations concernant des personnalités haut placées se targuant d'être incorruptibles. Apparemment, Saw Chit a la preuve que ces gens sont mêlés à un trafic de rubis.

— Un trafic de rubis ?

Il avait capté l'attention de Gregor.

— C'est-à-dire ?

— La plupart des grands noms de la joaillerie comme Tiffany, Cartier et Bulgari n'utilisent pas de rubis en provenance de Birmanie à cause des conditions de travail absolument déplorables dans les mines. C'est quasiment de l'esclavage, avec des mesures d'hygiène et de sécurité inexistantes. Cependant, il y a un immense marché pour les pierres précieuses de premier choix. Et il y a toujours des trafiquants qui fournissent des rubis en mentant sur leur provenance. Toute la chaîne d'approvisionnement enfreint la loi, et les gens au sommet qui ferment les yeux sont les mêmes qui affirment haut et fort vouloir arrêter les trafiquants.

— Et ton copain va les dénoncer ?

— C'est ce qu'il a dit dans son mail. Mais il a peur, apparemment. Et pour de bonnes raisons. Il ne sait pas en qui il peut avoir confiance ni qui pourrait le trahir. Tu sais comment c'est. Alors il a fait une copie de toutes ses preuves et me les a envoyées parce qu'il a confiance en moi. Je pensais qu'il dramatisait un peu la situation, pour être honnête. Sauf que ce soir, juste avant de sortir, j'ai reçu un mail de son frère.

— Ne me dis rien, laisse-moi deviner, dit Gregor. Ton pote s'est fait assassiner ?

Gabriel fronça les sourcils.

— Non. En fait, c'est presque pire que ça : il a disparu. Sa maison a été vandalisée et il n'y a plus aucune trace de lui. Personne n'a vu ni entendu quoi que ce soit, ce qui est franchement incroyable. Mais à leur place, moi aussi je ferais la sourde oreille.

Gabriel n'était jamais allé plus à l'est que la Crète, mais il avait suffisamment d'imagination pour se figurer comment on vivait dans ces pays qu'il avait bien étudiés.

— Pourquoi son frère t'a contacté ?

— Il espérait que Saw Chit s'était échappé avant que les autres ne mettent la main sur lui, et qu'il m'avait appelé. Parce que naturellement il aurait contacté quelqu'un d'extérieur au pays. Il faudrait que je parle à un journaliste. Je connais quelqu'un au *Guardian*. Ou bien alors à notre député ? À moins que j'attende de recevoir des nouvelles ? Qu'est-ce que t'en penses ?

Gregor vida son verre.

— Je pense que tu lis un peu trop de romans de John le Carré, Gabe. Tu ne crois pas que quelqu'un est en train de se foutre de toi ?

Sincèrement surpris par cette remarque, Gabriel secoua la tête :

— Pourquoi quelqu'un ferait ça ? En plus, Saw Chit et moi on est amis depuis des années.

— Mais tu ne l'as jamais rencontré ?

Gabriel passa une main dans ses cheveux.

— Tu n'as pas besoin de rencontrer les gens pour les connaître.

Les mains posées à plat sur le comptoir, il prit une profonde inspiration et essaya de garder son sang-froid.

— Pourquoi est-ce qu'il raconterait des bobards comme ça ?

— J'en sais rien. Mais si ce que tu dis est vrai, pourquoi il enverrait tout ça à un gars au chômage qui vit dans un trou perdu en Écosse, plutôt qu'au 10 Downing Street ?

Gabriel sourit.

— Parce qu'il ne connaît pas le Premier ministre et qu'il me connaît, *moi*.

Gregor lui donna une tape dans le dos.

— Bien sûr, Gabe. Maintenant, il ne te reste plus qu'à attendre ces preuves. Dis-moi, tu as entendu la dernière de Donald Trump ?

Gabriel savait que c'était une façon polie de changer de sujet. Il garda pour lui tout ce qu'il avait envie de raconter à Gregor sur ce trafic de rubis et essaya de se focaliser sur ce bazar complet qu'était la politique américaine. Il écouta sans broncher, termina sa seconde pinte et se leva pour partir.

Dehors, l'air était frais et le ciel dégagé. C'était une belle nuit pour marcher. Non que la météo ait une quelconque importance pour lui. Hazeldean's était primordial dans sa vie et il n'avait pas d'autre choix que de s'y rendre et d'en revenir à pied. Il ne savait pas conduire et ne pouvait pas se permettre de prendre un taxi. Gabriel observa les étoiles en tentant de faire taire cette cacophonie dans sa tête. Saw Chit et la Birmanie étaient déjà suffisamment inquiétants, inutile d'en rajouter avec l'autre affaire. Cette histoire lui était tombée dessus sans prévenir et avait chamboulé sa vie. Toutes ses certitudes étaient remises en question. Si les réponses qu'il avait trouvées n'étaient pas les bonnes, les choses pouvaient très mal tourner pour lui et il était terrifié rien que d'y penser.

Il se souvenait d'avoir vu un jour une machine qui polissait des pierres grossières pour les transformer en gemmes. Il avait l'impression que c'était ce qui se passait à l'intérieur de sa tête. Des tas de pensées décousues et confuses s'entrechoquaient. Il savait d'expérience qu'il ne parviendrait pas à y voir plus clair en marchant. Mais dormir l'aiderait peut-être. Ça fonctionnait parfois.

En espérant que ses pensées ne deviennent pas incontrôlables en chemin.

3

Elle marchait. À chaque fois qu'elle n'arrivait pas à dormir, elle marchait. Sa vie lui faisait penser au brouillon d'une publicité pour Guinness ou Stella Artois. « Elle marche. Voilà ce qu'elle fait. » Sauf qu'il n'y avait pas de pubs chaleureux remplis de visages joyeux où aboutissaient ses errances.

Souvent le soir, elle savait que ça ne servait à rien de se déshabiller et de se glisser dans des draps froids. Elle restait allongée là, raide comme un cadavre, à ruminer des envies de meurtre.

Parfois, quand elle était trop fatiguée, le sommeil lui tombait dessus et la clouait au lit comme un catcheur plus fort et plus rapide qu'elle. Mais ça ne durait jamais très longtemps. Dès que la fatigue relâchait son étreinte, elle se réveillait, les yeux irrités et enflés, un goût terriblement amer dans la bouche.

Elle partait donc marcher le long du brise-lames, avec à gauche de grands immeubles et à droite les eaux agitées de l'estuaire du Forth, la brise nocturne remplissant ses narines d'une odeur d'algues et de sel. Elle revenait ensuite à l'intérieur des terres, passait devant le supermarché Asda ouvert vingt-quatre heures sur vingt-quatre avant de traverser la principale artère en direction du vieux village de

Newhaven. Elle déambulait au hasard entre les maisons de pêcheurs, puis marchait en tous sens, en essayant de prendre des rues, des ruelles et des allées qu'elle n'avait jamais empruntées auparavant.

C'était précisément parce qu'elle ne connaissait pas très bien Édimbourg qu'elle avait choisi de s'y installer. Elle avait grandi à quarante-cinq minutes de là en train, mais la capitale demeurait un endroit exotique pour elle. La grande ville. Un lieu d'excursion. Elle connaissait seulement les principales rues du centre jusqu'à ce que son travail ne lui fasse découvrir de nouveaux quartiers. En tout cas, Édimbourg n'était pas un lieu chargé de souvenirs qui pouvaient la prendre par surprise comme c'était le cas dans sa ville natale. L'idée de vivre ici s'était imposée à elle. Se familiariser avec la ville, rue par rue, l'aiderait peut-être à oublier son chagrin et sa peine.

Ça n'avait pas vraiment fonctionné pour elle jusqu'ici. Elle commençait lentement à comprendre qu'il y avait des souffrances que rien ne pouvait atténuer. Rien, sinon le passage du temps. Mais il était encore trop tôt pour le savoir.

Alors elle marchait. Elle n'était pas la seule à sillonner Édimbourg au petit matin mais les autres se déplaçaient pour la plupart en voiture ou en bus de nuit. Elle avait développé une profonde tendresse pour ces bus. Elle se trouvait souvent loin de chez elle quand la fatigue lui tombait dessus. Un jour, elle avait découvert une formidable application de bus. Où qu'elle soit, celle-ci lui proposait un itinéraire pour rentrer chez elle et, malgré son appréhension initiale, elle avait remarqué la grande variété de population de ces transports collectifs. Bien sûr, il y avait les poivrots empestant la piquette, les junkies défoncés aux yeux révulsés, mais ils étaient moins nombreux que ceux qui recherchaient un peu de réconfort dans leur vie. Des sans-abri en quête de lumière et de chaleur. Des agents d'entretien qui finissaient tard le travail ou qui commençaient tôt. Des travailleurs à l'air endormi, payés le salaire minimum voire moins pour faire les trois-huit. Différentes langues ou accents qui lui donnaient l'impression de voyager au-delà du brise-lames de Western Harbour.

Cette nuit, elle prévoyait d'arpenter le quartier de Leigh quand elle se retrouva par hasard au départ du chemin de Restalrig Railway. Elle l'avait emprunté un jour par l'autre extrémité, près du rivage de Portobello. L'ancienne voie ferrée avait été goudronnée et transformée en piste cyclable et en voie piétonne, à l'écart de la circulation. Des réverbères étaient plantés tout du long, donnant un aspect rassurant à ce qui n'aurait été qu'un sombre et sinistre chemin traversant les quartiers les plus pauvres de la ville. Elle décida de s'y engager. Au pire, elle se retrouverait en pleine nuit à Portobello et devrait compter une fois de plus sur le bus.

Elle se mit en route en pensant aux très nombreux passages dérobés d'Édimbourg : des rues de la Vieille Ville qui avaient été enterrées sous de nouvelles rangées d'immeubles en passant par les culs-de-sac, escaliers et venelles qui faisaient de cet endroit un véritable gruyère. Ici, plus rien n'indiquait à quoi avait pu ressembler ce chemin auparavant, à part les pentes broussailleuses et les quelques arbustes hirsutes qui se développaient dans des conditions peu favorables. De temps en temps, un pont métallique surplombait le chemin, plusieurs mètres au-dessus de sa tête. Les piliers en pierre qui supportaient les ponts étaient couverts de graffitis, leurs couleurs vives atténuées par le manque de luminosité. Pas vraiment de l'art, pensa Karen, mais c'était toujours mieux que rien.

Elle prit un virage et fut surprise d'apercevoir la lueur de flammes sous le pont suivant. Elle ralentit, en voyant ce qui l'attendait : un groupe d'hommes blottis autour d'un feu. Ils portaient des manteaux et des bonnets, des vestes épaisses et des casquettes à rabats. Elle comprit bientôt que ce qu'elle observait ressemblait à un incinérateur de jardin alimenté par du bois de récupération. Et ce qu'elle avait pris pour des bonnets étaient en réalité des kufis.

Elle ne s'inquiéta pas un instant en voyant cette demi-douzaine d'hommes, à l'évidence originaires du Moyen-Orient, réunis autour d'un feu improvisé en pleine nuit. S'il s'était agi d'ivrognes ou d'adolescents défoncés à la colle, sa réaction aurait été différente. Elle n'était pas inconsciente du danger qu'elle encourait mais savait aussi qu'elle dégageait une certaine assurance. Par ailleurs, elle était capable d'évaluer la dangerosité d'une situation. Elle restait encore fidèle à ses intuitions malgré l'événement impensable qui avait vidé sa vie de toute signification.

Tandis qu'elle approchait, un homme l'aperçut et donna un petit coup de coude à son voisin. Tout le groupe fut bientôt au courant. Quand elle arriva près de l'incinérateur autour duquel les hommes étaient réunis, les conversations cessèrent et des visages inexpressifs l'observèrent. Elle ne sortit pas les mains de ses poches pour les saluer – qui pouvait lui en vouloir par ce froid ? – mais leur adressa un signe de tête.

Chacun resta à sa place, un groupe d'hommes déconcertés d'un côté, de l'autre une femme qui n'avait pas peur parce qu'elle n'avait rien à perdre. Au bout de quelques minutes silencieuses, elle leur fit un nouveau signe de la tête et s'éloigna sans jeter un regard en arrière. Ce n'était rien qu'une rencontre bizarre parmi d'autres au cours de ses pérégrinations nocturnes.

Elle commençait à se sentir fatiguée ; elle coupa donc par Henderson Street, passa devant les Banana Flats[1] où

1. Groupe d'immeubles aux formes incurvées à Édimbourg. (*N. d. T.*)

quelques fenêtres étaient éclairées et descendit vers la large embouchure du Water of Leith. Elle n'était plus très loin, maintenant. Elle irait ensuite se coucher sans peut-être même se déshabiller et dormirait enfin quelques heures. Juste le temps de recharger les batteries.

Le lendemain matin, le commandant Karen Pirie, chef de l'Unité des affaires historiques, serait prête à gérer n'importe quel dossier qui atterrirait sur son bureau. Et gare à ceux qui prétendaient le contraire.

4

Roland Brown quittait sa maison de Scotlandwell très en avance pour parcourir à vélo la dizaine de kilomètres qui le séparaient de son bureau, à Kinross. À vrai dire, il partait exagérément tôt afin de s'épargner l'enfer d'un petit-déjeuner avec ses trois enfants. Ceux des autres semblaient s'entendre relativement bien, mais sa fille et ses deux fils s'étaient toujours querellés et ça n'avait fait qu'empirer sous l'effet des hormones, à leur entrée dans l'adolescence. Ça commençait dès le réveil et ça ne s'arrêtait plus jusqu'à l'heure du coucher. Moment qui constituait une autre source de perpétuels conflits. Il était récemment arrivé à la conclusion que même s'il aimait ses enfants – du moins, le croyait-il – il ne les supportait pas. Cette prise de conscience, il ne pouvait la partager qu'avec les oiseaux et la flore sur le chemin qui le menait au travail.

Eux ne le jugeaient pas, contrairement aux humains.

Il roulait donc à vive allure le long du sentier du Loch Leven tout en ressassant son mécontentement, évacuant sa rage à chaque coup de pédale. Quand il arrivait au bureau, il était calme et détendu, prêt à s'atteler aux problèmes d'impôts et aux déclarations de TVA de ses clients.

À cette heure matinale, c'était un trajet tranquille. Par temps calme, il y avait toujours des gens qui promenaient leur chien, le saluaient d'un signe de main ou de tête quand il passait à toute allure. L'été, il croisait occasionnellement des cyclistes en vacances. Mais généralement, il n'y avait que lui et les pensées qu'il ne pourrait jamais partager avec sa progéniture ingrate, malpolie et égoïste. Des gens affirmaient que c'était la faute des parents, mais Roland refusait d'accepter que sa femme et lui eussent mal éduqué leurs enfants. Certains individus étaient méchants par nature.

Il prit un long virage, le loch sur sa gauche, le soleil matinal frappant son épaule tandis qu'il émergeait d'un petit bois. Il apercevait devant lui une clairière avec un banc qui offrait un panorama sur le loch et les Lomond Hills. Une silhouette était recroquevillée sur le banc. N'ayant jamais vu personne assis là auparavant, Roland fut surpris d'y trouver quelqu'un en ce matin de printemps particulièrement frisquet. Le banc devait être couvert de rosée.

En se rapprochant, il remarqua que l'homme était plus avachi que recroquevillé. Avait-il été victime d'un malaise ? Était-ce la raison pour laquelle il avait eu besoin de s'asseoir ? Avait-il besoin d'aide ?

Pendant une fraction de seconde, Roland envisagea de continuer sa route en se persuadant qu'il n'y avait rien là qui sortait de l'ordinaire. Mais c'était fondamentalement quelqu'un de bien, donc il ralentit pour s'arrêter.

— Ça va ? lança-t-il en s'approchant avec son VTT haut de gamme.

Pas de réponse. Il pouvait voir à présent que la tête de l'homme était penchée de façon bizarre et ses cheveux semblaient recouverts d'une substance brunâtre et poisseuse.

Roland se rapprocha, son cerveau refusant d'enregistrer ce qu'il voyait. Et puis il dut se rendre à l'évidence et lâcha son vélo. Il se mit à vomir quand il comprit que cet homme ne se relèverait jamais.

5

À neuf heures, Karen était dans le bureau exigu au fond du commissariat de Gayfield Square qui abritait l'Unité des affaires historiques. Ils étaient relégués dans le coin le plus reculé du bâtiment, comme si la hiérarchie voulait les rendre invisibles et les oublier. Sauf quand ils résolvaient une affaire, évidemment. Karen était alors traînée hors de son cagibi pour être exhibée devant les médias. Ça lui donnait le sentiment d'être un animal primé à un concours du Salon de l'agriculture. Mais la plupart du temps, on les ignorait complètement, ce qui convenait très bien à Karen. Personne ne venait regarder par-dessus son épaule pour vérifier ce qu'elle était en train de faire sur son ordinateur en attendant que son café-crème refroidisse.

Sa première tâche de la journée était de vérifier ses mails, pour voir si un de ses dossiers en attente avait avancé grâce aux techniciens de la police scientifique qui réexaminaient systématiquement les indices dans de vieilles affaires non élucidées. C'était leurs découvertes qui permettaient souvent de relancer une enquête. Sans un nouvel indice solide, Karen ne pouvait pas progresser. Elle était encore en train de parcourir sa messagerie quand la porte s'ouvrit lentement pour laisser entrer l'autre membre de son équipe, tenant à la main une assiette en carton sur laquelle reposaient un grand gobelet et deux sandwichs au jambon. L'inspecteur Jason Murray alias « La Menthe » était aussi adroit qu'il était vif d'esprit, ce qui n'était pas pour rassurer Karen quant à son petit-déjeuner.

— Bonjour, grogna-t-il, négociant miraculeusement son arrivée sans provoquer de catastrophe. Je vous ai pris un sandwich au jambon.

Son geste la toucha exagérément. Jason pensait rarement aux autres, ce qui ne posait pas de problèmes à Karen. Elle n'avait pas besoin qu'on lui rappelle quotidiennement ce qu'elle avait perdu.

— Merci, répondit-elle du bout des lèvres.

— Des nouvelles ? demanda Jason en prenant un des sandwichs avant de tendre l'assiette à Karen.

Il bâilla en se laissant tomber sur son fauteuil.

— Je me suis couché tard hier.

— Qu'est-ce que tu as fait ?

Karen s'en fichait. Mais elle connaissait l'importance des petites attentions pour cimenter la cohésion d'une équipe. Même s'ils n'étaient que deux dans cette équipe.

— Je suis allé à Kirkcaldy pour l'anniversaire de mon cousin. On a terminé la soirée à boire des shots de vodka chez quelqu'un. C'est la dernière chose dont je me souvienne.

— J'espère que tu es venu en train ce matin, dit Karen sur un ton sentencieux.

— Non, mais je me sens en forme. Je suis de la police. Personne ne va venir me chercher des noises pour avoir fait la fête toute la nuit.

— Ce n'est pas la question, Jason.

Son téléphone se mit à sonner avant qu'elle puisse lui faire la leçon.

— Commandant Pirie, Unité des affaires historiques.

La voix à l'autre bout du fil avait un accent caractéristique de Dundee.

— Bonjour, lieutenant Torrance du Tayside à l'appareil. Sécurité routière.

Il s'arrêta brusquement, comme s'il lui avait donné suffisamment d'informations.

— Bonjour, lieutenant. En quoi puis-je vous être utile ?

— Eh bien, je crois plutôt que c'est moi qui pourrais vous être utile.

Nouveau silence. Manifestement, elle allait devoir lui arracher les mots de la bouche.

— Pouvoir compter sur quelqu'un est toujours une excellente chose. De quoi s'agit-il ?

— Vous avez peut-être vu aux infos le grave accident qui s'est produit ici ce week-end ?

— Désolée, mais je ne suis pas au courant. Qu'est-ce qui s'est passé ?

— Un imbécile a voulu se la jouer avec ses copains. Ils ont volé un Land Rover Defender et ont fait une série de tonneaux sur un rond-point de Perth Road au petit matin. Les trois passagers ont été très grièvement blessés et sont morts sur le chemin qui les conduisait à l'hôpital de Ninewells.

Karen poussa un profond soupir pour exprimer sa compassion. Elle avait vu suffisamment d'accidents de la route pour savoir les carnages qu'ils pouvaient provoquer.

— Quelle merde…

— Comme vous dites. C'était le premier accident de la route mortel que voyait un des collègues présents sur place. Je pense qu'il n'arrivera pas à fermer l'œil avant un bon bout de temps. Enfin bon. Il se trouve que le conducteur est toujours vivant. Il est dans le coma mais il tient le coup.

Karen poussa un petit grognement.

— Vous avez demandé une prise de sang pour vérifier son alcoolémie ?

— Exact. Qui était, soit dit en passant, cinq fois au-dessus de la limite.

— Aïe. Je présume que vous avez contacté le labo pour analyser son ADN ?

— Oui, enfin c'est automatique maintenant, répliqua le lieutenant Torrance comme s'il trouvait que ça revenait à jeter l'argent par les fenêtres.

— J'imagine que c'est la raison pour laquelle vous m'appelez ?

— Oui. On a trouvé quelque chose dans le fichier des données ADN. Je ne suis pas un pro en la matière, mais j'ai compris que ça ne concordait pas complètement. Ce qui n'est pas étonnant parce que les données correspondent à un meurtre vieux de vingt ans et que notre petit gars en a dix-sept, expliqua-t-il dans un froissement de papier. C'est ce qu'on appelle apparemment une « correspondance d'ADN familial ». Le type qui a laissé son sperme sur sa victime après l'avoir violée et tuée à Glasgow il y a vingt ans était un parent proche de ce petit con de Dundee connu sous le nom de Ross Garvie.

*

Karen ressentait toujours une montée d'adrénaline à la réouverture d'une affaire non élucidée. Le reste de sa vie pouvait bien aller à vau-l'eau, fouiller le passé pour mettre au jour ses secrets l'enthousiasmait quoi qu'il arrive. Hier, elle n'avait jamais entendu parler de Tina McDonald. Aujourd'hui, la coiffeuse assassinée accaparait ses pensées.

Après avoir obtenu autant d'informations que possible auprès du lieutenant Torrance, Karen invita La Menthe à se rapprocher de son bureau.

— On a une correspondance d'ADN familial sur une affaire de viol et de meurtre non élucidée, dit-elle, en tapotant sur le clavier de son ordinateur pour trouver des informations sur la victime.

Elle parcourut rapidement les maigres résultats de sa recherche avec l'intention d'y revenir plus tard. Il y avait plus urgent à faire pour le moment.

Jason s'avachit sur la chaise qui se trouvait en face. Malgré sa façon de se tenir, il avait l'air alerte.

— Je ne vais pas m'embêter à enlever ma veste, alors.

Sa veste aurait eu meilleure allure s'il n'avait pas dormi avec, pensa Karen.

— Tina McDonald. Une coiffeuse de Partick. Violée et étranglée dans le centre-ville de Glasgow le 17 mai 1996. Un vendredi soir. Elle est morte à vingt-quatre ans. Tu connais la marche à suivre.

Jason fourra le dernier morceau de son sandwich au jambon dans sa bouche et hocha la tête, mâchant vigoureusement avant d'avaler avec difficulté.

— Je dois aller aux archives pour récupérer les dossiers et toutes les preuves matérielles. Il faut que j'apporte les preuves à Gartcosh pour faire une nouvelle analyse ADN et que je rapporte ensuite les dossiers ici.

C'était toujours comme cela que l'on procédait pour ressortir des cartons une affaire non élucidée. Il récitait la marche à suivre comme un mantra.

— Ne perds pas de temps, alors. S'il n'y a pas de bouchons, tu devrais être de retour à l'heure du déjeuner et on pourra s'y mettre ensuite.

Karen s'en retourna à son ordinateur et sursauta quand la chaise de Jason racla le carrelage. Ces derniers temps, elle avait les nerfs à fleur de peau.

Il n'y avait pas grand-chose sur Internet. En 1996, la presse n'avait pas encore vraiment pris le tournant du numérique. Il y avait de nombreuses pages consacrées au massacre survenu à l'école primaire de Dunblane, essentiellement des reportages. On avait sans aucun doute parlé du meurtre de Tina McDonald dans la presse de l'époque, notamment dans les tabloïds. Cependant, il n'en demeurait plus aucune trace.

Karen décrocha finalement le gros lot grâce à un site web consacré aux meurtres survenus à Glasgow. Le site couvrait presque deux cents ans et portait une attention au détail qui lui donna légèrement la nausée. Elle se demanda si ses collègues de Glasgow connaissaient ce site et l'identité de son auteur. Ça devait être un véritable obsédé. Peut-être même davantage. Mais pour l'heure, elle lui était reconnaissante de son zèle.

Quand Tina McDonald avait quitté son studio douillet sur Havelock Street le vendredi 17 mai 1996, elle ne pouvait pas se douter qu'elle n'y remettrait jamais les pieds. Cette jeune femme de vingt-quatre ans allait rejoindre trois collègues du salon de coiffure Hair Apparent sur Byres Road pour fêter l'anniversaire de Liz Dunleavy, la propriétaire du salon. Tina portait une nouvelle tenue achetée chez What Every Woman Wants : une robe fourreau rouge avec un motif torsadé et pailleté des épaules jusqu'à la taille. Elle portait de nouvelles chaussures aussi : une élégante paire de ballerines rouges en cuir verni.

La jeune femme blonde et menue avait pris le métro de Kelvinhall Station à Buchanan Street et parcouru à pied la courte distance qui la séparait du Starburst Bar sur Sauchiehall Street, où les filles étaient déjà confortablement installées avec leur boisson. Tina avait commandé une vodka coca. D'après le témoignage de Liz Dunleavy, rapporté dans le *Daily Record*, elles avaient bu plusieurs verres avant de quitter le Starburst pour se rendre à la boîte de nuit Bluebeard's dans une petite rue donnant sur George Square.

La boîte de nuit était bondée et la piste de danse pleine à craquer. Au début, les filles étaient restées entre elles mais elles s'étaient séparées au cours des heures qui avaient suivi et dansé avec plusieurs hommes différents. Liz Dunleavy avait affirmé qu'elles s'étaient perdues de vue un moment. Elles ne savaient rien de ce que subissait Tina pendant qu'elles dansaient, insouciantes. Quand elles s'étaient retrouvées vers deux heures du matin, Tina n'était plus là.

Mais personne ne s'était inquiété. Ça arrivait parfois que l'une d'entre elles rencontre quelqu'un et poursuive la soirée ailleurs ou passe la nuit chez la personne en question. Même si Tina n'était pas vraiment du genre à agir comme ça, ses copines ne s'étaient pas fait de souci. Elles avaient attendu l'arrivée d'un taxi à Queen Street Station pour rentrer chez elles en pensant que Tina s'amusait avec quelqu'un qu'elle venait de rencontrer.

Le lendemain, une atroce découverte attendait Sandy Simpson, le barman du matin au Bluebeard's. La première chose que faisait Sandy en arrivant était de débarrasser les bouteilles vides de la veille. Il avait sorti un premier chargement dans l'allée où se trouvaient les poubelles à verre de la boîte. Et là, abandonné derrière l'une d'elles comme s'il s'était agi d'un sac de détritus, il y avait le corps martyrisé de la pauvre Tina McDonald.

L'affaire donna du fil à retordre à la police de Strathclyde. Ils révélèrent que Tina avait été brutalement violée, frappée à la tête et étranglée. Ils avouèrent plus tard avoir trouvé des traces ADN, mais qu'elles ne correspondaient à aucun suspect. Des centaines de personnes qui étaient présentes ce soir-là se manifestèrent spontanément pour être interrogées et subir un test ADN, mais il s'avéra qu'aucun homme n'avait été vu avec Tina et les tests ADN ne donnèrent rien. La dernière fois qu'on avait aperçu Tina, c'était dans les toilettes pour femmes du Bluebeard's où elle se refaisait une beauté vers une heure du matin. Elle avait ensuite disparu sans laisser de traces avant d'être retrouvée morte le lendemain matin.

Les années avaient passé mais on ne savait toujours pas qui avait assassiné Tina McDonald ce soir de printemps. Personne n'avait payé pour ce meurtre qui avait causé tant de chagrin et de désespoir à ceux qui aimaient Tina. C'était un meurtre non résolu parmi d'autres à Glasgow.

Derrière la mauvaise prose et le sensationnalisme, on pouvait lire les grandes lignes d'une affaire qui demeurait une énigme depuis près de vingt ans. Pas de témoins, pas de suspects – en tout cas, pas de suspects dont la police était prête à divulguer l'identité au public – donc rien qui permette à ceux qui aimaient Tina de tourner la page.

Une piste qui pouvait conduire la police jusqu'à celui qui avait échappé à la justice pendant des années se présentait enfin. Pour Karen, la sanction n'était pas l'aspect le plus important de son métier. D'après son expérience, l'écrasante majorité des meurtriers avaient conscience des actes qu'ils avaient commis et leur vie en était bouleversée. Ils étaient rongés d'une façon ou d'une autre par la culpabilité et la honte. Très souvent, c'était presque un soulagement pour eux de se retrouver confrontés à leur crime. Selon elle, le châtiment de la loi n'était que l'ultime étape de la sanction.

Ce qui comptait le plus pour elle était de répondre aux questions de ceux qui devaient affronter les conséquences d'une mort soudaine et violente. Les proches méritaient de savoir comment – parfois même pourquoi – et à cause de qui ceux qu'ils aimaient leur avaient été arrachés. Cette idée de tourner la page pouvait paraître dérisoire à certains, mais elle avait pu constater personnellement que la résolution d'un crime par son Unité permettait aux gens de faire enfin leur deuil. Ça ne se passait pas toujours comme ça, mais ça arrivait suffisamment souvent pour la rendre fière du travail qu'elle accomplissait.

Karen imprima l'article du blog et, en attendant que l'imprimante se réveille et crache les pages, elle chercha des photos de Tina. Elle trouva celle que la police de Strathclyde avait diffusée pour raviver les souvenirs d'éventuels témoins. Elle avait visiblement été agrandie à partir d'un cliché pris par un ami au cours d'une soirée. À l'ère des selfies et des smartphones, on oubliait facilement qu'à l'époque, le choix d'images pour susciter des témoignages était beaucoup plus restreint. Quand on prenait des photos avec un appareil photo argentique, on ne savait pas à quoi elles ressemblaient tant qu'elles n'avaient pas été développées. Pour immortaliser certains moments mémorables, on n'avait plus qu'une poignée de clichés ratés.

Le portrait de Tina qui accompagnait l'appel à témoin était flou. Elle souriait à l'objectif, un verre à cocktail dans la main. Des cheveux blonds encadraient un visage dont on aurait pu dire qu'il avait une forme de cœur, avec un menton en pointe et des traits anguleux. Elle avait les épaules étroites et une robe qui mettait en valeur sa poitrine. Beaucoup d'hommes l'auraient trouvée suffisamment attirante pour vouloir la draguer, pensa Karen. Le problème c'est qu'il n'y avait rien de vraiment particulier chez elle. On ne l'aurait pas remarquée dans la foule. C'était la raison pour laquelle ils avaient eu tant de difficulté à trouver des pistes intéressantes.

Karen récupéra une copie de la photo dans le bac à papier. Elle réorganisa le contenu d'un des tableaux pour faire de la place à cette nouvelle affaire et y accrocha les quelques informations en leur possession. Avec un peu de chance, Jason reviendrait avec des éléments plus consistants. Ils pourraient alors se mettre au travail.

6

Généralement, quand l'Unité des affaires historiques reprenait une enquête, Karen avait du mal à décoller de son bureau à la fin de la journée. Elle avait toujours besoin d'absorber un maximum d'informations dès le début. Les premières impressions étaient importantes ; elle se penchait sur les détails plus tard. Elle aimait avoir un bon aperçu de la façon dont la première enquête avait été menée.

Mais pas le lundi. Le lundi soir, elle buvait du gin chez elle, avec le commandant Jimmy Hutton, en contemplant les eaux scintillantes de l'estuaire du Forth et les villes illuminées du Fife depuis North Queensferry jusqu'à Kirkcaldy. Karen avait essayé de dire à Jimmy qu'il n'était plus obligé de venir. Qu'elle n'allait pas s'effondrer. Mais Jimmy ne voulait rien entendre. Elle avait l'impression que ces lundis comptaient autant pour lui que pour elle.

Plusieurs mois auparavant, le capitaine Phil Parhatka avait été tué dans l'exercice de ses fonctions. Ça n'était quasiment jamais arrivé en Écosse ; il n'y avait aucune procédure prévue pour gérer ce genre de situation. Phil avait été le compagnon de Karen. L'amour de sa vie. Elle était tombée amoureuse de lui au cours de leur première semaine de collaboration, et pendant des années elle avait cru à tort que ça ne serait jamais réciproque.

Après qu'ils se furent installés ensemble, Phil avait quitté l'Unité des affaires historiques. Il était devenu le bras droit de Jimmy Hutton, son homme de confiance à la brigade anticriminalité. Phil adorait son travail et n'aurait jamais imaginé qu'il causerait un jour sa perte.

Après les funérailles, Karen ignora tous ceux qui lui conseillèrent de ne pas prendre de décisions hâtives. Elle vendit la maison que lui avait laissée Phil à Kirkcaldy. Elle vendit la sienne au couple à qui elle la louait. Avec cet argent, elle avait emménagé dans un appartement à la vue spectaculaire dans le quartier de Western Harbour Breakwater qui ne lui rappelait aucun souvenir.

Deux semaines après l'enterrement, un lundi, Jimmy Hutton avait sonné chez elle.

— Je me suis dit que tu ne refuserais pas un peu de compagnie, avait-il expliqué en lui tendant une bouteille de gin : The Botanist.

— Je vais bien, avait-elle répliqué.

Mais elle avait eu besoin de s'appuyer contre la porte pour ne pas chanceler. La compassion, avait-elle récemment découvert, lui faisait plus de mal que de bien.

Jimmy avait poussé un soupir.

— Non, tu ne vas pas bien. Et moi non plus. Je ne suis pas venu pour pleurer. Ça a été un coup dur pour tous les deux et on ne peut pas se permettre de le montrer au quotidien. Avant je pouvais parler à Phil, comme toi. J'ai pensé qu'on discuterait ensemble à la place ?

Elle l'avait laissé entrer en disant :

— J'ai du Fever-Tree Tonic au frigo.

Depuis, c'était devenu le rituel du lundi soir. Conversation et dégustation de gins. Ils ne parlaient pas beaucoup de Phil.

Ils n'en avaient pas besoin : ils avaient tous les deux accusé le coup et mesuré l'importance de sa disparition. Mais quand ils évoquaient sa mémoire, c'était avec sourire et affection. En dehors de ça, ils parlaient de leur travail. Ils étaient devenus des confidents. Au cours de leurs discussions, ils goûtaient à différents gins dont certains étaient parfois très surprenants. Karen avait une nette préférence pour le Martin Miller's Westbourne Strength avec ses notes de concombre, tandis que Jimmy préférait le Caorunn des Highlands avec son goût fort et caractéristique de baies de sorbier.

Ce soir, ils allaient goûter la dernière découverte de Jimmy : le Bathtub Gin du Professor Cornelius Ampleforth. Elle avait beau adorer son travail, celui-ci ne pouvait pas rivaliser avec ces soirées du lundi. Par ailleurs, elle s'était déjà fait une idée de l'affaire Tina McDonald. Jason et elle n'avaient pas encore parcouru les centaines de pages du dossier, mais rien qu'à voir la façon dont la paperasse était organisée, elle avait l'impression que l'enquête initiale n'avait pas été menée par-dessus la jambe. Il semblait au contraire que celle-ci avait été effectuée très consciencieusement. Ce qui leur avait manqué à l'époque, c'était une preuve irréfutable.

L'ADN familial de Ross Garvie venait changer la donne.

Karen était impatiente de discuter de tout ça avec Jimmy. Mais c'est lui qui prit la parole. En partie, pour lui conseiller d'être prudente. Il était au courant de ses promenades et celles-ci l'inquiétaient. Il savait ce qui se passait la nuit dans les rues d'une grande ville et ne voulait pas qu'il arrive quelque chose à Karen. Après la mort de Phil, ça aurait été insupportable.

— Je peux prendre soin de moi, avait-elle protesté la première fois qu'il avait abordé le sujet.

— Je sais. Phil aussi pouvait prendre soin de lui. Ce n'est pas toi le problème, mais la racaille qui traîne dans ces rues.

C'était un sujet qu'il avait déjà abordé à plusieurs reprises, parfois de façon directe, parfois en tournant autour du pot. Ce soir c'était par un biais détourné.

— Tu sais que quelqu'un s'est fait tuer hier soir près de Kinross ?

Jimmy agita les glaçons dans son verre qui tintèrent contre la paroi. Il huma son gin et apprécia l'arôme complexe du mélange de plantes qui s'en dégageait.

— Quoi ? Un de tes gars ?

Il secoua la tête.

— Non, Dieu merci. Je suis au courant parce qu'on travaillait avec l'assistante sociale de la victime sur une autre affaire. Elle m'en a parlé quand je suis passé la voir cet après-midi.

Appuyée contre le bar, Karen remplit un bol de chips avant de retourner au fond du salon où deux canapés formaient un angle droit afin de dégager au maximum la vue.

— Un crime conjugal ?

Elle s'assit et posa le bol sur la table basse triangulaire.

— Non.

Jimmy prit une poignée de chips.

— Ce serait même plutôt le contraire.

Karen eut l'air intrigué.

— Comment ça, le contraire d'un crime conjugal ?

— Bon, pour commencer la victime était célibataire. Autant que Giorsal le sache, il n'avait…

— Tu as dit Giorsal ? l'interrompit Karen.

Jimmy fronça les sourcils.

— Oui. Giorsal Kennedy. C'est l'assistante sociale chargée de cette affaire.

— On était ensemble à l'école.

— Oui, elle m'a dit qu'elle te connaissait.

— On était copines mais elle est partie étudier à Manchester. Incroyable. Giorsal Kennedy, ça alors ! Aux dernières nouvelles, elle était mariée avec un gars de Liverpool. Quand est-ce qu'elle est revenue dans le coin ?

Jimmy haussa les épaules.

— Je ne sais pas trop. On travaille avec elle depuis un peu plus d'un an maintenant. Tu devrais lui passer un coup de fil, je suis sûr qu'elle serait contente de t'entendre.

Karen poussa un petit grognement.

— Ah, c'est toi qui joues les assistantes sociales, là, non ? Je n'ai pas vu cette femme depuis plus de quinze ans ; on n'a sans doute plus rien en commun. Giorsal Kennedy... Bon, mais parle-moi un peu de ce crime conjugal qui n'en est pas un.

— La victime s'appelait Gabriel Abbott. Un type du genre solitaire, aux dires de tous. Il vivait dans un cottage près des menhirs d'Orwell.

— Quoi ? Ceux qui ressemblent à deux godemichés géants perdus au milieu de la campagne ?

— Tout de suite..., dit Jimmy en riant.

— À quoi ils te font penser, toi ? Ils n'ont rien de symbolique, Jimmy. Ce sont deux bites géantes. Point barre.

Il secoua la tête.

— Si tu le dis... Enfin bon, apparemment notre bonhomme avait l'habitude de rentrer chez lui à pied après le pub en longeant le Loch Leven. Hier matin, un type qui se rendait à vélo de Scotlandwell à Kinross pour aller travailler a remarqué un homme avachi sur un banc à l'écart du sentier. Il a pensé que le gars avait peut-être eu un malaise. Il s'est arrêté et il est allé voir et je te le donne en mille, c'était Gabriel Abbott.

— Il était mort ?

— Ça ouï, mort depuis plusieurs heures à ce moment-là. Au début, les collègues ont pensé que c'était un suicide. Une balle dans la tête, un pistolet dans la main.

— Mais… ? demanda Karen en se penchant en avant, flairant autre chose.

Jimmy afficha un petit sourire en coin et posa son verre sur la table basse.

— La balle est entrée de ce côté.

Il appuya le bout de ses doigts sur sa tempe droite et bougea ensuite les doigts de sa main gauche.

— Le flingue était dans sa main gauche. Alors à moins d'être contorsionniste…

— … Il a été aidé par quelqu'un qui est moins futé qu'il ne le pense, termina-t-elle avant de secouer la tête. Le genre de truc qui arrive quand on panique. Quand on est un amateur. Bon, c'est quoi l'histoire ?

— Il n'y a pas d'histoire à ce stade. C'est une affaire aussi mystérieuse que celle du banquier qui s'est fait descendre devant sa porte à Nairn il y a quelques années. Tu te souviens ?

Karen hocha la tête. Pas d'ennemis, pas de dettes, pas de mobile. Pas de témoins, aucune trace du flingue, pas d'ADN exploitable.

— Qu'est-ce que Gabriel Abbott faisait comme boulot ?

Jimmy prit son verre et en but une gorgée.

— Rien. Je crois que j'aime bien celui-là, Karen. Il a un petit goût de coriandre et de cannelle. Ça serait un apéritif idéal pour accompagner un curry.

— Peut-être bien, répondit-elle en savourant une autre gorgée. Épicé. Rien d'aseptisé dans celui-ci. Mais revenons à notre gars : quel âge il avait ?

— La trentaine, je pense. D'après Giorsal, c'était quelqu'un d'intelligent, mais il avait des problèmes psychologiques depuis un bout de temps. Il n'a jamais réussi à garder un boulot.

— C'est difficile de comprendre ce qui lui a valu de se faire assassiner.

— Il suffit de pas grand-chose, parfois.

— C'est vrai.

— Il était peut-être juste au mauvais endroit au mauvais moment.

Jimmy la regarda par-dessus ses lunettes.

— C'est pourquoi…

— Arrête tout de suite, répliqua Karen. Je ne suis pas d'humeur à écouter une leçon de morale. Des choses affreuses arrivent la nuit. J'ai compris. Mais des choses affreuses arrivent aussi en plein jour. Phil n'est pas mort parce qu'il marchait en ville la nuit, Jimmy. Je sais faire attention à moi. Je sais me montrer prudente.

Jimmy poussa un soupir et passa une main sur sa tête rasée.

— Si tu le dis, répondit-il d'une voix sombre.

— Et donc les collègues du coin n'ont pas de piste ?

— Non, rien. Pas de témoins.

— Intéressant.

Karen regarda fixement les eaux de l'estuaire.

Parfois, elle avait envie d'être prise dans le vif d'une affaire. Elle aimait son travail, mais il ne lui procurait pas la même adrénaline qu'une véritable enquête en temps réel.

— Je vais te dire ce qu'il y a vraiment d'intéressant, Karen. Il y a vingt-deux ans, la mère de Gabriel Abbott a été assassinée. Et ce crime est resté impuni.

7

Karen laissa La Menthe conduire jusqu'à Dundee le lendemain matin. Non pas parce qu'elle était inquiète de la quantité de gin qu'elle avait ingurgitée la veille mais parce qu'elle voulait réfléchir à l'affaire dont lui avait parlé Jimmy Hutton. Il y avait un tas de choses qui se transmettaient dans les familles, mais le meurtre n'en faisait pas partie. Pas même au sein de familles dont les membres avaient des casiers judiciaires longs comme le bras. Et puis en ce qui concernait la famille de Gabriel Abbott, il n'y avait rien de bizarre.

Par ailleurs, il n'y avait rien de similaire entre les deux meurtres. Après le départ de Jimmy, Karen avait consulté Internet pour voir si elle pouvait trouver des informations au sujet de la mort de la mère d'Abbott. Elle ne s'était pas attendue à ce qu'elle allait découvrir.

Caroline Abbott, une productrice de théâtre à succès du West End, avait fait l'erreur fatale de voyager dans un petit avion avec l'ancien secrétaire d'État pour l'Irlande du Nord à une époque où l'IRA et des factions dissidentes avaient commencé à s'échauffer. Quand l'avion avait explosé au-dessus de la frontière écossaise, les quatre passagers qui voyageaient à bord étaient morts sur le coup. Les raisons de l'attentat semblaient évidentes, même si personne ne l'avait jamais revendiqué.

— Ils ont probablement oublié leur fichu nom de code, avait-elle marmonné, en repensant à toutes les fois où elle avait été obligée de téléphoner à sa banque parce qu'elle avait oublié son propre code.

Plus tard, alors qu'elle longeait la côte en pleine nuit, elle avait repensé à Gabriel Abbott dont l'existence avait dû être bouleversée par la disparition prématurée de sa mère. Un an plus tôt, elle n'y aurait pas accordé beaucoup d'importance. Mais sa vie à elle aussi avait été chamboulée par le deuil et elle ne pouvait pas s'empêcher de ressentir une certaine compassion pour l'homme assassiné. Au lieu de prêter attention à ce qui l'entourait, elle repensait à ce qu'elle avait appris sur l'événement tragique qui avait bouleversé sa vie à lui, comme la mort de Phil la sienne.

À première vue, il n'y avait aucun lien entre le crash et le meurtre de son fils. Un attentat terroriste d'un côté et un tir à bout portant de l'autre. Juste une tragique coïncidence.

Mais Karen ne croyait pas aux coïncidences.

La Menthe ralentit quand deux grands axes se rejoignirent à l'approche du pont autoroutier du Forth. La route quittant la capitale par le nord était moins congestionnée depuis qu'elle était interdite aux poids lourds par crainte que le pont ne s'effondre et n'entraîne ses usagers dans les eaux glaciales de l'estuaire. Les compagnies de transport de marchandises se plaignaient des détours qui leur avaient été imposés, mais Karen n'éprouvait pour eux aucune sympathie. C'était leurs monstrueux véhicules qui avaient provoqué des dommages en tout premier lieu.

— J'adore ce pont, déclara La Menthe, en retirant une main du volant pour désigner le pont ferroviaire et ses cantilevers d'un rouge sombre qui se détachaient sur le ciel bleu.

— Moi aussi, avoua Karen.

Pour quelqu'un de la région du Fife comme elle, c'était une frontière aussi nette et emblématique que Checkpoint Charlie. Elle marquait la limite sud entre le Royaume du Fife et le reste du monde. Le Fife était différent. C'était bien connu.

Elle empruntait fréquemment le pont autoroutier pour franchir l'estuaire du Forth à présent, et elle ne se rendait plus vraiment compte de son envergure. Mais le pont ferroviaire, lui, était magnifique, et symbolisait l'ingénierie victorienne ; « peindre le pont du Forth » était même devenu une expression utilisée pour décrire un travail de titan. Sauf que cela n'avait plus de sens aujourd'hui. En effet, les entreprises de génie civil avaient mis au point des sablages et des revêtements qui duraient une vingtaine d'années. Karen en vint à se demander si certaines certitudes n'étaient pas périmées elles aussi.

La Menthe lui lança un rapide coup d'œil. Elle l'avait bien éduqué : il savait qu'il ne devait pas l'interrompre quand elle était perdue dans ses pensées. Karen supposa qu'il avait fait ce commentaire sur le pont pour tâter le terrain.

— Tu veux me dire quelque chose, Jason ? Tiens, au fait, tu te laisses pousser la barbe ou tu as juste oublié de te raser la dernière semaine ?

— Je me fais pousser un bouc.

Son air sérieux était touchant mais guère convaincant.

— Tu sais qu'il va être roux ?

— Auburn, chef. Auburn.

Il fronça les sourcils et se concentra de nouveau sur la route.

— Tes cheveux sont auburn si tu veux. Mais ta barbe est de la couleur de l'Irn-Bru[1]. Crois-moi, Jason, ça ne va pas attirer les filles. Je te dis ça gentiment. D'autres personnes ne prendront pas autant de précautions.

Il bouda comme un bébé.

— Tous les autres gars à l'appart ont des barbes.

— Peut-être Jason, mais ce sont des étudiants. Ils ont le droit de se promener dans la rue en ayant l'air de crétins. Mais toi tu travailles pour la police et les gens doivent te prendre au sérieux. À part ça, est-ce que tu voulais me demander quelque chose ?

Une fois parvenus à la fin des travaux, il s'engagea sur la voie rapide.

— Comment on va s'y prendre pour cette affaire, chef ? On a un plan d'action ?

— On va d'abord s'arrêter à l'hôpital de Ninewells.

— Pourquoi on va là-bas ? Je croyais que Ross Garvie était dans le coma ?

— Parce que ce n'est pas Ross Garvie qui nous intéresse. Même s'il était en état de tenir une conversation, ce qui me semble franchement improbable, qu'est-ce qu'il pourrait bien nous apprendre ? Il n'avait même pas été conçu quand Tina McDonald s'est fait agresser. En revanche, on trouvera sans doute ses parents à son chevet.

Un éclair de compréhension passa sur le visage de La Menthe.

— D'accord, dit-il en appuyant sur chaque syllabe.

Karen réprima un soupir. Elle regrettait parfois de ne pas avoir un assistant un peu plus futé. Mais Jason était enthousiaste, loyal, et son manque d'ambition le poussait à donner le meilleur de lui-même à chaque enquête. Rien

1. Boisson gazeuse écossaise de couleur orange vif. (*N. d. T.*)

que pour ça, elle pouvait lui pardonner son absence de génie.

— On va avoir une petite discussion avec eux et on verra ensuite si on peut convaincre Stewart Garvie, le père de Ross, de se soumettre à un prélèvement ADN.

— Et si on n'y parvient pas ?

Karen haussa les épaules.

— Eh bien, nous devrons le mettre en état d'arrestation.

C'était une mesure extrême, mais l'assassin de Tina McDonald se promenait en liberté depuis près de vingt ans, et elle était bien résolue à ne pas le laisser en jouir plus longtemps. Elle regarda par la fenêtre le paysage vallonné qui s'étirait de chaque côté de l'autoroute. Ça avait été une région minière par le passé, le cœur du bassin houiller du West Fife. Dans sa jeunesse, le paysage était émaillé de chevalets d'extraction qui donnaient l'impression de sortir de la même planche à dessin que le pont ferroviaire : des structures en métal peintes du même rouge sombre. À présent, il n'y avait plus que des parcs, des champs et des gens exerçant des professions que des hommes de l'âge de son père ne comprenaient pas.

Le Loch Leven apparut sur la droite et lui rappela la mort violente de Gabriel Abbott. Tout ce que Karen savait du Loch Leven était lié à des souvenirs d'enfance : un oncle qui y pêchait la truite le week-end pour échapper à sa femme acariâtre ; un château sur une île où Mary Stuart avait été emprisonnée, eu des jumeaux après une fausse couche et où elle avait abdiqué le trône d'Écosse. Ils allaient parfois en famille le dimanche près de Kinross, à un grand marché couvert où on vendait de tout, des saucisses aux caleçons. On pouvait profiter de jolis panoramas sur le Loch au cours du trajet, mais elle était généralement trop occupée à lire une bande dessinée ou un livre de la bibliothèque pour y prêter attention.

Aujourd'hui, ça l'intéressait. Elle se pencha en avant à cause de La Menthe qui obstruait la vue. La forme abrupte de Bishop Hill se reflétait dans les eaux calmes, assombrissant l'extrémité ouest du Loch. Avec une partie du lac dans l'ombre et une autre en pleine lumière, le paysage était spectaculaire, peu propice au meurtre. Karen sortit son téléphone et appela Jimmy Hutton.

— Salut Karen, répondit-il d'une voix grave. Qu'est-ce que je peux faire pour toi ?

— Tu aurais le numéro de Giorsal Kennedy ?

— Oui. On travaille avec elle comme je te l'ai dit. T'as finalement envie de rattraper le temps perdu ? demanda-t-il sur un ton enjoué.

— Pourquoi pas ?

— Je suis sûr que vous allez bien vous entendre toutes les deux. Je vais t'envoyer son numéro par texto.

Karen se pencha en arrière sur son siège et sourit. Gabriel Abbott n'était pas son problème. Elle le savait. Mais ça ne signifiait pas qu'elle ne pouvait pas s'y intéresser.

— Jason ?

— Oui, chef ?

— Ça t'ennuierait de rentrer en train depuis Dundee ?

Il la regarda d'un air surpris, une expression qu'elle lui connaissait bien.

— Pourquoi ?

— Je voudrais passer voir quelqu'un en revenant.

— Je pourrais attendre, répliqua-t-il.

— Ça risque de prendre un peu de temps.

Il haussa les épaules.

— Ça ne me gêne pas d'attendre.

— C'est gentil, Jason. Mais je pense que ce serait mieux si tu rentrais en train.

Il comprit cette fois que ce n'était pas vraiment une suggestion.

— OK, chef, soupira-t-il. Mais si on doit arrêter le père de Ross Garvie ?

— On verra ça le moment venu.

8

Malgré sa pâleur et ses épais cheveux noirs à moitié rasés, la beauté de Ross Garvie était évidente. Il avait des sourcils noirs très fins, de longs cils, un nez bien dessiné et une jolie bouche qui semblait prompte à sourire. C'était facile de comprendre pourquoi il était devenu le meneur de son groupe, pensa Karen. Mais ses chances de s'en sortir étaient minces, à en croire l'infirmière.

— Hématome sous-dural, annonça-t-elle.

— Qu'est-ce que c'est ? demanda Jason qui n'avait manifestement pas regardé beaucoup d'épisodes d'*Urgences*.

Karen était contente que l'infirmière responsable de Ross Garvie soit loquace. Celle-ci sourit à Jason et lui dit :

— Quand on reçoit un coup à la tête qui touche un vaisseau sanguin dans le cerveau, cela engendre un caillot de sang qui vient exercer une pression sur celui-ci. Une lésion cérébrale s'ensuit. La gravité varie selon l'intensité de la blessure reçue et le temps écoulé avant l'intervention médicale. Ross a reçu un mauvais coup sur le côté de la tête et un autre à l'arrière du crâne. Il sera sans doute assez handicapé une fois sorti du coma.

— Il va vraiment se réveiller ? demanda Jason en se penchant au-dessus du lit pour observer Ross comme si c'était un spécimen exotique dans un zoo.

L'infirmière se montra plus prudente :

— C'est trop tôt pour le dire. Le coma est un état vraiment imprévisible.

— Et ses autres blessures ? demanda Karen en désignant sa poitrine sous les draps.

— Des fractures du tibia, du péroné et de la cheville droite. Une importante fracture du bassin aussi et cinq côtes cassées. Il va falloir opérer le bras droit, le poignet et poser une broche. Il ne pourra pas remarcher avant un bout de temps, dit-elle franchement. Pas beaucoup d'avenir pour ce beau jeune homme.

— Encore moins pour ses trois copains qui l'accompagnaient, souligna Karen. Ses parents ne sont pas ici ?

L'infirmière secoua la tête.

— Ils sont restés toute la journée de dimanche. Sa mère est revenue hier, mais nous lui avons demandé de ne pas passer toutes ses journées et ses soirées ici. C'est mieux pour tout le monde. Ça nous permet de continuer à travailler normalement dans le service où les choses sont déjà assez compliquées. Et c'est moins fatigant pour eux. Les gens se mettent en danger à rester jour et nuit au chevet de leur proche. C'est naturel de vouloir rester auprès de ceux qu'on aime, mais se ruiner la santé n'aide personne.

— Quelle impression ils vous ont donnée ? demanda Karen en s'éloignant du lit pour se rapprocher de l'infirmière et susciter une réponse plus personnelle.

Elle était douée pour faire parler les gens. C'était lié selon elle à son apparence peu sophistiquée. Quelques grammes en trop (moins qu'avant, mais encore un peu tout de même…), une garde-robe qui semblait toujours légèrement négligée, une coupe de cheveux qui avait fait le désespoir des coiffeurs toute sa vie. Les femmes ne se sentaient jamais menacées par elle et les hommes la traitaient comme une petite sœur ou leur tata préférée.

L'infirmière était maintenant prête à faire des confidences.

— Ils étaient sous le choc, mais n'avaient pas l'air surpris. Comme s'ils avaient intégré l'idée qu'il arriverait un jour quelque chose de grave à leur fils. Sa mère était la plus triste des deux. Son père… avait l'air plutôt en colère. Cela dit, c'est souvent le cas avec les hommes. Ils ne savent pas comment exprimer leurs émotions et les cachent derrière une apparence bourrue.

Karen voyait ce qu'elle voulait dire. Phil était comme ça en public. Mais dans l'intimité, c'était une autre histoire. Il trouvait alors les mots pour parler des gens et des situations qu'il rencontrait au travail. Sa sensibilité cachée était la clé du succès de la brigade anticriminalité, un succès qui avait fini par lui coûter la vie. Karen essaya de se concentrer sur ce que l'infirmière lui disait.

— Mais j'ai eu l'impression que sa seule envie était de partir d'ici dimanche soir. Ça le mettait mal à l'aise. J'ai demandé à sa femme s'il était resté hier, mais elle m'a répondu qu'il était parti au travail. Il avait besoin de s'occuper l'esprit.

— Qu'est-ce qu'il fait dans la vie ? Est-ce que Mme Garvie vous l'a dit ?

— Il participe à la rénovation du secteur de la gare. Là où le musée va être implanté.

— Et elle ? Elle travaille ?

— Elle travaille chez elle. Elle est transcripteur free-lance.

— Qu'est-ce que c'est ? demanda Jason qui s'était rapproché d'elles.

Agacée par son interruption, Karen lui expliqua.

— Quand les gens dictent des trucs, ou quand ils ont besoin d'une version écrite d'un entretien ou d'une réunion, ils envoient l'enregistrement à quelqu'un comme Linda Garvie qui le retranscrit ensuite.

— Eh ben… Qui aurait cru que c'était un métier ?

— Comment nos interrogatoires se transforment en documents pour les tribunaux, à ton avis ?

Son regard inexpressif en disait long.

— Je n'avais jamais pensé à ça, avoua-t-il.

Karen concentra de nouveau toute son attention sur l'infirmière.

— Vous croyez qu'elle est chez elle en ce moment ?

— Elle a dit qu'elle y serait cet après-midi, vous la trouverez sûrement là-bas. Mais je ne pense pas qu'elle pourra vous dire quoi que ce soit sur l'accident.

Karen sourit.

— Nous cherchons juste à obtenir quelques renseignements. Vous avez été très utile.

Elle attrapa Jason par le coude et le mena vers la porte.

— Il est temps de laisser ces gens travailler, Jason.

Et d'aller jeter quelques pavés dans la mare…

*

La maison des Garvie n'avait rien de remarquable, rien qui puisse la distinguer du voisinage dans ce quartier résidentiel à la sortie de Perth Road. Une villa mitoyenne écossaise traditionnelle avec une lucarne sur le toit. Il devait y avoir une chambre sous les combles aux proportions bizarres, conçue pour qu'on se cogne systématiquement la tête partout. Karen se demanda si c'était la chambre où Ross Garvie avait grandi. Les ados d'un quartier comme celui-ci étaient censés cantonner leur rébellion à de petits actes non conformistes : boire une gorgée de vodka en cachette, jurer devant leur grand-mère, fumer un joint dans la chambre d'un ami. Se bourrer la gueule et voler des voitures, c'était plutôt l'apanage des classes populaires. Ça allait créer un vif émoi dans le voisinage.

À moins bien sûr que les adolescents tués n'aient été issus du même quartier. L'atmosphère deviendrait alors invivable : le ressentiment et la haine seraient partout. Karen espérait pour le bien de Linda Garvie que les victimes de Ross vivaient à l'autre bout de la ville. Quoi que son abruti de fils ait fait, ce n'était pas sa faute à elle. Quant à Stewart Garvie, si l'analyse ADN était confirmée, il allait bientôt devoir s'inquiéter.

— Allons-y, dit-elle.

Ils remontèrent une allée parfaitement dallée et gravillonnée, bordée de chaque côté par un massif de fleurs ovale composé de jonquilles miniatures et de jacinthes qui venaient apporter un peu de couleur à la grisaille ambiante. Karen sonna et fit un pas en arrière pour paraître moins intimidante. Un long silence. Elle était sur le point d'actionner à nouveau la sonnette quand la porte s'entrouvrit. Dans l'entrebâillement, elle distingua des cheveux noirs et un œil bleu avec des cernes très marqués.

— Je n'ai rien à dire, lança Linda Garvie sur un ton sec. Il faut que je le répète combien de fois ?

— Je suis de la police, répliqua Karen. Pas journaliste.

Elle tendit sa carte professionnelle qu'elle tenait prête et la femme fronça les sourcils en la regardant.

— Oh, je suis désolée, je pensais que vous étiez une énième journaliste.

La porte s'ouvrit plus largement et révéla entièrement le visage de Linda Garvie marqué par la tristesse et le souci. C'était une petite femme corpulente. Elle portait un pantalon noir et un pull rose en mohair. Elle avait les cheveux secs et ébouriffés comme si elle ne prenait pas la peine de les coiffer. Elle soupira.

— Entrez.

Karen franchit le seuil, surprise que cette femme ne s'inquiète pas plus de la raison de leur visite. À sa place, elle aurait pensé que la police venait lui annoncer la mort de son fils. Linda fit un vague geste en direction d'une entrée à gauche du couloir.

— Par ici, installez-vous. Voulez-vous une tasse de thé ou autre chose ?

— Ça ira, merci.

Karen entra dans un salon aussi soigné que le jardin devant la maison. Un canapé, deux fauteuils, une table basse avec une série de sous-verres, une télévision à écran plasma fixée au-dessus de la cheminée, là où, par le passé, on aurait accroché un miroir ou un tableau. Un meuble contre le mur du fond contenait des verres, des bouteilles et des photos de famille sur une des étagères. Karen reconnut le jeune homme hospitalisé.

Karen et La Menthe s'assirent l'un à côté de l'autre sur un canapé inconfortable qui ne donnait pas envie de s'y affaler. Linda hésita un instant avant de s'asseoir avec précaution dans un fauteuil, comme si elle avait peur qu'il ne la morde. Elle croisa les chevilles.

— Nous avons déjà parlé à la police, dit-elle d'un air revêche. Nous n'avions aucune idée de ce qu'allait faire Ross. Il nous a dit qu'il allait dormir chez son ami Grant. Nous avons rencontré les parents de Grant et ils avaient l'air de gens parfaitement responsables et respectables. Nous ne savions pas que les jeunes étaient en boîte de nuit et qu'ils buvaient.

Elle secoua la tête.

— Il a un job. Un stage.

Elle se retint de pleurer.

— Il a eu des petits soucis par le passé, mais nous pensions que c'était derrière lui.

Des petits soucis. On pouvait voir les choses comme ça. À quatorze ans, Ross Garvie avait déjà cambriolé pas mal de cabanes de jardin à Strathmartine, emportant à chaque fois tout ce qu'il pouvait. Ross était en contact avec un type plus âgé qui avait une vieille fourgonnette et ensemble ils revendaient ce butin le dimanche matin dans des vide-greniers pendant que ses parents croyaient qu'il jouait au tennis. Quand la police avait finalement découvert le trafic, Ross avait eu la chance de n'écoper que d'un simple avertissement. Difficile de dire comment il avait réussi à s'en tirer, mais Karen était prête à parier qu'il avait dû bénéficier du soutien de ses parents et de son établissement scolaire. Il évitait les ennuis depuis cette époque, mais d'après un policier dont Karen avait retrouvé la trace, il s'en était fallu de peu qu'il ne récidive. Le jeune homme avait toujours flirté avec la délinquance jusqu'à ce qu'il finisse par commettre un crime plus grave. Cette petite femme guindée dans sa maison impeccable donnait le sentiment de ne pas vouloir regarder la réalité en face. Au sujet de son fils et peut-être aussi de son mari, pensa Karen.

— Vous devez être morte d'inquiétude pour Ross, dit Karen. Je suis désolée de venir vous déranger dans un moment comme celui-là.

Linda afficha un sourire amer.

— Je n'arrive pas à dormir. Je n'arrive pas à me concentrer sur quoi que ce soit. Je n'arrête pas de prier pour qu'il s'en sorte tout en sachant que les choses ne seront plus jamais comme avant pour lui. Pas avec la mort de ses trois amis sur la conscience. Il va devoir aller en prison, non ? Ce sera la fin de tout.

Sur ce point, elle ne pouvait pas lui donner tort. Karen essayait d'avoir l'air compatissant.

— Je ne suis pas ici pour parler de l'accident de Ross, expliqua-t-elle. L'inspecteur Murray et moi appartenons à l'Unité des affaires historiques.

C'était toujours mieux que de dire : UAH, Police.

Linda croisa les mains sur ses genoux et fronça les sourcils.

— Je ne comprends pas.

— Un test sanguin a été effectué sur Ross à l'hôpital afin de déterminer la quantité d'alcool dans son organisme au moment de l'accident. Dans ce genre de circonstances, la police demande également un test ADN. Les résultats de ce test sont comparés avec le fichier national d'ADN…

Linda ne pouvait s'empêcher de se tordre les doigts.

— Est-ce que vous essayez de coller quelque chose d'autre sur le dos de Ross ? Parce que ce n'est pas un criminel. Il est juste jeune et insouciant.

Sa voix se brisa. Elle essayait de se convaincre de toutes ses forces, mais au fond d'elle, elle savait que la bataille était perdue.

— Nous avons fait de notre mieux pour lui.

Elle serra les poings et ses yeux s'embuèrent de larmes.

— J'en suis certaine. Mais ce n'est pas Ross qui nous intéresse. L'échantillon sanguin qui a été prélevé sur votre fils montre un lien indirect avec un crime non élucidé.

— Qu'est-ce que vous entendez par « un lien indirect » ? l'interrompit de nouveau Linda.

Elle faisait partie de ces gens qui ne pouvaient pas écouter une explication jusqu'au bout sans intervenir. Karen était à peu près sûre que Stewart Garvie ne terminait jamais une phrase sans être interrompu.

— Quel crime non élucidé ?

— Je sais que c'est difficile à comprendre, mais l'analyse ADN a montré qu'un parent proche de Ross a été impliqué dans une affaire il y a plusieurs années, une affaire que nous n'avons pas réussi à résoudre à l'époque, expliqua Karen.

— Mais nous avons encore cette preuve ADN, ajouta La Menthe en essayant de se montrer utile.

Linda secoua la tête.

— Vous vous êtes trompés d'adresse. Ce n'est pas parce que Ross a fait quelque chose de mal que nous avons quoi que ce soit à voir avec cette affaire.

Karen insista.

— On ne peut pas remettre en question la science, madame Garvie. Les résultats des analyses ADN sont indéniables. Mais avant de parler avec votre mari, j'aimerais vous poser quelques questions.

— C'est ridicule, rétorqua Linda en se levant tout en s'appuyant sur le fauteuil pour ne pas s'effondrer.

Son visage était devenu très pâle, soulignant les cernes noirs qu'elle avait sous les yeux.

— Vous vous trompez. Mon Stewart n'a rien à voir avec le crime dont vous parlez.

— Étiez-vous déjà mariée à M. Garvie il y a vingt ans ? intervint de nouveau La Menthe. Si ce n'est pas le cas, vous ne pouvez pas savoir ce qu'il a fait ou non à l'époque.

Karen lui lança un regard noir.

— Enfin, c'est juste mon avis, conclut-il.

— Vous ne m'écoutez pas, répliqua Linda en montant le ton. Je me fiche de ce que dit votre test ADN ; tout ça n'a rien à voir avec Stewart. Vous feriez bien de revoir votre enquête. Quel que soit le coupable, ce n'est pas mon mari. Et vous voulez savoir pourquoi j'en suis sûre ? Parce que Stewart n'est pas le père de Ross.

9

Karen pensa dans un premier temps que Linda Garvie n'avait peut-être pas toujours été aussi coincée. Avait-elle eu une aventure ? Était-ce une mère célibataire avant de se marier avec Stewart Garvie ? Elle n'eut pas à attendre très longtemps pour le découvrir.

— Ross a été adopté quand il avait cinq ans. Nous ne sommes pas ses parents biologiques. Stewart n'a aucun lien avec votre ADN.

Cela expliquait pourquoi le jeune homme sur la photo ne ressemblait pas à ses parents. Linda avait dit tout cela sur un ton presque triomphal. Après plusieurs jours dans la tourmente, elle réussissait enfin à marquer un point.

Karen était décontenancée. Cette piste en apparence prometteuse tournait au véritable casse-tête. Pour une fois, Jason se montra plus réactif qu'elle.

— Il vient d'où ? demanda-t-il.

— Pardon ?

Elle avait l'air préoccupé à présent.

— Vous l'avez adopté comment ?

— Êtes-vous passés par un organisme public pour l'adoption ou était-ce une démarche privée ? explicita Karen.

— C'était par l'intermédiaire d'une association caritative. Je peux vous donner les coordonnées. Mais je ne suis pas sûre qu'elle existe encore.

Elle se dirigea vers la porte.

— Je vais chercher les papiers. Je sais où ils se trouvent.

— Avant de faire ça, madame Garvie..., dit Karen en se levant à son tour, pouvez-vous me donner le nom du vrai père de Ross ?

Linda lui lança un regard noir.

— Stewart est son vrai père.

Karen regretta immédiatement cette question maladroite, qu'elle n'aurait pas manqué de reprocher à Jason s'il en avait été l'auteur.

— Je suis désolée. Bien sûr. Je voulais parler de son père biologique.

Le visage de Linda ne se radoucit pas pour autant.

— On ne nous a jamais donné de détails. Nous ne voulions pas savoir. Ross est devenu notre fils à partir du moment où on l'a mis dans mes bras. Je ne sais même pas quel prénom sa mère biologique lui avait donné.

— Il n'a jamais voulu savoir ? demanda Jason, se levant brusquement comme s'il venait de prendre conscience qu'il était le seul à être encore assis.

Linda baissa les yeux et s'éloigna.

— Non, parce que nous ne lui avons jamais dit. Pour Ross, nous sommes ses parents. Nous ne voulions pas qu'il se sente étranger.

Ça a bien fonctionné, pensa Karen. Tous les adolescents fantasment d'avoir été substitués à la naissance et de s'être retrouvés dans la mauvaise famille. Quand on est véritablement étranger, on doit le sentir, au fond de soi. La conséquence logique de tout ça, c'est la révolte. Elle n'essayait pas d'excuser Ross Garvie, mais sa révolte trouvait peut-être ses racines dans cette respectabilité douteuse.

— Vous n'avez jamais eu envie de savoir ? demanda-t-elle.

Linda la regarda dans les yeux.

— Je ne voulais pas. Tout le monde parle de l'inné et de l'acquis. Eh bien, je savais que nous pouvions lui offrir de meilleures chances dans la vie que sa mère biologique, dit-elle avant de lâcher un petit rire amer. Je ne voulais pas imaginer qu'on doive s'inquiéter de sa nature profonde. Nous avons eu la faiblesse de croire que le foyer et l'amour que nous lui donnions allaient vaincre toutes les tares héritées de ses parents biologiques.

Elle secoua la tête en faisant une moue.

— Vous pouvez constater à quel point nous nous sommes trompés, dit-elle avant de sortir brusquement de la pièce.

— C'est foutu, alors ? demanda Jason à voix basse, en se penchant tellement près de Karen qu'elle sentit une odeur de bacon sur sa veste.

— J'en ai bien peur. Je ne sais pas quelles sont nos options sur le plan juridique, mais je connais quelqu'un qui peut nous aider.

*

Giorsal Kennedy avait toujours su qu'elle ne reviendrait pas dans la région du Fife avant d'avoir fait quelque chose de sa vie. Maintenant qu'elle occupait un poste important dans le secteur social, elle pouvait espérer qu'on n'allait pas la prendre de haut et l'accuser de revenir la queue entre les jambes. Même si son mariage s'était soldé par un échec, la laissant avec deux enfants sur les bras et une pension alimentaire ridicule.

Mais en quittant Beckenham pour revenir dans la région du Fife, elle avait considérablement agrandi son espace vital et troqué sa boîte à chaussures contre une maison contemporaine à Glenrothes qui semblait immense en comparaison. Ils avaient même un jardin qui donnait sur un petit bois de conifères. Pour Jess et Becca, respectivement treize et onze ans, avoir chacune sa chambre et un grand salon pour jouer et regarder la télévision semblait compenser l'absence d'un père qui n'avait d'ailleurs jamais été très présent pour elles. Apparemment, le fait d'être chef d'équipe chez les pompiers l'obligeait à jouer souvent au golf quand il n'était pas en train de combattre le feu.

Une chose était sûre. Elle recevait beaucoup plus de soutien pour les enfants maintenant qu'elle avait plaqué Victor. Que ses parents vivent à cinq minutes de chez eux facilitait les choses, et les filles préféraient largement passer du temps avec leurs grands-parents que dans un centre de loisirs.

Giorsal était revenue depuis un peu plus d'un an et elle avait l'impression de bien connaître les membres de son équipe. Elle les avait accompagnés chez des particuliers, avait assisté à des entretiens avec les clients et évalué leurs propositions. En se fondant sur ce qu'elle avait vu et entendu, elle avait établi de nouvelles priorités et directives que les membres de son équipe devaient intégrer à leur travail. On l'avait accusée par le passé de ne pas savoir déléguer, mais elle s'était défendue en arguant qu'elle faisait simplement preuve de professionnalisme. Ce n'était pas sa faute si d'autres étaient trop paresseux pour connaître leur secteur sur le bout des doigts. Quand un enfant était torturé et tué par le copain de sa mère, qu'un schizophrène paranoïaque renonçait à prendre son traitement et poignardait quelqu'un dans un bus ou qu'une personne âgée était retrouvée morte chez elle au bout de plusieurs semaines, c'était au responsable d'équipe qu'on demandait de rendre des comptes, et pas au petit employé. Les responsables devaient aussi considérer la surcharge de travail des uns et des autres. Giorsal s'assurait donc de savoir exactement ce qui se passait dans son équipe.

Maintenant qu'elle avait pris ses marques dans son nouveau poste, il était temps qu'elle développe sa vie sociale. Ses collègues l'avaient invitée à boire un verre, à des repas d'anniversaires, à des pots de départ. Et même à assister à un match des Raith Rovers entre filles ! Comme si le travail n'était pas déjà assez pénible. Mais Giorsal aimait avoir une vie privée en dehors de sa vie professionnelle.

Elle avait donc demandé à sa mère si d'anciennes camarades de classe vivaient encore dans le coin. Il devait y en avoir plus d'une : beaucoup de natifs du Fife n'étaient pas enclins à quitter cette région où ils avaient grandi. Elle se souvenait d'une chanson que lui chantait son père : « Il y a tout dans le Fife ; c'est l'endroit idéal pour les touristes. » Les paroles avaient beau être satiriques, beaucoup de ceux qui reprenaient le refrain y croyaient. Elle n'avait pas été surprise quand sa mère lui avait énuméré une demi-douzaine de noms.

Giorsal les reconnaissait tous. C'était d'anciennes copines dont elle n'avait cependant pas été très proche.

— Et puis il y a Karen Pirie, avait ajouté sa mère en détachant chaque syllabe. Tu n'as pas vu les articles dans les journaux ?

Même dans le Sud, ç'aurait été difficile de les rater. Le meurtre d'un policier était suffisamment rare pour faire la une de tous les quotidiens et des journaux en ligne. Giorsal se souvenait vaguement de Phil Parhatka – elle était partie en camps de scouts avec sa sœur – mais elle ne savait pas qu'il avait été le compagnon de Karen Pirie avant de lire les articles.

— Ça a dû être un coup très dur pour elle, commenta Giorsal.

Elle se souvenait d'une adolescente débordante d'imagination, pleine de repartie, assez intelligente pour ne pas subir les foudres des professeurs quand elle se montrait insolente. Elle était un peu potelée. Elle donnait toujours l'impression d'être fringuée comme l'as de pique même quand elle portait sa plus belle tenue pour sortir. Elle aimait bien Karen. Elles avaient été copines, mais n'étaient jamais devenues proches. Elle avait été surprise de découvrir que quelqu'un ayant aussi peu de respect pour l'autorité avait rejoint les rangs de la police. Giorsal n'avait pas su quoi en penser. Elles s'étaient finalement perdues de vue quand elle était entrée à l'université.

Mais aujourd'hui, Karen Pirie était quelqu'un avec qui elle pouvait potentiellement se lier d'amitié. Elles étaient devenues récemment célibataires pour des raisons très différentes. Entre ça et leur passé, elles avaient peut-être assez de points communs pour tisser des liens. C'est pourquoi quand elle avait fait la connaissance du commandant Jimmy Hutton dans le cadre de son travail, elle lui avait posé des questions sur elle.

— Bon flic, quelqu'un de bien, avait-il dit.

Concis, comme toujours. Elle appréciait ça chez Jimmy. C'était quelqu'un qui ne tournait pas autour du pot et qui disait les choses franchement même dans le cadre du travail. Quand un type battait sa compagne, Jimmy ne cherchait pas à comprendre d'où venait sa frustration. Il avertissait juste le connard en question qu'il allait lui pourrir la vie et, avec l'aide de son équipe, il tenait sa promesse.

Des études avaient montré que les hommes responsables de violences domestiques commettaient aussi des actes de délinquance. Le genre de broutilles qui leur donnaient l'impression d'être des caïds mais qui n'attiraient généralement pas beaucoup l'attention de la police. Jimmy et sa brigade anticriminalité avaient une approche différente. Ils faisaient payer aussi cher et le plus souvent possible la moindre infraction. Elle l'avait entendu par hasard répondre à une petite brute qui accusait la police de harcèlement :

— Si tu continues de pourrir la vie de ta femme, on pourrira la tienne.

Sans surprise, le type en question avait déguerpi en un rien de temps.

— Est-ce que vous ne vous contentez pas de déplacer le problème d'une rue à une autre ? lui avait-elle un jour demandé.

— Si chaque unité de police jouait le même jeu, les rues seraient débarrassées de ces types, avait répliqué Jimmy d'un air sévère. Tolérance zéro et pas d'endroits où se planquer. C'est notre politique.

Giorsal était d'autant plus désireuse de revoir Karen que Jimmy l'estimait beaucoup. Contacter Karen était un des projets qu'elle s'était promis de mettre à exécution. Très rapidement. Elle n'aurait pu imaginer que c'était Karen qui allait faire le premier pas. Giorsal s'était isolée de ses collègues pour parcourir sans être dérangée le rapport d'autopsie du médecin légiste concernant la mort de Gabriel Abbott, quand son téléphone se mit à sonner.

— Giorsal Kennedy, que puis-je faire pour vous ?

Ce n'était pas parce qu'on occupait d'importantes fonctions qu'on ne pouvait pas se montrer aimable avec les gens. Beaucoup trop de cadres supérieurs répondaient au téléphone comme si on les dérangeait.

— Gus ?

Entendre le surnom qu'elle portait adolescente la prit au dépourvu. Personne ne l'avait appelée comme ça depuis qu'elle était partie étudier à l'université de Birmingham.

— Qui est-ce ? demanda-t-elle avec circonspection.

— Karen Pirie. Je ne sais pas si tu te souviens de moi ?

Giorsal n'en revenait pas.

— Je parlais justement de toi l'autre jour, dit-elle.

— Moi aussi. Jimmy Hutton m'a dit qu'il travaillait avec toi.

— En effet.

Elle prit une profonde inspiration.

— Je n'en reviens pas de t'entendre. Ma mère me disait justement que ce serait bien de reprendre contact avec toi maintenant que j'étais revenue ici.

— Voilà qui est fait, répondit Karen.

Giorsal la sentait un peu gênée au téléphone.

— C'est super. Jimmy m'a dit que tu vivais à Édimbourg, mais on pourrait se voir pour prendre un verre ? Ou manger une pizza ? Ou autre chose ? Enfin, si tu es dans le coin ?

Quelle conne, on aurait dit une ado frustrée qui crevait d'envie d'avoir une copine.

— Oui, ça me ferait plaisir.

Silence.

— Je me demandais si c'était possible de te parler une petite demi-heure en fin de journée ? C'est surtout pour le travail… Mais on pourrait essayer de prévoir un truc plus tard.

Giorsal était déçue. Qu'est-ce qu'elle avait espéré ? Karen avait sa vie, ses amis. Pourquoi s'attendait-elle à ce que quelqu'un de bien ancré dans son territoire ait envie de revoir une copine d'école, qui venait de divorcer de surcroît ?

— Bien sûr, répondit-elle en essayant d'avoir l'air enjoué. Qu'est-ce que je peux faire pour toi ?

— Je ne sais pas si Jimmy t'a dit, mais je dirige l'Unité des affaires historiques. J'aurais besoin de quelques éclairages sur le cadre juridique de l'adoption. C'est en rapport avec une affaire qui vient juste de tomber, et j'ai pensé à toi.

— Ce n'est pas vraiment mon domaine d'expertise…

— Tu dois en savoir plus que moi, gloussa Karen. « Mon chien en sait plus que vous là-dessus, Gus. »

Giorsal se mit à rire. Cette petite phrase avait été la réplique préférée de leur professeur de français pour souligner leur ignorance. Grâce à cette simple phrase, Karen réussit à briser la glace entre elles.

— Je m'y connais un petit peu. Tu es à Édimbourg ?

— Non, je suis à Dundee, actuellement. Tu auras le temps de me recevoir ?

— J'ai une réunion à quinze heures mais en attendant j'ai juste de la paperasse en retard à régler. Passe. Je pourrais te proposer une bonne tasse de thé ou un très mauvais café. Tu sais où me trouver ?

Elles convinrent d'un rendez-vous avant de raccrocher. Giorsal exécuta une petite danse autour de sa chaise. Que Victor aille se faire voir, elle pouvait se débrouiller sans lui. Comment avait-elle pu en douter ?

10

Karen n'aurait pas refusé de travailler dans un bureau des services sociaux de Glenrothes. Bâtiment moderne. Fonctionnel. De grandes fenêtres et un parking. L'exact opposé du sien.

— Vous êtes sûre que vous ne voulez pas que je vous accompagne, chef ?

La Menthe avait l'air inquiet.

— Ça pourrait être un témoignage important, non ?

Pour qu'un témoignage soit considéré comme valide, le système juridique écossais imposait que deux officiers de police soient présents pour mener les interrogatoires. Parfois, Karen avait l'impression d'être reliée à Jason par un cordon ombilical judiciaire, parent malgré elle d'un élève très lent.

— C'est bon, le rassura-t-elle. C'est juste pour avoir quelques infos. J'ai des petites zones d'ombre à éclaircir. Il y a des tas d'experts sur qui nous pourrons nous appuyer en cas de besoin devant un tribunal.

Karen ouvrit la portière.

L'air inquiet de La Menthe s'effaça pour laisser la place à sa placidité bovine habituelle.

— OK. Est-ce que je suis obligé de retourner au bureau ?

Elle se figea. Est-ce qu'il pensait sérieusement que sa journée de travail était terminée alors qu'il n'était même pas encore l'heure du déjeuner ?

— Épluche les dossiers, dresse une liste des policiers qui ont travaillé sur l'enquête initiale et essaie de retrouver leurs coordonnées.

— Hein ? Tous ?

— Juste ceux de la police judiciaire, Jason. Commence par les haut gradés et descends jusqu'en bas de la pyramide. Nous devons leur parler ; déniche ce qu'il n'y a pas dans les dossiers. Tu sais comment ça marche.

Il hocha la tête et sourit.

— Oui, chef. Les noms qui n'ont pas été listés, les rumeurs qui n'ont jamais été suivies, les théories qui n'ont jamais été couchées sur le papier.

Un autre de ces mantras que Karen avait réussi à lui inculquer.

— Exactement. Le nom du père de Ross Garvie ou de son oncle doit se cacher quelque part là-dedans. Ça fait vingt ans qu'il se croit tiré d'affaire malgré ce qu'il a fait subir à Tina McDonald. Mais il va payer, Jason. Je t'assure qu'il va payer.

Karen sortit de la voiture et ferma la portière derrière elle. Elle en avait marre de parler à La Menthe. Il était temps d'avoir une vraie conversation entre adultes.

C'est précisément ce qu'elle attendait de Giorsal Kennedy. Gus, comme elle avait choisi de se faire appeler par ses amies, ne s'était jamais comportée comme une idiote. C'était quelqu'un de réfléchi. Elle n'agissait pas avec précipitation mais pesait toujours le pour et le contre avant de prendre une décision. Et quand bien même la mode était plutôt à la révolte chez les adolescents, ça n'avait jamais empêché Gus d'être populaire. Elle l'était beaucoup plus que Karen, qui n'avait pas encore appris à tenir sa langue comme elle le faisait aujourd'hui avec Jason. À l'époque, Karen était intransigeante avec ceux qui se comportaient comme des imbéciles et ça ne l'avait pas aidée à se faire des amis, mais Gus et elle s'étaient toujours bien entendues. Quand Karen entra dans le bureau des services sociaux, elle fut surprise d'être joyeuse à l'idée de revoir son amie. Depuis un moment elle ne ressentait plus ce genre d'émotion toute simple.

Karen s'était attendue à être accueillie par une secrétaire ou une assistante, mais c'est Giorsal elle-même qui vint la chercher à l'accueil. Elle n'avait pas beaucoup changé. Ses cheveux bruns étaient toujours aussi beaux, bien que tirés en queue-de-cheval, et elle n'avait aucune mèche blanche. Elle était toujours aussi mince au point de paraître maigre, mais elle ne manquait pas de poitrine. C'était les conséquences de la maternité, pensa Karen sans la moindre jalousie. Par contre, les lunettes rectangulaires d'aspect sévère étaient nouvelles. Elles soulignaient le statut de Giorsal en lui donnant l'air de quelqu'un qui avait des responsabilités et qui prenait des décisions.

En se serrant l'une contre l'autre, Karen se demanda comment Giorsal la voyait. Avait-elle beaucoup changé depuis l'adolescence ? Depuis cette époque où elle avait de l'embonpoint et ne savait comment s'habiller ni quoi faire de ses cheveux ? Aujourd'hui, c'était une trentenaire un peu moins dodue qui continuait de considérer sa garde-robe avec perplexité et ne parvenait pas à dompter sa tignasse sauf quand elle ressortait de chez le coiffeur. Elle avait davantage de rides que Giorsal, ce qui la surprit parce qu'elle imaginait que les assistantes sociales voyaient encore plus d'horreurs que les flics.

— Karen ! s'exclama Giorsal, en tenant Karen par les épaules tout en reculant de quelques pas pour la regarder de la tête aux pieds. Mon Dieu, tu n'as absolument pas changé.

— Toi non plus, malgré tes lunettes flippantes. Tu as l'air en forme.

— Arrête. Avec les valoches que j'ai sous les yeux, on pourrait partir pour une semaine de vacances.

Elle lâcha Karen et lui indiqua l'escalier d'un geste de la main.

— On sera mieux là-haut pour discuter.

— Ça fait plaisir de te voir, dit Karen tandis qu'elles montaient au premier étage. À chaque fois que j'entendais parler de toi pendant toutes ces années, je regrettais toujours qu'on ne soit plus en contact.

Giorsal lui lança un rapide coup d'œil par-dessus l'épaule.

— J'ai été très impressionnée quand ma mère m'a dit que tu étais devenue capitaine de police. Ce n'est pas rien. Et maintenant, commandant. Je me suis renseignée, madame.

Elle conduisit Karen jusqu'à un petit bureau. Il était beaucoup mieux rangé que le sien. Elle s'attendait à y voir des photos des enfants de Giorsal et le lui dit.

Giorsal se laissa tomber sur son fauteuil et proposa à Karen de s'asseoir sur une des deux chaises en face d'elle. Elle afficha un sourire en coin.

— Je n'aime pas étaler mon bonheur sous le nez des gens, expliqua-t-elle avant de se redresser et de se pencher en avant, le visage sombre, les mains posées sur le bureau. J'ai su ce qui était arrivé à ton compagnon. Ça doit être difficile à accepter.

— Je n'en suis pas encore là. J'en suis même très loin.

Karen s'éclaircit la gorge. Elle n'était pas encore prête à parler de ça avec Giorsal. Elle espérait en être capable un jour, mais ce ne serait pas pour tout de suite.

— Joli bureau, dis donc.

Giorsal poussa un petit grognement.

— J'essaie d'en profiter tant que je peux. On va nous mettre dehors dans quelques semaines. La mairie vend l'immeuble du Gasic pour presque rien et nous allons nous installer dans les attrayants bureaux du Fife House.

— Gasic ?

— Groupe d'aide sociale à l'industrie du charbon.

Karen hocha la tête. Trente ans que Thatcher avait mis fin à l'exploitation du charbon dans le Fife mais les dégâts se faisaient encore sentir dans l'économie locale et parmi la population qui en avait dépendu.

— C'est un mal pour un bien, répliqua Karen.

— Ils n'ont plus nulle part où se réunir depuis que la mairie a décidé de détruire leur immeuble au bulldozer pour réaménager le centre-ville. Mais tu n'es pas venue ici pour parler d'urbanisme.

Son visage se fendit d'un grand sourire charmeur dont Karen avait le souvenir.

— Non. Écoute, Gus, ça me ferait vraiment plaisir qu'on puisse prendre le temps de discuter, mais je viens de récupérer une affaire un peu compliquée sur laquelle je dois avancer et je me disais que tu pouvais peut-être m'aider.

Giorsal sourit.

— Si je peux t'aider, je le ferai. À condition de se revoir bientôt pour passer une soirée ensemble.

— Marché conclu.

— Tu as dit au téléphone que c'était au sujet de la législation sur l'adoption ?

Karen fit un résumé de la situation depuis l'accident de Ross Garvie.

— Je pensais n'avoir à effectuer qu'un prélèvement de salive sur Stewart Garvie et ensuite obtenir les résultats dans les vingt-quatre heures, exposa-t-elle avant de secouer la tête. J'aurais dû montrer plus de jugeote. Je travaille sur des affaires non élucidées depuis assez longtemps pour savoir que c'est rarement aussi simple.

Giorsal acquiesça.

— En ce qui concerne le cadre juridique de l'adoption, il vaut mieux pour toi que ça se passe ici que dans le Sud, c'est déjà une bonne chose.

— Comment ça ?

— OK, on va d'abord faire une petite leçon d'histoire. La loi écossaise applique le principe de la réserve héréditaire. Autrement dit, tu ne peux pas déshériter tes enfants. Ils peuvent toucher de trente à cinquante pour cent de ta propriété personnelle : argent liquide, actions et parts, ce genre de chose. Jusqu'à ce que la loi change dans les années 1960, ce principe s'appliquait aux enfants biologiques et adoptés. Cela ne s'applique plus aujourd'hui aux enfants adoptés, mais le cadre législatif leur permettant de découvrir leur histoire reste en vigueur même si leurs droits d'héritage ont disparu.

— OK, je comprends à peu près. Et donc, quel est le problème ?

— Quand une adoption a lieu, un nouvel extrait de naissance est établi aux noms des nouveaux parents et avec un prénom de leur choix. Une copie de ce document est conservée dans le registre des adoptions. Il est conservé séparément des registres des naissances, des mariages et des décès auxquels le public a accès. Dès qu'elle a seize ans, la personne adoptée peut avoir accès à son acte de naissance original. Les archives peuvent être consultées à la Cour d'appel à Édimbourg, ou auprès du tribunal du juge qui a autorisé l'adoption et enfin aux Archives de la ville d'Édimbourg. Tu dois écrire une lettre aux Archives nationales et ils te disent où aller chercher. Tu te présentes ensuite avec une pièce d'identité et on te donne ton extrait de naissance original.

— C'est tout ? Juste un extrait de l'acte de naissance ?

— Oui. Mais ça ne se termine pas là. Tu as la possibilité de te rendre au tribunal pour obtenir davantage d'informations et avoir ensuite accès à la demande originale d'adoption, au compte rendu du greffier ou du commissaire à la cour, au compte rendu de l'assistante sociale, à des informations concernant la mère biologique : les raisons de l'adoption, son adresse et le lieu de l'accouchement. On peut même accéder aux rapports des autorités locales et à ceux de l'organisme d'adoption s'il y en avait un.

C'était une petite avancée dont Karen se félicita.

— Je ne savais pas que les enfants pouvaient avoir accès à autant d'informations sur leur passé.

— C'est une bonne chose, je pense. En général, les archives concernant les adoptions sont bien suivies et assez complètes.

— Donc, seule la personne adoptée peut accéder à ces archives ?

Giorsal fit une moue.

— En principe, ou bien quelqu'un à qui elle aurait donné l'autorisation.

— Ça veut dire qu'il peut y avoir parfois quelques exceptions à la règle ?

Karen n'avait pas beaucoup d'espoir car elle connaissait les lourdeurs de la bureaucratie.

Mais avant que Giorsal puisse répliquer quoi que ce soit, on frappa à la porte. Sans attendre qu'on l'y invite, un homme grand et mince vêtu d'un pantalon, d'un col roulé et d'une veste en cuir noirs entra dans la pièce. Avec ses cheveux poivre et sel coupés en brosse, son visage bronzé barré par une moustache à la Clark Gable parfaitement taillée, le capitaine Alan Noble rappelait à Karen le Milk Tray Man[1] mais en plus sinistre. Il sembla surpris de la voir, mais ça ne le freina pas.

— Bonjour mesdames ! lança-t-il sur un ton aussi brusque qu'un coup de vent en mer du Nord. Tiens, tiens, tiens, regardez un peu qui est là. Je ne m'attendais pas à te voir ici, Karen. Je croyais que tu nous avais abandonnés pour les lieux de débauche de la capitale.

En l'espace de trois phrases seulement, il avait réussi à lui taper sur les nerfs.

— Salut, Alan. J'avais besoin de quelques tuyaux concernant la législation en matière d'adoption ; et à qui demander sinon à une assistante sociale ?

Il sourit alors.

— Ouais. Ça me rappelle une blague : quelle est la différence entre un rottweiler et une assistante sociale ?

Les deux femmes soupirèrent.

— Le rottweiler, au moins, il vous rend vos gosses, dit-il en poussant un gloussement aigu, ridicule venant d'un type comme lui.

— Tu sais, le truc avec les blagues, Alan, c'est qu'elles sont censées être drôles, commenta Karen avec lassitude. Tu veux que je sorte pour pouvoir parler avec Giorsal ?

— Non, non. Ce n'est pas nécessaire. Ça n'a rien de confidentiel.

Sans attendre qu'on lui propose, il s'assit sur l'autre chaise, pinçant soigneusement son pantalon au niveau des genoux pour en préserver les plis.

---

1. Gentleman-cambrioleur dans les publicités pour le chocolat Cadbury. (*N. d. T.*)

— Je suis juste ici pour avoir un peu d'infos, comme toi, sauf que mon affaire n'a pas encore été estampillée non élucidée.

— Est-ce que c'est au sujet de Gabriel Abbott ? le coupa Giorsal.

— Tout à fait. On a d'abord pensé à un suicide avant de pencher pour un meurtre. Mais maintenant que le légiste a jeté un coup d'œil au corps et au flingue, il pense que notre première intuition était la bonne.

— Quoi ? Il pense que c'est un suicide ?

Le capitaine Noble hocha la tête avec condescendance.

— Dans le mille, Giorsal, répliqua-t-il en prononçant mal son prénom, détachant chaque voyelle, comme s'il la méprisait de porter quelque chose d'aussi ridicule qu'un prénom gaélique. Le suicide que nous pensions être un meurtre est bel et bien un suicide, finalement.

11

Karen s'inclina sur son fauteuil et croisa les jambes. Ce qu'elle préférait, c'était quand les choses s'avéraient différentes de ce qu'elle avait cru. La perspective de résoudre une énigme insoluble était ce qui l'avait attirée dans ce service.

— Qu'est-ce qui a fait changer d'avis le légiste ? demanda-t-elle.

Noble afficha un air suffisant.

— Moi. J'ai jeté un nouveau coup d'œil au pistolet. C'est un petit calibre, un Smith & Wesson 457. On a arrêté d'en fabriquer il y a près de trente ans, mais ils ont été à la mode pendant quelques années. Avec son canon court, Abbott aurait pu se tirer une balle dans la tempe droite en tenant le flingue de la main gauche. La trajectoire de la balle n'aurait alors pas été directe mais légèrement de biais en direction de l'arrière du crâne ; j'ai demandé au légiste de vérifier. Il s'est avéré que j'avais vu juste, s'enorgueillit-il. Comme nous n'avons aucune preuve que quelqu'un d'autre se trouvait sur les lieux ou en sa compagnie, le suicide est selon moi l'option la plus probable. Surtout depuis que nous savons qu'on avait affaire à quelqu'un d'un peu barjot.

— Je n'aime pas ce terme, le reprit Giorsal.

Noble afficha un petit sourire narquois.

— Je n'ai jamais été très bon dans le politiquement correct, mesdames.

— Ce n'est pas une question de politiquement correct, répliqua Karen. C'est une question de dignité. De respect.

— Oh ! là, là ! Karen, répondit Noble d'une voix traînante. Ce type a fait des allers-retours dans des institutions psychiatriques et des établissements de soins spécialisés quasiment toute sa vie.

— Et maintenant il est mort. Ce qui signifie qu'il mérite un tout petit peu plus de respect.

Noble haussa les épaules.

— Si tu veux. Enfin, tout ça pour dire que j'ai besoin de savoir dans quel état psychologique il était ces derniers temps. Giorsal, quand on s'est parlé l'autre fois, tu m'as dit que tu avais assisté à l'entretien qu'il avait eu avec son assistant social, c'est bien ça ?

Giorsal hocha la tête.

— J'essaie d'évaluer les membres de mon équipe sur le terrain autant que possible. J'ai rencontré Gabriel avec Ian Lesley, son référent social, il y a un mois et demi environ. Et tout à fait par hasard, je suis tombée sur lui il y a deux semaines à Kinross. Il m'a interpellée dans la rue et nous avons discuté. Mais je ne suis pas suffisamment experte pour dire dans quel état psychologique il se trouvait.

— Comment décrirais-tu sa personnalité ? Son état de manière générale.

— C'est un interrogatoire officiel ? demanda Giorsal en fronçant les sourcils.

— Non, non. Juste une petite discussion entre nous pour m'aider à y voir un peu plus clair, se défendit-il en levant les mains. On sera sans doute amenés à se revoir pour un interrogatoire plus poussé avant l'ouverture d'une enquête officielle, mais on fera ça au commissariat. Alors, comment tu le décrirais ?

Giorsal tripotait un stylo. Karen voyait qu'elle n'appréciait pas la situation, mais qu'elle préférait s'en accommoder plutôt que de rentrer en conflit direct avec un haut gradé de la police. Karen savait que Giorsal préférait garder son énergie pour des combats qui en valaient vraiment la peine. Parler d'un homme qui s'était suicidé n'en était probablement pas un.

— Gabriel a fait une grave dépression nerveuse à la fin de ses études. Il ne s'en est jamais vraiment remis. Comme tu l'as mentionné, il a séjourné régulièrement dans des établissements spécialisés quand il n'était plus en état de prendre soin de lui et de vivre en société. Il n'était pas schizophrène mais il avait des épisodes de paranoïa au cours desquels il était convaincu d'être victime d'une conspiration visant à le tuer.

Noble poussa un grognement.

— Il se prenait pour l'héritier légitime de la couronne d'Angleterre, ou quoi ?

Giorsal lui lança un regard noir.

— Non. Il n'a jamais été très précis. Quand on le questionnait là-dessus, il changeait de sujet. Il affirmait que c'était trop dangereux de parler ouvertement de ce qu'il avait subi. Tu sais sans doute que sa mère est morte dans un avion visé par un attentat perpétré par l'IRA. Je pense que cet événement a contribué à nourrir ses délires paranoïaques. Caroline Abbott a été une victime collatérale de l'attentat, mais Gabriel voyait dans sa mort une preuve de la menace qui planait sur lui.

— Mais est-ce que c'était quelqu'un de suicidaire ? demanda Noble en tapotant son genou du bout des doigts.

— Je n'ai rien remarqué qui l'indiquait, répondit prudemment Giorsal.

— Mais tu as affirmé qu'il avait des épisodes de paranoïa. Et s'il s'était suicidé en essayant de faire croire qu'il s'agissait d'un meurtre ? Comme pour signifier : « Je vous avais bien dit que j'étais en danger. »

— « Je vous avais bien dit que j'étais malade », marmonna Karen.

— Quoi ? répliqua Noble en se tournant vers elle, l'air perplexe.

— C'est l'épitaphe de Spike Milligan. Désolée, ce n'est pas le moment pour ce genre de plaisanterie.

— Je n'aurais jamais cru que tu étais du genre à aimer l'humour noir, dit Noble sur un ton sarcastique en lui tournant le dos ostensiblement. Bon alors, qu'est-ce que tu en penses, Giorsal ? Tu crois que c'est ce qui a pu se passer ?

Elle poussa un soupir.

— Oui, c'est possible.

— C'est un peu tiré par les cheveux, intervint Karen.

— Ça concorde avec la scène de crime et le passé psychiatrique de la victime, rétorqua Noble sèchement.

Et ça t'épargne une enquête qui s'annonçait pour le moins compliquée, pensa Karen. Les meurtres énigmatiques étaient bons pour les séries télévisées scandinaves du samedi soir, mais ils n'étaient pas tellement appréciés en réalité.

— Tu devrais parler à Ian Lesley si tu veux avoir une vision plus nuancée de l'état psychologique de Gabriel, proposa Giorsal. Si ça te va comme ça, capitaine Noble, je ne te garderai pas plus longtemps.

Noble prit son temps pour se lever, lissa son pantalon et réajusta sa veste d'un petit mouvement d'épaules.

— On reste en contact, dit-il. Merci de ton aide.

— Et les prélèvements ? Les résidus du tir ? demanda Karen tandis qu'il se dirigeait vers la porte.

Noble se retourna vers elle.

— Il y avait des résidus du tir sur sa main gauche.

— Oui, mais le pistolet venait d'être utilisé. Ça n'a rien d'étonnant de trouver des résidus en provenance de l'arme et ce, quelle que soit la personne ayant appuyé sur la gâchette. Et ses vêtements ?

Nobel prit une grande inspiration par le nez.

— Sa veste est au labo. Mais je n'attends aucune découverte surprenante. Quoi qu'il en soit, je suis sûr que tu as autre chose à faire que de fourrer ton nez dans mes dossiers.

Noble claqua la porte derrière lui. Giorsal semblait perplexe.

— Je suis étonnée, dit-elle. Je ne pensais pas que Gabriel était du genre suicidaire. Mais c'est vrai qu'il était psychologiquement instable, ce n'est peut-être donc pas si surprenant.

— Est-ce qu'il avait de la famille ? Est-ce que quelqu'un pourrait donner un éclairage sur son état psychologique ?

— Pas de famille proche. Il avait un frère, Will. Il vit à Londres et dirige une entreprise de jeux vidéo. Ça doit bien marcher parce que c'est lui qui payait le loyer plutôt élevé de son frère. Gabriel vivait dans un cottage à environ quatre cents mètres du sentier qui fait le tour du loch. Ce n'est pas très grand mais l'environnement est magnifique. Il n'aurait jamais pu y vivre avec ses seules allocations. Il a affirmé un jour que son frère était heureux de payer le loyer tant qu'il gardait ses distances avec lui et sa famille.

— Comment il prenait ça ? Il en éprouvait du ressentiment ? De la colère ?

Giorsal secoua la tête.

— Ça le peinait. Gabriel était un homme triste. Mais je l'aimais bien. Il était obsédé par l'histoire et la politique de l'Asie du Sud-Est. Je ne sais pas pourquoi. Ian Lesley disait que quand on abordait ce sujet avec lui, il devenait quelqu'un d'autre. Quelqu'un de cohérent, de passionné. Mais tu n'es pas là pour parler de ça. Nous n'avions pas terminé notre discussion sur les lois concernant l'adoption. Tu voulais savoir s'il y avait des exceptions ?

— Tout à fait.

Ça ne dérangeait pas Karen de passer à autre chose. Elle était intriguée par le suicide/meurtre/suicide de Gabriel Abbott mais pas suffisamment pour se détourner de sa mission première.

— Est-ce qu'il y en a ?

— C'est très rare. Les seuls cas dont j'ai entendu parler l'étaient pour des raisons médicales quand la personne concernée était incapable de donner son consentement.

— Ross Garvie ne peut pas le donner.

— Oui, mais ouvrir les archives concernant son adoption ne changera rien à son état.

— Donc, c'est foutu ?

Giorsal écarta une mèche de cheveux de son front.

— Pas nécessairement. Tu peux toujours te rendre au tribunal et demander à consulter un extrait original de l'acte de naissance.

— Ça marcherait ?

— Peut-être. Ce qui pourrait t'empêcher de le faire, c'est la Convention européenne des droits de l'homme, qui est incorporée au Scotland Act. Tu agirais en infraction à l'article 8, qui donne à Ross Garvie le droit de protéger sa vie privée. Et dans la mesure où celui-ci est susceptible d'encourir une peine, on pourrait arguer que tu agis en infraction à l'article 6 qui garantit un droit à un procès équitable. Je pense que ton suspect pourrait se plaindre d'être accusé d'un crime vieux de vingt ans sur la base d'une procédure pour laquelle il n'avait pas donné son consentement.

— Mais tout ça, c'est du pinaillage juridique, non ? Qui voudrait s'opposer à nous au tribunal ?

— Ses parents adoptifs, pour commencer. Tu m'as dit qu'ils ne lui avaient jamais avoué qu'il avait été adopté. Ils pourraient donc arguer que tu enfreins non seulement l'article 8 concernant les droits de Garvie mais également les leurs.

Karen prit le temps de digérer ce qu'elle venait d'entendre.

— Les procès n'ont-ils pas toujours lieu à huis clos ?

— Tout à fait. Le public n'est pas admis.

— Alors ça signifie que je n'enfreins pas leurs droits si je n'en parle pas à Ross Garvie quand il se réveillera, n'est-ce pas ?

— Qui pinaille, maintenant ? Si tu inculpais quelqu'un et que celui-ci devait être jugé, ça finirait sans aucun doute par se savoir, non ?

Karen hocha les épaules.

— Peut-être pas. Je ne suis pas sûre qu'on soit obligés de prononcer le nom de Ross Garvie. On pourrait demander au tribunal de préserver l'anonymat de la source ADN familiale. Faire jouer en notre faveur la législation pour le respect des droits de l'homme.

— Je ne connais rien aux procédures concernant le tribunal pénal. Je suppose que le tribunal des affaires familiales déciderait finalement de ne pas révéler l'information, mais il faudrait sans doute batailler durement pour ça. Il te faudrait un bon avocat. Le tribunal pourrait aussi te dire qu'il n'y a pas d'urgence. Attendons de voir si Garvie reprend conscience. Ton affaire a déjà traîné pendant vingt ans, elle n'est plus à ça près. Et bien sûr, si Garvie ne reprend pas conscience et qu'il meurt, le tribunal te donnera accès à tout ce que tu veux parce que les morts n'ont aucun droit.

Karen soupira.

— Tu vois, c'est le genre d'arguments que donnent les tribunaux parce qu'ils sont remplis d'avocats qui ne comprennent pas ce que c'est de vivre sans savoir qui a tué ta fille, ton compagnon, ton ami… Ce que je vois, moi, c'est que chaque jour que ce tueur ne passe pas en prison est une injustice à l'encontre de Tina McDonald. Par ailleurs, il y a une bonne raison pour ne pas attendre.

— Laquelle ?

— La police écossaise est une vraie passoire. Tôt ou tard, quelqu'un apprendra que nous avons rouvert le dossier et vendra l'information à son journaliste préféré. Et si notre tueur est encore dans le coin ? Il pourrait décider de ne prendre aucun risque et de fuir la juridiction.

Elle afficha un petit sourire en coin.

— Est-ce que nous avons une ambassade équatorienne en Écosse ?

12

Le commissaire divisionnaire Simon Lees s'en était plutôt bien sorti après la réorganisation de la police écossaise. Il avait réussi à conserver son grade et obtenu une légère hausse de salaire bien méritée. Il avait réussi à fuir les ploucs du Fife et à s'installer à Édimbourg, cette ville infiniment plus civilisée. Quant à son talent naturel pour l'administration et le management, il lui avait permis de se distinguer. Il n'avait vraiment pas à se plaindre.

Enfin, si. Il déplorait que Karen Pirie soit encore sous ses ordres. Il avait cru qu'il lui échapperait en s'installant à Édimbourg. Mais ses notables succès pour débrouiller des affaires non élucidées dans l'ancienne police du Fife avaient attiré l'attention des pontes et ils l'avaient choisie pour diriger l'Unité des affaires historiques. Néanmoins, ça aurait dû être le problème de quelqu'un d'autre. Mais ce quelqu'un d'autre avait eu une crise cardiaque et Lees avait été récompensé pour son carriérisme en se voyant confier la supervision de l'Unité.

Karen l'exaspérait. Elle méprisait la hiérarchie, et le traitait avec une condescendance qui frôlait l'insolence mais qui n'allait jamais vraiment jusqu'à l'insubordination. Chaque fois qu'il découvrait que son autorité avait été mise à mal, elle obtenait un nouveau succès qui la rendait intouchable. Et ça, c'était le pire. Elle était très compétente. Elle procédait parfois de manière peu orthodoxe, prenait souvent trop de risques, mais elle parvenait généralement à ses fins en résolvant avec succès le genre d'affaires qu'aimaient particulièrement les médias. Les triomphes de cette fichue Karen Pirie, dont la gloire rejaillissait un peu sur lui à chaque fois, le faisaient grincer des dents.

L'autre chose qui l'agaçait, c'est qu'elle était responsable du sobriquet dont il était affublé. Il avait toujours rêvé qu'on lui donne un surnom comme ceux qu'il avait entendus pendant qu'il gravissait lentement les échelons de différentes brigades : « Le Limier », « Batman », « Sherlock », etc. Mais elle l'avait condamné à porter ce surnom de « Macaron » en référence aux macarons Lees, une friandise écossaise typique fabriquée à partir de sucre glace et de purée de pommes de terre. Ce n'était pas le genre de surnom qui impressionnait les criminels ou les subordonnés.

Il n'avait pas encore terminé de gérer tant bien que mal les retombées internationales de la dernière affaire de Pirie, qu'elle se trouvait de nouveau devant lui, avachie dans un de ses fauteuils, les cheveux en bataille comme si elle sortait du lit, avec son tailleur froissé et légèrement trop grand pour elle. Soit elle avait perdu du poids, soit elle s'était résignée à acheter des vêtements plus larges. Elle avait l'air calme et serein, cependant. Mais il avait toujours l'impression que ses yeux bleus le transperçaient, comme si elle pouvait voir, derrière son apparence bien soignée, ce qui le tourmentait. Elle étira les jambes avant de les croiser.

— Vous n'allez pas aimer ce que j'ai à vous annoncer, dit-elle.

Pour changer, pensa Lees.

— Au moins vous êtes franche, commandant.

— Ça ne sert à rien de tourner autour du pot, répondit-elle. Nous avons la possibilité d'élucider une affaire remontant à 1996 : un viol suivi d'un meurtre survenus à Glasgow. Nous avons découvert le même ADN familial dans les données, au cours du week-end. Mais c'est problématique.

Comme toujours avec elle.

— Comment ça ?

Karen exposa les grandes lignes de l'affaire.

— Si nous voulons réellement avancer sur ce dossier, nous devons mettre la main sur des archives concernant l'adoption.

— Qu'est-ce que vous suggérez ?

— D'aller au tribunal pour obtenir l'autorisation d'accéder à l'extrait de naissance de Ross Garvie.

Lees poussa un soupir.

— Vous ne pouvez pas vous charger de cela toute seule ? demanda-t-il en sachant qu'il y avait peu d'espoir.

— Pas si nous voulons gagner. Ce n'est pas simple. Nous pourrions être en infraction avec la Convention européenne des droits de l'homme. Et le tribunal voudra entendre ses parents adoptifs.

Lees prit une profonde inspiration.

— Est-ce qu'on ne peut pas régler ça rapidement sans qu'ils soient impliqués ?

Karen le regarda droit dans les yeux.

— Même si nous le pouvions, les conséquences seraient catastrophiques quand ils le découvriraient. Nous avons besoin d'un avocat compétent sur les questions d'adoption et de droits de l'homme.

Lees vit défiler des chiffres devant ses yeux comme sur une caisse enregistreuse dans un dessin animé.

— J'ai l'impression que cette histoire va nous coûter cher.

Karen se redressa et se pencha légèrement en avant.

— S'il y avait une autre solution, je l'aurais proposée.

— Pourquoi ne pas attendre que notre voleur de voiture reprenne conscience ? Ou meure ? Ça réglerait sans doute cette histoire de droits de l'homme ?

L'expression de Karen se durcit.

— C'est vrai. Nous pourrions attendre que Ross Garvie sorte du coma ou passe l'arme à gauche. Dans un monde budgétaire idéal, ça réglerait le problème. Mais je pense qu'il y a urgence parce que quelqu'un ébruite des informations. Les médias sont au courant des affaires sur lesquelles nous travaillons un peu trop tôt à mon goût. Parfois ça marche en notre faveur, et des témoins qui s'étaient tus dans un premier temps se présentent d'eux-mêmes à la police. Mais je m'inquiète surtout pour les criminels qui se la coulaient douce comme si on les avait oubliés. S'ils apprennent que nous avons de nouveaux éléments contre eux, ils ne tarderont pas à prendre la poudre d'escampette. Franchement, si j'étais à leur place, j'aurais déjà une fausse pièce d'identité dans la poche et ma valise prête, au cas où. Mais fort heureusement, la plupart des criminels ne sont pas aussi avisés.

— Alors parce qu'il y a eu des fuites dont vous avez omis de me parler, ce département devrait débourser une somme considérable en frais d'avocat ?

Pouvoir se mettre en colère pour des raisons d'ordre moral était un sentiment que Lees avait toujours apprécié.

Karen leva les yeux au ciel.

— C'est évident que quelqu'un ébruite des informations. Je sais que ça ne vient pas de moi et je suis sûre que l'inspecteur Murray ne moucharde pas dans mon dos auprès des journalistes. Ça doit donc venir de l'administration ou bien du département de la police scientifique de Gartcosh. Or ils ne sont pas sous ma responsabilité.

— Il n'empêche que vous auriez dû me faire part de vos soupçons, répliqua Lees en lui lançant un regard noir.

C'était rare qu'il ait l'occasion de la mettre en mauvaise posture et il était heureux de pouvoir en profiter.

Karen esquissa un sourire pincé.

— Désolée, monsieur. Mais je ne croyais pas nécessaire de vous déranger pour vous faire part de quelque chose d'aussi évident. Je vous laisse donc le soin de vous en occuper maintenant. Toujours est-il que la réouverture du dossier Tina McDonald finira bien par se savoir. Je m'apprête d'ailleurs à interroger les précédents enquêteurs ayant travaillé sur l'affaire, ainsi que les témoins. Sans oublier la famille. Il faut donc qu'on règle ça. J'ai besoin d'un avocat pour présenter l'affaire à un juge le plus rapidement possible.

Lees poussa un grognement.

— Êtes-vous sûre de pouvoir obtenir un résultat si je donne mon accord pour ces dépenses insensées ?

— Il n'y a aucune garantie. L'extrait de naissance ne nous apprendra pas forcément le nom du père. Mais il nous dira où commencer à chercher. Sans cela, nous n'avons rien. Grâce à cela, nous pouvons obtenir la réponse que tout le monde attend.

— Ou revenir bredouilles.

— C'est toujours comme ça avec les affaires non élucidées. Si des experts-comptables effectuaient une analyse coûts-bénéfices au début de chacune de mes enquêtes, ils piqueraient une crise. Mais vous savez très bien que quand nous résolvons une ancienne affaire, ça ne permet pas seulement aux familles et aux amis de tourner la page pour de bon, ça nous donne aussi une bonne image. Cela contribue à améliorer la confiance de la population dans la police et je pense que ça n'a pas de prix, répliqua-t-elle en lui lançant un regard sévère.

— Cependant, nous démarrons rarement avec un budget aussi élevé. Écoutez, vous m'avez dit que cette affaire était inhabituelle. Ne pourrions-nous pas trouver un avocat qui travaillerait sur ce dossier bénévolement ? Pour le prestige ?

Karen soupira.

— Il n'y a aucun prestige. Ce procès se déroulera à huis clos. Tout le monde va savoir que nous avons rouvert le dossier. La famille de Tina McDonald et les médias vont me harceler. Vous tenez vraiment à ce que je leur dise que nous ne pourrons pas poursuivre cette enquête parce que vous ne voulez pas payer les frais de justice ?

Lees soupira à son tour. Elle le mettait dos au mur, comme d'habitude.

— Très bien, grogna-t-il. Mais ne prenez pas un ténor du barreau.

Karen se leva, rayonnante.

— Je vais me mettre au travail de ce pas, alors.

Avant qu'il puisse ajouter quoi que ce soit, elle avait déjà refermé la porte derrière elle. Lees ferma les yeux. Un jour, se promit-il. Un jour, il se débarrasserait de Karen Pirie pour de bon.

13

Parfois, le besoin de marcher qu'éprouvait Karen avant d'aller dormir était contrarié par la météo. Elle était en train de vivre une de ces nuits. Un âpre vent d'est soufflait en provenance de la Baltique et transperçait les vêtements comme la lame d'un couteau ; des pluies intermittentes et glaciales l'accompagnaient, et piquaient la peau comme des aiguilles. Elle aurait pu parcourir la ville en bus de nuit, mais elle savait d'expérience que ça n'assouvirait pas son besoin de bouger. Au lieu de ça, elle se prépara une tasse de thé et s'installa devant son ordinateur portable. C'était une image de confort et de bien-être. Quand ça devenait trop confortable, il lui suffisait de tourner la tête pour voir la mer et de puissantes vagues se briser contre la digue en projetant des trombes d'eau. On pouvait construire des murs contre les forces de la nature, mais on ne pouvait pas ignorer sa présence.

En repensant au capitaine Noble qui avait fait irruption dans sa journée, Karen décida de chercher des informations au sujet de ce meurtre survenu en 1994 et qui avait apparemment traumatisé Gabriel Abbott. Karen était encore à l'école à cette époque, et ça ne l'avait donc pas beaucoup marquée. Mais elle se souvenait de l'explosion de l'avion dans les Borders et du choc quand on avait découvert qu'il ne s'agissait pas d'un simple accident mais d'un attentat à la bombe.

L'horrible explosion du vol 103 de la Pan Am dans le ciel de Lockerbie six ans plus tôt était alors gravée dans toutes les mémoires. Associer les mots « avion » et « terrorisme » en 1994 suffisait à provoquer une vague d'angoisse dans la population. Quand l'hélicoptère Chinook de la RAF transportant vingt-cinq agents expérimentés du Renseignement s'était écrasé après avoir décollé d'Irlande du Nord quelques semaines après le crash de l'avion, la presse nationale s'était lancée dans une série de diatribes hystériques contre l'IRA et leurs actions. Personne n'était en sécurité en voyageant dans les airs, sous-entendaient certains commentateurs. Mais les médias avaient fini par oublier cette histoire, noyée dans le reste des « événements » d'Irlande du Nord.

Karen tapa « Caroline Abbott avion » dans le moteur de recherche. Le premier résultat qui apparut fut une page Wikipédia. C'était un début. Elle savait qu'il ne fallait pas prendre toutes les informations pour argent comptant. En bon officier de police, elle procédait toujours avec méfiance.

1994 Explosion d'un Cessna Skylane

De Wikipédia, l'encyclopédie libre

Cessna 182 Skylane, similaire à celui détruit par un attentat à la bombe

Caractéristiques de l'accident	
Date	05/05/94
Résumé	Bombe incendiaire
Site	Glendearg, Scottish Borders Latitude : 55.6625 Longitude : -2.8583
Passagers	3
Membres d'équipage	1
Blessures (non mortelles)	0
Victimes	4
Rescapés	0
Type d'avion	Cessna 182 Skylane

Exploitant	Privé
Immatriculation	G-JPST
Départ du vol	Aérodrome d'Elstree, Royaume-Uni
Destination	Aéroport du Fife, Royaume-Uni

Le 5 mai 1994, un Cessna 182 Skylane a explosé en plein vol au-dessus d'une colline à Glendearg près de Galashiels dans les Scottish Borders. L'avion avait décollé de l'aérodrome d'Elstree et se dirigeait vers l'aéroport du Fife, près de Glenrothes. [1] Il n'y a eu aucun survivant parmi les quatre passagers qui se trouvaient à bord, qui comptaient notamment le député Richard Spencer, ancien secrétaire d'État pour l'Irlande du Nord, la présentatrice de télévision Ellie MacKinnon et la productrice Caroline Abbott.

Avion [modifier]

L'avion impliqué était un Cessna 182 Skylane enregistré au Royaume-Uni sous le numéro d'immatriculation G-JPST, sorti d'usine en 1975. Au moment de l'accident, l'avion avait à son actif 4 845 heures de vol et effectué 4 352 cycles. [2]

Accident [modifier]

Le Skylane a décollé à 10 h 17 heure locale de l'aérodrome d'Elstree pour se rendre à l'aéroport du Fife en Écosse. Tout s'est déroulé sans incident jusqu'à ce que l'avion se désintègre en plein vol à 12 h 43 au-dessus d'une colline de Glendearg près du parcours de golf de Galashiels dans les Scottish Borders selon des témoins. Des débris en feu se sont répandus sur une vaste zone. [3] Il n'y a eu aucun survivant suite à l'explosion.

Victimes [modifier]

Les quatre passagers de l'avion (le pilote Richard Spencer et les trois passagers) ont péri dans l'accident. Il n'y a pas eu de blessés au sol.

Équipage

Pilote
Le député Richard Spencer
Passagers
Mary Spencer, femme du pilote
Caroline Abbott, productrice
Ellie MacKinnon, présentatrice de télévision et écrivain

Enquête [modifier]

Une enquête a été menée par le Bureau d'enquête sur les accidents d'aviation (BEAA) de la police du Lothian et des Borders, assistés du Conseil national de la sécurité des transports, de l'avionneur, Cessna, et du fabricant du moteur, Pratt & Whitney Canada.

Le BEAA a publié son rapport officiel sur l'accident le 4 janvier 1995. Il a conclu que la désintégration de l'avion était la conséquence de l'explosion d'une bombe incendiaire causant à son tour l'explosion du moteur de l'avion. Ce type de bombe est typique des activités terroristes. [4]

Une enquête a été ouverte le 31 janvier 1995 à Édimbourg concernant la mort des quatre victimes. Elle a conclu le 10 février que les quatre passagers avaient été victimes de meurtre.

Karen recoupa les faits avec d'autres sources d'information au sujet du crash. À première vue, tout concordait. L'étape suivante consistait à éplucher les articles et passer en revue les coupables désignés avant d'analyser enfin la version des événements aujourd'hui gravée dans le marbre. Elle parcourut des archives de journaux, des blogs de théoriciens conspirationnistes, de férus d'aviation et de fans d'Ellie MacKinnon qui continuaient apparemment à pleurer sa disparition.

Le tableau qui en ressortit était simple. Richard Spencer, quarante-neuf ans, avait été pilote de ligne avant de devenir député et avait continué de voler malgré ses nouvelles fonctions au Parlement. Son avion personnel, un monomoteur Cessna à quatre places, se trouvait à l'aérodrome d'Elstree au nord de Londres, à quelques kilomètres de la maison dans laquelle il vivait avec sa femme et leurs deux enfants, Chloe, âgée de quatorze ans et Guy, âgé de dix ans. Richard aimait voler et à chaque fois qu'il en avait l'opportunité, il sillonnait le ciel. Il utilisait régulièrement le Cessna pour faire la navette entre Londres et sa circonscription de Birmingham.

En ce jour fatidique, Mary et lui se rendaient à Perth pour le mariage d'un vieil ami d'université de Mary. Ellie MacKinnon et Mary se connaissaient également depuis l'université et quand Mary avait appris qu'Ellie et Caroline Abbott devaient aussi se rendre au mariage, elle leur avait proposé de voyager avec Richard et elle. Caroline voulait en profiter pour voir son jeune fils Gabriel, pensionnaire près de Perth.

Ils avaient décollé par beau temps et avaient volé vers le nord sans rencontrer d'incidents. Tout à coup, l'avion s'était désintégré au-dessus d'une colline écossaise. Des témoins choqués avaient décrit une boule de feu géante tombant du ciel.

Richard ayant été ministre pour l'Irlande du Nord, très critique envers les terroristes de tous bords, il ne fallut pas longtemps pour qu'on évoque la piste terroriste dans les médias. Une bombe incendiaire, apparemment. Reliée à un détonateur, sans doute.

Certains journaux, évidemment, montèrent au créneau. Comment un avion appartenant à une évidente cible terroriste avait-il pu être laissé sans surveillance et saboté ? Était-ce tout ce que méritaient nos hommes politiques en échange de leurs services ? D'innocentes victimes devaient-elles payer le prix fort à cause des failles des services de sécurité et de la police ? Karen s'était posé les mêmes questions, jusqu'à ce qu'elle tombe sur quelques lignes consacrées à l'affaire dans les pages du *Telegraph.* Le petit hangar où le Cessna était habituellement entreposé était verrouillé, sous alarme, et contrôlé deux fois par jour par la police locale. L'aérodrome n'avait pas le niveau de sécurité d'un aéroport commercial, mais des agents de sécurité y patrouillaient et aucun signe d'effraction n'avait été constaté.

Cela ne signifiait pas pour autant qu'aucun crime n'avait été commis, pensa Karen. Seulement qu'on ne l'avait pas remarqué. De l'argent était sans doute passé entre différentes mains ; les agents de sécurité n'étaient peut-être pas très fiables. Il y avait un tas de possibilités. Si on était déterminé, on pouvait s'introduire n'importe où.

Elle se pinça l'arête du nez pour stopper les larmes qui étaient montées sans prévenir. Elle en était à un point de son enquête où elle se tournait habituellement vers Phil qui lui demandait de lui résumer l'affaire. Non qu'elle ne puisse résoudre une affaire toute seule, mais en parler l'aidait toujours à y voir plus clair. Ils avaient des façons de penser différentes et il avait le don pour repérer le détail significatif qui lui avait échappé.

Karen pivota sur sa chaise et regarda fixement la mer tumultueuse. Dans des moments comme celui-ci, l'absence de Phil la faisait souffrir. Elle ressentait une intense pression dans la poitrine, un mélange de tristesse et de rage. Les gens disaient parfois qu'ils avaient le cœur gros et elle avait toujours cru que ce n'était qu'une métaphore. Elle savait à présent que ce n'était pas le cas. Elle baissa la tête, passa la main sur sa bouche et se tourna vers l'écran où Richard Spencer souriait d'un air qui se voulait convaincant : sérieux mais accessible. Il lui rappelait l'acteur qui incarnait l'inspecteur Lestrade dans *Sherlock*. S'il n'était pas mort, elle se demandait si ça aurait joué à son avantage.

Les médias avaient examiné à la loupe la carrière politique de Spencer afin de comprendre pourquoi il était devenu une cible de l'IRA ou d'une faction dissidente. Ils en avaient déduit que c'était sa passion pour le vol et non son poste de ministre qui avait fait de lui une cible privilégiée.

Son destin l'avait inévitablement élevé au rang de saint : un député de première classe, un pilier de l'aile progressiste du parti, un époux affectueux et un père dévoué. Karen se demanda à quel point c'était vrai. Elle était à peu près certaine qu'elle aurait eu une tout autre image de Spencer si elle avait interrogé les gens la semaine précédant sa disparition.

La populaire présentatrice de télévision Ellie MacKinnon avait eu droit elle aussi à de nombreux articles dans les journaux. Elle avait commencé sa carrière en coanimant avec trois jeunes et sémillants collègues une émission de cuisine pour les enfants le samedi matin. Ses qualités d'animatrice avaient attiré l'attention et on lui avait proposé bientôt de rejoindre le programme favori des jeunes à l'époque : *Tout le monde à bord !* Ellie en était rapidement devenue la présentatrice vedette. Elle animait l'émission depuis douze ans au moment de l'accident. Elle était enjouée, pleine de vie et sa bonne humeur était devenue sa marque de fabrique.

Elle avait commencé une seconde carrière en écrivant des livres pour enfants qui mettaient en scène les aventures de trois cousins qui vivaient dans une petite ville de la côte sud où l'on rencontrait un taux anormalement élevé d'espions, de bandits, de trafiquants et de ravisseurs. Les ouvrages avaient été remarqués pour la vivacité de leur style, leur humour décalé et la qualité de leurs illustrations. Karen se souvenait d'avoir acheté la série pour sa nièce. C'était, dans son souvenir, une version anglaise plus joyeuse des *Orphelins Baudelaire*. Les notices nécrologiques affirmaient qu'elle avait apporté un souffle nouveau dans les histoires pour enfants traditionnelles ; Karen se demanda là encore si les opinions avaient été les mêmes de son vivant.

Il n'y avait pas beaucoup de renseignements sur la vie privée d'Ellie MacKinnon. Elle avait vécu en célibataire dans le nord de Londres. Un article rapportait qu'elle et Caroline Abbott vivaient dans le même immeuble – une grande demeure de Belsize Park qui avait été divisée en deux appartements. Le même article relatait qu'Ellie était la marraine du fils cadet de Caroline, Gabriel. En l'espace d'un terrible après-midi, le garçon avait perdu sa mère et la personne qui aurait pu devenir sa mère de substitution. Deux coups durs simultanés.

Caroline Abbott arrivait en troisième position pour la couverture médiatique. Elle avait grandi à Édimbourg, étudié le théâtre et l'anglais à Bristol et avait démarré sa carrière comme agent d'accueil dans un théâtre du West End. Elle avait eu de la chance et avait rapidement gravi les échelons. À trente ans, elle dirigeait un des plus petits théâtres de la banlieue de Londres. Deux ans plus tard, elle avait créé sa propre maison de production et, en à peine dix-huit mois, avait commencé à vendre des spectacles dans le West End. « Caroline connaissait bien les attentes du public, avait affirmé un de ses rivaux. On lui enviait son talent pour attirer les gens au théâtre. »

Elle avait épousé Tom Abbott, un ingénieur naval, en 1975. Leur premier enfant, William, était né en 1976. Gabriel avait suivi dix ans plus tard. Le métier de Tom l'obligeait à partir pour de longs voyages à travers le monde. Un ami rapportait : « Un jour, Tom n'est pas rentré. Caroline a raconté qu'il était mort en Thaïlande peu de temps après la naissance de Gabriel. Mais elle n'en a pas fait toute une histoire. C'était quelqu'un de très réservé. »

Gabriel était donc déjà orphelin de père quand sa mère et sa marraine avaient été tuées. Karen se demanda comment ce petit garçon avait pu gérer une telle situation. Elle avait été anéantie par la mort de Phil, mais elle était entourée. Ses parents, une poignée d'amis proches, un travail accaparant. Qu'est-ce qui était resté à Gabriel ? Un frère de dix ans son aîné mais trop jeune pour s'occuper de lui. Ceux sur qui ils auraient pu compter avaient disparu. Imaginer son incompréhension, sa souffrance, son chagrin lui serra le cœur. Il n'était pas le seul que l'accident avait laissé orphelin. Les enfants Spencer avaient perdu leurs deux parents.

Mary Spencer, la quatrième victime, n'avait pas particulièrement attiré l'attention des médias. Une chanson que Karen avait apprise quand elle était petite lui revint en mémoire : « Trois corbeaux étaient posés sur un mur. » La dernière strophe l'avait toujours fait rire : « Le quatrième corbeau / n'était pas du tout là… » C'était le cas de Mary Spencer. Rien de notable chez elle si ce n'est qu'elle était la femme de Richard, sa secrétaire, et la mère de Chloe et Guy. Jolie sans être inoubliable. Mais sans aucun doute quelqu'un de très important dans la vie de ses deux enfants.

Karen poussa un bâillement. Absorber les détails concernant les malheurs des autres avait fini par tellement la fatiguer qu'elle ne pensait plus à ses propres soucis. Elle allait enfin pouvoir se coucher et dormir. Demain, elle trouverait un moyen de se rapprocher du meurtrier de Tina McDonald.

14

Un grand bungalow moderne sur la côte de l'Ayrshire n'aurait pas été le premier choix de Karen pour passer sa retraite, mais elle en voyait les atouts. Ça plairait à ses parents, pensa-t-elle. Sa mère aimerait la vue jusqu'à l'île d'Arran et l'atmosphère de cette petite ville. Son père aurait transformé ces jardins impeccables avec ces massifs de roses bien nets en un potager qui aurait nourri une famille de dix personnes. Mais même si d'ici un ou deux ans il cessait son activité de chauffeur de bus, sa pension ne lui permettrait pas de s'installer dans un endroit pareil. Il fallait avoir une retraite de commissaire pour se l'offrir.

Jason s'était chargé de prendre rendez-vous avec Andrew Diuguid. Tandis qu'ils se dirigeaient vers l'ouest le long de la M8, qui était toujours très encombrée, il rapporta à Karen la réponse que l'homme lui avait donnée.

— Il a dit qu'il attendait ce coup de fil depuis qu'on avait commencé à travailler sur les affaires non élucidées.

Il avait semblé à la fois surpris et soulagé. Les gens étaient rarement ravis d'être contactés par l'Unité des affaires historiques. Ils ne voulaient pas qu'on ressorte de sombres histoires qui ne les concernaient pas directement. Ils étaient passés à autre chose et ne souhaitaient pas forcément que leurs nouveaux partenaires, familles ou collègues sachent qu'ils étaient liés de près ou de loin à un meurtre ou à un viol. Les policiers, eux, voyaient souvent la réouverture d'une affaire d'un mauvais œil, comme si on remettait en cause leur professionnalisme. Et parfois les gens qu'ils devaient interroger craignaient de se retrouver en prison et qu'on ne ruine leur réputation s'ils venaient à être inculpés.

Devant la porte d'Andrew Diuguid, Karen espérait que pour une fois Jason n'avait pas tout compris de travers. La sonnette joua une version électronique de la « Chevauchée des Walkyries ». Comment pouvait-on choisir cette sonnerie alors qu'elle était associée dans l'imaginaire collectif à *Apocalypse Now* et à l'odeur du napalm ?

Une silhouette apparut derrière le verre dépoli de la porte donnant sur la véranda, qui s'ouvrit pour révéler un homme robuste qui devait tout juste répondre aux critères de taille imposés pour travailler dans la police. Son jean et son maillot de rugby moulants mettaient en valeur sa musculature. Il avait des cheveux poivre et sel coupés ras. Sur son visage marqué se dessina un sourire en coin quand il arriva devant la porte de la véranda. Il ressemblait davantage à un videur de boîte de nuit qu'à un cadre supérieur de la police, même retraité.

— Vous devez être le commandant Pirie, dit-il en ouvrant la porte donnant sur l'extérieur. Et vous, l'inspecteur Murray. Entrez. Désolé pour la sonnerie, mais ma femme est une fan d'opéra.

Il leur serra la main quand ils se retrouvèrent dans la véranda.

— Je suis Andrew Diuguid. Mais appelez-moi Andrew.

Rien qu'en prononçant ces quelques mots, il était clair qu'il était originaire de Glasgow et que ni le temps ni son rang n'avaient atténué son accent.

Il les conduisit dans un grand vestibule où les murs étaient d'un blanc presque lumineux. Le parquet en bois stratifié et les tapis aux couleurs vives proviennent sans doute de chez IKEA, pensa Karen.

— Sur votre droite, indiqua-t-il.

Karen et Jason obéirent et entrèrent dans un salon doté d'une large baie vitrée. La pièce jouissait d'une vue spectaculaire sur la mer, le ciel et l'île d'Arran au loin. Il fallut quelques secondes à Karen pour remarquer le reste de la pièce, des meubles choisis pour leur confort plutôt que pour leur élégance ; deux bibliothèques, l'une remplie de biographies et d'ouvrages consacrés à l'histoire militaire, l'autre de romans historiques ; un grand écran de télévision qui paraissait minuscule en comparaison du panorama ; un léger parfum de désodorisant vanillé.

— Asseyez-vous, faites comme chez vous. Ma femme fait bouillir de l'eau. Thé ou café ?

Il prit les commandes et se retira brièvement. Quand il revint, Karen et Jason s'étaient installés de telle sorte qu'il ne pouvait pas les avoir tous les deux en même temps dans son champ de vision. C'était une technique que Karen avait apprise au fil des années afin de déstabiliser les personnes interrogées. Et quand on était déstabilisé, on était moins vigilant. Elle ne savait pas si Andrew Diuguid avait quoi que ce soit à cacher, mais dans ce métier, il valait toujours mieux partir de ce principe.

Il s'installa dans un gros fauteuil et posa les mains sur ses cuisses. Il avait l'air sûr de lui. Karen se demanda s'il serait facile de le mettre mal à l'aise.

— Tina McDonald… Vous savez, il y a toujours des affaires qui ne vous lâchent pas, dit-il. Celles qu'on ne résout pas. Celles pour lesquelles on n'aura jamais de réponse.

— Je vois ce que vous voulez dire, répondit Karen. Elles reviennent vous hanter quand vous vous y attendez le moins.

— Oui, mais vous avez de la chance. Vous êtes ceux qui clôturent les dossiers que d'autres n'ont pas pu résoudre ; ceux qui peuvent dire aux proches des victimes ce qui s'est vraiment passé.

Il afficha une moue chagrinée.

— Bon, dites-moi comment je peux vous aider, commandant ?

Karen était sur le point de répondre quand la porte s'ouvrit en grand, poussée par la hanche généreuse de Mme Diuguid, qui portait un grand plateau contenant trois tasses surdimensionnées et une assiette où s'empilaient des scones, du beurre et de la confiture qui avait dégouliné sur les côtés. Karen regarda les scones avec envie mais elle avait bien l'intention de résister à la tentation. Jason bondit sur ses pieds pour donner un coup de main à Mme Diuguid mais elle lui fit comprendre que ce n'était pas la peine et posa le plateau sur la table basse. Elle servit les boissons avec un grand sourire, comme si elle se réjouissait de la présence de ces deux policiers inconnus dans son salon.

— Prenez des scones, dit-elle en se dirigeant vers la porte. Je vous laisse tranquille.

— Delia a fait ces tasses elle-même, annonça fièrement Diuguid en levant un exemplaire en terre cuite grossière.

Et son pull aussi sans aucun doute, pensa Karen.

— C'est chouette d'avoir un hobby, intervint Jason en prenant un scone.

Déjà lasse de ce bavardage sans intérêt, Karen prit la parole :

— J'ai parcouru les rapports d'enquête et d'après ce que j'ai pu constater, votre équipe semble n'avoir rien laissé au hasard.

— Merci. J'aime le travail bien fait. Mais avant d'entrer dans le vif du sujet, pouvez-vous me dire quelles sont les nouvelles preuves dont vous disposez ? L'inspecteur Murray m'a dit que vous réexaminiez l'affaire Tina. Je sais comment les choses fonctionnent. Il faut avoir une nouvelle pièce importante à ajouter au dossier pour déterrer un meurtre vieux de vingt ans.

Diuguid n'avait manifestement rien perdu de sa perspicacité avec la retraite.

— Nous avons une piste ADN, répondit-elle. Mais elle n'est pas complètement exploitable. Je ne peux rien vous dire de plus, désolée.

— Je pensais bien que c'était quelque chose dans le genre. Ça ou la confession de quelqu'un sur son lit de mort. Vous avez parcouru le dossier et vous en savez donc autant que moi maintenant, dit-il avec le sourire.

Il semblait honnête mais Karen n'était pas pour autant convaincue.

— D'après mon expérience, monsieur, il y a deux genres de meurtres non élucidés. Ceux dont on connaît le coupable sans pouvoir le prouver. Par manque de preuves, ou parce que quelqu'un a merdé dans l'enquête. Et ceux où on a creusé toutes les pistes, examiné le moindre indice, interrogé tout le monde, sans pour autant parvenir à trouver un véritable suspect.

— Les affaires non élucidées ne relèvent pas de ma compétence, commandant, mais en ce qui concerne les affaires traditionnelles, je suis absolument d'accord avec vous.

Karen hocha la tête et poursuivit.

— Le problème, c'est qu'on ne peut pas toujours dire à la lecture d'un rapport à quelle catégorie une affaire appartient. Parce que nous faisons tous très attention aux informations que nous consignons dans un dossier. Vu que la défense y a accès, personne ne prend le risque d'écrire quoi que ce soit à propos d'un suspect qui pourrait discréditer un dossier lors d'un éventuel procès. La question est donc de savoir à quelle catégorie appartient l'affaire Tina McDonald.

Diuguid fronça les sourcils.

— Nous n'avons jamais eu de suspect, répliqua-t-il. Nous avons retrouvé des types avec qui elle avait dansé au cours de cette nuit, de types qui se tenaient à côté d'elle au bar. Nous avons parlé à ses ex-petits amis. Tout le monde était hors de cause. Ceux qui n'avaient pas d'alibi ont été innocentés par le test ADN.

— C'est tout ? Aucun doute ? Personne qui lui en voulait ? Quelqu'un dont elle se serait moquée ? Pas d'histoire avec un type violent ?

Diuguid secoua la tête, l'air sombre.

— Croyez-moi, je serais le premier à vous le dire si nous avions eu quelqu'un sur qui nous avions encore des doutes au moment de refermer le dossier. Ça reste une énigme. Celui qui a fait ça n'a pas récidivé, autant que je sache.

— Ou s'il a récidivé, il a été plus prudent avec son ADN.

Diuguid hocha la tête.

— Tout à fait. Mais vous savez, les gens regardent des séries policières à la télé et pensent que les coupables de crimes sexuels récidivent forcément. Ils sont persuadés qu'ils répéteront leurs méfaits encore et encore jusqu'à ce qu'ils se fassent prendre, qu'ils soient en phase terminale d'un cancer ou qu'ils se suicident. Mais nous savons que ça ne se passe pas toujours comme ça. Nous savons qu'il y a des personnes qui perdent le contrôle et commettent un acte terrible qui ne leur ressemble pas. Ils sont horrifiés et révoltés par ce qu'ils ont fait. Mais ils finissent par s'en remettre et ne recommencent pas. Parmi vos dossiers, combien de coupables se sont tenus à carreau pendant dix ans, vingt ans ou plus ?

Karen poussa un soupir. Il avait raison.

— Quelques-uns, répondit-elle. Parfois ils sont presque soulagés quand on débarque avec un mandat d'arrêt.

— Parfois ils sont aussi très énervés, marmonna Jason la bouche pleine.

Diuguid haussa les sourcils.

— J'imagine. En tout cas, si c'est la première fois qu'un lien est établi avec son ADN, cela signifie que vous recherchez quelqu'un qui s'est tenu à carreau pendant les vingt dernières années. Ou qui est mort.

— Ou les deux, répliqua Karen. Vous êtes certain que votre équipe ne soupçonnait personne en particulier ?

Diuguid secoua la tête.

— Je l'aurais su. Il n'y avait pas de secrets dans ma brigade.

Karen en doutait sérieusement. D'après son expérience, les commissariats de police étaient des lieux remplis de secrets qu'on s'échangeait de temps à autre dans les vestiaires. Andrew Diuguid était quelqu'un qui avait besoin de croire en sa propre propagande, pensa Karen. Elle ne croyait pas qu'il était au courant de quelque chose, mais ça ne signifiait pas pour autant qu'il n'y avait rien à savoir.

— Ça vous dérangerait si nous parlions avec quelques-uns de vos anciens collègues pour voir s'ils n'auraient pas négligé une piste dont ils pensaient qu'elle ne valait pas la peine d'être suivie à l'époque ?

Elle crut pendant un instant qu'il allait mal le prendre. Il crispa les épaules et contracta ses mains sur ses genoux avant de se détendre.

— Non, je vous en prie. Cela dit, ils ne doivent pas être nombreux à être encore en service. Je suis allé à une multitude de pots de départ ces cinq dernières années. Et aussi à beaucoup d'enterrements. J'ai dû faire mes adieux à une demi-douzaine de collègues plus jeunes que moi. Kevin Sinclair, le policier responsable des pièces à conviction dans l'affaire Tina McDonald, a eu un cancer de l'intestin. Jim Brown, qui a organisé les procédures d'enquête sur quasiment toutes mes affaires de meurtre, est mort au cours d'une randonnée dans les Cairngorms. Crise cardiaque. Tam Smart, l'agent chargé de recueillir les témoignages, c'est son foie qui l'a lâché. Kenny MacGregor, le maître chien… Tous décédés.

Son regard se durcit, il poussa un soupir et se frotta le crâne. Karen imagina qu'il devait être doux comme un ours en peluche.

— C'est un boulot pour lequel on paie souvent un lourd tribut, dit Jason. On a perdu un collègue nous aussi il n'y a pas longtemps.

Karen n'en croyait pas ses oreilles.

— C'est dur. C'est un peu comme si on perdait un peu de soi-même. Toutes les conversations que vous avez eues et que vous n'avez partagées avec personne d'autre. Les blagues qui nous faisaient rire. C'est comme si on avait perdu des petits bouts de sa propre histoire.

— Exactement, répondit Diuguid en le gratifiant d'un sourire, l'air moins sinistre. Mais il y en a encore qui sont bien vivants ; adressez-vous aux ressources humaines, ils ont leurs coordonnées vu qu'ils leur versent une retraite.

Ils n'apprendraient rien de plus ici. Karen remercia Andrew Diuguid et mit fin à l'entretien. Elle surprit Jason en se levant. Il venait juste d'entamer son troisième scone. Il lui courut après jusqu'à la porte en éparpillant des miettes partout, balbutiant remerciements et au revoir. Karen marchait devant lui d'un pas lourd, tête baissée, et ne prononça pas un mot avant d'être dans la voiture.

— Qu'est-ce qui t'a pris ? demanda-t-elle sur un ton sec.

Jason parut à la fois méfiant et confus.

— Quoi ? grommela-t-il la bouche pleine.

— À propos de Phil ? Qu'est-ce qui t'a pris de parler de lui comme ça ?

Jason déglutit.

— C'est à cause de ce qu'il a dit sur ces gens qui étaient morts. Ça m'a fait penser à Phil. Je savais qu'il comprendrait.

Submergée par l'émotion, Karen eut du mal à exprimer ce qu'elle voulait dire.

— On ne discute pas de Phil avec des étrangers. Il n'a rien à voir avec eux.

Elle avait envie de lui hurler que Phil était à elle et à personne d'autre, mais s'abstint, sachant qu'elle aurait l'air folle.

— On ne parle pas de lui à des inconnus, répéta-t-elle plutôt en se forçant à rester calme.

Jason parut blessé.

— On n'aborde jamais ce sujet ensemble, répliqua-t-il d'une voix tremblante. Il n'est jamais question de lui et je n'ai personne d'autre avec qui en discuter. On formait une équipe tous les trois avant, mais vous gardez tout pour vous. C'est vraiment dur, chef.

Ses lèvres se mirent à trembler.

Elle n'avait pas envie d'entendre ça. Il avait raison, elle ne parlait pas de Phil avec lui. Mais elle n'y était pas obligée. Phil avait été son compagnon ; le seul qu'elle ait jamais eu. Dialoguer avec Jimmy Hutton était différent. Il avait des qualités d'écoute dont La Menthe n'était même pas conscient de manquer.

Elle avait envie de frapper Jason pour son audace, pour oser croire qu'il avait le droit de partager son chagrin. Elle avait envie de lui taper dessus jusqu'à ce qu'il lui promette de ne plus jamais mentionner Phil.

Mais elle ne dit rien. Elle sortit de la voiture, claqua la portière et marcha d'un pas décidé en direction du centre-ville, les larmes aux yeux.

Qu'ils aillent tous se faire foutre : Jason, Diuguid et les autres.

15

Karen marcha environ un demi-kilomètre avant de se calmer. Elle jeta un rapide coup d'œil par-dessus son épaule et vit Jason dans la voiture à une centaine de mètres derrière elle, roulant lentement comme un client voulant aborder une prostituée. Ils devaient avoir l'air ridicule, pensa-t-elle. Comme s'ils sortaient tout droit d'un film des frères Coen.

Elle se retourna et lui fit un petit signe de tête. La voiture avança et s'arrêta à côté d'elle. Karen monta à l'intérieur, boucla sa ceinture et dit :

— Tu as parfaitement le droit de parler de Phil avec moi. Nous formions une équipe tous les trois, c'est vrai. J'essaierai de faire de mon mieux.

C'était tout ce qu'elle avait trouvé à dire en guise d'excuse. Ce n'était pas la faute de Jason s'il était aussi limité. Elle se dit qu'il fallait peut-être aborder ce sujet avec lui très simplement. Partager ses états d'âme sans attendre quoi que ce soit en retour. Mais elle ferait ça une autre fois. Pas maintenant.

— Je suis désolé, marmonna-t-il.

Il avait une trace de confiture sur la joue.

— D'accord. Essuie-toi le visage, tu as l'air d'un gamin de cinq ans.

Jason écarquilla les yeux et se frotta la joue comme l'enfant avec lequel elle venait de le comparer.

— Où est-ce qu'on va, chef ?

— Glasgow. Nous allons d'abord rendre une visite de courtoisie aux parents de Tina McDonald. Nous passerons ensuite voir Liz Dunleavy. Elle tient toujours le salon Hair Apparent dans le West End. J'ai fait une recherche sur Google. Elle possède trois autres salons maintenant, mais elle travaille dans celui de Byres Road. On verra bien si on peut en tirer quelque chose.

— On ne devrait pas la contacter par téléphone avant ?

— Non.

Il était d'usage dans le cadre d'interrogatoires concernant les affaires non élucidées de donner aux témoins la liste des questions qui leur seraient posées afin qu'ils puissent s'y préparer. Mais Karen ne s'était jamais sentie obligée de suivre cette recommandation. Liz Dunleavy était un des principaux témoins de l'affaire et elle ne souhaitait pas que la coiffeuse s'entretienne avec ses copines pour qu'elles se mettent d'accord sur une version des événements. Avec le temps, les souvenirs se transformaient. De nombreux détails disparaissaient des mémoires tandis que d'autres, qui semblaient triviaux à l'époque, prenaient davantage d'importance. Karen pensait que c'était une façon pour l'inconscient de séparer le bon grain de l'ivraie. Parfois, les gens se montraient aussi plus bavards en parlant des morts. Elle voulait obtenir des témoignages spontanés des amis et de la patronne de Tina McDonald, pas ce que la mémoire collective avait retenu de l'événement.

— Pourquoi pas ? demanda Jason, en prenant la route de Glasgow.

— Pour qu'il n'y ait pas de concertation possible comme dans l'émission *University Challenge*. Je ne veux pas qu'elles se mettent d'accord sur ce qu'elles devraient dire ou ne pas dire.

Jason gloussa.

— Je vais devoir regarder *University Challenge* ces prochains jours. Mes colocs se sont lancé le défi de répondre à un maximum de questions. Moi, je connais jamais les réponses.

Ça ne surprenait pas Karen. Contre toute attente, Jason avait réussi à trouver une colocation avec trois étudiants de l'université d'Édimbourg. Elle espérait qu'ils ne le traitaient pas avec trop de condescendance. La Menthe était peut-être stupide, mais il avait bon cœur.

— Oui, mais je suis sûre qu'ils seraient nuls pour sécuriser une scène de crime.

— C'est pas faux. Si vous voyiez l'état de leurs chambres… On dirait que des cambrioleurs sont passés par là. Un vrai foutoir. Ma mère me ficherait une sacrée raclée si je laissais ma chambre comme ça.

Karen avait déjà rencontré Mme Murray. Elle le croyait. Elle posa la nuque sur l'appuie-tête et ferma les yeux. Elle avançait à tâtons dans cette affaire. Mais ça ne signifiait pas forcément qu'elle allait droit dans le mur.

*

Les McDonald avaient déménagé depuis le meurtre de Tina. À l'époque, ils vivaient dans un immeuble de Govan pas très loin du chantier naval, où son père avait travaillé au bureau d'études. Ils vivaient à présent à Mount Florida, à un jet de pierre du stade national de football. Karen imaginait que les jours de match, les clameurs de la foule dans Hampden Park devaient rendre toute conversation impossible et couvrir le bruit de la télé.

Eric et Patsy McDonald occupaient un appartement au premier étage d'un immeuble en grès rouge. Le couloir était impeccable et sentait une odeur de pin synthétique. Karen avait la désagréable impression de souiller cet environnement en charriant tout ce que la rue contenait de plus sale. Elle leur avait téléphoné pour convenir d'un rendez-vous. Il n'y avait aucun intérêt à prendre les familles des victimes au dépourvu, surtout quand la victime était morte depuis aussi longtemps que Tina.

Un homme aux cheveux gris, en manche de chemise, vêtu d'un pantalon décontracté de couleur neutre, ouvrit la porte. Son visage était marqué par de profondes rides et il donnait l'impression d'être quelqu'un qui n'avait pas bien dormi depuis très longtemps. Il avait une moustache parfaitement taillée qui lui rappelait celle du capitaine dans la série télévisée *Dad's Army*. Elle n'en avait pas vu une comme ça depuis que ses parents l'avaient traînée au championnat du club de bowling. Elle savait d'après le dossier qu'il avait soixante-trois ans, mais il en paraissait douze de plus. Elle aperçut derrière lui une petite femme blonde sautillant d'un pied sur l'autre pour essayer de mieux voir les visiteurs.

— Vous devez être la police ? demanda Eric McDonald d'un ton las.

Karen les présenta, Jason et elle.

— Peut-on entrer ?

— Laisse-les Eric, sinon ils vont penser qu'on n'a pas de manières. Installez-vous, madame. Et vous aussi, jeune homme.

Patsy McDonald avait la gaieté artificielle et les yeux vides d'une patiente sous antidépresseurs.

Ils pénétrèrent dans le salon encombré de meubles et de bibelots. Patsy McDonald collectionnait apparemment les tasses fantaisie et toutes les surfaces qui n'étaient pas occupées par des photos sous cadre de Tina exhibaient une sélection des plus hideuses poteries que Karen ait jamais vues. Elle s'assit à côté de Jason sur le canapé et les McDonald tournèrent leur fauteuil pour leur faire face.

— J'imagine que c'est une de vos visites de routine. Que vous venez nous dire que le dossier n'est pas refermé, dit Eric sèchement, en tendant le bras pour prendre le paquet de cigarettes sur la table basse à côté de lui.

— En fait, non, répondit Karen. Nous sommes ici parce qu'il y a du nouveau.

Eric se figea, yeux écarquillés, la flamme du briquet à quelques centimètres de sa cigarette.

Patsy bondit littéralement du fauteuil et s'assit sur le bord de l'accoudoir.

— Vraiment ? Vous l'avez arrêté ? Vous avez trouvé le salaud qui nous a pris notre Tina ? s'exclama-t-elle avant de se mettre à rougir. Excusez ma grossièreté.

— Vous n'avez pas besoin de vous excuser. On ne l'a pas encore trouvé, mais ça ne devrait pas tarder.

— Vous savez qui c'est, au moins ?

Patsy était tellement excitée qu'elle ne tenait plus en place.

— Pas exactement. Mais peut-être que vous comprendriez mieux si je vous expliquais ?

Les McDonald échangèrent un regard et hochèrent la tête à l'unisson.

— Il y a eu un accident de voiture ce week-end à Dundee et le conducteur est dans le coma. Un échantillon de sang a été prélevé sur lui, et a ensuite été comparé à un fichier national ADN…

— Vous avez trouvé un lien ?

Patsy était debout, les mains jointes sur la bouche.

— Oh mon Dieu, Eric, ils ont quelque chose !

— S'il vous plaît, madame McDonald. Laissez-moi terminer.

— Assieds-toi, Patsy. Laisse-la parler, dit Eric en allumant sa cigarette.

Patsy se rassit et regarda Karen, au bord des larmes.

— Je ne comprends pas.

— Ce n'est pas un lien direct. Mais c'est suffisant pour que les techniciens du labo soient capables de nous dire que celui qui a agressé Tina était un parent proche du jeune homme dans le coma. Il n'était pas encore né quand Tina est morte, pour information.

— Elle n'est pas « morte », répliqua Eric d'un ton furieux. Elle a été assassinée.

On ne pouvait pas gagner à tous les coups, pensa Karen. Quand vous étiez trop direct, certaines personnes fondaient en larmes en se remémorant l'horreur des faits. Et quand vous preniez des gants, d'autres, comme Eric McDonald, vous reprochaient de minimiser l'ampleur de la tragédie.

— Nous en sommes conscients, monsieur McDonald. Et nous n'avons jamais autant progressé dans cette enquête.

— Vous l'avez arrêté ? Ce « parent proche » ? demanda Eric.

— Pas encore. Il y a une complication. Le jeune homme en question a été adopté et nous avons donc besoin de retrouver ses parents biologiques.

— Il ne les connaît pas ? Il n'est pas curieux de savoir ? demanda Eric avec mépris.

— Il ne sait pas qu'il a été adopté, expliqua Jason. S'il le découvre, ça va être un gros choc pour lui.

— Je me fiche de lui. Tout ce qui compte pour moi, c'est qu'on retrouve celui qui a tué notre fille, intervint Patsy. Vous allez l'arrêter, hein ? Comme Diuguid nous l'a promis quand c'est arrivé.

— Diuguid…, dit Eric avec dédain. Il n'a pas fait grand-chose. Qu'est-ce qui vous empêche de retrouver ses parents ?

— La loi, monsieur McDonald. Nous devons nous rendre au tribunal pour demander au juge de nous donner accès aux archives concernant la naissance de ce jeune homme.

— Qu'est-ce que vous attendez ?

— Nous essayons de faire les choses au plus vite, croyez-moi. Dès que ce sera possible, notre avocat essaiera de persuader le juge de nous laisser voir l'extrait de naissance.

— Il va vous donner l'autorisation, n'est-ce pas ? demanda Patsy. Il comprendra qu'on a besoin de savoir ce qui est arrivé à Tina.

— Bien sûr qu'il le fera, dit Eric. Ça tombe sous le sens. Il n'y a rien de plus important que de mettre un meurtrier sous les verrous.

— Ça ne sera peut-être pas aussi simple, répliqua doucement Karen. Il y a une histoire de droits de l'homme en jeu.

Le visage d'Eric s'assombrit. Il avait l'air sur le point d'avoir une crise cardiaque.

— Les droits de l'homme ? Des foutus droits de l'homme ? Et nos droits à nous ? On a le droit de savoir ce qui est arrivé à notre fille ! Ça fait vingt ans qu'on vit avec ce souvenir. Vingt ans ! Il pensait pas aux droits de l'homme quand il…

Il s'arrêta brusquement, à court de mots.

— Ce que mon mari veut dire, c'est qu'il n'y a plus de temps à perdre et que l'impossible doit être réalisé pour mettre ce salaud en prison.

Pas d'excuses cette fois. L'exaspération de Patsy était à son comble.

— C'est exactement ce que nous sommes en train de faire, répliqua Karen en se levant. Avant que nous partions : est-ce que vous vous souvenez de quelque chose ?

Un détail auquel vous n'aviez pas prêté attention ? Un mot que quelqu'un aurait dit ?

— On aurait aussitôt contacté la police si ça avait été le cas, dit Patsy. Vous n'êtes pas les seuls à chercher des réponses, vous savez.

16

Chaque fois qu'elle franchissait la porte d'entrée de son tout premier salon de coiffure, Liz Dunleavy avait l'impression de rentrer à la maison. Ça n'avait pas toujours été le cas. Au début, elle ne s'était pas vraiment sentie à sa place. Les immeubles en grès rouge du West End de Glasgow étaient peuplés soit par des étudiants, soit par des universitaires ou des professionnels des médias. Liz disait souvent à ses clients qu'on aurait pu ouvrir une librairie approvisionnée avec les seules publications des habitants du quartier. Elle avait grandi dans la banlieue est de Glasgow, dans un immeuble qui n'était guère plus qu'un taudis. Ses parents n'attendaient rien de leurs six enfants ; pour eux, c'était avant tout une source de problèmes. Liz avait compensé ce mauvais départ dans la vie en redoublant d'ambition et sa plus grande réussite était d'en être arrivée là où elle était à présent.

Elle avait ouvert son premier salon de coiffure dans Byres Road, avant que le quartier ne devienne à la mode. Aujourd'hui, Hair Apparent était environné par le genre d'établissements où on pouvait obtenir n'importe quelle boisson à l'exception d'une simple tasse de café : une boulangerie artisanale, quelques restaurants où manger à un prix abordable, des agences immobilières sous la houlette de jeunes loups aux dents longues et des pubs qui avaient été relookés pour attirer étudiants et actifs nostalgiques de leur première jeunesse.

Liz avait passé la matinée dans le plus récent de ses salons de coiffure, situé à un peu plus d'un kilomètre dans le quartier de Maryhill que les agents immobiliers rattachaient de façon optimiste et mensongère au quartier bourgeois de Kelvinside plus au sud. Le salon avait du mal à renouveler sa clientèle. Bien qu'il ait été modernisé, seuls les retraités continuaient d'y venir, se plaignant de la musique, réclamant continuellement des cafés et contestant les tarifs. Pour attirer les jeunes actifs qui étaient en train de coloniser le quartier, elle allait devoir mettre la main à la poche. Une solution était de distribuer des prospectus avec des bons de réduction. Ça coûtait cher, mais il fallait bien faire quelque chose.

Quand elle était revenue au travail, elle avait contourné le pâté de maisons à trois reprises avant de trouver une place où se garer. Demain, se dit-elle en entrant dans son salon. Demain, elle serrerait les dents et irait imprimer des prospectus. Une réduction de cinq livres pour une coupe de cheveux et une autre de cinq livres pour une couleur.

L'odeur familière du salon suffisait à l'apaiser. Un mélange de noix de coco et de citron, le parfum caractéristique des produits qu'ils utilisaient, associé à une légère odeur de produits chimiques. L'autre chose qui la réconfortait, c'était la musique diffusée en boucle : une sélection Spotify de ses morceaux préférés des trente dernières années. Les trois employés qui travaillaient dans le salon levèrent les yeux quand elle entra. Ils lui adressèrent un petit signe de tête, sourirent, marmonnèrent un bonjour avant de se concentrer de nouveau sur leur client. Liz traversa le salon, s'arrêta pour prendre des nouvelles de la cliente de Callum, une femme d'une cinquantaine d'années qui avait un poste important dans l'administration de l'université, et venait ici depuis plus de douze ans.

— Vous avez l'air en forme, Margaret, vous avez perdu du poids ? demanda Liz en la regardant dans le miroir.

Une chose était sûre. Elle paraissait plus en forme que la plupart des gens de son âge.

Elle vérifia ensuite les rendez-vous sur l'écran au comptoir de réception. Elle avait vingt minutes devant elle avant l'arrivée de son prochain client.

— Je vais boire un café à l'arrière, Jeannie, dit-elle à l'assistante qui s'occupait de prendre les rendez-vous.

La porte s'ouvrit alors et un couple entra ; elle le trouva bizarrement assorti. Une trentenaire à l'épaisse chevelure brune qui avait de toute urgence besoin d'une coupe, vêtue d'un joli tailleur – de chez Whistles, pensa Liz – mais qui ne lui allait pas très bien, accompagnée d'un rouquin d'une vingtaine d'années avec une coupe standard qui avait l'air mal à l'aise dans son costume bas de gamme et ses chaussures usées. Pas vraiment sa clientèle habituelle. Ils se dirigèrent directement vers le comptoir.

Jeannie afficha son joli sourire.

— Bonjour. Que puis-je faire pour vous ?

— Je cherche Liz Dunleavy, répondit la femme.

— C'est moi, dit Liz sur un ton prudent. Vous avez rendez-vous ?

La femme secoua la tête, un sourire amusé aux coins des lèvres.

— Non. J'ai juste besoin de vous parler quelques minutes.

Liz leva un sourcil et considéra les cheveux de la femme d'un œil expert.

— Il me faudra un peu plus que cela pour m'occuper de vos cheveux comme ils le méritent, répliqua-t-elle sèchement.

— Je ne suis pas ici pour une coupe de cheveux.

Elle sortit une carte de sa poche.

— Je suis le commandant Karen Pirie de l'Unité des affaires historiques. Et voici l'inspecteur Jason Murray.

Liz sentit son visage se durcir. Sa bouche devint sèche.

— Tina, dit-elle d'une voix rauque.

Toujours pas morte et enterrée. Elle se demandait si ce serait un jour le cas. À chaque fois qu'elle entendait parler d'affaires non élucidées aux informations, elle se figeait, s'attendant à entendre le nom de Tina.

— C'est ça, répondit Karen. Est-ce que nous pouvons discuter quelque part ?

Ce n'était pas le genre de conversation qu'elle voulait précipiter. Elle se tourna vers l'écran et fit glisser son doigt jusqu'à son prochain rendez-vous.

— Callum ?

Il interrompit ses coups de ciseaux et lui lança un regard interrogateur.

— Oui ?

— Ça t'ennuierait de t'occuper de mon rendez-vous de quatorze heures ? demanda-t-elle tout en tendant une main parfaitement manucurée vers Karen. Je vais en avoir pour un petit moment.

Callum leva les yeux au ciel.

— J'avais prévu d'aller chez Kember et Jones pour prendre un de ces merveilleux pains aux figues et au fenouil.

— Jeannie ira à ta place quand elle aura le temps.

Les hommes, ce n'est vraiment plus ce que c'était, songea Liz.

Callum poussa un soupir.

— Ok... Mais à charge de revanche.

Liz afficha un sourire parfaitement hypocrite.

— Jeannie, prends de la monnaie pour aller acheter le pain de Callum. Je serai à l'arrière et je ne veux pas être dérangée.

Elle se tourna ensuite vers Karen.

— Suivez-moi, commandant. Nous serons plus au calme et nous pourrons prendre un café.

Toutefois, un grand verre de vodka coca aurait été plus que bienvenu.

Elle les conduisit dans une pièce bizarrement agencée au fond du salon, meublée de chaises dépareillées et encombrée de matériel usagé. Des cartons de produits étaient entreposés dans les coins et une machine à café reluisante occupait un plan de travail étroit près de la porte. Liz eut l'impression de voir cette pièce pour la première fois et se sentit légèrement embarrassée à cause du désordre.

— Prenez une chaise. Désolée pour le bazar. Je concentre mon énergie sur l'autre partie du salon de coiffure.

Karen sourit de nouveau.

— C'est souvent comme ça.

— Café ? Thé ? demanda Liz en se dirigeant vers la machine.

Elle voulait garder le contrôle de la discussion ; mais ce n'en était pas une. Il s'agissait bien d'un interrogatoire, même si cette femme essayait de se montrer amicale.

— Ça va, merci, dit Karen. Mais ne vous gênez pas pour prendre quelque chose. Nous pouvons nous asseoir ?

Elle avait déjà perdu, comprit Liz, perchée sur le bord d'une chaise en bois recouverte d'un vinyle rembourré. Elle croisa les jambes et appuya son coude gauche dans sa main droite, avant de poser les mains sur ses genoux en se remémorant tout ce qu'elle avait lu sur le langage corporel.

— Avez-vous découvert quelque chose de nouveau ?

— Les affaires non élucidées ne sont jamais clôturées, Liz. Ça ne vous ennuie pas que je vous appelle Liz ?

— Non, c'est mon prénom, répondit-elle avec un léger sourire.

— Le dossier n'a donc jamais été classé. Nous revoyons périodiquement tous les meurtres non élucidés.

— C'est juste une visite de routine, alors ?

Liz était déçue. Rien ne pouvait ramener Tina, mais elle aurait vraiment aimé savoir que quelqu'un avait été arrêté pour son meurtre.

— Aucun de nos dossiers n'est traité à la légère. Nous sommes aussi décidés que nos prédécesseurs à obtenir des résultats.

Liz fut surprise d'entendre autant de conviction dans la voix de Karen.

— Désolée, je ne voulais pas insinuer…

— Il n'y a pas de problème. Nous n'en sommes qu'au début de l'enquête. J'aimerais que vous me racontiez vos souvenirs de cette soirée.

— J'ai déjà tout dit à l'époque. Vous n'avez pas de copies de ma déposition ?

— Si. Et Jason va sans doute la revoir avec vous en détail. Mais je voudrais tout de même savoir ce qui vous vient à l'esprit quand vous repensez à cette soirée.

Ne songeant même plus à ce que pouvaient trahir ses gestes, Liz serra les bras contre sa poitrine.

— J'ai retourné ça dans ma tête un million de fois. On aurait dû rester ensemble. On aurait dû garder un œil les unes sur les autres. Mais quand on est arrivées au club, le Bluebeard, on avait déjà pas mal bu et on était un peu pompettes. On a commencé par danser ensemble, mais vous savez comment ça se passe…, dit-elle en détournant le regard.

— Vous avez dansé avec d'autres gens ? Avec des hommes ?

— Oui. Marie est partie la première. Elle démarrait toujours au quart de tour, si vous voyez ce que je veux dire. Ensuite, Jan a rencontré par hasard un gars avec qui elle avait travaillé et elle est partie boire un verre avec lui au bar. On s'est finalement retrouvées toutes les deux, Tina et moi, jusqu'à ce que deux hommes nous invitent à danser. J'ai dansé sur deux morceaux avant d'aller aux toilettes. Quand je suis revenue, plus de Tina.

Elle frissonna et prit une profonde inspiration.

— Ce n'était pas comme si elle avait complètement disparu. Je l'ai aperçue à quelques reprises au cours des heures qui ont suivi, mais pour être honnête, j'étais surtout intéressée par ce gars qui me draguait et je n'ai plus vraiment fait attention à elle.

Liz baissa la tête et se sentit submergée par la culpabilité.

— J'aurais dû.

Karen haussa légèrement les épaules.

— Vous n'étiez pas sa chaperonne. On a tous rencontré quelqu'un au cours d'une virée entre copains qui nous a fait oublier tout le reste parce qu'il ou elle nous plaisait. C'est comme ça, vous n'avez aucune raison de vous autoflageller, dit-elle avec un sourire réconfortant. Quand vous l'avez aperçue, était-elle avec quelqu'un en particulier ?

— Je n'ai pas vraiment fait attention. Je suis désolée.

— Et quand l'heure est venue de rentrer, vous ne l'avez vue nulle part ?

Karen ne la quittait pas des yeux. Elle rappelait à Liz la façon dont sa prof de maths la regardait comme pour l'inciter à faire des efforts. Et elle avait fait des efforts. Beaucoup plus d'efforts que les autres filles de sa classe.

— On l'a cherchée, mais on n'a pas réussi à la retrouver.

Elle mordilla la peau autour de son pouce.

— On s'est dit qu'elle avait rencontré quelqu'un et qu'elle était rentrée avec lui. C'était ce qui paraissait le plus logique, et puis on avait toutes bien bu. C'est seulement le lendemain matin quand j'ai repris mes esprits en prenant un café que j'ai réalisé que ce n'était pas vraiment le style de Tina de partir comme ça avec une personne rencontrée en boîte. Mais je n'aurais jamais pu imaginer…

— Pourquoi auriez-vous envisagé une chose pareille ?

Karen fit un pas vers elle et posa une main sur son genou.

— Ce n'est pas votre faute, Liz. Rien de tout ça n'est votre faute. Rien de ce que vous avez fait ou non n'a provoqué ça.

Liz aurait bien aimé encore fumer pour pouvoir se cramponner à une cigarette et se cacher derrière.

— Je sais, mais je ne peux pas m'empêcher de m'en vouloir. J'en veux également aux deux autres, avoua-t-elle en faisant une grimace. On ne se voit plus aujourd'hui. Marie et Jan, elles sont toutes les deux parties quelques semaines après les événements. Nouveau travail, changement de vie. On n'en a jamais parlé mais je pense que se voir tous les jours nous rappelait ce qui était arrivé à Tina.

Elle se mordit les lèvres.

— Elle était vraiment mignonne, Tina. Elle avait toujours le sourire. Elle se mettait toujours en quatre pour les autres. Les clients l'aimaient bien.

Elle avait les larmes aux yeux.

— Quand vous vous êtes retrouvées au Starburst Bar, avez-vous remarqué quelqu'un qui prêtait particulièrement attention à vous ?

Liz secoua la tête.

— C'était mon anniversaire. On était à mille lieues de s'imaginer que quelqu'un pouvait nous surveiller.

— Tina est arrivée la dernière, c'est bien ça ? Avez-vous remarqué si on la suivait quand elle est sortie du métro ?

Liz fut déconcertée.

— Le métro ?

— Oui. Elle a pris le métro, ce soir-là.

Liz eut l'air perplexe.

— Je ne sais pas d'où ça sort. Tina ne prenait jamais le métro. Elle était claustrophobe. Elle avait des sueurs froides quand elle se retrouvait dans un ascenseur.

Elle vit les yeux de Karen se plisser.

— Je ne me souviens pas qu'on m'ait demandé ça à l'époque, affirma Liz en secouant la tête. On m'a posé des tas de questions, mais elles avaient toutes pour objet la soirée passée au pub puis en boîte. On avait bu, mais je ne me souviens vraiment pas qu'on m'ait demandé comment Tina s'était rendue au Starburst. J'ai parlé de ça dans ma déposition ? Du métro ?

Le rouquin parut déconcerté.

— Je n'en suis pas certain. Je ne crois pas.

— C'est probablement sans importance, dit Karen. Comment vous aurait-elle retrouvées là-bas, alors ? En taxi ?

Liz eut l'air dubitative.

— Elle n'aurait pas payé un taxi alors qu'il y avait des bus. Elle a probablement pris le numéro 16 à Queen Street Station, qui l'a déposée à deux pas du Starburst. Ça change quelque chose ?

Karen fronça les sourcils.

— Je ne pense pas. Mais c'est le premier détail qui ne concorde pas avec les déclarations du dossier. C'est un bon point de départ.

17

Une nouvelle nuit froide et dégagée. De délicats lambeaux de nuages passaient devant le mince croissant de la nouvelle lune. Un nombre surprenant d'étoiles étaient visibles au-dessus de l'estuaire du Forth malgré la pollution lumineuse de la ville. Karen enfila ses gants en polaire et fut parcourue d'un petit frisson en sortant de son immeuble bien chauffé au contact de l'air froid.

Elle hésita un instant sur la direction qu'elle allait prendre pour son expédition nocturne. Elle s'était promis de marcher à travers la Vieille Ville jusqu'à Holyrood, mais la scène dont elle avait été témoin sur l'ancienne voie ferrée deux jours plus tôt l'avait intriguée. Elle se demanda si c'était un lieu de réunion habituel ou exceptionnel.

Il n'y avait qu'une seule façon de le savoir.

Ayant une destination en tête, Karen marcha plus vite qu'à l'accoutumée à travers les ruelles de Leith. De nos jours, ce n'était plus le quartier mal famé de *Trainspotting* ; trop de gens avaient cassé leur tirelire pour des appartements modernes et tape-à-l'œil comme le sien et trop de bobos colonisaient le quartier à présent. Mais après minuit, les seules personnes qu'elle voyait dans les rues semblaient sortir de l'ancien Leith : des petits voyous et des alcoolos, des putes et des toxicos, sans oublier des gens pauvres mais respectables pour qui le vent n'avait pas tourné. Une vieille femme vêtue d'une doudoune rose, d'un pantalon de jogging et portant des baskets sales traversa Constitution Street pour éviter Karen qui se dirigeait vers le Pillars House à la lourde architecture néoclassique afin de couper vers Leith Links. Karen avait parfois l'impression d'avoir une enseigne lumineuse portant le mot « police » en grosses lettres bleues clignotant au-dessus de sa tête.

Tandis qu'elle traversait la grande étendue sombre du Links en direction de Restalrig Road, elle repensa à son entretien avec Liz Dunleavy. Jason devait retourner à Glasgow quand Liz aurait son prochain jour de congé afin de revoir son témoignage. Mais à première vue, le seul élément problématique dans sa déposition était ce détail concernant la façon dont Tina s'était rendue au Starburst Bar. Les rapports de police affirmaient qu'elle avait pris le métro. Mais Liz avait été catégorique sur ce point. Tina aurait préféré se rendre au bar à pied plutôt que de monter à bord de « l'Orange Mécanique », le surnom local qu'on avait donné au métro à cause de sa couleur orange vif, qui roulait à toute vitesse sous la ville comme un train électrique. C'était une minuscule divergence mais tant qu'elle n'aurait pas d'explication, ça ne cesserait de lui trotter dans la tête.

Quand ils étaient rentrés à Édimbourg, Karen était retournée au bureau pour essayer de découvrir d'où pouvait provenir l'erreur. Ça lui avait demandé plus d'une heure de recherche avant de trouver le détail déterminant dans une liste d'indices récupérés sur la scène de crime qui n'avaient pas été analysés en laboratoire. Tout ne passait pas par le labo ; effectuer des analyses coûtait cher et, à moins d'avoir une bonne raison de penser qu'une pièce à conviction en particulier pouvait constituer une preuve tangible, on ne s'en préoccupait pas. Parmi les objets listés, il y avait un ticket de métro datant du jour de l'assassinat de Tina.

Elle vérifia les notes qui accompagnaient la liste d'indices. Le ticket de métro se trouvait par terre avec le contenu du sac à main de Tina qui avait dû s'ouvrir brusquement tandis qu'elle se débattait. On avait supposé que le ticket appartenait à Tina. Et personne n'avait remis en question cette hypothèse parce que ça n'avait jamais semblé important de savoir comment Tina s'était rendue en ville. Elle n'avait rien dit à ses amies indiquant qu'il y avait eu quoi que ce soit d'inhabituel au cours de son trajet, par conséquent on n'avait pas vraiment creusé la question. On s'était surtout concentré sur ce qui s'était passé plus tard dans la soirée, quand elle était entrée en contact avec le tueur.

Karen ne savait pas quelle importance accorder à cette hypothèse erronée. Elle craignait que lancer un appel à témoins dans l'émission *Crime Watch* au sujet d'une personne ayant voyagé en bus un vendredi soir il y a vingt ans ne serve à rien, même si elle réussissait à convaincre l'émission de le faire. Parfois tirer sur un fil lâche dans une affaire non élucidée pouvait dérouler toute la pelote et mener jusqu'à la solution ; et parfois on consolidait juste le nœud existant. Elle sentait que dans ce cas, ça ne mènerait pas à une solution rapide. Dans cette affaire, tout était trouble.

Mais elle ne pouvait rien faire pour le moment. Peut-être que ça n'aurait finalement aucune importance, surtout si elle obtenait ce qu'elle voulait du tribunal demain. Karen avait contacté un avocat expert en législation sur l'adoption et ils avaient réussi à persuader le clerc du juge de leur trouver un créneau. Tout serait peut-être réglé d'ici la fin de la semaine. Peut-être auraient-ils enfin une réponse à apporter aux McDonald. Même si elle savait qu'ils ne se remettraient sans doute jamais de cette épreuve.

Karen arriva devant une volée de marches en pierre qui menait à un chemin en bas de la rue. Elle prit ensuite à droite en direction du virage qui conduisait jusqu'au pont où les hommes s'étaient réunis. Elle aperçut bientôt l'éclat des flammes qui éclairaient le mur en face couvert de graffitis. Elle approcha et constata qu'ils étaient là comme la dernière fois : une demi-douzaine d'hommes serrés les uns contre les autres dans la nuit ; les barbes et les chapeaux donnant à leurs ombres d'étranges formes allongées. Ils se turent de nouveau en la voyant arriver. Elle s'approcha du feu et tendit les mains vers les flammes.

— Il fait froid ce soir, dit-elle.

Pendant un long moment, tous restèrent silencieux. On échangea des regards et un homme prit finalement la parole.

— Toutes les nuits sont froides en Écosse.

Il parlait un anglais clair et avait un accent chantant.

— Parfois ce n'est pas trop mal en été.

Il haussa les épaules.

— On verra ça si on est encore là cet été.

Il paraissait jeune à la lueur vacillante des flammes. Vingt-cinq, trente ans, peut-être. Il devait être originaire du Moyen-Orient. Il avait des yeux noirs, des lèvres charnues et une barbe soignée.

— D'où est-ce que vous venez ?

Un des hommes lança brusquement une phrase à celui qui avait parlé, mais ce dernier secoua la tête. Il esquissa ensuite à Karen un rapide sourire, soulignant son menton.

— Nous venons de Syrie, dit-il sur un ton qui sonnait presque comme un défi.

Elle s'en était doutée. Des réfugiés syriens arrivaient en Écosse depuis un moment et étaient accueillis dans des endroits improbables. Comme Rothesay, par exemple, une station balnéaire démodée peuplée de retraités et de toxicos originaires de la région de Glasgow, certains en convalescence et d'autres continuant à se droguer sans vergogne. Et il y avait ceux qui, comme eux, échouaient dans cette ville sans aucun point commun avec le Moyen-Orient.

— Je suis désolée pour ce qui se passe chez vous, dit-elle.

— Merci. Nous sommes contents d'être ici.

Il y eut un moment de silence. Les hommes plus âgés, qui s'étaient rapprochés inconsciemment les uns des autres pendant qu'elle parlait, se détendirent.

— Mais pourquoi êtes-vous ici au beau milieu de la nuit ? demanda Karen de façon aussi décontractée que possible.

— Nous n'avons nulle part où nous retrouver, expliqua le jeune homme simplement.

Un autre homme se mêla à la conversation. Il était plus âgé ; sa barbe était parsemée de poils blancs et ses yeux soulignés de rides profondes. Son anglais était plus hésitant, mais restait compréhensible.

— Là où nous vivons, nous n'avons pas de place pour nous retrouver. Pour parler. Nous sommes beaucoup dans chaque appartement. Nos familles prennent tout l'espace.

Il haussa les épaules.

— Nous sommes très reconnaissants de pouvoir être ici. Mais ce n'est pas facile.

Le jeune homme reprit la parole.

— Nous n'avons pas d'argent, nous ne sommes pas autorisés à travailler, nous n'avons nulle part ailleurs où aller.

— Je suis désolée, répliqua Karen.

— Nous avons besoin d'être ensemble, dit le vieil homme. Nous avons besoin de partager notre peine. Nous avons tous perdu des amis et de la famille à cause de la guerre. À cause des bombes, des balles et de la torture.

— Je comprends. Mon compagnon a été assassiné. Je sais ce que ça fait de ressentir cette douleur.

Les mots étaient sortis avant que Karen ne puisse les arrêter. Qu'est-ce qui lui avait pris ? Elle n'arrivait pas à parler avec Jason, mais elle se confiait à un groupe de Syriens réunis autour d'un feu. Ces gens avaient beaucoup souffert ; leur souffrance les unissait de façon incompréhensible pour un individu extérieur, aussi compatissant soit-il.

— Je suis désolé pour ce qui est arrivé à votre mari, dit le jeune homme. Je suis Miran. Comment vous appelez-vous ?

— Karen.

Le vieil homme hocha la tête et répéta son prénom.

— Moi, c'est Tarek.

Il retourna ensuite vers les autres et fit les présentations. Deux lui adressèrent un signe de tête, mais plusieurs refusèrent d'établir un contact visuel et continuèrent de fixer le feu du regard. Elle ne le prit pas personnellement. Elle comprenait que certains d'entre eux, pour des raisons en partie culturelles, ne se sentent pas entièrement à l'aise avec une femme bizarre qui déambulait toute seule au beau milieu de la nuit.

— Il n'y a pas de centre social ou un autre endroit dans le genre où vous pourriez vous retrouver ? demanda-t-elle.

— La journée, quand les centres sont ouverts, on fait ce qu'on a à faire. On fait la queue pour remplir des papiers et on doit attendre ensuite pour avoir un interprète.

Miran poussa un soupir.

— On doit sans arrêt répéter la même chose. On doit aider nos femmes et nos mères. On doit passer du temps avec nos enfants. Après, il est trop tard et les endroits où nous pouvons aller sont fermés. Et on n'a pas d'argent pour aller ailleurs.

Karen n'en savait pas assez pour leur suggérer quoi que ce soit. Mais elle réfléchit quand même à la question. Il y avait des églises avec des réfectoires et des cafés. La charité chrétienne devait bien pouvoir leur être profitable à eux aussi ?

De nouveaux échanges de regards.

— Parfois des hommes saouls nous crient dessus, expliqua Tarek. Mais ils ne sont pas aussi nombreux que nous. Alors ils ne font que crier et ensuite ils s'en vont.

— Un jour, deux policiers sont venus, intervint un troisième homme en fronçant les sourcils. Ils ont vérifié nos papiers. Ils nous ont demandé d'éteindre le feu. Ils étaient pas contents.

— Je peux faire en sorte que ça n'arrive plus, répliqua Karen. Je suis policière. Inspecteur de police. Je peux leur dire de vous laisser tranquille.

La panique qu'elle vit dans leurs yeux la déconcerta l'espace d'un instant. Puis elle comprit que même si elle n'avait jamais agi de façon menaçante, le seul fait qu'elle appartienne à la police les inquiétait profondément.

— Vous êtes de la police ? demanda Miran sur un ton plus sec.

— Oui, mais ce n'est pas pour ça que je suis ici. Comme je vous l'ai dit, mon compagnon a été tué. Je dors mal depuis qu'il est mort. J'imagine que vous savez ce que c'est de ne pas parvenir à dormir et de faire des cauchemars. C'est pour ça que je vais marcher. Je comprends pourquoi vous avez peur de la police. Mais je peux peut-être vous aider en veillant à ce que les patrouilles de nuit vous laissent tranquille.

Tarek eut l'air sceptique.

— Pourquoi est-ce que vous nous aidez ? On n'a pas d'argent à vous donner.

Miran dit quelque chose dans leur langue avant d'incliner la tête devant Karen.

— Merci. On n'a pas l'habitude d'avoir confiance dans la police.

— Vous pouvez avoir confiance en moi, répondit Karen en se rapprochant du feu. Où est-ce que vous viviez en Syrie, Miran ?

— Nous venons tous de Homs, sauf Tarek. Il vient d'un petit village près d'Alep.

— Ce village n'existe plus, dit Tarek en faisant une grimace.

— Qu'est-ce que vous faisiez là-bas pour gagner votre vie ? demanda Karen à Miran.

— Je travaillais dans le café de mon père. Il est mort dans les bombardements. On a essayé de continuer, mais le café a été détruit par les tanks. Il n'y avait plus nulle part où travailler, où vivre. On s'est réfugiés au Liban, dans un camp. On avait de l'argent mais ça n'a pas duré longtemps. On a été choisis ensuite pour venir ici parce que ma mère est malade et elle a besoin de ma femme et de moi pour s'occuper d'elle. Ma femme attend notre premier enfant et je pense qu'il ne verra sans doute jamais notre Syrie.

Sa voix se brisa et il détourna les yeux. Tarek lui tapota l'épaule et un autre homme lui tendit une cigarette.

— Si on avait un café, Miran saurait comment le gérer, intervint quelqu'un d'autre. Mais nous ne sommes pas autorisés à travailler, à faire des choses pour notre peuple.

— Partout à Leith, on voit des magasins avec des portes et des fenêtres condamnées. Pourquoi est-ce qu'on ne peut pas ouvrir un café ? maugréa Tarek.

Il n'avait pas tort, pensa Karen en acquiesçant.

— Il faut que j'y aille, dit-elle. On se reverra peut-être.

Les hommes hochèrent la tête d'un air sombre. Ils semblaient résignés. Mais leur détresse avait éveillé la compassion de Karen et, tandis qu'elle s'éloignait, elle réfléchit à la façon dont elle pourrait aider ces hommes qui lui avaient permis d'exprimer sa souffrance. C'était peut-être des étrangers, mais elle était décidée à leur montrer que son pays était un endroit où ils pourraient un jour se sentir chez eux.

18

Karen se sentait toujours un peu intimidée par le tribunal d'Édimbourg. Les abords semblaient avoir été pensés pour que les gens se sentent insignifiants. L'entrée se trouvait en retrait de Chambers Street, mais il faisait partie d'un vaste groupement de bâtisses. C'était tous des monstres énormes et démesurés datant de l'ère victorienne. Même les nouveaux bâtiments, comme l'extension moderne du National Museum of Scotland, avaient des proportions hors du commun, conçues pour rapetisser les passants. Et puis il y avait le tribunal lui-même avec ces élégantes et impressionnantes portes en fer forgé ; son nom gravé sur une étrange structure phallique évoquant, pour Karen, un mortier prêt à lâcher une pluie de bombes sur la ville ; son imposante façade de quatre étages dissimulant quatre étages supplémentaires en sous-sol. Tout avait été conçu pour intimider le visiteur. Si elle avait cette impression, alors qu'elle faisait elle-même partie de la machine judiciaire, qu'est-ce que devaient ressentir les accusés, ou même les témoins ?

Elle avait laissé Jason éplucher les documents concernant l'affaire Tina McDonald. Il avait passé au crible les dépositions des témoins, donnant la priorité à celles qu'il pouvait s'avérer important de réexaminer. Jason était doué pour repérer les détails. Ni lui ni Karen n'attendaient beaucoup de cette partie de l'enquête, mais on ne pouvait pas en faire l'économie. La concordance ADN constituait un élément significatif, mais nullement décisif. D'autres preuves pouvaient s'avérer d'une importance cruciale s'ils voulaient soumettre cette affaire vieille de vingt-deux ans au tribunal.

Karen passa le contrôle de sécurité avant de se diriger dans la cafétéria réservée aux avocats. Colin Semple était déjà là, absorbé dans des papiers à côté desquels étaient posés un cappuccino et un scone. Tandis qu'elle attendait son américano, elle le regarda manger et boire machinalement sans quitter des yeux les documents. Elle n'avait pas eu énormément de contacts avec des avocats spécialisés en droit des familles au fil du temps, mais elle avait rencontré Semple quelques années auparavant dans une affaire compliquée d'enlèvement. Elle avait été impressionnée par son intelligence, sa perspicacité face à des situations complexes, mais surtout, elle avait apprécié son calme et son amabilité. Elle avait rencontré beaucoup trop d'avocats à l'ego surdimensionné. Travailler avec quelqu'un comme Semple faisait du bien.

Elle prit son café et vint s'asseoir en face de lui. Quand il la vit, il se redressa et sourit, ce qui creusa de profonds sillons au coin de ses yeux plissés. C'était un homme à la carrure imposante, grand et au léger embonpoint. Sa tignasse blonde rappelait toujours à Karen celle d'un border terrier qui aurait eu besoin d'une bonne tonte.

Semple était vêtu de son uniforme habituel : costume trois-pièces noir sur mesure, chemise blanche éclatante et nœud papillon violet assorti au mouchoir qui dépassait de la poche poitrine de sa veste ainsi qu'à sa doublure.

— Bonjour, commandant. Je dois vous remercier de m'avoir donné l'occasion de me pencher sur une affaire qui sort de l'ordinaire.

La façon empruntée dont il prononçait les voyelles rappelait l'éducation privilégiée qu'il avait reçue à Édimbourg.

— Ravie de vous revoir, maître Semple, dit Karen en indiquant ses papiers. Qu'est-ce que vous en pensez ?

Il prit une profonde inspiration par le nez.

— C'est très délicat. D'un côté, nous avons les intérêts d'un individu et, de l'autre, les intérêts de la justice, pour dire les choses très simplement. Nous allons avoir affaire au juge Abercrombie qui devrait pencher en notre faveur.

— C'est une bonne nouvelle.

— Il y en a aussi de moins bonnes, hélas. Je sais que vous espériez que nos adversaires n'aient pas le temps de s'organiser en obtenant une audience aussi tôt. Malheureusement pour nous, les parents adoptifs ont fait appel à un avocat. Malgré le délai, ils ont réussi à confier le dossier à Alex Cosgrove, pour qui j'ai le plus grand respect, expliqua-t-il en se frottant l'oreille. Et elle a un dossier solide. Je suis donc beaucoup moins confiant que lors de notre conversation hier.

Le cœur de Karen se serra dans sa poitrine. Sans l'ADN, il n'y avait rien. Prouver que Tina ne s'était pas déplacée en métro ne la mènerait pas très loin. Sa déception dut transparaître sur son visage, car Semple fut secoué d'un rire.

— Femme de peu de foi, dit-il. Ne désespérez pas, commandant Pirie. Je continue de croire que nous allons gagner.

Il consulta rapidement sa montre et réunit ses papiers.

— C'est l'heure, commandant.

*

La grande différence entre le tribunal des affaires familiales et le tribunal correctionnel, se remémora Karen en se dirigeant vers la barre des témoins, c'était le degré d'activité périphérique. Dans les tribunaux correctionnels, les avocats, les clercs, les appariteurs allaient et venaient discrètement. Les journalistes s'éclipsaient pour envoyer leurs notes – par mail de nos jours – avant de retourner assister au procès. En ce qui concernait le public, chacun arrivait et repartait comme il l'entendait. Dans les tribunaux des affaires familiales, c'était autre chose. La protection de la vie privée prédominait et les seules personnes autorisées à entrer dans la salle d'audience étaient celles qui étaient impliquées dans le dossier. Et elles ne voulaient rien manquer.

L'autre grande différence, c'était que les avocats n'avaient pas l'air de sortir tout droit du dix-septième siècle. Ni perruques ni toges, juste des vêtements ordinaires. Enfin, pas toujours ordinaires, se dit Karen. On ne pouvait pas douter de ce qu'était la profession de Semple en le voyant.

Une fois que Karen se fut soumise aux formalités, Semple la fit peu à peu présenter le dossier. Elle expliqua ce qui s'était passé suite à l'accident de Ross Garvie et souligna la portée décisive de cette correspondance d'ADN. La juge décida qu'il n'était pas nécessaire de faire intervenir un expert sur ce point et Karen insista sur le fait que s'ils n'avaient pas la possibilité d'identifier le père biologique de Ross Garvie, il n'y aurait aucun espoir d'amener l'assassin de Tina McDonald devant la justice.

Karen se sentait observée par Alexandra Cosgrove tandis qu'elle répondait aux questions de Semple. L'avocate, qui ne devait pas avoir loin de la soixantaine, avait des cheveux très blancs coupés court. Avec son teint pâle et sa frêle silhouette, elle ressemblait à une version exsangue d'Audrey Hepburn. Et son regard bleu pâle n'avait rien de sympathique.

Quand Semple eut terminé d'interroger Karen, la juge Abercrombie leva un doigt pour marquer une pause le temps de prendre quelques notes supplémentaires. Elle adressa ensuite un signe de tête à Cosgrove.

L'avocate prit son temps sans quitter Karen des yeux.

— Vingt ans ont passé depuis que cette malheureuse jeune femme a trouvé la mort, c'est bien ça ?

— Oui.

— Et la police n'a même pas réussi à identifier un potentiel suspect ?

— Jusqu'à maintenant, non.

— Mes clients ont voulu protéger leur fils en ne lui révélant pas qu'il avait été adopté. Vous en êtes consciente ?

— Je le suis, répondit Karen en se demandant où tout cela allait mener.

— Êtes-vous sûre qu'avoir accès à l'acte de naissance original de Ross Garvie vous permettra d'identifier un solide suspect ?

— J'en suis certaine.

Karen espérait que son expression reflétait ses paroles. Elle vit Linda Garvie secouer la tête et faire une moue pessimiste.

— Je vous trouve un peu trop confiante. Le nom du père ne sera peut-être pas inscrit sur l'acte de naissance. Cette possibilité n'ébranle pas vos certitudes, commandant Pirie ?

Elle commençait à comprendre où elle voulait en venir.

— Mon unité est hautement qualifiée pour retrouver les gens. Et une mère sait généralement qui est le père de son enfant, si cette information n'est pas inscrite sur l'acte de naissance.

— Votre unité…, dit Cosgrove avec un sourire narquois. C'est-à-dire vous et votre collègue ?

— C'est le noyau dur de notre unité, oui. Mais nous pouvons faire appel à d'autres spécialistes de la police.

— La mère de Ross Garvie a probablement mené une existence très chaotique. Elle a peut-être eu plusieurs partenaires. Elle pourrait aussi avoir été victime d'un viol. Même si vous arriviez à retrouver la trace de la mère biologique de Ross Garvie et qu'elle était encore vivante, il est tout à fait possible que cela ne vous conduise pas jusqu'à son père.

— Je reste confiante, maître Cosgrove.

L'avocate haussa ses sourcils impeccables en signe de perplexité.

— Pensez-vous vraiment que cette faible probabilité l'emporte sur les droits de mes clients et ceux de leur fils ?

— C'est au tribunal d'en décider, répliqua Karen en refusant d'entrer dans son jeu. Mon travail est de faire en sorte que justice soit rendue à Tina McDonald et d'apporter des réponses à sa famille.

La juge lui lança un rapide coup d'œil par-dessus ses lunettes de lecture, un léger sourire aux lèvres en signe d'approbation. Cosgrove n'insista pas, comprenant qu'elle n'obtiendrait rien de plus.

Karen trouva une place au fond de la salle d'audience et écouta Semple mener sa plaidoirie. Il exposa avec éloquence l'importance de soutenir le travail de la police dans les affaires non élucidées. Il expliqua que lui permettre d'accéder à cette information n'aurait pas forcément d'impact sur Ross Garvie.

— Cette affaire est entendue à huis clos, dit-il. Si l'ouverture des archives a pour conséquence une procédure pénale, il n'y a aucune raison pour que le nom de Ross Garvie soit prononcé au cours d'une audience publique. Les règles de procédures en matière de preuves devraient être suffisantes pour que le procureur établisse qu'une concordance d'ADN familial a été obtenue de manière fortuite dans le cadre d'une autre affaire. Autrement dit, il n'y a aucune violation d'un quelconque droit de l'homme ici parce que cette information n'est connue que des personnes présentes dans cette salle d'audience aujourd'hui. Je demande donc à ce que vous acceptiez notre requête, madame la présidente.

La juge Abercrombie prit d'autres notes et fit signe à Semple de s'asseoir.

— Maître Cosgrove, finit-elle par dire. Je vous écoute.

Cosgrove se leva et glissa une main à l'intérieur de la poche de son ample veste.

— Ma plaidoirie sera simple, madame la présidente. L'article 8 des droits de l'homme stipule un droit inaliénable à la vie privée et à la vie familiale. Ross Garvie est mineur et ses parents sont en mesure d'exercer ce droit pour lui.

Elle désigna les Garvie.

— Mon cher confrère, maître Semple, n'est pas sincère quand il affirme que l'identité de Ross Garvie restera confidentielle. Si une procédure pénale s'ensuit, les médias, comme à leur habitude, n'auront aucun respect pour ses droits, d'autant plus qu'il sera entre-temps devenu majeur. La presse – particulièrement les journaux en ligne – fera tout pour révéler son identité. Comme nous avons pu le constater à plusieurs reprises ces derniers temps, la police a du mal à protéger ses données. À la différence du commandant Pirie, je ne crois pas que les droits de mes clients seront protégés. Madame la présidente, je demande que la requête de la partie adverse soit rejetée et que vous donniez ordre à la police de ne révéler aucune information qui pourrait mener à l'identification de mes clients.

C'était reparti. La police écossaise était comparée à une passoire. Karen réprima un soupir. Le Macaron était censé trouver la fuite. Le problème, c'était qu'il n'était même pas fichu d'attraper des criminels. Ce qui compliquait pas mal les choses sur le terrain. Les gens ne voulaient pas transmettre des informations confidentielles si ça risquait de leur retomber dessus.

La juge Abercrombie s'éclaircit la voix.

— Merci à vous deux. Il n'y a aucune urgence dans cette affaire. La justice a attendu pendant vingt ans. Elle peut patienter encore un peu le temps que j'étudie la question. Je vous ferai part de ma décision en temps voulu.

Fin de l'audience. Les Garvie lancèrent un regard noir à Karen tandis qu'Alexandra Cosgrove les accompagnait vers la sortie.

— Vous n'avez pas le droit de nous faire ça, lança Linda Garvie.

Son mari la pria de se taire, passa un bras autour de ses épaules et le couple s'éloigna rapidement. Karen emboîta le pas à Semple qui quittait la salle d'audience.

— Qu'est-ce que vous en pensez ? demanda-t-elle.

— Je ne me fais pas de souci. Pour dire les choses franchement, je crois qu'elle veut attendre un jour ou deux pour voir si Ross Garvie est encore de ce monde.

— Vraiment ? dit Karen.

— Sans aucun doute, répliqua Semple avec un sourire en coin.

19

Karen venait tout juste de sortir du tribunal quand elle entendit quelqu'un l'appeler. Elle scruta la foule de Chambers Street et vit un bras s'agiter derrière deux touristes américains portant de lourds sacs à dos.

— Hé, Karen ! entendit-elle de nouveau avant de voir apparaître une tête souriante aux cheveux frisés.

Karen sourit à son tour en la reconnaissant.

— Sunny O'Brien.

Sunny fit un pas de côté pour éviter les touristes et prit Karen dans ses bras.

— Comment vas-tu ?

Son accent irlandais était fort comme une pinte de Guinness et contrastait avec sa peau brune, ses cheveux noirs et ses yeux marron, le produit d'une mère aborigène et d'un père irlandais. Sunny, dont le caractère enjoué correspondait bien à son prénom, semblait ravie de voir Karen.

— Pas mal, répondit Karen, momentanément réconfortée par son sourire. Qu'est-ce que tu fais à Édimbourg ?

Sunny glissa son bras dans celui de Karen.

— J'organise un projet de recherche avec deux chimistes qui travaillent ici, à l'université. Nous avons eu une réunion et maintenant je vais aller boire un bon café au Black Medicine Café. Allez, fais une pause et viens avec moi.

Karen n'avait pas besoin qu'on le lui répète deux fois. Sunny, spécialisée en incendie et engins explosifs, enseignait à l'université de Dundee. Elles s'étaient rencontrées quelques années auparavant à l'anniversaire d'un ami commun qui travaillait dans la police scientifique. Pour Karen, ça avait été l'occasion de nouer des contacts utiles et de passer une excellente soirée. C'était toujours satisfaisant de faire d'une pierre deux coups.

Elles bavardèrent jusqu'au café. Armées de caféine et de brownies, elles s'installèrent sur des bancs en bois près de la fenêtre du fond. Sunny dégusta son double expresso en poussant de petits gémissements de plaisir.

— Pourquoi c'est si difficile de trouver du bon café chez nous ? C'est quand même pas la mer à boire ! dit-elle avant d'ajouter d'un air plus sérieux : je ne vais pas te soûler avec ça parce que j'imagine que tu entends ce genre de choses sans arrêt, mais je voulais juste te dire que j'ai pensé à toi. Et quand tu t'en sentiras l'envie, je veux dire l'envie d'être avec des gens, je serai ravie d'aller manger une pizza avec toi un de ces soirs.

C'était de loin la plus belle proposition qu'on lui ait faite jusqu'à maintenant, pensa Karen.

— Ce serait super, répondit-elle. Je n'en suis pas encore là, mais ça viendra.

— Très bien. Tu bosses sur quoi en ce moment ?

— Sur une affaire plutôt intéressante mais délicate. Une concordance d'ADN familial avec un meurtre vieux de vingt ans.

— Délicate… c'est-à-dire ?

— Je ne peux pas en parler, désolée.

— Oh non, j'ai trop envie de savoir maintenant, Karen.

Cette dernière se mit à rire.

— J'aurais mieux fait de me taire. Et toi, alors ?

— Comme d'hab. Analyse des preuves suite à des incendies. Je fais aussi des recherches sur la fabrication de bombes terroristes. Le train-train habituel, dit-elle en faisant la grimace.

Ses mots attirèrent l'attention de Karen et la ramenèrent vers Gabriel Abbott et son destin tragique.

— Au fait, dit-elle, je m'intéresse à une autre affaire qui remonte à 1994. Un petit avion qui a explosé en plein vol près de Galashiels. L'explosion a fait quatre victimes. L'une d'elles était un ancien ministre aux Affaires nord-irlandaises et l'IRA a donc été accusée même si personne ne l'a revendiqué.

— Je m'en souviens vaguement, dit Sunny en fronçant les sourcils. Je préparais mon doctorat à Durham à l'époque. Un de nos professeurs avait travaillé sur cette affaire, si c'est bien celle à laquelle je pense.

— Ce que j'ai trouvé vraiment bizarre, c'est que ni l'IRA ni aucun des groupes dissidents n'a revendiqué l'attentat. Ils étaient plutôt actifs en matière de terrorisme dans les années 1990 – Warrington, Manchester, Docklands – et ils n'avaient pas peur d'assumer leurs actes.

Sunny sourit.

— Je vois ce que tu veux dire. Parfois une multitude de mains se lèvent et s'agitent pour dire « moi, moi », comme le ferait un groupe de gamins de cinq ans. Un tel silence paraît en effet un peu bizarre. Personne ne s'est posé de questions à l'époque ?

— Je ne sais pas. En tout cas, ça m'intrigue.

— Est-ce qu'ils ont rouvert le dossier ?

Karen regarda fixement son café, qu'elle remuait doucement.

— Non, je me pose la question, c'est tout. Le fils d'une des victimes de l'accident a été assassiné il y a quelques jours. Enfin peut-être pas. Il s'agirait peut-être d'un suicide. En tout cas, ça m'intrigue, parce que c'est rare qu'il y ait plusieurs meurtres au sein d'une même famille.

Sunny poussa un petit grognement.

— Sauf quand tu vis en Syrie, dit-elle. Ou en République démocratique du Congo. Un de ces pays où la vie ne vaut pas grand-chose et où mes collègues anthropologues retrouvent des charniers. Mais, oui, je vois ce que tu veux dire. Si je comprends bien, ton propre travail ne te suffit pas ? Il faut en plus que tu t'inventes d'autres affaires, maintenant ?

Karen écarta une mèche de cheveux d'un geste impatient.

— Je ne dors pas beaucoup ces temps-ci, Sunny. J'ai besoin de m'occuper la tête. Je ne suis pas présomptueuse au point de penser que je vais résoudre une affaire comme celle-là, mais c'est mon métier de relever les anomalies, et c'en est une à laquelle on n'a peut-être pas suffisamment prêté attention en 1994.

Sunny tapota la main de Karen et poussa un soupir.

— Je comprends. Je ne te juge pas, ma chérie. C'est toi qui t'y connais et tu as fait tes preuves dans ce domaine. Tu aimerais que je pose des questions autour de moi et que je te donne quelques pistes pour nourrir ta réflexion ?

— Pour tout dire, je n'avais pas prévu de te demander quoi que ce soit. Ça m'est revenu comme ça. Je n'y aurais pas repensé si je n'étais pas tombée sur toi aujourd'hui. C'est le genre d'heureux hasard qu'espère tout policier travaillant sur ce genre d'affaires.

Sunny mastiqua une bouchée de brownie et la regarda d'un air songeur.

— OK, dit-elle. Mais tu dois faire quelque chose pour moi en échange.

— Évidemment. Quoi donc ?

— Je veux que tu viennes à Dundee pour parler de ton travail devant mes étudiants en dernière année. Malgré tous nos efforts, ils continuent de croire que vous travaillez comme les flics qu'on voit à la télé. Un inspecteur grincheux flanqué d'un flic débutant qui résolvent tous les crimes en duo.

— Tu veux dire, un peu comme moi et La Menthe avec l'Unité des affaires historiques ? demanda-t-elle avec une pointe d'ironie.

Sunny éclata de rire.

— Exactement, un vrai duo de choc. Je me disais que tu pourrais leur parler plus généralement des procédures et leur montrer comment tout ce petit monde travaille ensemble. Qu'est-ce que tu en penses ?

— Ça marche. Par contre, je ne viendrai pas avec La Menthe. Je ne voudrais pas qu'il les fasse fuir.

— C'est sûr que ce n'est pas le meilleur exemple à présenter. Bon, envoie-moi par mail les détails concernant l'explosion de cet avion et je verrai ce que je peux trouver. Comme je te l'ai dit, si c'est bien l'avion auquel je pense, je sais à qui poser la question.

Sunny avala sa dernière gorgée de café avant de s'humecter les lèvres.

— C'est exactement ce qu'il me fallait. Je file, j'ai un train à prendre.

Elles s'enlacèrent puis Karen la regarda s'éloigner d'un pas leste en direction de la gare. Elle ne savait pas trop quoi faire maintenant. Elle pouvait retourner au bureau et se pencher sur les dépositions dans l'affaire Tina McDonald, mais Jason était parfaitement capable de s'en occuper. Elle ne voulait pas donner l'impression de douter de ses capacités à accomplir une tâche aussi simple. Pendant qu'elle réfléchissait à ses options, elle décida d'envoyer un texto à Giorsal. Karen était tout à fait consciente de sa tendance à laisser traîner les choses sur le plan personnel. Si un rendez-vous n'était pas fixé rapidement, elle se laisserait accaparer par le travail et le temps filerait sans qu'elle s'en rende compte.

À sa grande surprise, Giorsal semblait tout aussi désœuvrée parce qu'elle répondit aussitôt. En l'espace de dix minutes, elles convinrent de se retrouver dans un restaurant thaï près de Waverly, ce qui était pratique pour Giorsal qui venait en train. Réjouie par cette perspective, Karen décida finalement de retourner au bureau. Il devait bien y avoir quelque chose à faire pour accélérer cette enquête.

20

Dans le train, Sunny profita du réseau wifi intermittent pour se renseigner sur cette affaire qui turlupinait Karen. Avant d'arriver à son bureau de Dundee, elle avait déjà dressé une liste de questions à poser au Dr David Longford, qui était maintenant maître de conférences en chimie analytique à Cambridge.

À la fin de sa journée de travail, elle lui écrivit un long mail dans lequel elle exposait ce qu'elle attendait de lui. Le cas n'était pas récent ; s'il pouvait l'aider, il devrait mettre la main sur des dossiers qui, vu leur ancienneté, n'existaient que sur papier ou sous une forme digitale obsolète. Sunny espérait qu'il soit assez intrigué par cette affaire pour oser demander aux informaticiens de restaurer les dossiers de ces vieilles disquettes.

Quand elle consulta ses mails le lendemain matin, elle découvrit qu'elle n'était pas la seule à répondre à des messages professionnels à minuit.

> Salut Sunny !
>
> Ça fait plaisir d'avoir de tes nouvelles. Comment ça se passe pour toi là-haut dans le grand nord ? Est-ce que tu viens à la conférence de Lisbonne ? Si c'est le cas, est-ce

que je peux te demander de faire un court exposé dans le cadre d'une intervention que je donne sur les récentes améliorations des EEI[1] ?

Je dois dire que j'ai été très surpris par tes questions. Je n'avais pas repensé à l'explosion du Cessna Skylane depuis des années. Il n'y avait rien d'étrange à ce sujet, autant que je m'en souvienne, sauf que l'engin incendiaire était plutôt rudimentaire. Il n'avait pas de marque de fabrique identifiable et tu as raison, personne n'a revendiqué cet attentat. Je devrais pouvoir accéder à mes dossiers. Nous avons numérisé toutes les archives il y a deux ans – nous avons obtenu une généreuse dotation d'un magnat de la démolition ! – et si tout a été fait correctement, ça ne devrait pas poser de problèmes. Je vais voir ce que je peux trouver et on se recontacte par Skype ensuite ? Si tu as le temps jeudi, on peut se parler dans la journée. Je dois juste voir un de mes étudiants à quatorze heures.

À très vite !

Communiquer par Skype était devenu une seconde nature pour Sunny O'Brien. Ses collègues chercheurs étaient dispersés dans le monde entier mais il n'était plus nécessaire d'attendre la prochaine conférence pour pouvoir échanger des idées. De nos jours, on pouvait facilement travailler avec des collègues ayant les mêmes centres d'intérêt et ce, où qu'ils se trouvent. La proposition de David Longford était donc la bienvenue. C'était toujours mieux de se voir. Karen serait contente. Et vu ce qu'elle avait traversé dernièrement, tout ce qui pouvait lui redonner le sourire était une bonne nouvelle.

*

1. Engins explosifs improvisés. (*N. d. T.*)

Les jours s'écoulèrent sans rien de nouveau. Karen et Jason parlèrent à des témoins qui ne leur apprirent rien de plus que ce qu'ils savaient déjà sur ces événements vieux de vingt ans. Ils discutèrent des preuves médico-légales avec le labo mais n'obtinrent aucune information décisive grâce aux avancées technologiques. Il n'y avait qu'une seule chose susceptible de relancer cette enquête qui en était au point mort.

Attendre que Colin Semple la contacte était un véritable supplice. Combien de temps fallait-il au juge Abercrombie pour prendre sa décision ? Si, comme le supposait l'avocat, Abercrombie attendait de voir si Ross Garvie allait mourir et lui épargner ainsi une décision difficile, combien de temps faudrait-il ? Karen avait téléphoné tous les jours à l'hôpital pour avoir des nouvelles de l'état de santé de Garvie. « Stable mais critique », telle était la réponse qu'on lui donnait invariablement. Qu'est-ce que cela voulait dire, au juste ?

Concrètement, cela signifiait que cette juge Abercrombie avait le cul entre deux chaises et que Karen allait devoir prendre son mal en patience. La météo était pénible également : il tombait un crachin froid et incessant, le genre de pluie qui s'insinuait par la moindre ouverture dans des vêtements imperméables, vous trempait et vous glaçait en quelques minutes. Marcher de nuit par ce temps était un vrai calvaire. Karen restait donc chez elle en pensant aux réfugiés. Est-ce qu'ils avaient bravé le mauvais temps pour pouvoir se retrouver et discuter ? Ou est-ce qu'ils étaient coincés chez eux comme elle, à tourner en rond en regrettant le climat plus ensoleillé de leur pays ?

Un jeudi soir tard, Sunny lui passa un coup de fil.

— Je ne te dérange pas ?

— Non, je me faisais une rétrospective de la série *Homicide*. Je la regarde à chaque fois que j'en ai marre du boulot. Ça me rappelle à quel point ça pourrait être pire.

Sunny se mit à rire.

— C'est marrant, parce que je n'ai jamais ressenti la même chose avec *Les Experts*... Bon, je viens juste de terminer une conversation par Skype avec David Longford. Il a étudié l'explosion de l'avion, analysé les matériaux utilisés pour fabriquer la bombe, etc. Et ton intuition était juste. Ça ne porte pas vraiment la marque de fabrique de l'IRA.

— C'est-à-dire ?

— Pour le dire simplement, la bombe était très rudimentaire. Or, l'IRA avait mis au point des modèles plutôt sophistiqués. Grâce aux revenus générés par leurs activités criminelles traditionnelles, le trafic de drogue et des donations en provenance des États-Unis, ils avaient amassé assez d'argent pour se procurer des engins explosifs. Semtex, etc. Des minuteurs électroniques. Rien de ce genre ici. C'était du basique amélioré. Les enquêteurs ont retrouvé des morceaux d'acier et des billes de métal déformés dans les débris de l'accident. Ce qui signifie que la chose ressemblait plutôt à un pot de peinture avec des billes ajoutées au dispositif de base pour provoquer encore plus de dégâts.

— Vicieux.

— Mais efficace. Quant aux composants chimiques, il n'y avait pas beaucoup de résidus, mais le peu qu'ils ont retrouvé était suffisant pour en déduire qu'ils avaient utilisé du bon vieux chlorate de sodium et du sucre avec de l'acide sulfurique comme élément déclencheur. Sans oublier la dose d'oxyde de fer et d'oxyde d'aluminium.

— Tu veux bien m'expliquer comment ça marche ?

— Avant, c'était facile de se procurer du chlorate de sodium mais maintenant c'est terminé ; on l'utilisait comme désherbant, à l'époque. On l'utilisait aussi comme décolorant pour la pâte à papier recyclée. Tu incorpores tout ça à dose égale et tu mélanges en ajoutant du sucre en poudre. Tu ajoutes ensuite l'oxyde de fer et l'oxyde d'aluminium. L'oxyde d'aluminium est très facile à trouver : il y en a dans le mastic et dans la crème solaire ; quant à l'oxyde de fer, c'est tout simplement de la rouille. Tu verses ensuite de l'acide sulfurique concentré dans un préservatif – ou plusieurs, si tu veux retarder son action – tu fais un double nœud, tu poses ça au-dessus du mélange, tu refermes le couvercle de ton pot et tu attends.

— Je ne comprends pas. À quoi sert le préservatif ?

— C'est un détonateur très rudimentaire. L'acide décompose lentement le caoutchouc avant d'enflammer le mélange chimique. Et boum, tu obtiens de la thermite. La chaleur est intense, les gaz se libèrent et le pot finit par éclater avec ses billes en métal.

— C'est aussi simple ? Tu peux te procurer de l'acide sulfurique comme ça ? En vente libre ?

— Tu peux acheter du plomb-acide sulfurique. C'est de l'acide sulfurique en moins puissant. Tu le chauffes dans un pot en céramique jusqu'à ce qu'apparaisse une épaisse fumée blanche et le tour est joué. Mais tu dois faire très attention. Tu connais le poème ?

— Quel poème ?

— C'est plutôt des vers de mirliton : « Hélas, le pauvre James est mort / Nous ne le verrons jamais plus / Parce qu'il avait confondu / H_2O et H_2SO_4. » C'est le genre de trait d'esprit très apprécié des chimistes.

— Et c'est suffisant pour détruire un avion ?

— Un monomoteur ? Bien sûr. Deux cent cinquante grammes de chaque composant chimique, un préservatif rempli d'acide et c'est bon. Ça provoque des dégâts terribles et le carburant qui alimente le moteur prend feu. C'est simple mais sacrément efficace. Écoute, je vais te faire suivre par mail les détails techniques que m'a envoyés David. Mais ce qu'il faut retenir de tout ça, c'est que ça ne ressemble pas aux bombes utilisées par les terroristes nord-irlandais de cette époque.

— OK, répondit Karen, intriguée. Et qu'est-ce que ça t'évoque, à toi ?

Sunny poussa un soupir.

— C'est difficile d'avoir un avis tranché sur la question. À l'époque, il y avait tellement de groupes dissidents de l'IRA qui essayaient de laisser leur marque. Il pourrait simplement s'agir d'une petite cellule terroriste sans trop de moyens mais désireuse de se faire remarquer et d'être prise au sérieux par ses aînés.

Ou pas.

Si Karen était tellement douée pour élucider les affaires non classées, c'est qu'elle n'avait pas peur d'envisager toutes les hypothèses.

— Peut-être que ça n'a rien à voir avec le terrorisme irlandais, ajouta-t-elle lentement.

Sunny demeura silencieuse pendant quelques secondes avant de répondre :

— Oui, c'est possible. Mais un animal qui a un bec, qui cancane et qui a le goût du canard… c'est généralement un canard.

Sauf quand ça ne l'est pas, pensa Karen avant de répondre en riant :

— Oui, tu as raison. J'ai toujours eu de l'imagination à revendre, c'est ce qui me fait avancer.

Sunny se remit à rire.

— Tu devrais écrire des romans policiers au lieu de t'embêter à résoudre de véritables crimes. OK, ce n'était pas exactement le genre de bombes utilisées par l'IRA mais il reste que l'homme qu'elle a tué était un ministre aux Affaires nord-irlandaises. Donc l'origine de l'attentat ne fait guère de doute.

Karen grommela un petit oui. Cependant, il y avait trois autres personnes dans l'avion. La réponse la plus évidente n'était pas toujours la bonne. Surtout quand le fils d'une des victimes était assassiné vingt ans après les faits. Si Gabriel Abbott avait bel et bien été assassiné, répliqua une petite voix à l'intérieur de sa tête.

— Quoi qu'il en soit, reprit Sunny, je vais t'envoyer un mail avec des infos qui pourront rassasier ton avide curiosité.

— Merci, Sunny, je te revaudrai ça.

— J'y compte bien. Et j'espère ne pas attendre trop longtemps. Allez, je te laisse, tu vas pouvoir aller dormir.

Tu parles…, songea Karen en mettant fin à la communication. Elle regarda la nuit dehors en se demandant si la pluie s'était calmée. Elle ouvrit la porte coulissante de la baie vitrée pour sortir sur son balcon. Elle leva la tête vers le ciel et remarqua qu'un miracle s'était produit : il ne pleuvait pas. L'atmosphère était encore humide, mais il avait arrêté de pleuvoir juste à temps, c'est-à-dire avant qu'elle ne commence à devenir folle.

Dix minutes plus tard, elle prenait la direction de Restalrig Railway. D'un pas énergique, elle s'engagea dans le chemin un peu plus tôt qu'elle ne l'avait fait la dernière fois. Elle échangea un signe de tête avec une femme entre deux âges tirant un chien récalcitrant derrière elle. Quand elle aperçut la lueur familière sous le pont, elle fut surprise du plaisir que cela lui procura.

Le temps avait découragé une bonne partie des réfugiés. Il n'y avait que trois hommes autour d'un feu moins vif que d'habitude : Tarek, et deux autres qui s'étaient montrés plus hostiles à son encontre. Tarek leva les yeux et lui fit un signe de tête quand elle se rapprocha d'eux.

— Le temps est épouvantable, dit-elle en se réchauffant les mains près du feu.

Elle n'avait pas froid mais c'était un bon moyen de briser la glace.

— Nous n'aimons pas la pluie écossaise, dit Tarek.

— Nous non plus, répliqua Karen avec un petit sourire.

— Mais alors pourquoi vous sortez la nuit sous la pluie si vous ne l'aimez pas ?

Elle se demanda si ces Syriens étaient des gens qui parlaient naturellement avec franchise ou si cette dernière venait du fait qu'ils ne maîtrisaient pas suffisamment la langue.

— Je ne dors pas bien. Marcher me fatigue et quand je rentre chez moi, je m'endors comme une masse.

— Comme une masse ?

— Je dors profondément. C'est une image.

Tarek hocha la tête en répétant les mots comme s'il voulait les mémoriser pour les réutiliser ultérieurement.

— Pourquoi vous ne dormez pas ? Est-ce qu'il y a des choses qui vous préoccupent ? Des mauvaises actions que vous avez faites en tant que policière ? Vous êtes coupable ?

Karen contracta les épaules, sur la défensive.

— Je ne suis pas une mauvaise personne. Et je ne suis pas une mauvaise policière non plus. C'est juste que quelqu'un a tué l'homme que j'aimais, répliqua-t-elle avant de fixer les flammes des yeux.

— Je suis désolé, dit Tarek.

— Moi aussi. Et je suis triste. Si je marche une bonne partie de la nuit, c'est pour ne plus penser à ce qui s'est passé.

— Je comprends. Maintenant, c'est le travail qui a pris la place de votre mari, dit Tarek en lâchant un grand soupir. On a du chagrin nous aussi. On est tristes parce que des gens qu'on aime sont tués à cause de la guerre. Et parce que nos maisons sont détruites et qu'on ne peut plus y habiter. Et aussi parce qu'on n'a pas de travail pour oublier notre chagrin.

— C'est dur, dit Karen. Je ne sais pas ce que je ferais si je n'avais pas de travail pour me changer les idées.

— Le travail, c'est la dignité.

Tarek enfonça les mains profondément dans les poches de son manteau et fixa les flammes d'un air renfrogné.

— Nous n'avons aucune dignité ici.

— Vous n'êtes pas autorisés à travailler, c'est ça ?

Il secoua la tête.

— Pas tant qu'on ne sera pas autorisés à rester. C'est difficile parce que nous sommes des travailleurs. On n'est pas des mendiants.

Il frappa sa poitrine d'une main.

— Je suis comptable.

Il désigna ensuite l'homme qui se trouvait le plus près de lui.

— Lui, il est cuisinier. Et lui, dit-il en montrant le troisième, il est dentiste. Mais ici, on n'est rien.

Elle se sentait un peu honteuse, maintenant. Elle avait l'impression que sa vie était vide de sens depuis la mort de Phil. Mais ces gens avaient perdu beaucoup plus. Eux ne pouvaient rien faire d'autre qu'attendre, alors que de son côté, elle pouvait toujours essayer de passer à autre chose. Ils avaient envie de reprendre leur vie en main, mais ils étaient coincés ici.

— Je suis désolée, répéta-t-elle.

Tarek secoua la tête.

— Ce n'est pas votre faute. Vous ici en Écosse, vous essayez de nous aider. Beaucoup d'entre vous sont gentils. D'autres, moins. Mais la plupart, oui. Ça fait du bien d'être quelque part où il n'y a ni bombes ni balles. On est contents pour ça.

L'homme qu'il avait désigné comme étant cuisinier regarda Karen dans les yeux pour la première fois.

— Pourquoi vous ne nous laissez pas travailler ? J'ai toujours nourri ma famille. J'ai toujours donné un toit à ma femme et mes enfants. Mais maintenant on est comme des bébés. Je déteste ça.

Il cracha par terre.

— Parfois, je préférerais être mort chez moi que vivre comme ça ici, dit-il en remontant le col de son manteau avant de s'éloigner dans la nuit.

— Il ne pense pas ce qu'il vient de dire, déclara Tarek. Il est en colère, c'est tout.

Karen hocha la tête.

— Il a raison d'être en colère, d'être triste. J'aimerais pouvoir vous aider, vraiment. Est-ce que vous avez besoin de quelque chose en particulier ? De la nourriture ? Des vêtements ? Des couvertures ?

Tarek avait l'air très chagriné.

— Nous n'avons pas faim. On a des vêtements. Ce qui nous manque, vous ne pouvez pas nous le donner.

Il n'y avait rien de plus à ajouter. Karen resta avec les hommes quelques minutes avant de leur souhaiter une bonne nuit. Elle ne savait pas trop ce qu'elle était venue chercher ici. Mais ce qui était sûr, c'est qu'elle ne l'avait pas trouvé.

21

Il n'était pas encore sept heures quand Karen fut réveillée par le téléphone. Elle se sentit momentanément désorientée – c'était rare qu'on l'appelle en dehors des heures de bureau – puis redouta qu'il ne soit arrivé quelque chose à l'un de ses parents. Quand elle vit le nom sur l'écran du téléphone, elle poussa un juron.

— Bonjour, monsieur, grommela-t-elle.

— J'ai bien peur au contraire que ce ne soit pas un bon jour, Pirie. Vous avez vu les journaux ? C'est partout sur Internet !

À en juger par son ton, le Macaron devait être cramoisi. Karen se redressa aussitôt et s'assit au bord du lit, réveillée et alerte.

— Je ne sais pas de quoi vous parlez, dit-elle. Je viens tout juste de me réveiller.

— Eh bien, je vous suggère de découvrir ça en quatrième vitesse. Je vous attends dans mon bureau. À huit heures. Je vais vous dire quelque chose, Pirie, vous avez dépassé les bornes, cette fois.

Silence. Karen poussa un grand soupir et jeta son portable sur la table de chevet. Connard, pensa-t-elle, en se dirigeant vers la salle de bains. Quelle que soit la raison de cette mauvaise humeur, ça pouvait attendre qu'elle ait pris sa douche et bu un café ; tout semblait plus difficile sans ces deux éléments.

Quinze minutes plus tard, elle était assise devant son ordinateur. Douchée, habillée et armée d'une tasse de café, les choses ne pouvaient pas être si graves...

Hélas, si. Elle n'eut pas même besoin de lancer une recherche. L'alerte Google qu'elle avait installée quelques années auparavant avait redirigé dans sa boîte mail trois liens vers des sites d'information : deux journaux et un service d'info en ligne. Elle lut alors, en gros titres :

UN JEUNE HOMME DANS LE COMA SERAIT UN ÉLÉMENT-CLÉ
DANS UNE AFFAIRE DE MEURTRE.

UN HOMICIDE ÉLUCIDÉ VINGT ANS PLUS TARD
GRÂCE À L'ADN D'UN JEUNE CHAUFFARD.

Enfin, encore plus explicite :

MEURTRE DE LA JOLIE TINA :
L'ADN DÉSIGNE LE COUPABLE VINGT ANS APRÈS.

Les titres concis et astucieux de la presse écrite ne s'appliquaient pas sur le web. Il n'y avait pas les mêmes contraintes de format ni le besoin de recourir à une typographie accrocheuse pour attirer l'attention d'un lecteur potentiel sur le chemin du travail.

Karen cliqua sur le premier lien, un tabloïd populaire que ses parents avaient lu pendant des années avant d'y renoncer, dégoûtés par toutes ces stars de téléréalité et ces footballeurs au comportement honteux qui avaient plus d'argent que de jugeote. Autant commencer par le pire. Sous le titre aguicheur, elle lut :

L'ADN d'un jeune chauffard pourrait être la clé d'un meurtre non élucidé vieux de vingt ans, selon la police.

Après avoir analysé l'ADN du conducteur ayant causé la mort de plusieurs personnes la semaine dernière à Dundee, la police scientifique a découvert que le meurtrier de la coiffeuse Tina McDonald était un parent proche du jeune homme.

Mais l'espoir que ce meurtre soit rapidement résolu a été déçu quand les policiers ont découvert que celui-ci avait été adopté à la naissance.

L'Unité des affaires historiques, dirigée par le commandant Karen Pirie, a la difficile tâche de retrouver les parents biologiques du conducteur, dont l'identité ne peut être révélée pour des raisons légales.

Au cours d'une audience au tribunal des affaires familiales cette semaine, les avocats ont soutenu que la police devait avoir accès à l'acte de naissance original du jeune conducteur. Mais ses parents adoptifs, qui ne lui ont rien révélé sur sa naissance, ont rétorqué qu'il s'agissait d'une violation du droit à la vie privée. Les deux parties attendent maintenant la décision du juge.

Tina McDonald avait vingt-quatre ans quand elle a été violée et assassinée après une soirée entre filles pour fêter l'anniversaire de leur amie et patronne Liz Dunleavy, propriétaire d'un salon de coiffure dans le quartier branché de Byres Road à Glasgow. Son corps avait été retrouvé dans une allée derrière le Bluebeard's, une ancienne boîte près de George Square dans le centre-ville de Glasgow, sa robe rouge à paillettes arrachée et couverte de sang.

Des centaines de témoignages ont été recueillis parmi les fêtards et les amis de la jeune et exubérante coiffeuse. Mais aucune arrestation n'a eu lieu. La police est à présent sur le point de résoudre l'affaire.

« Je n'arrive pas à croire que la police ne puisse pas avoir automatiquement accès à cette information », se lamente Éric, le père de Tina, dans son pavillon de Mount Florida. « Rendre justice à ma petite fille est plus important que respecter les

droits d'un chauffard qui a tué trois de ses copains, non ? Le meurtre de Tina nous a condamnés à vivre l'enfer. La moindre des choses, c'est que le tribunal nous dise qui est responsable de ça. »
Le commandant Pirie était injoignable hier soir, mais un porte-parole de la police a affirmé : « Nous ne faisons aucun commentaire sur les affaires en cours. »

Karen poussa un petit grognement.

— Sauf quand ça nous arrange, marmonna-t-elle.

Elle parcourut rapidement les autres articles sans rien apprendre de nouveau, avant de lancer une recherche Google pour s'assurer qu'elle n'avait rien manqué. Elle jeta ensuite un rapide coup d'œil sur Twitter et maugréa quand elle vit que le hashtag #TinaMcDonald avait beaucoup de succès. Les usagers de Twitter ne cachaient pas leur indignation. La majorité était pour qu'on rende justice à Tina et s'élevait contre le chauffard qui avait tué trois de ses copains. Mais il y avait aussi une minorité de voix discordantes qui défendaient ses droits à la vie privée malgré tout. C'était suffisant, pensa Karen, pour avoir envie de déchirer la charte des droits de l'homme.

Ne serait-ce que pour un court instant.

Elle se regarda dans le miroir. C'était la deuxième fois seulement qu'elle portait ce tailleur ; elle avait perdu du poids et tous ses autres vêtements étaient trop grands pour elle. Ce tissu en lin à chevron bleu foncé la rendait présentable. Et le chemisier en soldes qu'elle s'était offert chez White Stuff avait un joli motif bleu et blanc qui mettait en valeur ses yeux. Ce n'était pas pour le Macaron qu'elle se mettait sur son trente et un. Elle avait rendez-vous avec Giorsal après le travail et elle avait l'intuition qu'elle n'aurait pas le temps de repasser chez elle pour se changer. Elle voulait se montrer à son avantage ; elle ne voulait pas se faire plaindre. Giorsal n'envisageait peut-être pas les choses de cette façon, mais Karen souhaitait retrouver leur vieille amitié sans que la mort de son compagnon vienne obscurcir le tableau. Elle passa du gel dans ses cheveux indisciplinés, s'assura que son sac contenait bien tout ce qui lui était nécessaire et se mit en route pour aller affronter la tempête.

*

La colère du commissaire divisionnaire Simon Lees n'avait cessé de monter en lui depuis qu'il avait jeté un coup d'œil à son iPad au réveil. Une heure et demie plus tard, il ressemblait à une cocotte-minute sur le point d'exploser. Il ne manquait plus que cette maudite bonne femme pour qu'il laisse éclater sa rage.

Elle avait dépassé les bornes, cette fois. Elle avait commis une sacrée bavure. Il l'avait pourtant mise en garde. Malgré la fureur qui bouillonnait en lui, il se réjouissait de pouvoir enfin lui passer un savon.

Il but son thé à petites gorgées et regarda sa montre. Il ne restait plus qu'une minute. Elle allait être en retard. Comme toujours. Elle avait soi-disant tellement de pain sur la planche qu'elle en perdait la notion du temps. Il avait encore quelques minutes devant lui avant de pouvoir laisser éclater sa colère. Il alluma son iPad et cliqua sur le jeu de stratégie auquel il était devenu passablement accro ; il allait en profiter pour consolider le portail de sa forteresse.

Mais avant de pouvoir cliquer sur l'icône, quelqu'un frappa à la porte. Comme d'habitude, Pirie n'attendit pas qu'on l'invite à entrer. Elle ouvrit la porte, traversa la pièce et s'assit pendant qu'il essayait désespérément d'éteindre le jeu. Il nota un léger sourire sur ses lèvres.

— Vous pouvez m'expliquer ce qui se passe ?

Il ne s'embarrassa pas du préambule et monta à l'assaut directement. Il prit le journal dans son tiroir puis le fit claquer sur le bureau.

— Je vous avais prévenue au sujet des fuites. Je vous avais demandé de nettoyer vos rangs. Et qu'est-ce que je découvre ce matin ? Que le ciel nous est tombé sur la tête !

Karen jeta un œil au journal.

— Je ne sais pas d'où proviennent ces informations, mais pas de mon unité en tout cas.

— Dans ce cas, d'où est-ce que ça sort ?

Karen haussa les épaules.

— Du cabinet de Colin Semple. Du secrétariat du juge. Du cabinet d'Alexandra Cosgrove. Ça pourrait venir aussi d'un appariteur et même des parents de Tina McDonald. Il n'y a aucune raison de croire que ça vient de moi ou de l'inspecteur Murray. D'ailleurs, c'est nous qui avons le plus à perdre dans cette histoire.

— Vraiment ? Vous n'êtes pas sensible aux trompettes de la renommée, commandant Pirie ? Laisser s'ébruiter des informations à ce stade est un bon moyen de montrer que vous vous occupez de l'affaire Tina McDonald et si tout va mal, ce n'est pas vous qu'on blâmera, mais le système.

Elle lui lança un regard assassin. Il l'avait atteinte, il le sentait. Pourquoi est-ce que ça lui avait demandé autant de temps de découvrir que sa vanité professionnelle était son talon d'Achille ? Il se retint de sourire.

— La seule chose qui m'importe, c'est de mettre les criminels derrière les barreaux, dit-elle d'une voix lente et venimeuse. L'assassin de Tina McDonald se promenait tranquillement depuis vingt ans en pensant qu'il ne serait jamais inquiété. Il sait à présent que nous avons des infos sur lui. Et il sait aussi que nous ne pourrons rien faire tant que le juge ne nous donnera pas le feu vert. Vous pensez vraiment qu'il sera encore dans les parages quand on viendra sonner à sa porte ? Croyez-moi, personne n'est plus ennuyé que moi par cette histoire.

Elle n'avait pas tort sur ce point, il devait bien l'admettre. Mais il continuait de penser que c'était elle qui profitait le plus de cette situation. Et il avait la certitude maintenant que c'était là sa principale motivation.

— C'est vous qui le dites, rétorqua-t-il en appuyant chaque mot. Mais je ne peux pas vous croire sur parole. Nous devons découvrir qui renseigne la presse. Ça ne sert pas les intérêts de la justice, comme vous aimez à le répéter vous-même. Je vais donc diligenter une enquête interne.

Elle poussa un soupir. Il était en train de gagner. Elle était en difficulté maintenant. Il ne manquait plus que le coup de grâce.

— Je vais m'entretenir dans les plus brefs délais avec le commissaire divisionnaire Gordon Robson.

Sa consternation était visible. C'était son ancien patron. Un homme qui l'appréciait autant que lui. Robson allait pourrir la vie de Pirie, il était prêt à le parier.

— Il fera la lumière sur toute cette affaire.

— Si vous le dites.

Elle ne l'appelait jamais monsieur. Aucun respect. Il adorerait voir Gordon Robson l'humilier. Malgré ses protestations, il avait la certitude que les fuites venaient de l'unité de Karen Pirie.

— Il devra avoir accès à tous vos enregistrements téléphoniques et à vos mails. Les vôtres ainsi que ceux de l'inspecteur Murray.

Karen poussa un grognement.

— Eh bien, ça va être long. Je ne peux pas parler pour Jason, mais de mon côté, je n'ai rien à cacher. Je pensais que le commissaire divisionnaire avait mieux à faire, mais c'est comme vous voulez.

Elle se leva.

— Si nous en avons terminé, je vais retourner travailler. J'ai un meurtre à élucider.

À sa grande frustration, elle sortit de la pièce comme si la conversation n'avait pas eu lieu.

22

Karen trouva Jason dans leur bureau, le visage blafard, les traits tirés, examinant les journaux du matin.

— On dirait que tu as passé une bonne soirée hier, dit Karen en jetant sa veste sur le dossier de sa chaise avant de se laisser tomber devant l'ordinateur. Tant mieux pour toi.

— On a bien picolé avec mes colocs. C'était l'anniversaire de Matt, expliqua-t-il avec un léger sourire. Je n'étais pas tellement dans mon assiette tout à l'heure mais maintenant, c'est encore pire.

— Ne m'en parle pas. Je viens de me faire remonter les bretelles par le Macaron. C'était comme si j'avais eu affaire à un gamin tout excité de prononcer son premier gros mot. Par contre, il n'a pas trouvé mieux que de faire appel à Jilted John pour enquêter sur les fuites.

Jason parut déconcerté.

— Qui ça ?

— Tu sais bien, Jilted John, le chanteur qui avait sorti ce tube pendant la période punk, expliqua Karen avant de s'éclaircir la voix pour se mettre à fredonner d'une voix discordante : « Gordon est un gros gogol, Gordon est un gros gogol. »

Jason ne semblait toujours pas comprendre.

— Je ne sais même pas si ma mère était née quand il y avait de la musique punk… Enfin bon, qui c'est, ce type ?

— Le commissaire divisionnaire Gordon Robson, dit-elle en poussant un soupir. Il me déteste.

— Pourquoi ?

— Ça remonte à l'époque où j'ai arrêté mon chef et l'ai fait condamner à la prison à vie. C'était le meilleur ami de notre Gordon.

— Ah, fit Jason, qui comprenait enfin quelque chose. Vous vous êtes fait pas mal d'ennemis à l'époque. Je me souviens de Phil qui me disait…

Jason n'alla pas plus loin.

— Oui, et ça n'a pas arrêté depuis, reprit Karen d'un air presque enjoué. Ce serait donc bien si on pouvait découvrir qui fait fuiter ces infos avant qu'il nous fasse porter le chapeau.

Jason écarquilla les yeux.

— Il ferait ça ?

— Sans la moindre hésitation. Il va passer au crible tes coups de fil et tes mails. J'espère pour toi que tu n'as pas essayé de t'acheter une femme russe sur Internet.

Il esquissa un sourire.

— Pas récemment, chef.

— Vois si tu ne peux pas trouver quelqu'un dans tes contacts qui travaille pour un de ces torchons et qui a une dette envers toi. En attendant, je pense qu'on devrait…

Elle fut interrompue par le téléphone. Elle poussa un grognement et décrocha.

— Commandant Pirie, Unité des affaires historiques.

— Bonjour commandant, ici Colin Semple. J'ai de mauvaises nouvelles, j'en ai peur.

Ce fut comme de recevoir un coup de poing à l'estomac.

— La juge a dit non ?

— Pas encore. Ce sont plutôt de mauvaises nouvelles vous concernant. La juge Abercrombie demande à vous voir dans les plus brefs délais. Elle prend très au sérieux la confidentialité des échanges qui se tiennent au tribunal et elle n'est pas franchement ravie de ce qu'elle a découvert aujourd'hui dans les médias. Elle envisage de vous sanctionner pour outrage à magistrat.

— Mais je n'ai...

— J'ai dit « envisage ».

Un sentiment de révolte et d'injustice monta dans sa poitrine.

— Je ne sais pas qui a tout déballé aux médias, mais ce n'est pas moi. Il n'y a aucune preuve contre moi qui justifie de me coller cet outrage à magistrat.

— Ce qu'elle veut, c'est surtout faire un rappel à l'ordre et non vous envoyer quelques jours derrière les barreaux. Enfin, je crois. La juge Abercrombie montre ses muscles simplement pour rappeler qui est le patron. Ne vous inquiétez pas trop, commandant Pirie. Vous allez vous faire taper sur les doigts et c'est tout. Le pire des scénarios serait qu'elle vous demande de vous excuser devant le tribunal.

— C'est rassurant... Qu'est-ce que je suis censée faire ? Tout lâcher et me précipiter immédiatement au tribunal ?

— Aussi vite que possible, répondit-il. Plus vous tarderez à vous y rendre et plus elle le prendra mal. Il y a de grandes chances qu'elle vous fasse attendre, mais il faut que vous y alliez sans quoi elle saisira ce prétexte pour vous accuser d'outrage.

— Vous êtes au tribunal aujourd'hui ? demanda Karen.

— J'ai une audience, mais ça ne devrait pas durer longtemps. Je peux toujours demander un court report si la juge vous appelle à la barre pendant que je suis en train de plaider. Ma stagiaire est avec moi, je vous envoie son numéro. Contactez-la dès que vous êtes sur place et elle me préviendra. Allez, commandant, ne perdez pas davantage de temps !

Karen regarda le téléphone après avoir raccroché.

— Comme si je n'avais rien de mieux à faire, grommela-t-elle en prenant sa veste sur la chaise.

— Qu'est-ce qui se passe, chef ?

— Je vais aller me faire passer un deuxième savon. Je pense que ça va être plus compliqué avec la juge. Tu imagines si elle m'envoie en prison ? C'est toi qui devras prendre les rênes du dossier.

*

Semple avait eu raison au moins sur un point : la juge était décidée à la faire poireauter toute la journée. La stagiaire de Semple, une jeune femme réservée d'une vingtaine d'années qui parlait avec un léger accent des îles Hébrides et qui paraissait tout à fait inoffensive, la conduisit dans la salle réservée aux avocats. Une tasse de café et un biscuit sablé ne changèrent rien à l'humeur de Karen. C'était le genre de journée qui lui donnait envie de recommencer à grignoter des sucreries. Elle avait presque réussi à se débarrasser de cette mauvaise habitude après la mort de Phil. Pas délibérément, mais parce que tout ce qu'elle mangeait avait un goût de carton et de cendre dans sa bouche. Elle détestait l'admettre, parce qu'elle était prudente par nature, mais elle se sentait en meilleure forme depuis qu'elle mangeait moins, et maintenant qu'elle prenait de nouveau plaisir à la nourriture, elle ne voulait pas retomber dans ses mauvaises habitudes. Elle aurait échangé ce bien-être contre le retour de Phil sans la moindre hésitation, mais comme ce n'était pas possible, autant en profiter. Karen fixa avec envie une pyramide de petits gâteaux avant de sortir son ordinateur portable en lâchant un gros soupir. Elle passa une heure à s'occuper de ses mails sans que la juge ne l'appelle. Il n'y avait rien d'autre à faire que de se pencher de nouveau sur ce meurtre qui leur donnait tant de soucis.

Jason avait épluché méticuleusement les principaux témoignages dans l'affaire Tina McDonald. Elle aurait pu les relire, mais elle avait le sentiment de les connaître presque par cœur. Ils avaient chargé des policiers locaux de réinterroger les témoins et ils semblaient avoir fait du bon travail. Seul le ticket de métro retrouvé parmi les affaires de la victime qui souffrait de claustrophobie restait inexplicable.

Karen repensa aux décès pour le moins mystérieux de Gabriel Abbott et de sa mère. Ce n'était pas ses affaires, mais elle ne pouvait s'empêcher d'y réfléchir. Tous les dossiers sur lesquels elle avait travaillé impliquaient des gens minés par le chagrin. Or, parfois, le chagrin était tellement insupportable que certaines personnes finissaient par se tuer. Mais pas vingt-deux ans après les faits. Il y avait quelque chose dans l'histoire de Gabriel Abbott qui la fascinait. C'est comme si elle avait le pouvoir de lui faire oublier son propre chagrin, même l'espace d'un court instant.

— Si je devais m'occuper de cette affaire, par où je commencerais ? marmonna-t-elle.

Il ne fallait rien considérer comme acquis. C'était la première règle à appliquer dans ce travail. Examiner le dossier en se basant uniquement sur les faits. Les conclusions de l'enquête découlaient-elles de preuves ou d'une simple hypothèse ?

Il fallait commencer par Gabriel.

Elle ne pouvait toutefois pas aller bien loin. Elle n'avait accès ni au dossier ni aux interrogatoires. Tout ce qu'elle savait, c'est que les enquêteurs avaient d'abord pensé à un suicide puis penché pour un meurtre avant de faire finalement machine arrière. Les flics étaient humains : ils choisissaient l'explication qui paraissait la plus crédible et ils avaient généralement raison. Elle avait travaillé un jour avec un jeune policier fraîchement diplômé qui voulait montrer qu'il était plus intelligent que tout le monde. Il n'arrêtait pas de parler du rasoir d'Ockham qui, selon Karen, était une théorie bien compliquée pour exprimer ce qui paraissait évident à tout policier. Karen doutait que Guillaume d'Ockham ait jamais travaillé dans la police.

Le problème, c'était que l'explication la plus évidente n'était pas toujours la bonne. C'était un mirage, une illusion, un tour de passe-passe, de la poudre aux yeux. Elle n'en savait pas assez sur la mort de Gabriel Abbott pour démêler le vrai du faux. Elle devait donc mettre ça de côté pour le moment. Peut-être que Giorsal pourrait l'aider à éclairer certaines zones d'ombre de cette affaire quand elle la retrouverait pour dîner.

Il y avait aussi Caroline Abbott, Ellie MacKinnon, Mary Spencer et son mari Richard. Mais c'était Caroline Abbott qui intéressait Karen, parce qu'il était très rare que plusieurs meurtres surviennent dans une même famille. Sauf dans certains cas où il y avait des connexions inattendues.

Voilà, elle l'avait formulé. Dans sa tête, certes, mais elle l'avait formulé. Elle lança une recherche Google sur Caroline Abbott pour en apprendre plus sur elle. Elle connaissait déjà deux ou trois détails : diplômée en études théâtrales, elle avait creusé son sillon dans le secteur du spectacle avant de créer avec succès sa propre maison de production en surfant sur les goûts du public. Mais quel genre de femme était-elle ?

Karen avait lu quelque part que quatre-vingt-douze pour cent des internautes qui effectuaient une recherche en ligne n'allaient pas plus loin que la première page. Depuis, elle allait par principe jusqu'au bout de chaque recherche. C'est comme ça qu'à la troisième page de résultats, elle découvrit une interview de Caroline Abbott dans les archives du plus chic des magazines féminins.

23

Une vie sur les planches

Rencontre avec la femme qui est parvenue
à se faire un nom dans le West End, envers et contre tous.

Par Fenella Drake

Il y a de grandes chances pour que vous ne connaissiez pas le nom de Caroline Abbott, même si vous êtes amateur de théâtre. Mais vous avez sans doute déjà été électrisé par un de ses spectacles. Elle est la productrice d'une demi-douzaine de succès dans le West End, qui ont obtenu des critiques dithyrambiques et ont été montés partout au Royaume-Uni. Parmi les spectacles qu'elle a produits pour le plus grand plaisir des spectateurs, on trouve *Appelle-moi !*, *Le gros et le maigrichon*, *De merveilleux inconnus* et le grand succès de l'année dernière : *Foudroyée par l'amour*. Pour couronner le tout, elle est maman de deux beaux garçons, Will et Gabriel.

Nous nous retrouvons dans son bureau situé dans un petit immeuble de style géorgien à Soho. C'est une pièce accueillante avec des canapés moelleux, une imposante table de travail en noyer et une vue sur le square de Soho. Vêtue d'un pull en soie écru Nicole Farhi et de jodhpurs noirs, Caroline nous révèle que cela fait des années qu'elle est passionnée par le théâtre. Elle n'a cependant jamais rêvé d'être actrice. « Mes parents adoraient aller au théâtre et ils m'emmenaient toujours voir des pantomimes et des comédies musicales. J'ai adoré ça tout de suite. Mais je n'ai jamais voulu chanter ou danser sur scène. Je n'ai jamais été attirée par les feux de la rampe. J'étais fascinée par l'univers du spectacle dans sa totalité et pas seulement par le spectacle en lui-même. J'ai rejoint un club de théâtre amateur dès que j'en ai eu l'âge. À douze ans, j'étais assistante du régisseur en charge des accessoires et à quatorze ans, je suis devenue régisseuse à proprement parler. Je savais que j'avais trouvé ma vocation. »

Les parents de Caroline savaient à quel point une carrière dans le théâtre était précaire, donc ils ont insisté pour qu'elle aille à l'université. « Ils voulaient que j'aie un filet de sécurité. Je leur ai dit que j'allais étudier l'anglais mais j'ai choisi à la dernière minute de faire des études de théâtre. » Elle se met à rire. « Comme vous pouvez l'imaginer, ça a provoqué quelques disputes. Mais je savais exactement ce que je voulais faire et j'étais bien décidée à y arriver. »

Comment a-t-elle réussi à percer dans la voie qu'elle avait choisie ? « C'est une question de chance, de hasard ; j'étais au bon endroit au bon moment. J'étais serveuse dans un boui-boui à quelques rues d'ici, en plein cœur du quartier des théâtres. Un de mes clients réguliers travaillait dans un des plus importants théâtres de Shaftesbury Avenue et un jour il est entré dans le restaurant, l'air abattu. Je lui ai demandé ce qu'il avait et il m'a répondu que son assistant était parti sans prévenir. Je me suis dit : "C'est maintenant ou jamais." J'ai pris une profonde inspiration et je lui ai annoncé qu'il avait trouvé la personne qu'il lui fallait. Il m'a donné ma chance. »

Ce n'était que le début d'un long parcours pour passer d'humble assistante à productrice. Caroline était déterminée, ambitieuse et quand, trois ans plus tard, son patron est parti en Australie, elle est parvenue à convaincre la direction qu'elle pouvait prendre sa place. « J'étais prête et ils l'ont vu. » Deux ans plus tard, elle réussissait à convaincre une autre structure de lui donner sa chance. Le Goddard Theatre à Epping était une entreprise en difficulté quand Caroline l'a rejointe. Mais son talent pour créer des spectacles populaires a créé l'enthousiasme et les critiques élogieuses ont attiré un large public.

« Ça a été une période formidable. Notamment parce que j'ai rencontré mon mari Tom. Ça a été un genre de coup de foudre. Il était ingénieur naval et partait souvent en voyage, mais chaque fois qu'il revenait c'était comme retomber amoureuse. »

L'inconvénient de ces longues absences, c'est que Caroline devait souvent s'occuper seule de Will, leur premier enfant. « J'ai rapidement compris que j'avais besoin de quelqu'un pour m'aider, donc j'ai fait appel à une nounou. Je suis passée par une agence qui proposait ce genre de services. Et comme ma meilleure amie vit dans l'appartement au-dessus du mien, je pouvais toujours compter sur elle pour obtenir du renfort ! Quand Tom rentrait, ça nous permettait aussi de nous retrouver un peu tous les deux. »

Après avoir établi sa réputation au Goddard, décidant de voler de ses propres ailes, elle a créé sa société de production, CAST : Caroline Abbott et Son Théâtre. *Appelle-moi !*, le premier spectacle qu'elle a produit, a été un immense succès couronné de nombreuses récompenses.

« Je ne m'y attendais pas, avoue-t-elle en riant. Je savais que c'était un bon divertissement, mais je ne m'attendais pas à ce qu'il ait autant de succès. » *Appelle-moi !* est devenu une formidable carte de visite pour sa société de production et Caroline a continué à aller de l'avant.

Peu de temps après ce premier triomphe, Caroline a eu un deuxième enfant, Gabriel. « Ça a été une période assez mouvementée. J'avais l'impression que les journées étaient trop courtes. »

À peine commençait-elle à sortir la tête hors de l'eau que sa vie a basculé. Son mari Tom est tombé gravement malade alors qu'il se trouvait en permission en Thaïlande. Le temps que Caroline apprenne la nouvelle, il était déjà mort.

« Je n'ai pas vraiment compris, sur le coup. Il était si souvent absent que la situation n'était pas fondamentalement différente de d'habitude, sauf que cette fois il n'est jamais rentré. Ça a été très difficile d'expliquer aux garçons ce qui était arrivé à leur père. Parce que l'absence n'a pas été brutale, parce que la vie continuait comme avant… ça a vraiment été difficile pour nous de prendre conscience que Tom était parti pour de bon. »

C'est sûr, pensa Karen. Il n'y avait ni Skype, ni FaceTime, ni mails à cette époque. Caroline ne pouvait compter que sur des lettres, des cartes postales et un coup de fil de temps en temps quand Tom faisait escale dans un port. C'était différent du contact qu'elle avait été capable de maintenir avec Phil les rares fois où ils avaient été éloignés l'un de l'autre. La disparition de Tom avait dû lui sembler complètement irréelle. Combien de temps lui avait-il fallu avant de comprendre qu'elle était vraiment seule ?

« Un jour, environ six mois après sa mort, je me suis réveillée avec l'horrible sentiment qu'il ne reviendrait plus. » En prononçant cette phrase, la professionnelle du théâtre semble soudain aussi démunie qu'une petite fille. « C'était comme si mon cœur s'était accordé à ma raison. Mais je savais que je devais tenir le coup pour les enfants. Nous avons construit nos vies sans Tom. Nous ressentons son absence à chaque événement familial, mais nous avons appris à nous réjouir de ce qu'il nous a apporté plutôt que de pleurer sa disparition. »
Cette positivité se ressent dans toutes les actions de Caroline Abbott. Quelle sera la prochaine étape ? Produire des films pour le cinéma ou la télévision ? Créer un groupe à succès comme les New Kids on the Block ?
Caroline se met à rire. « J'aime mon métier. Je veux continuer à l'exercer tout en me lançant de nouveaux défis. Tout ce que je souhaite maintenant c'est voir mes enfants grandir et s'épanouir dans la vie. »

Karen ferma la page. Hélas, le sort en avait décidé autrement. Comme quoi, il fallait vraiment profiter du jour présent. Alors qu'elle cliquait sur un nouveau lien, la stagiaire de Semple arriva près d'elle, l'air enjoué.

— La juge Abercrombie est prête à vous recevoir.

Karen la suivit jusqu'à la salle d'audience où elle s'était rendue en début de semaine. La juge était déjà assise et parcourait une liasse de documents posée devant elle sur son bureau en prenant des notes de temps à autre au crayon.

Elle jeta un rapide coup d'œil à Karen par-dessus ses lunettes avant de se remettre à lire. Karen se dirigea vers Colin Semple – qui lisait et annotait lui aussi des documents juridiques – et s'assit à côté de lui. Cinq longues minutes s'écoulèrent avant que la juge Abercrombie pose son crayon et regarde Karen en fronçant les sourcils. Elle poussa un profond soupir.

— La confidentialité de ce tribunal a été violée, annonça-t-elle sur un ton grave. Je conçois que la police ne sache pas comment fonctionne un tribunal des affaires familiales, mais je croyais m'être bien fait comprendre sur la nécessité de protéger la vie privée des personnes concernées par cette affaire.

Elle lança à Karen un regard interrogateur.

— Est-ce que je n'ai pas été suffisamment claire ?

Karen hocha la tête.

— Si, madame la présidente. Vous avez été parfaitement claire.

— Alors pourquoi ai-je lu ces articles ce matin dans la presse ? Des articles qui non seulement violent la confidentialité entourant la procédure judiciaire mais risquent aussi de compromettre l'anonymat de Ross Garvie.

— Je ne sais pas. Je vous assure…

— Je ne crois pas que vous soyez en mesure de m'assurer quoi que ce soit, répliqua sèchement la juge.

— Ça ne vient pas de moi ni de mon équipe, insista Karen.

— C'est difficile à croire. La famille n'a aucun intérêt à renseigner les médias. Les fonctionnaires de ce tribunal et les avocats associés à cette affaire savent qu'il vaut mieux ne pas transgresser les règles de la justice. Seule la police a quelque chose à gagner en informant la presse. La justice est tournée en ridicule tandis que vous et votre collègue apparaissez sous votre meilleur jour. Vous êtes les seuls ayant eu accès à ces informations et vous avez quelque chose à gagner à les transmettre au plus grand nombre.

La juge Abercrombie la regarda en pinçant les lèvres.

— Ce tribunal a le pouvoir de prendre certaines mesures quand la justice est bafouée. Nous pouvons vous faire payer une amende ou vous envoyer en prison pour outrage.

Karen refusa de se laisser intimider. La juge n'avait aucune preuve solide pour étayer sa thèse et elle voulut insister sur ce point.

— Il n'y a aucune preuve de ce dont on m'accuse. Personne n'a souffert de cette situation. Ross Garvie n'a pas été nommé.

La juge eut une réaction indignée.

— Le nom des jeunes gens qu'il a tués a été publié ce week-end avant que quiconque sache qu'il allait jouer un rôle-clé dans votre enquête. Ceux qui voulaient connaître l'identité de Ross Garvie n'avaient qu'à se rendre au pub et ouvrir grand leurs oreilles.

Elle n'avait pas tort, songea Karen. Il était temps de prendre l'avantage.

— C'est vrai, dit-elle. Mais c'est ainsi. Je comprends votre colère. Cependant, je n'ai pas trahi la confidentialité de ce tribunal. Je peux le déclarer sous serment si c'est ce que vous souhaitez. En tout cas, je nie toute responsabilité dans cette fuite et je ne m'excuserai pas devant le tribunal pour une faute que je n'ai pas commise.

— Ne dépassez pas les bornes, commandant Pirie. Je ne trouve pas que vous témoigniez d'un très grand respect envers ce tribunal. Je vous garderai à l'œil très attentivement et si je découvre que vous avez agi de manière inappropriée, vous en subirez les conséquences, conclut la juge avant de prendre son crayon et de se remettre à lire.

Merde, pensa Karen.

— Madame la présidente ?

Celle-ci leva les yeux et lui jeta un regard noir.

— Vous êtes encore là, commandant Pirie ? Vous n'avez pas de criminels à traquer ?

— Savez-vous quand vous pourrez nous donner votre décision dans l'affaire Ross Garvie ?

Karen crut entendre Semple pousser un petit râle de désapprobation à côté d'elle.

— Nous informerons maître Semple en temps voulu, répliqua la juge en serrant les dents. Maintenant, je vais vous demander à tous les deux de bien vouloir sortir. Nous avons du travail.

Une fois hors de la salle d'audience, Semple essuya son front luisant.

— Est-ce que vous jouez toujours avec le feu, commandant ?

— Vieille bique, marmonna Karen. Elle lance des accusations sans la moindre preuve.

— Si vous le dites. Espérons que rien d'autre ne la fasse sortir de ses gonds avant qu'elle ne prenne sa décision. Sinon vous pouvez être sûre que votre requête n'aura aucune chance d'aboutir.

24

Les paroles de Semple continuèrent de résonner dans les oreilles de Karen plusieurs heures après leur entrevue. Elle descendit rapidement les marches de l'étroit passage qui menait de Cockburn Street à Waverley avant de prendre la direction du restaurant thaï, en repensant à l'attitude de la juge. Comment pouvait-on parler de justice quand le système traitait les gens aussi injustement ?

Karen arriva en avance, mais Giorsal était déjà installée et lui fit un signe de la main. Les deux femmes se serrèrent l'une contre l'autre en échangeant une bise un peu maladroite. Dans leur jeunesse, ce genre de démonstration d'affection n'avait pas cours, mais les temps avaient changé et elles s'adaptaient peu à peu.

Karen enleva sa veste et la posa sur sa chaise en se demandant si elles parviendraient facilement à retrouver leur ancienne complicité. Un serveur apparut à côté d'elles. Giorsal interrogea son amie du regard.

— Après la journée que j'ai eue, carrément, répondit Karen.

— Alors, une Singha pour moi ! dit Giorsal en levant les pouces.

— La même chose. On ne va pas se contenter d'une bière lambda qu'on trouve dans tous les pubs depuis le temps qu'on ne s'est pas vues, dit Karen en souriant.

Leur vieille complicité était intacte.

Giorsal jeta un coup d'œil interrogateur à Karen.

— Je me trompe, ou l'affaire à propos de laquelle tu m'as demandé des conseils est celle qui faisait la une des journaux ce matin ?

Karen se renfrogna.

— Tu ne te trompes pas.

— Du coup, j'imagine que ta journée a été difficile.

— Tout à fait. Un connard a tout balancé à la presse et c'est moi qui me suis fait taper sur les doigts. D'abord par mon chef et ensuite par la juge. J'ai eu beau leur dire que la fuite ne venait pas de l'UAH, ça n'a servi strictement à rien. Ils n'ont personne d'autre à qui s'en prendre, donc je suis le flic émissaire.

Giorsal afficha un petit sourire.

— Le flic émissaire, jolie expression. Est-ce que tu as obtenu des résultats, au moins ? Est-ce que la juge t'a autorisée à consulter l'acte de naissance ?

Pendant un court instant, Karen se demanda si elle pouvait faire confiance à Giorsal. Après tout, le temps où elles partageaient leurs confidences était loin. Mais elle s'en voulut aussitôt de penser de la sorte. D'une part, Giorsal ne connaissait pas suffisamment l'affaire pour être à l'origine de la fuite. D'autre part, elle n'aurait pas décroché le poste qu'elle occupait s'il y avait eu le moindre doute sur sa discrétion. Parfois, Karen s'en voulait d'être devenue aussi méfiante.

— Elle n'a pas encore décidé. C'est terriblement frustrant. Combien de temps il faut pour prendre une décision dans une affaire aussi peu complexe que celle-ci ?

— J'imagine qu'elle a dû consulter des cas similaires et étudier les arguments de chaque partie. C'est un numéro d'équilibriste entre deux visions antagonistes de la loi.

— Oui, mais quand même… On se demande si elle n'a pas mis son jugement en suspens pour voir si le jeune homme ne va pas mourir dans les prochains jours. Parce que s'il meurt, ça règle la question des droits de l'Homme et, du coup, nous pourrons avoir accès aux informations dont nous avons besoin.

Giorsal fit la grimace.

— On ne peut quand même pas souhaiter la mort de quelqu'un juste pour pouvoir résoudre une vieille affaire.

— Non. Et puis, si c'est vraiment ce qui se passe, je ne crois pas que la juge pourra prendre une décision rapidement. J'ai contacté l'hôpital tous les jours et l'état de Ross Garvie n'a pas beaucoup évolué. Il n'y a aucune raison de penser qu'il va mourir.

— Tu as posé la question ?

Karen se souvenait de ce petit sourire impertinent. À l'époque où elles étaient ensemble à l'école, il apparaissait à chaque fois que Giorsal disait tout haut ce que tout le monde pensait tout bas. Ça n'avait pas beaucoup changé, apparemment.

— Oui. Le médecin a eu l'air outré. Comme s'il était hors de question qu'un patient meure sous sa responsabilité.

Le serveur arriva à ce moment-là avec les bières et leur présenta les suggestions. Karen opta pour son habituelle soupe Tom Yum suivie d'un Pad Krapao Haggis Kai Hor. La première fois que Phil avait commandé ce plat qui mélangeait haggis et légumes, épices et basilic sacré, le tout enroulé dans une omelette, Karen s'était moquée de lui. Et puis elle l'avait goûté. Maintenant, dès qu'elle avait l'occasion de venir dans ce restaurant, elle la saisissait. Pas seulement pour des raisons sentimentales. En ce qui concernait la nourriture, Karen n'avait pas de sentiments.

Le serveur s'éloigna et Karen vida la moitié de sa bière en une seule longue gorgée.

— Ah, ça va mieux. Assez parlé de mes problèmes. Comment ça se passe pour toi ? Est-ce que tu reprends tes marques dans le Fife ?

Giorsal était une bonne conteuse, si bien que ses histoires de retour au bercail les occupèrent une bonne partie du repas. Elle termina par une anecdote à propos d'une rencontre avec un ancien camarade de classe et prit ensuite un air plus grave.

— Comment tu t'en sors ? J'imagine que le travail est un peu à double tranchant. Ça t'occupe l'esprit, mais ça doit te rappeler tout le temps Phil et ce que tu as perdu.

C'était bien résumé.

— Ça me protège de moi. Et je lui parle dans ma tête. On discute de tel ou tel dossier. Il ne pensait pas comme moi et j'essaie d'imaginer ce qu'il m'aurait suggéré quand j'hésite sur la meilleure façon de procéder. Je n'essaie pas de faire comme s'il était encore là, dit-elle en posant sa fourchette et en secouant la tête. Ce n'est pas du tout ça.

— Tu es trop pragmatique pour ça.

— Oui. Mais ce que je ne veux pas perdre, ce que je ne veux absolument pas oublier, c'est ce que Phil m'a appris, ce que j'ai gagné à l'avoir dans ma vie. J'étais meilleure quand j'étais avec lui. J'étais une meilleure personne mais aussi une meilleure policière. J'ai donc besoin de me rappeler comment il était et comment c'était de vivre avec lui.

Son regard était empli de chagrin.

— Mais parfois, vivre sans lui au quotidien, c'est très dur.

Elle ferma les yeux pendant quelques secondes.

— J'ai l'impression que je ne serai plus jamais heureuse.

— Je suis désolée, dit Giorsal en prenant les mains de Karen dans les siennes. Je ne vais pas te sortir quelque chose de stupide du genre, « tu retrouveras l'amour », parce que, même si c'est le cas, même si tu rencontres quelqu'un demain, ça ne changera rien à ce que tu ressens d'avoir perdu Phil comme ça. Je sais ce que c'est d'être minée par le chagrin. Avant mon divorce, j'ai compris que je ne pourrais plus jamais être heureuse à moins de quitter Victor.

Soulagée de pouvoir changer de sujet, Karen arbora un grand sourire.

— C'est ce que tu as fait et ça t'a permis de revenir chez toi. Au risque de paraître égoïste, je pense que c'est une bonne chose. Et alors ? Qu'est-ce que ça fait d'être à nouveau célibataire ?

Giorsal gloussa.

— C'est très différent du célibat de notre jeunesse. Je n'avais pas deux enfants collés à mes basques, à l'époque. Ça change ta façon de voir les choses. Dès que je rencontre quelqu'un, je le regarde à travers les yeux de mes filles. Crois-moi, il n'y a pas plus critiques que tes enfants. Et puis où est-ce qu'on trouve des gars disponibles, de toute façon ?

— Ce n'est pas à moi qu'il faut demander ça. Je ne rencontre que des flics, des avocats et des malfaiteurs et je serais bien en peine de dire ce qui est le mieux. Et les rencontres en ligne ?

Giorsal esquissa une grimace et fit semblant de verser une larme.

— J'ai essayé. Avec un tel talent pour le mensonge, ces gars feraient mieux d'écrire des romans. J'ai décidé que j'allais attendre qu'une rencontre complètement improbable se produise comme dans un film avec Tom Hanks.

— C'est un peu ce qui s'est passé pour Phil et moi.

— Tu veux dire que c'était improbable ou que ça s'est passé comme dans un film avec Tom Hanks ?

— Les deux.

— En tout cas, je suis heureuse d'avoir mon lit rien que pour moi. Je n'ai pas aussi bien dormi depuis des années.

Karen avala une bouchée de son plat.

— J'aimerais bien pouvoir dire la même chose. J'ai beaucoup de mal à dormir. Ce qui me fait penser que tu pourrais peut-être répondre à une question que je me pose.

Giorsal regarda Karen par-dessus le rebord de ses lunettes.

— Tu me prends pour un moteur de recherche ou quoi ? Je croyais que tu m'aimais pour moi et pas seulement pour mon infini savoir.

Karen se mit à rire.

— Arrête de te la jouer, Gus. Je suis très contente que tu sois revenue dans le coin. Mais ça ne veut pas dire que je ne vais pas exploiter tes connaissances. C'est à ça que servent les amis, non ? Écoute…

Elle lui résuma la situation des Syriens.

— Ces gens ont de solides qualifications et ça les rend dingues de n'avoir rien à faire de la journée.

— Les règles sont claires, déplora Giorsal. Ils ne sont pas autorisés à travailler tant que leur dossier n'a pas été jugé ou traité.

— Je comprends. Mais est-ce que ça concerne aussi le bénévolat ?

— C'est un peu flou. Ils peuvent être bénévoles, mais ils ne peuvent pas faire du bénévolat.

Karen se figea, déconcertée, et reposa la fourchette qu'elle s'apprêtait à porter à sa bouche.

— Il va falloir que tu m'expliques ce raisonnement paradoxal, Gus. Je ne suis qu'une simple policière.

— OK. Un bénévole est quelqu'un qui donne de son temps pour une organisation caritative. Le travail effectué par un bénévole ne répond pas aux critères d'un travail susceptible d'être rémunéré au salaire minimum. Les travailleurs volontaires accomplissent une tâche qui leur permettrait de toucher un salaire minimum s'ils n'y renonçaient pas en faveur de l'organisation caritative. Pas facile de s'y retrouver ; un peu comme dans les dessins d'Escher. Mais c'est ainsi que les choses sont définies. Mais pourquoi tu demandes ça ?

— D'après ce que j'ai compris, le plus difficile pour ces gens et leur famille, c'est qu'ils n'ont pas d'endroits où se retrouver pour boire un thé et discuter. Quand tu n'as pas de travail, ce genre de choses devient vital. À la périphérie de la ville, il y a un tas de magasins, de cafés et de pubs abandonnés qui n'intéressent personne. Est-ce qu'on ne pourrait pas transformer un de ces lieux afin qu'ils puissent s'y réunir ? En faire un café, par exemple ? Comme le Punjabi Junction, ce café solidaire en bas de Leith Walk. J'envoie toujours Jason là-bas pour nous prendre un curry à l'heure du déjeuner. L'important c'est qu'ils aient un endroit à eux ; ce n'est pas obligé d'être extraordinaire. Ils pourraient le gérer eux-mêmes comme une entreprise sociale. Un des hommes à qui j'ai parlé m'a dit qu'il gérait justement un café à Homs. Qu'est-ce que tu en penses ?

Giorsal parut surprise. Elle ne s'attendait pas à ça, pensa Karen.

— Ça me semble une excellente idée.

— Comment il faut s'y prendre à ton avis ?

Elle réfléchit à la question en fixant un point au plafond.

— La première chose à faire, c'est d'entrer en contact avec une association pour sponsoriser le projet. Ça ne devrait pas être trop difficile dans la mesure où il y a des tas de petites associations caritatives qui seraient partantes pour s'engager là-dedans. Par contre, en ce qui concerne les locaux, ça risque d'être un peu plus compliqué… Le mieux selon moi serait de trouver un conseiller municipal compréhensif ou, mieux encore, un membre du Parlement écossais pour concrétiser le projet. Mais tu ne songes quand même pas à t'occuper de ça ?

— Non. Je voulais juste me renseigner sur la question. Ils décideront de ce qu'ils veulent faire. Je vais leur communiquer les infos et leur donnerai un coup de main au besoin, mais je pense qu'ils sont assez malins pour y arriver tout seuls. Ils ont juste besoin qu'on leur indique la marche à suivre.

— Waow, fit Giorsal. Tu m'impressionnes.

— Oui, bon, tu sais nous ne sommes pas uniquement les représentants d'un système capitaliste malfaisant, dit Karen sur un ton acerbe.

— Toi, peut-être. Je ne suis pas sûre que ce soit le cas de tous tes collègues, répliqua-t-elle très sérieusement.

Karen avala une autre bouchée de son plat et but une gorgée de sa troisième bière.

— Tu as des soucis avec quelqu'un ?

Giorsal haussa les épaules.

— Ce policier que tu as rencontré dans mon bureau l'autre jour.

— Alan Noble ? Alias « Milk Tray Man », le gentleman du chocolat ?

Elle s'étrangla de rire.

— J'ai toujours trouvé qu'il y avait quelque chose de louche chez ce gars qui rentre par effraction dans des chambres pour laisser des chocolats à leurs occupantes.

— Vraiment ? répondit Karen pour la taquiner. Moi je ne dirais pas non ! Enfin, je préférerais quelqu'un de plus classe que ce type-là. Bon, mais Noble alors ? Qu'est-ce qu'il t'a fait au juste, Gus ?

— C'est lié à la mort de Gabriel Abbott. J'ai l'impression que Noble ne s'est pas trop foulé. Il m'a donné l'impression de vouloir enterrer l'affaire au plus vite en privilégiant la thèse du suicide. Tu te souviens que je lui ai proposé de parler à Ian Lesley, l'assistant social de Gabriel ? Ian était au bureau aujourd'hui et je me suis dit que j'allais faire le point. Voir ce qu'il avait raconté à Noble. C'est là que j'ai découvert que Noble n'avait même pas pris la peine de venir lui parler.

Karen pouvait comprendre que Giorsal soit contrariée par la désinvolture de Noble.

— Ça donne en effet l'impression qu'il n'est pas vraiment allé au fond des choses. Mais s'il n'y a aucune raison de suivre la piste de l'homicide, son chef lui a peut-être demandé de passer à autre chose.

— Je ne sais pas qui a pris cette décision, mais ça me semble un peu précipité. Si Noble n'a pas interrogé Ian, qui sait s'il n'a pas négligé d'autres pistes, d'autres témoignages ? Je ne suis pas sûre qu'il ait vraiment examiné toutes les circonstances entourant la mort de Gabriel.

Vu qu'elle était déjà intriguée par cette affaire, Karen avait du mal à ne pas être d'accord avec son amie.

— Tu devrais peut-être essayer de reparler à Noble, le convaincre d'aller voir Ian Lesley ?

— Tu sais comment il est, Karen. Il ne va pas me prendre au sérieux et répondra par des pirouettes. Tu ne peux pas faire quelque chose ? Lui mettre un peu la pression ?

Karen secoua la tête.

— Ce n'est pas mon dossier. Et on n'appartient pas au même service. Je n'ai aucun pouvoir là-dessus. Fourrer le nez dans l'enquête de quelqu'un sans raison valable pourrait semer la zizanie. J'ai déjà assez d'ennuis comme ça et Noble camperait sur ses positions.

— Je ne peux rien faire alors ? Je dois juste avaler la pilule ?

Karen termina rapidement son assiette en réfléchissant aux différentes options.

— Gabriel Abbott a bien un frère, non ?

— Will. Il est un peu plus vieux que lui. Il vit à Londres. Ils n'étaient pas très proches, je crois. Il a parlé avec Ian lundi et lui a dit qu'il viendrait organiser les funérailles. Ian lui a répondu qu'il fallait d'abord attendre les conclusions définitives de l'enquête pour savoir quand le corps serait disponible.

— Voilà ce que je ferais à ta place : passe un coup de fil au frère de Gabriel et demande-lui s'il est satisfait de la façon dont la police gère cette enquête. S'il te demande pourquoi tu lui poses cette question, tu lui réponds que tu n'es pas certaine qu'on ait exploré toutes les pistes concernant la mort de son frère. Avec un peu de chance, il jettera lui-même le pavé dans la mare.

— Et s'il contacte les médias ?

Karen s'essuya la bouche avec sa serviette.

— Alors tu auras une vraie enquête et Noble sera bien emmerdé. Tu gagnes sur tous les plans.

Le visage de Giorsal s'illumina.

— Merci, Karen. Je vais y réfléchir. Je ne veux pas que mes relations avec la police se dégradent. Nous travaillons souvent de concert avec eux. Si Noble pense avoir de solides preuves concernant la thèse du suicide, ça ne vaut sans doute pas la peine d'aller voir plus loin. Mais j'espère qu'on n'a pas conclu au suicide juste parce que Gabriel était un peu « dingue ». Je cherche la vérité, pas la facilité.

— À qui le dis-tu, dit Karen en pensant à une autre affaire qui attendait elle aussi son heure de vérité.

25

Les deux femmes descendirent les marches jusqu'à Waverly Station, en riant suite à une anecdote de Karen. Le train de Giorsal était sur le point de partir et elles se dirent au revoir au niveau des barrières. Karen regarda son amie longer rapidement le quai jusqu'à l'avant du train. Sa démarche n'avait pas changé. Devant la porte de la voiture, elle se retourna, lui fit un signe de la main puis s'engouffra à l'intérieur. Karen s'apprêtait à rebrousser chemin quand elle s'arrêta devant le tableau des départs. Le train de nuit pour Londres partait dans moins d'une demi-heure.

Si elle voulait obtenir des réponses à ses questions concernant l'explosion de l'avion en 1994, ce n'était pas en restant à Édimbourg qu'elle allait les trouver. Les gens avec qui elle avait besoin de s'entretenir n'étaient pas ici. La seule piste qu'elle avait, à l'exception de Will Abbott – qu'elle ne voulait pas rencontrer pour éviter d'envenimer la situation avec le Macaron et Alan Noble mais aussi pour ne pas lui donner de faux espoirs – c'était les noms des amis de Caroline et Ellie qui avaient été interviewés par des journalistes dont elle avait retrouvé les articles. Karen en avait reconnu un en particulier. Or, elle était à peu près sûre de savoir où trouver cette personne un samedi matin.

Sur un coup de tête, elle se dirigea vers les guichets. Oui, il restait encore quelques couchettes disponibles. Première ou seconde ?

Dix minutes plus tard, elle se trouvait à bord du train, unique occupante d'un minuscule compartiment contenant une couchette, un lavabo, un miroir et une bouteille d'eau minérale. Une cabine rien qu'à elle pour les huit prochaines heures. Elle suspendit sa veste et sortit pour trouver le wagon-restaurant. Il y avait déjà quelques passagers qui semblaient avoir prévu d'y passer la nuit. Karen n'était pas vraiment d'humeur à ça, mais elle fut contente de trouver du Caorunn Gin sur le menu. Pensant à Jimmy Hutton, elle acheta deux mini-bouteilles de gin et deux canettes de tonic avant de regagner son compartiment.

Elle se prépara une boisson et s'assit en tailleur sur le lit étonnamment confortable. Pour la première fois depuis que cette idée saugrenue lui était passée par la tête, elle se demanda ce qu'elle trafiquait. Qu'est-ce qui lui avait pris de monter dans un train de nuit et de s'enfuir loin des tracas ? Elle ne faisait jamais ce genre de choses. Elle était quelqu'un de sensé, pas le genre de personne à céder à des lubies. Surtout quand cette pulsion n'avait rien à voir avec ses problèmes. Si le capitaine Noble ne faisait pas correctement son travail, c'était à son chef, voire à une commission disciplinaire, de prendre des mesures.

En fait, elle était moins intriguée par la mort de Gabriel Abbott que par celle de sa mère. Au cours des dernières vingt-quatre heures, elle avait commencé à envisager les choses différemment. Elle réfléchit de nouveau au problème ; il n'y avait que deux façons d'interpréter ce que lui avait dit Sunny : la bombe incendiaire de l'avion avait été fabriquée par un membre de l'IRA qui n'appartenait pas au courant dominant mais qui était désireux de se faire entendre, d'être pris au sérieux. Peut-être un jeune artificier ambitieux voulant laisser un genre de carte de visite.

C'était une interprétation possible, mais Karen n'y croyait pas. Une telle entreprise aurait attiré l'attention des paramilitaires si elle avait vraiment été perpétrée par un débutant, par quelqu'un voulant laisser sa marque. Le Renseignement britannique aurait forcément été au courant. Ce serait remonté ensuite aux oreilles de certains médias comme Private Eye et des sites complotistes auraient fini par en parler à leur tour. Or, il n'y avait pas eu une seule ligne d'écrite à ce propos.

Il y avait une autre explication qui l'attirait, même si Karen ne possédait aucun élément concret pour soutenir cette thèse. Si Richard Spencer n'avait pas été victime de l'IRA, peut-être visait-on quelqu'un d'autre dans cet avion.

Autrement dit, si ce n'était pas un acte terroriste, la cible n'était probablement pas Richard Spencer. Après le crash, sa vie aurait été disséquée, non seulement par les services de sécurité mais aussi par les journalistes d'investigation. S'il avait caché quoi que ce soit, cela aurait été révélé au grand jour.

Sa femme était peut-être la personne visée mais c'était difficile d'imaginer que Mary Spencer soit l'objet d'un tel intérêt et d'une telle violence. Tout ce qui avait été écrit sur elle à l'époque attestait d'une vie tout à fait banale. Elle avait peut-être mené une vie cachée, mais cet argument pouvait également s'appliquer à son mari. Les projecteurs avaient été braqués sur eux après l'accident. Si elle avait trempé dans des activités financières louches, si elle avait eu une relation amoureuse clandestine ou si elle avait caché de sombres secrets liés à son passé, cela aurait fini par se savoir.

Il restait donc Ellie Mackinnon et Caroline Abbott. Deux amies qui vivaient dans le même immeuble. C'était difficile de dire laquelle des deux avait pu être la cible de l'attentat. Sauf que, vingt-deux ans plus tard, le fils de Caroline Abbott mourrait également dans de mystérieuses circonstances après avoir vaguement évoqué une sorte de complot. On pouvait considérer les allégations de Gabriel Abbott comme des élucubrations dues à ses problèmes psychologiques. Mais si elles étaient fondées ?

Le train se mit en branle et fit clapoter le gin-tonic dans le gobelet en plastique. Karen prit conscience que l'endroit où elle se trouvait était romantique : un compartiment dans un train de nuit. Phil et elle avaient parlé d'effectuer ce voyage tous les deux, mais ils ne l'avaient jamais fait. Au lieu d'un voyage en amoureux, elle était seule dans un train poursuivant des chimères au sujet d'une affaire qui ne la concernait pas, fuyant sa propre vie. Est-ce qu'elle allait continuer comme ça longtemps ?

Elle termina son gin-tonic et s'en prépara un autre. Elle détestait se laisser gagner par l'auto-apitoiement.

— Tu aurais pitié de moi si tu me voyais, dit-elle doucement. Tu croyais en moi. Tu me rappellerais qu'Alan Noble est un flemmard notoire. Que ce n'est pas mon intuition féminine qui parle dans cette affaire nébuleuse, mais mon instinct aiguisé de flic.

Elle pouvait entendre sa voix l'encourager dans sa tête. Il lui rappelait tout le temps que la meilleure façon de découvrir la vérité, c'était de prendre des risques.

C'est ce qu'elle faisait. Elle n'était pas en train de fuir Ross Garvie et Tina McDonald. Elle allait chercher des réponses à des questions concernant un quadruple meurtre qui méritait qu'on s'y attarde. Si personne ne s'y intéressait, c'était à elle qu'incombait cette mission : elle dirigeait l'Unité des affaires historiques, n'est-ce pas ?

Karen se redressa et porta un toast à son compagnon absent.

— Tu as raison, dit-elle. Je peux m'en occuper. Personne ne veut s'en charger à part moi, de toute façon.

*

La gare d'Euston au petit matin lui faisait penser à un chat qui se réveille, s'étire et se lèche les pattes en bâillant. Karen avait mieux dormi qu'escompté mais elle se sentait sale. Elle prit une douche, ce qui résolut le problème en plus de soulager la raideur qu'elle ressentait dans les membres après cette nuit passée dans son étroite couchette. Elle alla s'acheter un café et une salade composée d'œufs, de saumon fumé et d'avocat chez Leon. Tout en prenant son petit-déjeuner, elle pianota sur son ordinateur.

Elle s'était réveillée en sursaut avec « Jumpin' Jack Flash » des Stones dans la tête. Le nom qu'elle avait reconnu dans les interviews qu'elle avait lues était celui du présentateur radio : Jack Ash. À l'époque des faits, il était DJ sur Radio One et connu sous le nom de Jumpin' Jack Ash. Quelques années plus tard, il était passé sur Radio Two et avait délaissé son surnom pour redevenir Jack Ash, tout simplement. Aujourd'hui, d'après Google, il animait une émission matinale sur Six Music, où il disséquait un album chaque semaine.

Cette semaine, c'était *Liege & Lief* de Fairport Convention. En parcourant le programme de l'émission, Karen aurait juré qu'elle n'avait jamais entendu parler de ce disque, et elle n'avait aucune envie de l'écouter. Mais au moins, elle savait où trouver Jack Ash ce matin entre neuf heures et onze heures.

Il faisait beau et elle avait un peu de temps devant elle ; elle en profita donc pour marcher. Malgré l'atmosphère polluée de Londres, c'était bien agréable de bouger. Elle longea Euston

Road pour couper ensuite à travers Regent's Park. Tandis qu'elle longeait le lac à grands pas, elle refusa d'écouter la petite voix lui répétant qu'elle avait perdu la tête et essaya de réfléchir au meilleur moyen de faire parler Jack Ash.

À onze heures moins vingt, Karen franchit la porte à tambour de New Broadcasting House, débouchant dans un spacieux atrium. En face d'elle, derrière les portiques de sécurité, elle apercevait plusieurs étages avec des bureaux et des salles de réunion aux murs bariolés comme des dessins d'enfants qui voulaient en mettre plein les yeux. Au fond du hall, elle repéra un robot sorti tout droit de la série télévisée de science-fiction *Doctor Who*. Pourquoi pas, pensa-t-elle. Si on en a un, autant le montrer.

Il était temps de passer à l'opération séduction. Elle avança vers l'accueil et montra sa carte professionnelle.

— Bonjour, dit-elle, en souriant. Pourriez-vous m'aider ? J'aimerais voir Jack Ash. Après son émission, bien entendu. Est-ce que quelqu'un pourrait me conduire jusqu'à lui ?

Derrière le comptoir, le jeune homme à l'air endormi lui jeta un coup d'œil apathique.

— C'est quelle émission ?

La femme à côté de lui poussa un soupir.

— *Les Deux Faces*, dit-elle, en levant les yeux au ciel. Six Music… Trop jeune, ajouta-t-elle en regardant Karen d'un air entendu.

Le jeune homme, qui s'appelait Aron d'après son badge, pianota sur son clavier.

— Veuillez patienter quelques secondes, dit-il en composant un numéro sur son téléphone.

Il regarda un peu partout autour de lui, évitant soigneusement Karen, en attendant qu'on décroche.

— Oui, il y a une policière à la réception qui voudrait voir Jack Ash.

Pause.

— Oui. C'est bien ce que j'ai dit. Une policière… Oui, OK.

Il raccrocha.

— Quelqu'un va descendre, dit-il avant de pousser le registre visiteur vers elle. Vous devez remplir ça pour que je puisse vous donner un passe.

Karen s'exécuta et attendit que le jeune homme prépare son passe avant de le fixer à sa veste. Il indiqua ensuite trois bancs courbés recouverts de tissu aux tons prune et verts. Sept minutes plus tard, un maigrichon avec une barbe de hipster et un chignon au sommet du crâne se dirigea vers elle d'une démarche chaloupée à cause de son jean qui lui descendait sur les cuisses.

— Salut, je suis Julian.

Sans déconner, pensa Karen.

— Vous êtes la policière ? demanda-t-il d'un air dubitatif.

Karen sourit.

— Tout à fait.

Elle se leva et montra sa carte professionnelle.

— Commandant Karen Pirie.

— La police écossaise ? demanda-t-il, perplexe.

— Exact.

— Et vous voulez voir Jack ?

— Oui.

— Il vous attend ?

— J'étais à Londres, dit-elle en guise d'explication, et j'avais besoin de m'entretenir avec lui. Rien de méchant, ne vous inquiétez pas, dit-elle en lâchant un petit rire comme si l'idée même que Jack Ash puisse avoir des problèmes avec la police était ridicule. J'ai juste quelques questions à lui poser au sujet d'une affaire sur laquelle je travaille. Je suis sûre qu'il sera content de pouvoir m'aider.

Tout en parlant, elle avança en direction des portiques de sécurité. Continuer à le déstabiliser, voilà ce qu'il fallait faire.

Il était clair que Julian ne ferait jamais carrière dans la sécurité. Il la laissa passer puis la conduisit à l'intérieur de la citadelle de la radiodiffusion britannique. Ils montèrent dans un ascenseur aux parois vitrées. Karen était trop fascinée par cette immense ruche pour remarquer à quel étage ils s'arrêtèrent. Elle suivit docilement Julian le long d'un couloir, passa devant un recoin où étaient agencés des canapés avant d'entrer dans une petite pièce meublée d'une table de conférence et d'une demi-douzaine de chaises.

— Si ça ne vous ennuie pas de bien vouloir attendre ici… Jack quitte l'antenne dans…

Il jeta un coup d'œil à l'horloge murale.

— Trois minutes. Il doit juste faire un point avec le producteur de l'émission et ensuite il sera à vous. Vous voulez un café ? De l'eau ?

Karen secoua la tête.

— Non, merci.

Elle s'assit sur une chaise, agréablement surprise de la facilité avec laquelle elle avait pu pénétrer jusqu'ici. Elle s'attendait à plus de résistance, à devoir user de la flatterie, voire à mettre la pression sur ses interlocuteurs. Mais elle était parvenue à son but, même si elle ne savait pas exactement ce qu'elle était en train de faire.

Elle n'eut pas à attendre longtemps. Moins de dix minutes passèrent avant qu'une porte s'ouvre et qu'un homme, qu'elle eut du mal à reconnaître par rapport aux photos qu'elle avait vues de lui, en sorte, torse bombé et visage rubicond.

— C'est quoi ces conneries ? éructa Jack Ash, les yeux exorbités. Je vous l'ai déjà dit. Je n'ai rien à cacher. Je n'ai jamais touché le moindre ado. Combien de fois je vais devoir le répéter ? C'est pas parce que je suis homo que je suis un putain de pédophile ! Tous les animateurs de Radio One ne baisent pas leurs fans, vous savez.

Karen bondit sur ses pieds et leva les mains pour lui faire comprendre qu'il fallait qu'il se calme.

— Holà, attendez…

— Ne prenez pas ce petit ton avec moi. Je ne suis pas un enfant, reprit-il en s'avançant vers elle, poings serrés. Vous aurez des nouvelles de mon avocat. C'est toujours pareil avec vous. Vous détruisez la réputation des gens qui n'ont rien à se reprocher et foutez leur vie en l'air. C'est du harcèlement.

— En aucun cas, répliqua Karen en élevant la voix. Je ne suis pas ici pour des histoires de crimes sexuels. J'appartiens à la police écossaise et travaille sur des dossiers non classés. Je n'ai rien à voir avec les affaires de pédophilie. Je me contrefiche de savoir avec qui vous couchez.

User des mêmes techniques que l'adversaire était parfois le seul moyen de s'en sortir.

Surpris, il se figea pendant quelques secondes avant de se laisser tomber sur une chaise.

— Vraiment ? demanda-t-il d'une voix plus calme.

— Vraiment, confirma-t-elle en baissant d'un ton elle aussi mais en restant debout.

Elle lui montra sa carte professionnelle.

— Je suis le commandant Karen Pirie. Je dirige l'Unité des affaires historiques en Écosse. À l'heure actuelle, j'enquête uniquement sur des meurtres. Je tiens à vous parler parce que j'ai besoin d'en savoir plus sur deux de vos amies qui ont été assassinées il y a vingt-deux ans.

26

Jack Ash se vautra dans un fauteuil en cuir et se mit à siroter sa coupe de champagne. Dès qu'il avait pris conscience qu'il n'allait pas pouvoir se débarrasser d'elle avec ses fanfaronnades, il l'avait conduite dans le splendide hôtel de l'autre côté de la rue, loin des oreilles indiscrètes.

— Cette ordure de Savile..., soupira-t-il en secouant la tête. Tout le monde savait ce que ce salopard faisait. Garçons ou filles, il s'en fichait. Ils étaient juste bons à baiser. Et aujourd'hui, tout le monde paie pour ses méfaits.

Il avala une autre gorgée de champagne et se tapota le ventre en laissant échapper un petit rot.

— Maintenant tout le monde nous regarde avec méfiance. À chaque fois que je fais le DJ – pour un mariage ou autre – je vois bien que les gens me jettent des regards noirs et se demandent si j'ai participé à tout ça. Ils éloignent leurs enfants de moi, juste au cas où, dit-il en faisant une moue pleine d'amertume.

La compassion de Karen était tempérée par le fait qu'ils étaient assis dans un bar aux murs en marbre dans un hôtel cinq étoiles où un obséquieux serveur se comportait avec Jack Ash comme si c'était un client habituel. Elle se dit que les coups d'œil accusateurs n'étaient pas un prix trop élevé à payer pour un style de vie où une boisson ordinaire coûtait l'équivalent d'un dîner pour deux chez Pizza Express.

À présent qu'il avait retrouvé son calme, sa ressemblance avec les photos qu'elle avait vues en ligne était plus évidente, même si son visage s'était empâté depuis les années 1980 et qu'il avait des poches sous les yeux. Il paraissait néanmoins en forme, pensa Karen. Il lui restait encore pas mal de cheveux et celui ou celle qui les lui avait teints avait fait un sacré bon boulot car leur couleur paraissait naturelle. Le seul indice révélateur de la coloration était les poils de ses pattes qu'il devait probablement retoucher chaque matin. Il avait gardé le même style de coiffure avec une frange irrégulière qui donnait l'impression qu'un rongeur l'avait grignotée par endroits. Ses yeux bleus pétillaient toujours autant quand il souriait, même si à présent ses rides persistaient une fois le sourire passé. Il avait pris de l'embonpoint et son ventre était tendu contre sa chemise. Il était temps qu'il opte pour des vêtements plus larges, pensa Karen avant de rappeler qu'elle était mal placée pour dire ça.

— C'est bien qu'on écoute enfin la parole des victimes, répondit-elle, mais c'est vrai que beaucoup d'innocents ont subi les contrecoups de cette affaire.

Elle ne savait pas trop si elle croyait vraiment à ce qu'elle venait d'énoncer, mais ce qui comptait maintenant c'était de le rallier à sa cause.

Le serveur revint avec une assiette de mignardises qu'il posa délicatement entre eux sur la table. Ash se précipita dessus aussitôt et les engouffra avec avidité.

— J'ai toujours faim après l'émission. C'est l'adrénaline, expliqua-t-il entre deux bouchées.

— Ça doit demander beaucoup d'énergie. Je ne sais pas comment vous faites pour parler en continu comme ça quand vous êtes à l'antenne. Moi je ne saurais pas quoi dire.

Il afficha un petit sourire qui avait dû être séduisant quelques années auparavant.

— Ça s'apprend avec le temps.

Il vida son verre et chercha le serveur des yeux.

— Ce n'est pas pour me vanter, mais je suis un des meilleurs. J'ai eu une longue carrière couronnée de succès et je suis toujours au top. Bon, mais vous voulez parler de Caroline Abbott et Ellie ?

Sans attendre une réponse, il enchaîna :

— Je croyais que cette affaire était classée. Quand je pense qu'elles n'avaient rien à voir avec tout ça. L'IRA, ou un autre groupuscule de connards nationalistes irlandais, en voulait à Richard Spencer et la gauche caviar ; enfin, c'est ce que tout le monde a prétendu à l'époque.

Il capta l'attention du serveur pour lui signaler de lui apporter une autre coupe de champagne.

— Avez-vous entendu parler de Gabriel Abbott ?

Il était temps d'arrêter de tourner autour du pot.

Ash fronça les sourcils.

— Gabriel ? Je n'ai pas eu de ses nouvelles depuis des années. Je suis resté en contact avec Will, en revanche. Son frère.

Karen hocha la tête pour indiquer qu'elle savait de qui il parlait.

— Mais de loin. On s'envoie juste des cartes de vœux en fin d'année. Parfois, on tombe l'un sur l'autre par hasard. Dans une fête, un concert, un vernissage, ce genre de truc. Je dois me montrer de temps à autre pour qu'on n'oublie pas que Jumpin' Jack Ash est toujours dans le coup, fringant et pimpant.

— Aucun contact avec Gabriel ?

Il haussa les épaules en écartant les mains. Un homme qui n'avait apparemment rien à cacher.

— Je crois que la dernière fois que je l'ai vu, c'était au cours d'une soirée pour fêter l'anniversaire de Will. Ça doit remonter à huit ou neuf ans.

— Vous n'avez pas lu son nom dans les journaux cette semaine ?

Ash fronça de nouveau les sourcils, l'air un brin irrité.

— C'est une question piège ou quoi ? Vous n'avez pas entendu ce que j'ai dit ? Je n'ai pas été en contact avec Gabriel depuis des années.

— D'accord. Mais vous auriez pu entendre parler de lui. Gabriel est mort la semaine dernière.

De l'étonnement, de la curiosité, mais rien qui ressemble à du chagrin.

— Aussi jeune ? C'était quoi ? Un cancer ? Une crise cardiaque ?

La plupart des gens interrogés par des policiers enquêtant sur des homicides seraient parvenus à d'autres genres de conclusions, pensa Karen. À moins d'être tellement égocentrique que vous deveniez incapable de réfléchir dès que le problème ne vous concernait pas.

— Il n'est pas mort de causes naturelles.

Cette réponse le laissa pantois. Il ouvrit la bouche et offrit à Karen le spectacle repoussant de sa langue parsemée de miettes de gâteaux. Il pencha la tête en avant comme un oiseau sur le point de donner un coup de bec à un rival. Mais il se redressa rapidement et ôta une miette sur sa chemise d'un revers de main.

— Il s'est suicidé, j'imagine, conclut-il en poussant un soupir. Je ne peux pas dire que je suis totalement surpris.

— Pourquoi ça ?

Ash afficha une moue chagrine.

— Il en a bavé. Il a été envoyé au pensionnat à l'âge de six ans et après la mort de Caro, on l'a plus ou moins oublié là-bas. Will était trop occupé à investir l'argent de son héritage, à exploiter ses brillantes idées, à monter son entreprise de jeux vidéo, pour s'encombrer de son petit frère. Leurs grands-parents se fichaient de leur sort. Ils n'allaient pas abandonner leur retraite dorée en Corse pour s'occuper de leurs petits-enfants. Ce pauvre vieux Gabe a donc passé la majorité des vacances à l'école. Il a été plus ou moins élevé par les directeurs successifs du pensionnat et leur femme. Quand il s'est retrouvé seul à l'université, tout a commencé à se détraquer et ça n'a jamais vraiment cessé depuis. Il a effectué des séjours réguliers en hôpital psychiatrique pendant des années.

Il sourit brièvement et écarta les mains.

— Enfin c'est ce que raconte Will. Comme je vous l'ai dit, je ne l'ai pas beaucoup vu au cours de ces dernières années.

Son expression changea tout à coup. Karen ne se souvenait pas quand elle avait vu pour la dernière fois quelqu'un dont les émotions étaient aussi visibles. C'était comme si elle avait affaire à un enfant qui ne savait pas encore comment les contrôler.

— Mais pourquoi désirez-vous me parler au juste ? Il doit y avoir d'autres personnes susceptibles d'en savoir plus sur l'état psychologique de Gabriel.

— Je n'ai jamais dit que c'était un suicide, monsieur Ash.

Il recula dans son fauteuil comme s'il essayait d'échapper à Karen.

— Comment ça ? Ce n'est pas un suicide ? Vous voulez dire que quelqu'un l'a tué ?

— Nous n'avons encore aucune certitude. Les circonstances de sa mort ne sont pas claires.

Il tendit la main pour saisir un verre d'eau apparu comme par magie sur la table et l'avala d'un trait.

— Ça doit être un de ces tarés, dit-il. Avec tous les séjours en hôpital psy, Gabriel a dû croiser toutes sortes de dingues. Ils n'étaient sans doute pas tous aussi gentils que lui. Il en a peut-être rencontré un par hasard et Gabriel lui aura dit un truc que l'autre n'a pas apprécié et boum, terminé.

— Boum ?

Il haussa les épaules et fit une grimace, l'air embarrassé.

— C'est juste une façon de parler ! L'autre type a dû perdre son sang-froid et péter un câble. Qu'est-ce que vous m'avez dit qu'il s'était passé au juste ? Comment est-ce qu'il est mort ?

— Je ne l'ai pas précisé. On lui a tiré une balle dans la tête. Boum, comme vous avez dit.

Ash la regarda d'un air incrédule.

— Non, mais écoutez, j'ai dit « boum » comme ça, comme vous venez de le faire. Ça voulait juste dire « subitement », « tout à coup ». Vous ne suggérez quand même pas que j'étais au courant de quelque chose ?

Karen lui répondit avec un petit gloussement qui se voulait rassurant :

— Bien sûr que non, monsieur Ash.

J'avais juste envie de te flanquer la trouille, espèce de connard prétentieux.

— Je suis désolé, mais je suis un peu perdu. Vous m'avez dit tout à l'heure que vous vous occupiez d'anciennes affaires non élucidées. Du coup, ça concernerait plutôt Caro et Ellie. Et puis voilà que vous me parlez de la mort de Gabriel survenue la semaine dernière. Je sais que le temps passe plus vite quand on prend de l'âge, commenta-t-il en se forçant à rire, mais on ne peut pas dire que ce soit vraiment de l'histoire ancienne.

— Vous avez raison. Je vous ai interrogé au sujet de Gabriel en me disant que si vous étiez au courant, vous auriez fait le rapprochement avec vos amies.

— Oui, évidemment, si j'avais su cette histoire, j'aurais repensé inévitablement à Caro et Ellie. Mais je n'en ai pas entendu parler et je ne m'attendais pas à ce qu'un policier débarque sans prévenir dans les locaux de la radio pour me questionner sur mes amies disparues.

Agacé, il reporta toute son attention sur les pâtisseries, hésita entre plusieurs, avant d'en prendre une au hasard et de la fourrer dans sa bouche en entier.

— J'espère que vous allez pouvoir m'en apprendre plus sur Caro et Ellie, dit Karen. C'est sans doute un truisme que je dis là, mais quand on enquête sur une affaire, il est très important de bien connaître la vie des victimes. Tellement d'années ont passé que c'est difficile de se faire une idée de leur personnalité, des gens qu'elles fréquentaient, de leur vie au quotidien.

Il fronça les sourcils.

— Mais je ne comprends pas pourquoi. Leur assassinat a été élucidé. Elles ont été les victimes collatérales d'un genre de règlement de comptes. Pourquoi enquêtez-vous sur elles aujourd'hui ?

— L'affaire n'a jamais été élucidée. Personne n'a été jugé ni même arrêté pour ces meurtres. Nous avons cru à l'époque que l'engin explosif avait été posé dans l'avion par une faction dissidente de l'IRA, mais personne n'a jamais revendiqué l'attentat. Techniquement, c'est toujours une affaire en cours. C'est mon travail d'envisager toutes les pistes. Je sais que ça va peut-être vous surprendre, mais il faut que je vérifie si l'une d'entre elles (ou elles deux) n'était pas la véritable cible dans cette affaire.

Il y eut un silence, le temps d'assimiler ce qu'elle venait de lui dire, puis il secoua la tête.

— Mais ça n'a aucun sens. On ne tue pas des gens comme elles avec des bombes. Enfin, pas intentionnellement.

— Peut-être, mais je dois vérifier. Parlez-moi d'elles, Jack.

Elle devait à présent le mettre à l'aise, lui faire sentir qu'elle l'appréciait.

— Comment avez-vous fait leur connaissance ?

— J'ai connu Ellie en premier. Elle a été un temps assistante dans mon émission sur Radio One dans les années 1970. On s'est tout de suite bien entendus. Elle était un cran au-dessus des autres assistants. Elle savait toujours de quoi on avait besoin et réglait les problèmes avant qu'on le lui demande. Elle ne faisait jamais d'histoires, ne râlait pas quand il fallait faire des heures sup ; elle était compétente, tout simplement. Nous avions les mêmes goûts musicaux alors je l'invitais parfois à des concerts. À l'époque, les gens comme moi devaient cacher leur homosexualité, et Ellie était la parfaite couverture.

— Savait-elle qu'elle n'était qu'une couverture ? Ou est-ce qu'elle pensait qu'il y avait quelque chose entre vous ?

Ash lui jeta un regard noir.

— Bien sûr qu'elle savait que je n'étais pas intéressé par elle de cette façon. Mais elle aimait bien être vue avec moi. Ça lui donnait du prestige. Les gens la remarquaient. Elle avait tous les avantages d'être ma copine sans rien avoir à faire d'autre que s'amuser.

— Elle ne voulait pas un vrai petit ami ?

Il leva un sourcil.

— La seule chose que voulait vraiment Ellie c'était devenir une star. Elle répétait que sa carrière passait avant tout. Elle ne voulait pas perdre son temps avec des histoires d'amour mais préférait se constituer un réseau. Elle travaillait pour moi depuis moins d'un an quand elle a obtenu son premier boulot à la télévision.

— C'était *Tout le monde à bord !* ?

Il secoua la tête.

— *Tout le monde à bord !* est venu plus tard. Elle a commencé par *L'Heure du goûter*. Une émission culinaire pour les enfants. Ellie n'était pas la présentatrice principale, elle avait plutôt un rôle de commis de cuisine. Mais elle passait bien à l'écran. Elle était télégénique. Elle cirait les pompes de tous ceux qu'elle croisait sur son chemin et c'est comme ça qu'elle a réussi à devenir la présentatrice de *Tout le monde à bord !*

— Vous avez dû être content pour elle.

Elle n'avait jamais vu un sourire aussi hypocrite.

— Ça fait toujours plaisir de voir ses amis obtenir ce qu'ils veulent. Le revers de la médaille, bien sûr, c'est qu'elle n'avait plus autant de temps pour sortir et s'amuser.

Il poussa un soupir.

— Ensuite elle a rencontré Caro et s'est mise à jouer les mamans de substitution. Cette femme qui n'avait jamais montré le moindre intérêt pour les enfants s'est transformée soudainement en baby-sitter pour Will pendant que Caro travaillait le soir.

— Attendez... Elle vivait avec Caro et Will ?

Ash gloussa.

— Non. En fait, elles avaient acheté une maison ensemble qu'elles ont divisée en deux appartements. Caro et Will – et Tom quand il n'était pas en voyage – vivaient au rez-de-chaussée et au premier. Ellie avait le dernier étage et le grenier. Ça convenait à tout le monde, apparemment. Sauf aux amis d'Ellie. Nous avons commencé à beaucoup moins la voir après son emménagement. À part le dimanche, quand Caro organisait des déjeuners somptueux pour des gens de la profession : comédiens, chanteurs, scénaristes. Mais ce n'était pas la même chose. Je regrettais l'intimité que j'avais pu avoir avec Ellie. Je ne pouvais plus compter sur elle comme avant.

— Mais vous avez bien connu Caro ?

— Oui, je l'aimais beaucoup. Elle était plus show-biz qu'Ellie. C'était une hôtesse fabuleuse. Chez elle, il y avait toujours des plats merveilleux, l'alcool coulait à flots et on s'amusait beaucoup. C'était des dimanches magiques. J'y ai rencontré des hommes charmants..., dit-il d'un air nostalgique.

Un protagoniste était absent du tableau. Un protagoniste qui aurait pu avoir une raison de vouloir se débarrasser de Caroline Abbott.

— Qu'est-ce que Tom Abbott pensait de tout ça ? demanda Karen.

Il haussa de nouveau un sourcil.

— Tom était souvent absent. C'était un ingénieur naval et il passait des mois en mer. Quand il rentrait, les fêtes s'arrêtaient et plus personne ne voyait beaucoup Caro.

Il sourit.

— Mais je pouvais de nouveau avoir Ellie rien qu'à moi pendant quelques semaines avant que Tom ne reparte. Sur la fin, il était de plus en plus absent. Il n'a pas dû voir Gabriel plus de deux fois avant de mourir.

— Il est mort ?

Karen ne voulait pas lui dire qu'elle le savait déjà : elle voulait lui soutirer un maximum d'informations qu'elle n'avait pas pu lire dans la presse.

— Oui. En Thaïlande ou aux Philippines, un truc dans le genre. Ça s'est passé dans les années 1990.

— Vous en êtes sûr ?

— Oui. On peut facilement le vérifier. Je me souviens qu'Ellie m'a appelé pour m'annoncer la nouvelle ; je regardais la libération de Nelson Mandela à la télé à ce moment-là.

Karen savait qu'il disait vrai sur l'année mais elle afficha un air dubitatif.

— Je vérifierai ça. Comment est-il mort ?

— Allez savoir... D'après Caro, il avait contracté un genre de fièvre. Mais je me suis demandé si elle n'avait pas inventé cette histoire pour cacher le fait qu'il l'avait abandonnée.

— Ça paraît un peu extrême. Un mariage qui se termine n'a rien de honteux.

Il eut l'air peiné.

— Je sais, mais qu'est-ce que vous voulez que je vous dise ? Je m'en veux un peu d'avoir pensé ça, maintenant.

— Est-ce que vous pouvez me parler de la relation entre Caro et Ellie ?

Il resta impassible. On ne pouvait donc pas toujours lire en lui comme dans un livre ouvert. Il avait appris très tôt à cacher son homosexualité et il semblait faire preuve de la même discrétion concernant les autres.

— Est-ce que vous suggérez qu'elles vivaient ensemble ?

— Je pose juste la question, répondit-elle en le regardant dans les yeux.

Il soupira.

— Ce n'est pas parce que je suis gay que je m'imagine que tout le monde l'est. C'est tout à fait possible que deux personnes soient très proches sans pour autant qu'elles soient amoureuses l'une de l'autre. Après tout, c'est exactement comme ça que j'aurais qualifié ma relation avec Ellie. Nous échangions beaucoup de confidences, mais on ne se disait pas tout.

— J'ai un ou deux amis comme ça, moi aussi.

C'était un demi-mensonge, pensa Karen.

— Vous n'avez pas cherché à savoir ? On ne vous a rien dit ?

— Je n'ai jamais posé la question, répliqua-t-il avec fermeté. Nous vivons dans un monde où il y a beaucoup de cancans, ma chère. Si on n'est pas au courant de quelque chose, on ne peut pas en parler.

Il n'avait pas tort, mais elle ne le croyait pas. Même s'il en savait plus qu'il ne voulait bien l'admettre, il n'en parlerait pas. Il consulta sa montre et se redressa comme s'il s'apprêtait à mettre fin à la conversation.

— Une dernière question avant qu'on se sépare. Ellie ou Caro avaient-elles des ennemis ? Quelqu'un qui leur voulait du mal ?

Il écarquilla les yeux.

— Nous avons tous des ennemis dans ce métier. Mais ils ne sont pas prêts à tuer, répliqua-t-il d'un air offensé. Et si ça avait été le cas, ce n'est pas à moi qu'elles se seraient confiées.

— Qu'est-ce que vous voulez dire ?

— Vous savez bien, commandant, vous êtes une femme et vous, les femmes, aimez partager des choses que vous ne diriez jamais à un homme, même s'il était gay. Parfois, quand j'allais rejoindre mes amies dans un bar, je les trouvais en grand conciliabule avec quelqu'un du théâtre – Felicity Frye ou une autre pourvoyeuse de cancans – et dès que j'arrivais à leur table, elles se redressaient et faisaient semblant de parler chaussures ou sacs à main. On était proches et on aimait prendre les choses à la légère. Des gens mouraient tout autour de nous. Nous n'avions pas envie de voir la triste réalité en face. Quand j'étais avec Caro et Ellie, on essayait de profiter de la vie au maximum. C'était des filles vraiment sympa, croyez-moi. J'ai beaucoup de mal à croire que quelqu'un ait voulu les tuer. C'est inimaginable.

27

« Inimaginable » : ce mot n'appartenait pas au vocabulaire de Karen. L'être humain était capable de tout. Ce qui était plus difficile à accepter, c'était les horreurs que les gens pouvaient s'infliger mutuellement. Malheureusement, ce qui était arrivé à ces quatre passagers du Cessna Skylane en ce matin de mai était horrible mais guère surprenant.

Elle avait espéré que Jack Ash lui donnerait des informations plus substantielles à se mettre sous la dent. Toutefois, il avait mis fin à l'entretien dès qu'elle avait abordé un possible motif d'assassinat. Elle lui avait donné sa carte au moment où il s'apprêtait à partir mais il l'avait jetée sur la table.

— Je vous ai dit tout ce que je savais, avait-il affirmé les mâchoires serrées. Il n'y a aucune raison qu'on se revoie pour parler.

Karen avait payé la note sans broncher. C'était presque aussi coûteux que le dîner de la veille, bières incluses. Cette petite enquête privée lui revenait cher. Elle quitta l'hôtel, heureuse d'être débarrassée de l'ego démesuré de ce Jack Ash. Tandis qu'elle se dirigeait vers Regent's Park, elle réfléchit à ce qu'elle avait appris. L'information la plus importante à retenir était que Caroline Abbott avait annoncé la mort de son mari en 1990. Si on prenait cette affirmation pour argent comptant, cela signifiait qu'il n'avait pas pu la tuer. Mais il y avait toujours la possibilité qu'elle ait menti. Peut-être était-il encore vivant en 1994 et fou de rage d'avoir découvert qu'elle l'avait fait passer pour mort quatre ans plus tôt. C'était un peu tiré par les cheveux, pensa Karen, mais elle était coutumière de ces scénarios ahurissants.

Quand il avait évoqué ces conversations secrètes entre filles, Jack Ash avait mentionné un nom. Felicity Frye. Karen l'avait reconnu parce que c'était une actrice populaire qui avait eu une longue carrière au cinéma, à la télévision et au théâtre. Elle faisait partie du paysage audiovisuel de Karen depuis l'enfance car elle avait joué dans une de ces interminables sitcoms qui repassaient toujours en boucle sur une chaîne du numérique.

Il y avait cependant une autre raison pour laquelle le nom de Felicity Frye lui rappelait quelque chose. L'actrice avait annoncé plusieurs semaines auparavant aux médias qu'elle souffrait d'un cancer du pancréas en phase terminale. Elle avait parlé des quelques mois qu'il lui restait à vivre, révélé qu'elle avait l'intention de se retirer de la vie publique et espérait pouvoir terminer la rédaction de ses mémoires sur lesquels elle travaillait depuis un certain temps. Felicity Frye était une femme qui n'avait plus rien à perdre. Elle pouvait donc lui en apprendre beaucoup sur Caroline Abbott et Ellie MacKinnon.

Karen entra dans le parc et marcha jusqu'à ce qu'elle trouve un banc dans un coin tranquille. Ce qu'elle devait faire maintenant, c'était contacter Tamsin Martineau en espérant qu'elle serait de permanence au service de cybercriminalité de Gartcosh. Pour traquer des informations confidentielles sur Internet, c'était la meilleure. Karen savait que cette Australienne non conformiste adorait les challenges. Il n'y avait qu'à voir ses cheveux blond platine hérissés sur sa tête et son piercing dans le nez pour comprendre qu'elle n'était pas du genre à marcher dans les clous.

Karen composa son numéro et croisa les doigts. Les dieux étaient de son côté pour une fois. L'Australienne à l'accent caractéristique décrocha au bout de la troisième sonnerie.

— Service de cybercriminalité, répondit Tamsin.

— Tamsin ? Le commandant Karen Pirie de l'Unité des affaires historiques à l'appareil.

— Comment allez-vous, Karen ? Ça fait un moment qu'on ne vous a pas vue par ici.

— Je me cachais. Vous continuez de travailler la nuit et le week-end, à ce que je vois ?

— Et comment ! Ça me rapporte plus de jours de congés. Qu'est-ce que je peux faire pour vous ? C'est rare que vous soyez forcée de travailler le week-end…

— C'est tellement simple que je suis presque gênée de vous demander ça. Il se trouve que je suis à Londres pour une enquête et j'aimerais retrouver la trace d'un témoin pendant que je suis ici.

Tais-toi, s'intima-t-elle. Tamsin est ingénieur en informatique et tu n'as pas à te justifier auprès d'elle, ça n'a rien de naturel.

— Dites-moi. Je suis en train d'analyser le contenu d'une série de disques durs confisqués à un pédophile. Ça me fera du bien de faire une pause.

— Merci. J'aurais besoin de connaître l'adresse et le numéro de téléphone de Felicity Frye. L'actrice.

— Oui, je sais qui c'est. Je suis peut-être une geek mais je ne vis pas complètement coupée du monde. Pas de problème, Karen. Je vais m'en occuper tout de suite. Je vous rappellerai sur ce numéro, OK ?

— Merci, dit Karen avant de raccrocher.

Il y avait de grandes chances qu'elle ne rentre pas à Édimbourg ce soir. Il était temps qu'elle se mette en quête d'un hôtel bon marché. Comme si ça existait dans le centre de Londres…

*

Jeremy Fry accepta le bouquet apporté par la livreuse du fleuriste avec sa courtoisie habituelle. Ils étaient presque devenus amis, lui et cette femme. Elle livrait quasiment tous les jours un nouveau bouquet offert par des proches ou des fans qui ne savaient pas comment exprimer autrement leur peine et leur compassion à Felicity. Patrizia, leur aide-ménagère, développait de nouvelles compétences en composition florale. Elle enlevait les fleurs fanées de certains bouquets et en réarrangeait d'autres avec les fleurs qui restaient. Heureusement que Felicity aimait ça, parce qu'il y avait des bouquets dans toutes les pièces.

Jeremy était moins ravi de leur présence. Les fleurs étaient synonymes de deuil. Elles lui rappelaient constamment un événement qui se profilait à grande vitesse. Bientôt, plus vite qu'il ne le pensait, il serait submergé par elles. Elle n'avait que soixante-quatre ans, nom de Dieu. C'était encore jeune, de nos jours. Ils avaient des amis toujours vigoureux et dynamiques à plus de quatre-vingts ans. Des amis qui en avaient bien profité et qui ne s'étaient pas privés pour boire, fumer, prendre de la drogue, manger de la viande rouge, conduire des voitures de sport, et qui étaient pourtant toujours en pleine forme. Alors que sa tendre Felicity, l'amour de sa vie, la mère de leurs enfants, qui avait essayé de prendre soin de sa santé en mangeant sainement et en faisant de l'exercice, avait été frappée par cette terrible maladie. Une flambée de colère monta en lui. Ce n'était pas la première fois.

Mais il n'en montra rien et lança tranquillement :

— C'était la fleuriste, chérie. Des œillets et des iris. De la part des Buchan.

— C'est gentil, répondit-elle depuis la véranda, d'une voix douce que n'avait pas altérée la maladie. Elles sont belles ?

Jeremy émit un gloussement.

— Six sur dix.

Il termina ce qu'il était en train de préparer dans la cuisine avant qu'on ne sonne à la porte : un café pour lui et une infusion pour elle. Il fit couler de l'eau dans l'évier, y déposa les fleurs et apporta les boissons sur un plateau en bambou accompagnées d'une assiette de biscuits, les préférés de Felicity.

— Et voilà, dit-il, en posant le plateau sur la table à côté d'elle, pour lui épargner le maximum d'efforts.

Felicity se redressa et Jeremy réajusta les coussins derrière son dos. Il était toujours plein de sollicitude envers elle. Excessivement dévoué à sa femme, aurait commenté sa sœur. Mais rien n'était excessif, désormais. Il savait que ça allait lui manquer de ne plus pouvoir s'occuper d'elle. Il l'observait comme un rapace, guettant le moindre signe de souffrance ou d'inconfort. Elle suivait un traitement, minutieusement dosé, mais rechignait parfois à le prendre. Il scrutait la moindre expression sur son visage pour garder aussi sa beauté en mémoire.

Elle prit sa tasse et fit la grimace en goûtant sa tisane.

— Je crois que je vais arrêter d'en boire, annonça-t-elle. S'il me reste peu de temps à vivre, je veux profiter de tout ce que j'ingurgite. La prochaine fois, je prendrai un café, chéri. J'en ai assez de ces décoctions chinoises.

Avant qu'il puisse répondre quoi que ce soit, le téléphone de sa femme se mit à vibrer pour signaler l'arrivée d'un message. Felicity posa délicatement sa tasse et prit son portable. Ses gestes, autrefois si assurés, étaient à présent hésitants et ses forces vacillantes l'obligeaient à n'esquisser que des mouvements mesurés. Elle chaussa ses lunettes pour lire le message.

— Bizarre, dit-elle.

— Qui est-ce ?

— Je vais te le lire : « Bonjour, madame Frye. Je suis désolée de vous déranger mais j'aimerais savoir si vous auriez un peu de temps à me consacrer. Je suis le commandant Karen Pirie, chef de l'Unité des affaires historiques de la police écossaise. Nous sommes en train de réexaminer l'accident d'avion ayant causé la mort de quatre de vos amis en 1994. J'aimerais pouvoir m'entretenir avec vous au sujet de Caroline Abbott et Ellie Mackinnon. Je suis à Londres aujourd'hui et demain, et ce serait vraiment très aimable de votre part si vous acceptiez de me rencontrer. Merci. » Ça alors, dit-elle d'une voix toujours aussi charmante.

— Mais pourquoi ?

— J'imagine parce que nous étions proches, chéri.

— Non, excuse-moi, je ne voulais pas dire pourquoi toi, mais pourquoi maintenant ? Pourquoi est-ce qu'ils réexaminent une affaire qui semblait parfaitement transparente à l'époque ? Des terroristes irlandais ont fait sauter un avion piloté par un homme politique qui travaillait aux Affaires nord-irlandaises. C'était un acte terrible, certes, mais sans ambiguïté, non ?

Felicity éloigna une mèche de cheveux de son visage.

— On a tous pensé ça. Mais on a peut-être eu tort.

Elle pianota sur l'écran de son téléphone.

— Est-ce qu'on a quelque chose de prévu demain ? Je pourrais lui proposer de passer dans la matinée ? dit-elle avec un léger sourire. Tant que j'ai encore de l'énergie pour penser et parler en même temps.

Jeremy ressentit une légère inquiétude comme à chaque fois qu'elle suggérait quelque chose qui pouvait s'avérer trop fatigant pour elle.

— Tu es sûre, ma chérie ? Je ne veux pas que ça t'attriste de repenser à Caroline et Ellie.

— Oh, Jeremy, tu es adorable. Mais c'est de l'histoire ancienne, maintenant. J'ai eu du chagrin à l'époque et elles m'ont beaucoup manqué au fil des années, mais il n'y a rien de traumatisant à parler d'elle.

— Tu dis ça aujourd'hui, mais je sais à quel point tu es émotive. Et puis, tu l'as dit toi-même, tu te fatigues facilement.

Felicity fut légèrement contrariée.

— Je ne suis pas encore à l'article de la mort, Jeremy. Si cette policière a pris la peine de me contacter, je pense que la moindre des choses c'est de la renseigner sur Caroline et Ellie. Si une erreur a été commise à l'époque, je leur dois, à elles et à leurs enfants devenus adultes aujourd'hui, d'aider la police.

Jeremy poussa un soupir. Il savait que ça ne servait à rien de discuter avec elle une fois qu'elle avait pris une décision, surtout quand elle estimait qu'il s'agissait de faire son devoir. Il pouvait juste s'assurer qu'elle se repose autant que possible avant la rencontre.

— Si tu le dis, chérie. Tu pourrais lui proposer de passer vers dix heures ? Ça te laisserait le temps de prendre un bain et de boire un thé avant qu'elle arrive.

— Très bonne idée, répondit Felicity en continuant de taper son message. Ça me rappelle cette vieille pièce de théâtre, *Un inspecteur vous demande*. Je me demande ce que nous allons apprendre. Tu veux bien jeter cette horrible concoction et m'apporter un café ? Tu serais gentil.

Jeremy s'exécuta comme il l'avait toujours fait au cours de leurs trente-cinq années de mariage. En sortant de la pièce, il entendit sa femme dire doucement :

— J'ai toujours su qu'un jour viendrait où je devrais raconter la vérité à propos de ces deux-là.

28

Karen s'allongea sur le lit et parcourut les chaînes de télévision sur son ordinateur portable. BBC Alba[1] diffusait un match des Raith Rovers avec des commentaires en gaélique, une langue qu'aucun habitant de la ville du club n'avait jamais parlée. Elle avait dû endurer cette expérience plus d'une fois quand Phil était encore vivant et qu'il n'avait pas pu assister au match. Elle avait appris que *sgiobair* se prononçait un peu comme le mot « skipper » et signifiait « capitaine ». Prise d'un petit frisson, elle continua de parcourir les différents programmes jusqu'à ce qu'elle s'arrête sur une comédie en noir et blanc qu'elle avait déjà vue une demi-douzaine de fois. Elle pouvait se permettre de se détendre un peu. Elle avait un rendez-vous prévu avec Felicity Frye le lendemain matin, elle avait une chambre correcte dans un hôtel près d'Euston et avait rempli son petit frigo avec les meilleurs produits qu'offrait le Marks & Spencer situé dans la gare.

Elle s'assoupit devant le film et dormait paisiblement, bavant même sur son oreiller, quand elle fut réveillée par la sonnerie de son téléphone. Elle poussa un grognement,

1. Chaîne de la BBC diffusée en gaélique écossais. (*N. d. T.*)

se redressa et saisit son portable. Le prénom « Jason » s'afficha à l'écran ; elle lâcha un soupir.

« Putain, c'est samedi soir », marmonna-t-elle avant de décrocher.

— C'est quoi le problème, Jason ?

Il devait forcément y en avoir un.

— Bonsoir chef, est-ce que je peux passer vous voir ?

Karen fut étonnée. Ils ne se voyaient jamais en dehors du bureau sauf pour aller boire un verre de temps en temps en fin de journée. Jason n'était jamais venu chez elle. Quand il passait la prendre, elle le retrouvait directement sur le parking.

— Il y a un léger problème, Jason. Je suis à Londres.

— Quoi ? Vous êtes partie pour le week-end ? Vous ne me l'avez pas dit.

— Tu te prends pour ma mère ou quoi ?

Karen se rendit compte qu'elle lui avait répondu sèchement, mais elle venait tout juste de se réveiller.

— Pardon, chef.

Elle avait l'impression qu'il allait se mettre à pleurer et elle lui parla donc sur un ton plus aimable.

— Ça a été une décision de dernière minute.

Karen ouvrit le frigo et sortit une bouteille de Pinot Grigio qu'elle s'était offerte. Elle la déboucha et s'en versa un verre en attendant que Jason poursuive. Mais il ne dit rien.

— Pourquoi est-ce que tu voulais me voir ?

Il s'éclaircit la gorge.

— Ben, vous savez, vous m'avez demandé de trouver d'où provenaient les fuites ?

— Oui. Et alors, tu as une bonne nouvelle pour moi ?

— On ne peut pas vraiment dire ça. Mais enfin, je crois que je sais qui en est à l'origine.

— Bien joué. Qui est le coupable ?

— Euh…

Un long silence.

— Je crois que c'est moi.

C'était au tour de Karen de ne plus savoir quoi dire. Elle entendait sa respiration à l'autre bout du fil, forte et saccadée.

— Comment ça, tu crois que c'est toi ? demanda-t-elle en essayant de parler d'une voix calme comme elle l'aurait fait pour amadouer un chien désobéissant. Tu dois bien savoir si tu as parlé aux journalistes ou non ?

— Ce n'est pas si simple.

Dommage… la simplicité était pourtant ce qui le caractérisait.

— Comment ça ?

— Je n'ai jamais parlé à un journaliste. Mais, voilà, les lundis soir on commande une pizza et on boit quelques bières à la maison, mes colocs et moi.

— Les étudiants ?

— Oui. Et ils aiment bien que je leur raconte ce que je fais au travail. Ils trouvent ça cool.

Oh, mon Dieu, elle savait déjà où il voulait en venir.

— Tu leur as parlé de Ross Garvie ?

— Je n'ai jamais prononcé son nom, répondit Jason sur un ton désespéré. Je leur ai juste raconté l'histoire de l'ADN et de l'adoption, parce que c'était intéressant et que ça sortait un peu de l'ordinaire. Ils sont tous intelligents et savent des tas de choses dont j'ai jamais entendu parler. Je pense que je voulais frimer un peu, expliqua-t-il faiblement.

Elle pouvait sentir sa honte depuis l'autre bout du pays.

— Tu crois que l'un d'eux a vendu l'histoire à un journaliste ?

— J'en suis sûr. On est allés au pub l'autre jour à l'heure du déjeuner et Liam nous a offert à boire. Généralement, personne ne paie de tournées parce qu'ils sont toujours fauchés et que c'est plus simple comme ça. Du coup, j'ai demandé à Liam s'il avait gagné au Loto et il m'a répondu : « Non, c'est grâce à toi, mon gars. » Je n'ai pas compris sur le coup, alors Matt a demandé à Liam de tout me raconter et c'est là qu'il m'a dit qu'il avait vendu l'histoire à un journaliste qu'il connaissait.

Karen laissa le silence s'installer entre eux pendant qu'elle réfléchissait à une réponse qui ne soit pas un truc du genre : « Putain, mais quel con ! »

Finalement, elle répondit :

— Ce qui est fait est fait, Jason. Il va falloir que je cogite pour trouver un moyen de te sortir de ce pétrin. Mais voilà ce que tu vas faire en attendant. Prends tes affaires, mets-les dans ta voiture et rentre chez ta mère à Kirkcaldy. Ce soir. Ne retourne pas là-bas. Et ne paie pas un centime de plus pour le loyer.

— Mais je ne peux pas les laisser en plan comme ça. Ils ne trouveront pas d'autre locataire à cette époque de l'année. Je ne peux pas faire ça. Ce sont mes copains.

— Non, Jason. Ce ne sont pas tes copains. Tu es policier. Les seules personnes en qui tu peux avoir confiance, ce sont tes collègues et parfois les membres de ta famille. Ces petites raclures ne sont pas tes copains. Ils ont abusé de ta confiance. Ils se foutent de toi. Ce ne sont pas des amis. Prends tes affaires et pars.

Sa voix était lourde de sanglots.

— Qu'est-ce que je vais dire à ma mère ?

— Dis-lui que sa cuisine te manque. Dis-lui que tu as trouvé un de tes colocs en train de fumer un joint et que tu ne peux plus rester là-bas maintenant. Invente un truc, Jason. Mais retourne chez elle.

— OK, chef.

Il semblait en état de choc, à présent.

— On reparlera demain, ajouta-t-elle en se pinçant l'arête du nez.

— Je suis désolé. Je sais que vous êtes déçue.

Ça, tu peux le dire, Jason.

— On trouvera une solution.

Elle avala une grande gorgée de vin.

— Mais pour le moment, prépare tes affaires.

— OK. Je suis désolé.

— Et arrête de t'excuser. Je sais bien que tu t'en veux. Bonne nuit, Jason.

Elle raccrocha avant qu'il n'en rajoute. Karen se laissa tomber sur la chaise près du comptoir qui servait de bureau. Ça n'aurait pas pu être pire. Cela expliquait pourquoi tant d'affaires venant de son service s'étaient retrouvées étalées dans la presse avant qu'ils n'en parlent publiquement. Et voilà que Jilted John était aux trousses de celui qui avait fait fuiter les informations, autrement dit : Jason.

La seule chose qui jouait en leur faveur était que les journaux continuaient de protéger farouchement leurs sources. Ce n'était pas comme s'il pouvait se rendre dans les locaux du Record ou du Scotsman et réclamer l'accès aux dossiers concernant le paiement des free-lances. Ils feraient tout pour l'empêcher d'accéder à leurs données et ils y parviendraient probablement. Cependant, Jilted John ferait jouer ses contacts, soudoierait et menacerait pour découvrir ce que personne ne voulait lui révéler. Après tout, c'était un proche du Macaron et le Macaron n'allait pas se priver de pourrir la vie de Karen. Il serait tellement content de voir Jason cloué au pilori. Rejeter la faute sur elle serait presque plus jouissif pour lui que de l'attaquer directement. Elle perdrait Jason et devrait se coltiner un des hommes du Macaron à la place. Elle pourrait même perdre l'Unité des affaires historiques et redevenir un policier ordinaire qui pourchasse idiots et irresponsables.

Karen savait qu'elle allait devoir faire porter le chapeau à quelqu'un d'autre, sans pour autant accuser un innocent. Il lui fallait une solution au plus vite.

Mais pour l'instant, hélas, elle n'en avait aucune.

29

Karen fut réveillée par l'alarme de son téléphone. Elle n'arrivait pas à croire qu'elle avait dormi plus de huit heures. C'était peut-être la conséquence des trois verres de vin qu'elle avait bus avant que ses paupières ne commencent à devenir lourdes, mais c'était difficile à croire : il y avait eu des nuits où elle avait bu beaucoup plus que ça et son sommeil ne s'en était pas forcément amélioré.

En plus, ce n'était pas comme si elle n'était pas préoccupée. Après la conversation qu'elle avait eue avec Jason, elle avait fait les cent pas dans sa chambre en essayant d'échafauder un scénario sur l'origine des fuites qui pourrait convaincre Jilted John. En vain. Toutefois, ça ne l'avait pas empêchée de dormir.

Hélas, cette fois, son subconscient ne lui avait été d'aucune utilité pendant la nuit. Pas d'éclair de génie, aucun scénario crédible susceptible de se substituer à la réalité. Aux premières heures du jour, elle en était toujours au même point.

Il n'y avait rien de plus à faire sinon passer à autre chose. Douche, café, petit-déjeuner à la gare d'Euston et à neuf heures et demie elle était dans le métro pour se rendre au domicile de Felicity Frye à Notting Hill, reléguant Jason dans un coin de sa tête. C'était la rencontre de la dernière chance. Soit elle trouvait quelque chose de significatif, soit elle mettait ses doutes en veilleuse et laissait Alan Noble s'occuper de cette affaire. Giorsal devrait se contenter de ce qu'elle avait, comme tout le monde.

Guidée par son téléphone, Karen descendit la colline depuis la station de métro et se retrouva bientôt environnée de grandes bâtisses blanches avec portiques et jardins privés. C'était une sorte de version décolorée des plus beaux quartiers de New Town à Édimbourg. Elle bifurqua dans une petite rue calme et suivit les numéros jusqu'à ce qu'elle atteigne l'adresse qu'on lui avait indiquée.

La maison se trouvait tout au bout, séparée de la rue par une venelle. Elle s'élevait sur trois étages d'un blanc éclatant et avait de grandes fenêtres ornées de beaux rideaux visibles de la rue. Un portique soutenu par des piliers encadrait la porte d'entrée laquée avec une boîte aux lettres en cuivre parfaitement lustrée. La richesse du lieu était manifeste, mais ça n'avait rien de vulgaire. Karen avait préféré annoncer sa venue par un texto dans la mesure où Felicity Frye était mourante ; maintenant qu'elle faisait face à l'imposante demeure, elle ne regrettait pas d'avoir pris rendez-vous. Si elle était arrivée à l'improviste, elle se serait peut-être dégonflée. Elle ne se sentait pas vraiment à sa place dans ce genre d'endroit.

Elle ne pouvait plus faire machine arrière, à présent. Elle serra son sac contre elle, monta les marches et appuya sur une sonnette en cuivre délicatement lustrée par les mains d'autres visiteurs. Au loin, une cloche retentit. Des pas se rapprochèrent, étouffés par l'épaisseur de la porte. Elle s'ouvrit silencieusement pour révéler un homme légèrement voûté avec une grosse tête d'aristocrate au front haut couronnée d'épais cheveux gris coiffés en arrière. Il portait un pantalon large en velours côtelé et un pull en laine bleu marine usé tricoté à la main.

— Commandant Pirie, je présume ? demanda-t-il en haussant ses épais sourcils.

— C'est ça, répondit Karen.

— Entrez, je vous en prie. Je suis Jeremy Frye, l'époux de Felicity.

Il s'effaça devant elle.

Le vestibule avait l'air tout droit sorti d'un magazine de décoration : le carrelage était sophistiqué et de belles œuvres d'art ornaient des murs joliment peints ; tout semblait parfaitement à sa place. Où est-ce que des gens comme les Fry cachaient leur bazar ? se demanda Karen. Où étaient les trousseaux de clés, les gants qu'on laisse négligemment traîner, les prospectus, les sacs réutilisables qui attendaient de retourner dans la voiture ? Même quelqu'un comme elle dont la vie était réduite à sa plus simple expression accumulait des tas de choses au quotidien. Les riches étaient vraiment différents.

Elle suivit Jeremy le long du couloir en échangeant des civilités à propos de son voyage et de la météo. Il s'arrêta devant une porte fermée, la main sur la poignée.

— Vous savez que ma femme est… malade ?

— Oui, je suis désolée.

— Elle se fatigue vite. Je vous saurais gré de bien vouloir garder cela à l'esprit.

— Je vais essayer de faire en sorte que ce ne soit pas trop long.

— Mais elle voudra peut-être prolonger la conversation, ajouta-t-il avec un léger sourire. Felicity adore parler.

— Je comprends.

Il hocha la tête et ouvrit la porte sur une pièce lumineuse et verdoyante. C'était comme pénétrer dans une serre du jardin botanique. Au milieu de la pièce, sur une chaise longue de jardin entourée de coussins en soie, était allongée Felicity Frye. C'était une version plus rabougrie et plus pâle de la femme que Karen avait vue un nombre incalculable de fois sur les écrans. Elle tourna la tête et son visage s'illumina d'un faible sourire reconnaissable entre tous.

— Quel plaisir, lança-t-elle. Pardonnez-moi de ne pas me lever pour vous accueillir.

Elle tendit les bras en signe de bienvenue.

— Venez et asseyez-vous, ma chère. Jeremy, tu veux bien nous apporter du thé ? Vous buvez du thé, commandant ?

— Oui. Merci, répondit Karen, la gorge sèche.

— Asseyez-vous ici. À côté de moi.

Felicity désigna un fauteuil en rotin qui faisait face à sa chaise longue.

— Merci de me recevoir, dit Karen en s'asseyant. Je vous suis vraiment reconnaissante. Je sais que vous n'êtes pas très bien.

Le sourire de Felicity s'altéra.

— Je suis mourante, commandant. Mais cela ne signifie pas que je ne peux pas encore me rendre utile. En tout cas, je peux vous aider. Votre message était intrigant. Vous disiez que vous étiez en train de réexaminer ce tragique accident qui a coûté la vie à mes chères amies Caroline et Ellie en 1994. Qu'est-ce qui s'est passé ? Quelqu'un a-t-il fini par avouer l'attentat ? Ou plutôt, le revendiquer comme on dit.

— Non, j'en ai peur. J'imagine que vous n'êtes pas au courant pour Gabriel Abbott ?

Elle semblait plus intriguée qu'inquiète.

— Non, je ne regarde plus les informations. Qu'est-ce qui lui est arrivé ?

— Je suis désolée de vous annoncer cette mauvaise nouvelle, mais Gabriel a été retrouvé mort.

Felicity pâlit un peu plus, ce qui fit ressortir son maquillage pourtant subtil.

— Oh, pauvre garçon. Un accident ? demanda-t-elle comme si elle espérait que ce soit le cas.

Karen savait qu'elle avait affaire à une actrice, mais ça ne signifiait pas que les réactions de Felicity n'étaient pas sincères. Elle s'en voulait de devoir annoncer de mauvaises nouvelles à une femme mourante.

— Gabriel est mort d'une balle dans la tête. Nous ne savons pas pour l'instant s'il s'agit d'un suicide ou non.

— Vous voulez dire qu'il a peut-être été assassiné ? demanda-t-elle, incrédule. Pourquoi quelqu'un aurait-il cherché à tuer Gabriel ? Un suicide, je peux comprendre. Mais un meurtre ? Ce n'est pas possible.

— Nous aimerions pouvoir exclure cette possibilité.

À ce moment précis, Jeremy revint avec un plateau. Pendant qu'il s'affairait avec les tasses et les soucoupes, Felicity lui répéta ce que Karen venait de lui apprendre.

— C'est complètement fou, conclut-elle. Qui voudrait s'en prendre à ce pauvre garçon ?

— En effet, dit-il en lui tapotant la main. Mais qu'est-ce que ça a à voir avec l'attentat terroriste de 1994 ?

— Il n'a jamais été formellement établi que l'explosion de l'avion était due à un attentat terroriste. C'était une hypothèse probable au vu des circonstances. Mais aucune organisation terroriste n'a jamais revendiqué l'attentat, ce qui est inhabituel. Le dossier n'est donc pas refermé. Il se trouve que Gabriel avait récemment parlé d'un complot qui l'aurait privé de ses droits et je ne vois pas d'autre événement dans sa vie qui pourrait être qualifié comme tel.

Jeremy et Felicity parurent surpris.

— Quel genre de complot ? demanda Felicity.

— Il n'était pas entré dans les détails.

— Ce n'était pas quelqu'un de très équilibré, commenta Jeremy.

— Le voyiez-vous souvent ?

Ils secouèrent tous les deux la tête.

— Nous ne les voyions pas beaucoup, ni l'un ni l'autre, répondit Felicity en poussant un soupir. Je me suis toujours dit qu'il fallait qu'on le fasse mais…

Elle esquissa un geste de la main.

— La vie en a décidé autrement.

— Je crois que la dernière fois que nous les avons vus, c'était au mariage de la fille de Frank Sinclair, dit Jeremy lentement.

Karen vit Felicity jeter un regard noir à son mari, mais il ne le remarqua pas et poursuivit.

— Oui, j'en suis sûr. Ça a fait trois ans l'été dernier. Je crois me souvenir que Gabriel avait l'air sombre. Pour être honnête, j'aurais été moins surpris qu'il se soit suicidé.

— Je comprends, monsieur, mais c'est mon travail de considérer toutes les possibilités. Madame Frye, j'ai cru comprendre que vous étiez une amie proche des deux femmes ?

— Appelez-moi Felicity. Je les connaissais toutes les deux, bien sûr, mais au début j'ai passé davantage de temps avec Caroline à cause du théâtre, et parce que notre fille Perdita a le même âge que Will. Mais nous sommes devenues proches toutes les trois au fil du temps. J'étais sans doute leur meilleure amie, en dehors de ce qu'elles étaient l'une pour l'autre, bien sûr.

Felicity ne regardait plus Karen. Elle avait le regard lointain des gens perdus dans leurs souvenirs. C'était le moment de poser quelques questions qui fâchent ; elle ne pouvait pas faire autrement.

— Quelle était la nature de leur relation ?

Felicity baissa les yeux sur la tasse qu'elle serrait entre ses mains. Il y eut un long silence avant qu'elle puisse reprendre la parole.

— Je n'ai plus longtemps à vivre, dit-elle résolument. J'ai fait une promesse il y a des années et je l'ai tenue. Mais je ne veux pas emporter dans ma tombe des secrets qui ne sont pas les miens.

Un éclair de panique passa sur le visage de Jeremy.

— Chérie, ce n'est pas nécessaire de…

— Il le faut.

Elle ferma les yeux un instant.

— Les secrets et les mensonges sont des poisons, Jeremy. Peut-être que Gabriel ne serait pas mort si j'avais parlé plus tôt. Si je n'avais pas gardé ces secrets aussi longtemps.

Karen avait l'impression d'être dans le dernier épisode de *Downton Abbey*. Du mélodrame à foison.

— Qu'est-ce que vous voulez dire ? demanda-t-elle comme si elle était la souffleuse dans les coulisses d'un théâtre.

— Caroline et Ellie formaient un couple. Elles ont eu un coup de foudre. Elles étaient très attachées l'une à l'autre mais ont décidé de garder leur relation secrète. C'était surtout important pour Ellie qui travaillait dans des émissions de télévision pour la jeunesse. L'article 28 était en vigueur à cette époque et si elle avait révélé ouvertement son homosexualité, elle aurait probablement perdu son travail. Elles ont donc acheté cette maison, l'ont partagée en deux et ont beaucoup insisté sur le fait qu'Ellie aimait s'occuper de Will quand Caroline travaillait.

C'est exactement ce que Karen avait suspecté.

— Et Tom Abbott ? Quel était son rôle dans tout ça ?

Felicity se mit à rire. Un rire rauque et sexy.

— Tom était toujours en déplacement. Il avait sa propre vie. Caroline était une anomalie pour lui. Il préférait les hommes. C'est ce qui a fini par le tuer. Il est mort du sida en Thaïlande.

— Aux Philippines, l'interrompit Jeremy. Si tu dois raconter toute l'histoire, alors fais-le bien, ajouta-t-il en affichant une moue de désapprobation.

Felicity leva les yeux au ciel.

— Quelque part dans un pays d'outre-mer. Peu importe où. Ce qui compte, c'est la date. Il est mort en 1984.

Elle avait prononcé cette phrase comme si elle donnait la dernière réplique d'une scène au théâtre.

Ça n'avait pas de sens.

— Mais Gabriel est né en 1986. Et Caroline a dit à tout le monde que Tom était décédé en 1990.

Elle en était certaine : la veille, elle avait vérifié en quelle année Nelson Mandela avait été libéré de prison.

— C'est vrai. Mais c'était un mensonge sans conséquence pour simplifier les choses.

D'après Karen, il n'y avait pas de petits mensonges sans conséquences. Et rien n'était jamais simple non plus. Elle repensa à ce qui allait devenir le mantra de la journée : les riches étaient vraiment des gens différents.

— Excusez-moi, mais en quoi est-ce que cela simplifiait les choses ?

— Caroline et Ellie voulaient désespérément avoir un enfant, pour sceller leur relation. Elles s'aimaient énormément ; au point qu'Ellie a réussi à persuader Guy, leur ami gynécologue, de lui faire un arrêt de travail de trois mois, soi-disant parce qu'elle avait des fibromes et qu'il fallait effectuer une hystérectomie. Ajoutée à ça l'interruption de son émission pendant l'été, ça lui a permis de rester auprès de Caroline jusqu'à l'issue de la grossesse et d'être là pendant les premières semaines après la naissance de Gabriel.

— Ellie a prétendu qu'elle allait devoir subir une importante opération pour faire croire qu'elles étaient juste copines ?

— Oui. Comme je l'ai dit, elles étaient très attachées l'une à l'autre.

— Personne n'a rien remarqué ? Et Ellie, est-ce qu'elle a dû rester confinée dans la maison pendant tous ces mois en prétendant qu'elle était en convalescence ?

— Elles ont passé la majorité du temps dans leur maison en France, expliqua Jeremy. Une jolie petite villa sur la côte normande à une quinzaine de kilomètres des plages du Débarquement.

— Elles ont dû avoir des factures de téléphone monstrueuses. Caroline appelait le bureau tous les jours.

— Ce n'était pas le plus important à ce moment-là. Caroline gagnait très bien sa vie à l'époque, répliqua Jeremy sèchement.

— Je me languissais affreusement d'elles, dit Felicity. Mais nous ne pouvions pas partir. Je n'avais pas une minute à moi. Je jouais dans *Macbeth* à Stratford avec l'adorable Desmond Barrit et Maureen Beattie, puis j'ai tourné à Boston dans un navet adapté de l'œuvre de Henry James. Quand je suis revenue ici, Gabriel avait déjà deux mois et elles étaient rentrées à Hampstead.

— Personne n'a demandé pourquoi Tom n'était pas présent pour la naissance de son deuxième enfant ?

Jeremy hocha les épaules.

— Les gens étaient tellement habitués à ne pas le voir pour les anniversaires et les fêtes qu'ils ne se sont sans doute pas posé de questions. Par ailleurs, Gabriel était né en France et donc personne ne savait vraiment si Tom était présent ou non là-bas.

— Absolument. Prétendre que Tom était toujours vivant empêchait qu'on se pose trop de questions. Si des journalistes sans scrupules venaient à s'interroger sur leur relation, les filles, feignant l'incompréhension, pouvaient toujours se servir de Gabriel comme alibi.

Felicity expliquait tout ça comme si c'était normal.

— Mais alors, qui était le père de Gabriel ?

— On ne sait pas, répliqua Jeremy. Les filles ne l'ont jamais dit.

— Au début, j'ai soupçonné Jack Ash, l'animateur radio. Par insémination, évidemment.

Elle gloussa.

— Si vous connaissiez Jack, vous comprendriez que c'était la seule façon de procéder avec lui.

Karen aurait été prête à parier que ce n'était pas lui, le père. Même un mégalo comme Jack Ash n'aurait pas réagi avec autant de sang-froid en apprenant la mort de son fils.

— Et ensuite ?

— Plus j'y réfléchissais et plus je trouvais cela improbable. Après tout, Tom est mort du sida. Je ne pense vraiment pas que Caroline aurait pris le risque d'être fécondée avec le sperme d'un homme dont les habitudes sexuelles présentaient un risque. Je me suis donc résolue à ne pas savoir.

— Ce qui n'est pas forcément la chose que tu préfères, chérie, dit Jeremy d'un air encore légèrement désapprobateur.

— C'est certain, répliqua-t-elle en riant. Et puis j'ai eu une révélation.

Elle marqua une pause et attendit clairement que Karen l'encourage à parler. Cette dernière se plia à sa volonté. Caresser le témoin dans le sens du poil, voilà le secret.

— Qu'est-ce qui s'est passé ?

— C'était à l'occasion du mariage que Jeremy a évoqué précédemment. Celui de Samantha Sinclair et de Toby St John Sargent. Vous savez, la fille cadette de Frank Sinclair. Lord Sinclair. Le journaliste.

Frank Sinclair avait fait du journalisme un peu comme T.S. Eliot avait renouvelé la poésie : en bousculant les conventions. Il avait été à la tête de plusieurs journaux nationaux et il était aujourd'hui rédacteur en chef du plus grand groupe de quotidiens et d'hebdomadaires anglais. Il était entré à la Chambre des lords quelques années auparavant et était souvent invité sur les plateaux de télévision où il exprimait avec force son avis sur tous types de sujets et ce, quel que soit son niveau d'expertise.

— Je vois de qui vous voulez parler, dit Karen.

— Frank était un vieil ami d'Ellie. Plus tard, il a fait la connaissance de Caroline.

Karen tâcha de cacher sa surprise.

— Je n'aurais jamais pensé que Frank Sinclair avait quelque chose en commun avec Ellie et Caroline. Ce n'est pas lui qui clame haut et fort qu'une famille doit forcément être composée d'un homme, d'une femme et d'enfants ? Et que nos péchés nous mèneront tout droit en enfer ?

— Absolument, répondit Felicity. Mais Ellie et lui se connaissaient depuis très longtemps. Ils étaient tous deux des élèves surdoués à l'école, ont étudié à l'université de Durham et sont restés amis ensuite. Parfois nous avons besoin de gens dans nos vies qui ne sont pas toujours d'accord avec nous, commandant.

Jeremy rit avec indulgence.

— Tu devrais t'en souvenir, chérie.

— Très drôle, vieux bêta. En tout cas, nous avons été ravis de revoir les enfants de Caroline après tant d'années. J'avais toujours trouvé ça bizarre qu'il n'y ait pas vraiment d'air de ressemblance entre eux. On n'aurait jamais pu imaginer qu'ils étaient frères. Gabriel avait des cheveux très bruns alors que ceux de Will étaient très blonds. Mais parfois la génétique joue d'étranges tours. Nos deux filles ne se ressemblent absolument pas.

— C'est parce que Viola te ressemble et que Perdita est le portrait craché de ma mère, expliqua Jeremy. Ça arrive.

— Bien sûr. Regarde les fils de Lady Di, ajouta Felicity en levant les sourcils de manière suggestive. Nous étions donc à ce mariage en train de savourer le délicieux champagne de Frank Sinclair quand, par pure coïncidence, j'ai vu Gabriel et Frank, de profil tous les deux. Soudain, tout s'est éclairé. Il n'y avait aucun doute. Frank Sinclair était à l'évidence le père de Gabriel.

30

Karen fut momentanément incapable de prononcer le moindre mot. Felicity Frye avait démontré qu'elle savait toujours ménager ses effets.

Jeremy secoua la tête d'un air irrité.

— Tu ne devrais pas dire ça, Felicity. Tu n'as aucune preuve de ce que tu avances.

— Je sais ce que j'ai vu, Jeremy. Tu l'as vu aussi. De profil, ils sont presque identiques. Ce n'est pas aussi frappant de face : le visage de Gabriel est plus large que celui de Frank, mais on peut tout de même voir une forte ressemblance. Bien sûr, il y a aussi des différences physiques : Gabriel a des cheveux bruns et de jolis yeux noisette alors que Frank a des cheveux blonds et des yeux bleus.

— Mais comment est-ce possible ? C'est en contradiction totale avec toutes les déclarations publiques de Lord Sinclair, lâcha Karen.

— J'imagine qu'Ellie a fait valoir leur amitié, dit Felicity. Elle a demandé une faveur pour Caro.

— Elles ont probablement flatté son ego également, remarqua Jeremy sur un ton acerbe. Le sien est assez démesuré. Je les imagine très bien le flatter d'avoir un patrimoine génétique sans égal.

— De leur point de vue, il était le candidat idéal. Elles voulaient une discrétion absolue et elles pouvaient compter sur Frank pour ça. Étant donné ses prises de position et sa situation – je crois qu'à l'époque où tout ça s'est joué, il venait de prendre la direction d'un journal pour la première fois – il ne pouvait laisser planer le moindre soupçon. Les conséquences auraient été catastrophiques pour lui.

— Admettons, dit Karen. Cependant, je n'arrive toujours pas à comprendre pourquoi il a accepté cette proposition.

Felicity haussa les épaules.

— Les hommes aiment savoir que leur lignée se perpétuera après leur disparition. Frank n'a que des filles ; peut-être misait-il sur un garçon ?

— Apparemment, il en a eu un, dit Jeremy. Même si c'en est un qu'il ne pourra jamais reconnaître.

— Si c'est le cas, j'imagine que cela devrait être facile de faire un test ADN ? demanda Felicity.

— Facile à faire mais difficile à justifier, répondit Karen. Je ne peux tout de même pas frapper à sa porte pour lui demander un écouvillonnage buccal.

— Oh, c'est un terme merveilleusement technique. Est-ce que ça ne peut pas s'obtenir discrètement ? Ils font toujours ça à la télévision. En récupérant des gobelets en carton dans des poubelles, en volant des verres dans des bars, ce genre de choses.

Fichus écrivains, pensa Karen. Ils sont trop paresseux pour étudier en détail le fonctionnement d'une procédure judiciaire et ils inventent donc tout au fur et à mesure.

— Ce serait difficile de justifier ça devant un tribunal : les juges n'apprécient pas tellement ce genre d'attitude cavalière. Particulièrement en Écosse, où nous devons tout justifier. Caroline n'a pas laissé de lettres derrière elle ? « Au cas où je mourrais… », quelque chose dans le genre ?

Felicity et Jeremy échangèrent un regard déconcerté.

— Pas à ma connaissance, répondit Felicity. En tout cas, elle ne m'a rien laissé et j'étais sans doute la personne qui était la plus proche d'elle.

— Pas de journal intime ? De papiers personnels ?

Le couple échangea de nouveau un regard.

— Il n'y a plus rien, dit Felicity. Après l'accident d'avion, Maddie, la sœur d'Ellie, a refait surface. Elle vivait en Italie mais elle a pris le premier vol pour revenir. Will vivait encore avec ses parents à cette époque, il était sur le point d'entamer ses études de chimie à l'Imperial College. Gabriel était toujours au pensionnat en Écosse et ils ont pensé que c'était préférable de le laisser là-bas et de ne pas le perturber. Il aimait cette école, n'est-ce pas, Jeremy ? Tout le monde était très gentil avec lui. Il passait la plupart de ses vacances là-bas, parce que Will n'avait pas vraiment la possibilité de s'occuper d'un jeune garçon ; quant à Maddie, elle était retournée en Italie mener la vie de château, sortant de temps en temps un nouveau livre de cuisine.

Felicity avait dit ça comme si les livres de Maddie frisaient la pornographie.

— Je suis désolée, mais qu'est-ce que tout cela a à voir avec les papiers personnels de Caroline ?

Felicity éloigna une mèche de cheveux de son front.

— Excusez-moi. Je n'ai pas été suffisamment claire. Maddie a tout brûlé. Tous leurs papiers personnels. S'il y avait des journaux intimes, ils sont partis en fumée comme le reste.

Le cœur de Karen se serra à l'idée qu'une autre pièce du puzzle avait disparu.

— Mais pourquoi ? Qu'est-ce qui lui a pris ?

— C'était pour éviter de plonger la famille dans l'embarras et la honte, expliqua Felicity en pinçant les lèvres.

— Est-ce qu'elle avait le droit de faire ça ? Les papiers d'Ellie, peut-être, mais ceux de Caroline ?

— Pas à proprement parler, répliqua Felicity d'une voix sombre. Caroline et Ellie avaient établi des testaments en faveur de l'une et de l'autre ; les testaments n'avaient pas ce genre de clause spécifiant que l'une devait survivre à l'autre d'au moins trente jours pour que l'héritage puisse être touché. Comme Ellie était âgée de quelques mois de plus que Caroline, on a estimé qu'elle était morte en premier. Tout ce qu'elle possédait est donc passé à Caroline. Or Caroline avait tout laissé à Will.

Felicity poussa un soupir et secoua la tête.

— Je ne sais pas à quoi pensait Caroline. Peut-être avait-elle établi le testament avant la naissance de Gabriel, je ne sais pas. Ou alors elle s'est dit que Gabriel étant encore très jeune, Will prendrait soin de lui. En tout cas, techniquement, tous leurs papiers appartenaient à Will. Mais Maddie a insisté pour qu'il garde le secret de sa mère et lui a dit que le seul moyen de protéger sa réputation était de brûler tout ce qui était susceptible de dévoiler la vérité.

— Elle a donc tout brûlé dans le jardin, intervint Jeremy. Quelques jours seulement après l'accident. Lettres, cartes, journaux, tout. Même les photos. Will et Gabriel n'avaient presque plus rien pouvant leur rappeler leur mère.

— Nous avons fait des copies de toutes les photos que nous avions montrant Ellie, Caroline et les garçons ensemble, dit Felicity. Nous les avons données à Will et Gabriel quelques années après le crash, une fois le traumatisme passé. Ils ont été très touchés, n'est-ce pas, chéri ?

Elle prit la main de Jeremy dans la sienne et la serra.

— C'était la moindre des choses, vu les circonstances, répondit-il. C'est affreux ce que Maddie a fait. Horrible bonne femme.

Toutes les portes étaient en train de se refermer autour de Karen. Elle devait se faire une raison et oublier cette affaire peu prometteuse. Si tant est qu'on puisse vraiment parler d'une affaire, songea-t-elle.

— C'est terrible, en effet. Mais j'aimerais revenir sur le crash de l'avion. Comme je l'ai dit précédemment, tout le monde a toujours pensé qu'il s'agissait d'un attentat terroriste…

Felicity l'interrompit.

— Vous êtes en train de nous dire que si la mort de Gabriel s'avérait ne pas être un suicide et parce qu'il parlait de complot, cela pourrait être quelque chose de très différent ?

Elle reprenait des couleurs. C'était difficile de dire si elle était enthousiaste ou indignée.

— Ne la mets pas dans l'embarras, dit Jeremy.

— Il n'y a pas de problème, répliqua Karen. Mais vous devez comprendre que tout cela est hypothétique pour le moment. Savez-vous si quelqu'un en voulait à Ellie et Caroline ?

Le couple échangea un coup d'œil déconcerté.

— De là à vouloir tuer quelqu'un…, dit Felicity sur un ton de tragédienne. Dans notre métier, s'offusquer est une pratique courante. Les actrices sont toujours scandalisées quand un rôle leur passe sous le nez ou bien quand elles se font voler la vedette par une jeune actrice prometteuse. On peste et on gémit. Mais on n'en vient pas aux mains, et encore moins à tuer. Caroline n'a jamais évoqué d'ennemis.

Elle lâcha un petit rire.

— C'est une idée complètement absurde.

— Je vous assure, commandant, que les gens qui gravitent dans le monde de Felicity n'ont pas de pulsions meurtrières. Sauf à l'écran. Ça ne leur traverserait même pas l'esprit de tuer quelqu'un. Je ne suis pas en train de dire qu'il n'y a pas de rancœur au théâtre, mais les choses en restent là, dit Jeremy en se penchant en avant pour souligner son propos.

Autant Karen détestait prendre pour argent comptant les dires d'un témoin, autant elle était quasiment sûre que ce qu'avançaient Jeremy et Felicity était vrai. Dans la vie, les gens ne tuaient pas pour obtenir un rôle au théâtre ou un poste à la télévision. On n'allait pas jusqu'à assassiner trois personnes innocentes à cause d'une seule qu'on détestait. Même dans ce milieu, quelqu'un d'aussi cinglé aurait immédiatement été repéré. Tout indiquait qu'elle était arrivée dans une impasse.

— Merci pour votre franchise, dit-elle. À moins que vous ne vouliez ajouter autre chose, je pense avoir posé toutes les questions que je souhaitais.

— Ça a été un moment très intéressant. Ma vie est devenue très ennuyeuse depuis quelque temps. Ça a été une véritable bouffée d'air de vous rencontrer, dit Felicity.

Karen se leva. Qu'est-ce qu'on disait aux gens qui étaient en phase terminale ?

— Merci de m'avoir accordé votre temps. J'espère que les choses ne sont pas trop difficiles pour vous.

Felicity répondit cette fois en détournant les yeux et afficha un léger sourire.

— C'est gentil, dit-elle. J'espère que vous finirez par obtenir quelques réponses à vos questions. Même si elles viennent confirmer ce que tout le monde pensait jusqu'ici.

*

En rebroussant chemin, Karen essaya de faire taire la petite voix dans sa tête lui répétant qu'elle poursuivait des chimères ; qu'elle essayait de trouver des subterfuges pour s'occuper l'esprit. Des réfugiés syriens aux complots meurtriers sans fondements, elle remplissait sa tête et son emploi du temps avec des problèmes qui n'étaient pas les siens. Elle n'allait pas résoudre la crise des réfugiés ou un attentat non élucidé que tout le monde à part elle trouvait parfaitement explicable. Elle devait se ressaisir au lieu de venir ennuyer une mourante avec ses questions inutiles.

Qu'avait-elle appris en définitive ? Caroline Abbott et Ellie Mackinnon s'aimaient. Elles voulaient un enfant pour consolider leur relation. Frank Sinclair, Lord Sinclair, rédacteur en chef d'un influent journal de droite, bastion de valeurs familiales dont même le parti conservateur s'était éloigné, aurait donné son sperme pour concevoir ce bébé. Mais rien n'était moins sûr. Est-ce que quelqu'un aurait vraiment été prêt à prendre un tel risque pour la copine d'une ancienne camarade d'école ? Même si Felicity Frye avait raison, toutes les preuves étaient parties en fumée il y avait vingt-deux ans. À moins de suivre Frank Sinclair pour récupérer un gobelet dans lequel il aurait bu son café, il n'y avait pas grand-chose à faire.

Et même si elle y parvenait et que l'ADN confirmait que Frank Sinclair était bien le père de Gabriel Abbott, qu'est-ce que cela prouverait ? Que Caroline, Ellie et Frank étaient des menteurs. Mais ça ne constituait pas un mobile de meurtre.

À moins que les deux femmes n'aient menacé Frank Sinclair de révéler au grand jour son hypocrisie.

Karen marcha de Notting Hill Gate à Kensington Gardens en réfléchissant à la question. C'était tiré par les cheveux, mais pas impossible. Ce n'était pas qu'une question de réputation. Si Caroline avait révélé que Frank Sinclair était le père caché de son fils – l'impliquant de fait dans le mensonge selon lequel son mari était encore vivant alors qu'il était mort –, il aurait été voué aux gémonies. On l'aurait contraint à démissionner de son poste de directeur de la rédaction. Et son mariage tant vanté n'aurait pas tenu.

Selon Karen, c'était suffisant pour pousser quelqu'un à commettre un meurtre.

31

Le soleil refit son apparition au moment où Karen traversait Kensington Gardens, mais elle n'y prêta pas attention. Elle était perdue dans ses pensées, passant d'un problème à l'autre sans trouver de solution. Sa mère aurait employé l'expression « avoir un petit vélo dans la tête ». C'était comme ça que son esprit fonctionnait. Le fait de marcher l'aidait à y voir plus clair et, quand elle entra dans Hyde Park, un détail lui revint en mémoire.

— L'ordinateur de Phil, murmura-t-elle.

Elle s'arrêta sur le premier banc qu'elle trouva et se remémora les faits. Le jour où Phil s'était fait renverser, son ordinateur portable était dans son bureau. Jimmy Hutton se souvenait de l'avoir vu à cet endroit avant qu'ils ne partent en mission le matin. Phil s'était ensuite retrouvé à l'hôpital et, dans son équipe, personne n'était retourné au travail avant le lendemain. Dans l'intervalle, un opportuniste s'était introduit dans son bureau pour faucher son ordinateur. Était-ce un collègue policier, un employé administratif, un agent d'entretien ? Il n'y avait aucun moyen de le savoir.

Jimmy était furieux quand il lui avait raconté ce qui s'était passé et ça l'avait mise hors d'elle aussi. Quel genre de con pouvait voler un ordinateur appartenant à un policier en soins intensifs après avoir été grièvement blessé dans l'exercice de ses fonctions ? Ça dépassait l'entendement. Drôle de façon de se serrer les coudes. Une enquête avait été diligentée, mais ce n'était qu'une formalité, tout le monde le savait. Trouver le coupable n'aurait fait qu'aggraver la situation. Personne ne voulait vraiment savoir qui parmi eux était capable d'un coup de pute comme celui-là.

Et puis Phil était mort et plus personne ne s'était soucié de l'ordinateur. Mais voilà que cette histoire prenait aujourd'hui une tout autre dimension. Karen sortit son téléphone portable et appela le service de cybercriminalité pour la seconde fois du week-end.

— Service de cybercriminalité, répondit Tamsin.

— Tamsin ? C'est Karen Pirie.

— Vous voulez que je fasse une autre recherche dans l'annuaire ?

— Exactement, je viens encore vous importuner.

Tamsin gloussa.

— Pas de problème. Qu'est-ce que je peux faire pour vous ?

— Répondre à une petite question. Si quelqu'un vole un ordinateur portable sur lequel j'ai un compte utilisateur, est-ce qu'il est possible d'utiliser mon compte pour accéder à des informations que j'aurais consultées ?

— Seulement si vous avez été assez stupide pour ne pas protéger vos données par un mot de passe. Mais vous n'êtes pas stupide.

Karen gloussa à son tour.

— C'est vrai. Mais si j'avais oublié de me déconnecter avant que l'autre utilisateur ouvre sa session ?

Tamsin réfléchit un instant.

— Ça devrait être possible. Cela vous arrangerait que ce soit possible ?

— Oui.

— Il devrait y avoir moyen, dit-elle lentement comme si elle réfléchissait à la question. Vous voulez que je trouve comment ?

— Non, merci, ça me suffit.

— Je ne peux pas savoir pourquoi vous posez la question, j'imagine ?

— Considérez simplement que vous avez accompli votre bonne action de la journée, Tamsin.

— Ça ne m'était pas arrivé depuis les scouts ! Ce sera tout ?

— C'est bon. Merci.

— De rien.

Ça, c'était réglé. Un souci en moins. Elle regarda un point fixe dans le parc sans voir les familles qui marchaient autour d'elle, les enfants qui jouaient, les couples enlacés, un terrain de foot délimité par des vestes. Au lieu de ça, elle voyait les Syriens qu'elle avait rencontrés avec leurs familles. Dans un endroit où ils pourraient simplement être ensemble.

Karen repensa à la conversation qu'elle avait eue avec Giorsal deux jours avant. Parler à un homme politique de la situation désespérée des Syriens était une bonne idée, mais il faudrait en trouver un qui connaisse déjà leur situation. Sinon on ne l'écouterait pas et on la considérerait comme quelqu'un de naïf qui ne comprend pas comment le monde fonctionne. Elle ne voulait pas perdre son temps avec quelqu'un qui ne la prendrait pas au sérieux.

Ça réduisait considérablement les possibilités. Elle avait fait de son mieux pour éviter de côtoyer des politiques, estimant qu'il y avait déjà assez d'obstacles comme ça qui l'empêchaient de faire correctement son travail. Mais parfois elle ne pouvait pas les éviter. Pour dire la vérité, les choses ne s'étaient pas toujours très bien déroulées. Parmi ceux qui l'avaient côtoyée, personne n'aurait songé à lui proposer un poste dans la diplomatie. Et quand elle éprouvait des remords, elle se rappelait que se montrer conciliant lui aurait uniquement permis d'accéder à des postes de bureaucrate qui ne lui faisaient aucune envie.

Elle lista les obstacles : elle ne connaissait aucun conseiller municipal à Édimbourg ni aucun membre du Parlement écossais. En revanche, elle avait rencontré quelques années plus tôt un membre du Parti national écossais persuadé de ne jamais pouvoir voler aux travaillistes un siège de député de la ville, et qui, depuis, avait été élu député d'Édimbourg. Craig Grassie occupait un poste confortable dans l'administration, à la Sécurité sociale britannique. Sa femme avait été témoin du viol d'une adolescente de quinze ans et d'une tentative de meurtre que Karen avait fini par élucider. Elle s'était attachée à ce couple simple et franc, qualités surprenantes chez un homme désirant devenir député.

En réalité, il avait été très surpris d'être choisi comme candidat, à la faveur d'un revirement électoral où le parti national écossais avait raflé trente pour cent des voix.

— Je ne serai jamais élu, avait-il confié à Karen peu de temps auparavant. Le parti veut juste avoir le maximum de candidats pour pouvoir occuper tous les sièges, c'est le jeu. Je ne suis qu'un simple figurant.

Mais les électeurs avaient aimé ce qu'ils avaient vu – ou plutôt, ils avaient aimé la façon dont Nicola Sturgeon avait mis Westminster en mauvaise posture – et Craig avait été élu Membre du Parlement pour la circonscription centrale d'Édimbourg. Karen ne l'avait pas revu depuis, mais elle était quasiment sûre qu'il répondrait à son appel. Même un dimanche après-midi.

Elle n'effaçait jamais un numéro de téléphone, donc celui de Shirley Grassie était toujours dans ses contacts. Karen le composa rapidement, avant de changer d'avis. La sonnerie résonna dans le vide tellement longtemps qu'elle s'attendait à tomber sur le répondeur, mais on finit par décrocher et elle entendit une voix essoufflée.

— Allô ? Allô ?

— Madame Grassie ? Ici le commandant Karen Pirie. Du...

— Oui, oui, je me souviens de vous, commandant. Bonjour, comment allez-vous ?

Joviale et directe. Si tout le monde pouvait être comme ça, songea Karen.

— Je vais bien, merci. Désolée de vous déranger, je voulais parler à votre mari mais je n'ai que ce numéro.

S'excuser ne pouvait pas faire de mal.

— Il n'y a aucun problème. Il est dans la pièce à côté, je vais le chercher.

Karen entendit des bruits de pas sur le carrelage puis au loin :

— Craig, c'est cette sympathique policière qui travaille sur les affaires non élucidées, Karen Pirie.

Sa réponse fut inaudible.

— Je ne sais pas, c'est à toi qu'elle veut parler.

Karen entendit quelqu'un approcher puis la voix de Craig Grassie à l'autre bout du fil :

— Commandant, dit-il. Quelle bonne surprise. Enfin, j'espère, ajouta-t-il avec prudence.

— Ce n'est pas dans le cadre du travail que je vous contacte, répondit-elle. Je me demandais si vous pourriez m'accorder un peu de votre temps quand vous serez à Édimbourg ?

— Je n'y serai pas avant vendredi, j'en ai peur. Nous sommes à Londres pour le week-end.

Karen faillit frapper l'air du poing.

— Il se trouve que je suis à Londres également. Je ne pense pas que…

— Vous aimez le café ? demanda Grassie.

— Oui.

— OK. Nous serons au café TAP sur Wardour Street aux alentours de quatorze heures trente. C'est une sorte de rituel du dimanche, chez nous. Vous pouvez nous rejoindre ?

Karen consulta sa montre. Elle avait largement le temps de s'y rendre à pied.

— J'y serai.

— Au fait, c'est à quel sujet ?

Elle lâcha un petit rire.

— Je préfère ne rien dire pour le moment. Je ne veux pas vous faire fuir dans un autre café.

*

Depuis la fenêtre de son bureau au dernier étage, Jeremy Fry regardait les maisons et les jardins d'en face en fronçant les sourcils. Felicity dormait, épuisée par sa prestation matinale devant la policière. Elle avait donné le meilleur d'elle-même, mais il savait en la voyant faire que ça la mettrait KO pour le restant de la journée.

Sa main droite s'attarda de nouveau au-dessus du téléphone mais s'éloigna comme si elle avait été repoussée par une force magnétique. Il était dans l'embarras. Il avait été profondément perturbé par les propos de la policière. Toute cette pénible affaire refaisait surface après plus de vingt ans. Il avait écouté Felicity prendre tout ça avec légèreté, effaré de la désinvolture avec laquelle elle avait dévoilé les secrets de Caroline et Ellie. Ces filles avaient tout fait pour protéger leurs secrets et ça avait marché. Mais Felicity avait tout révélé, afin de soulager sa conscience sans trop réfléchir. Cette pensée le chagrinait, mais c'était la vérité. Ce n'était pas bien d'essayer de se racheter aux dépens des autres.

Par ailleurs, elle avait émis des hypothèses farfelues au sujet du père de Gabriel Abbott. Elle avait mêlé le nom de Frank Sinclair à cette histoire, comme on traîne quelqu'un dans la boue. Ça faisait chic de prononcer ce nom devant la policière qui était trop maline pour se laisser impressionner. Rien de bon ne pouvait en découler. Felicity avait-elle oublié la colère froide dont pouvait faire preuve Frank Sinclair ?

Jeremy poussa un soupir. Il passa les mains dans sa crinière avant de reprendre son téléphone. Il ne devait pas laisser traîner les choses. Ce n'était pas normal qu'on enquête sur cette affaire sans que le principal concerné soit mis au courant ; ça heurtait son sens du fair-play. Quelqu'un devait l'en informer. Mais il était hors de question d'appeler Frank. Il ne voyait pas comment lui présenter cela sans provoquer sa colère. « Ma femme vient de dire à la police qu'elle pensait que vous étiez le père du bâtard de Caroline Abbott. » Non, c'était impossible de présenter ça sous un angle positif.

À sa place, quelqu'un d'autre aurait raconté un bobard, mais Jeremy avait du mal à mentir. « J'ai appris la mort de Gabriel Abbott. Il paraît que la police vous soupçonne d'être son père. » Il essaya de formuler cette phrase à voix haute, en vain. Non, ce n'était pas à Frank Sinclair qu'il devait s'adresser.

Il ne pouvait cependant pas laisser ce mensonge perdurer plus longtemps. Des vies allaient être bouleversées par les révélations de Felicity. N'était-il pas de son devoir de faire quelque chose ?

Jeremy finit par prendre une décision et saisit son téléphone.

32

Le café TAP à Soho avait conservé sa vieille devanture de magasin ; son unique concession à la branchitude avait été de la peindre en noir et d'installer un banc spartiate pour les fumeurs à l'extérieur. Karen jeta un œil à travers la vitrine avant d'entrer à l'intérieur du café. Elle aimait son esthétique épurée, ses tables toutes simples en bois. Par contre, elle n'était pas convaincue par les bancs. Elle aimait pouvoir s'adosser quand elle se relaxait en buvant un café. Tout le monde n'avait pas envie de faire du Pilates sans arrêt.

Le café était plein et sa forme étroite et allongée permettait difficilement de voir si les Grassie étaient déjà arrivés. Elle devait entrer pour s'en assurer. S'ils n'étaient pas encore là, elle pourrait essayer de prendre une table, même si ça semblait plus facile à dire qu'à faire.

Ce problème lui fut cependant épargné, car en se rapprochant du comptoir, elle aperçut Craig et Shirley. Ils n'avaient pas changé depuis la dernière fois qu'elle les avait vus. Ils portaient le genre de vêtements neutres qu'on oubliait aussitôt qu'on prenait congé de ceux qui les portaient. Craig avait un long visage lugubre qui faisait penser à un poney dépressif, et de grands yeux qui brillaient comme des phares derrière sa frange négligée. Shirley était une ancienne infirmière attentive aux autres dont le visage lui évoquait toujours celui d'une brioche aux raisins. Ce qui n'était pas très flatteur.

Ils la cherchaient du regard et levèrent tous les deux la main quand ils la repérèrent. Elle slaloma entre des groupes qui discutaient et se glissa aussi élégamment que possible sur le banc.

— Wouah, cet endroit est animé, commenta-t-elle.

— Le café y est excellent, répondit Shirley. Quand nous étions plus jeunes, nous pensions que le Nescafé était le nec plus ultra du café. Mais c'est comme pour les droits des homosexuels. Nous avons fait d'incroyables progrès au cours des dix ou quinze dernières années.

— Je ne crois pas que ces deux événements soient liés, remarqua Craig.

En l'entendant, Karen se rappela qu'il était tellement pince-sans-rire qu'elle ne savait jamais vraiment quand il était sérieux.

— Ça fait plaisir de vous revoir, commandant.

— Je vous en prie, appelez-moi Karen. Cette entrevue n'a rien de professionnel, je ne veux pas que vous pensiez que je suis en train d'abuser de mon statut ou quoi que ce soit.

Shirley sourit.

— Quoi qu'il en soit, ça fait plaisir de vous revoir. Qu'est-ce que vous voulez boire ?

Ils discutèrent des différents types de café proposés sur la carte puis Karen prit une profonde inspiration et se lança.

— Je souffre d'insomnie et je marche en ville la nuit, commença-t-elle par expliquer.

Aussi brièvement que possible, elle décrivit sa rencontre avec les Syriens et expliqua le problème dont ils lui avaient parlé.

— Tout ce qu'ils veulent, c'est se réunir quelque part. Pour se détendre, comme on le fait ici. Nous avons un tas d'endroits où aller, ils n'ont nulle part.

Craig et Shirley l'écoutèrent attentivement en hochant la tête de manière encourageante. Craig mélangea pensivement son café et dit :

— Je suppose que vous avez quelque chose à proposer ? Vous n'êtes pas en train de me raconter tout ça juste pour avoir bonne conscience.

— Bien sûr, sinon je ne vous ferais pas perdre votre temps.

— Bien évidemment, répondit Shirley. Mais vous savez, il est député et il a parfois besoin de parler pour entendre le son de sa propre voix.

Ils échangèrent un sourire complice. Ce n'était manifestement pas la première fois qu'elle le taquinait de la sorte.

— Il y a de nombreux cafés et magasins fermés dans cette partie de la ville, expliqua Karen. Certains sont à l'abandon depuis des années. Les propriétaires et la municipalité ont bien dû remarquer que le boum économique se fait attendre. En tout cas, à Restalrig et aux confins de Leith, loin des restaurants étoilés Michelin et du yacht royal. Pourquoi ne pas donner aux Syriens un endroit pour qu'ils puissent ouvrir un petit café, et dont il n'y aurait pas à payer le loyer ? Une entreprise sociale. Tous les profits seraient réinjectés dans l'affaire. Comme les Goths que nous avions dans le Fife.

— Des Goths ? Dans le Fife ?

Shirley était originaire du Cumbernauld, dans l'Ouest. Karen pouvait lui pardonner son ignorance. Craig, en revanche, savait de quoi elle parlait.

— Ce sont des pubs, Shirley. Fonctionnant selon le principe du « système Gothenburg ». Ils étaient la propriété de la communauté et tous les profits étaient réinjectés dedans pour améliorer les lieux. Quelques villages miniers en possédaient. Ils prenaient les choses en main parce qu'ils refusaient d'être arnaqués par les brasseries, les propriétaires et leurs employés. Et donc Karen, vous envisagez de confier aux Syriens un café organisé à la manière d'un Goth ?

— Un café pour eux mais pas seulement, répondit-elle. Tout le monde pourrait y aller. Comme à Punjabi Junction sur Leith Walk. Je déjeune souvent là-bas. Mais ce serait avant tout un lieu où ils pourraient se retrouver et discuter. Pour briser leur isolement. Un endroit qui pourrait permettre aussi aux femmes de sortir de la maison. Ces gens ont des compétences. Miran, un des hommes que j'ai rencontrés, avait un café à Homs. Et je suis certaine que les femmes pourraient y faire la cuisine.

— C'est une idée à creuser, répondit le député. Qu'est-ce que vous attendez de moi, au juste ?

— Ils ne savent pas par où commencer pour entreprendre une chose de ce type. Et très franchement, moi non plus. Je suis policière, pas assistante sociale. Je ne connais pas les arcanes de la bureaucratie. Ils ont juste besoin qu'on leur montre la voie à suivre pour bien démarrer.

Elle marqua une pause.

— Je n'aimerais pas qu'ils en viennent à squatter illégalement un lieu, si vous voyez ce que je veux dire…

Craig sourit.

— Je vois très bien ce que vous voulez dire, Karen. Vous ne pourriez pas cautionner ça, en tant que représentante de l'ordre public. Ce serait malheureux s'ils devaient s'engager dans cette voie.

— Et honteux, intervint Shirley. Ces magasins condamnés sont tristes à voir. Ça doit décourager les résidents et les investisseurs potentiels. Ce n'est pas agréable de traverser ces rues. Ce serait mieux s'il y avait de l'activité, pour remettre un peu de vie dans ce quartier. C'est dans l'intérêt de tout le monde, Craig.

— J'en suis conscient, Shirley. Ça ne fait aucun doute. Plus vite nous intégrerons les réfugiés dans la société et meilleures seront leurs perspectives à long terme. Les raisons pour lesquelles ils ne sont pas autorisés à travailler avant d'être officiellement installés ici ne sont pas en soi mauvaises, mais ça ne devrait pas les empêcher de mettre leurs compétences au service de leur communauté.

Il semblait quelque peu embarrassé par sa propre réponse.

— Pardonnez-moi, c'était une réponse de politicien. Écoutez, Karen, je trouve que c'est une excellente idée. Je n'en sais pas beaucoup plus que vous sur la façon de procéder dans ce genre de cas, mais nous avons des gens au sein du parti qui devraient savoir comment s'y prendre. Si vous me donnez les coordonnées de vos Syriens, je ferai ce que je peux pour enclencher les choses.

Karen ricana.

— Je n'ai pas leurs coordonnées. Je ne pense pas que « sous le pont du chemin de Restalrig Railway après minuit » soit une adresse valide. Mais j'irai les voir et je leur transmettrai le message. Merci, Craig.

Il secoua la tête.

— Attendez que j'aie fait quelque chose avant de me remercier.

— J'espère que tout cela aboutira.

— Nous aussi, Karen. Maintenant racontez-moi un peu comment les choses vont pour vous.

Le cœur de Karen se serra. Est-ce que le prix à payer pour demander un service était de devoir reparler de ce que ça faisait d'avoir perdu l'homme qu'elle aimait ? Mais elle comprit presque aussitôt qu'elle avait mal interprété la phrase de Shirley.

— Comment ça se passe ? Est-ce que vous arrivez à vous faire à la nouvelle organisation de la police écossaise ?

Karen aurait pu l'embrasser. Ils devaient être au courant pour Phil, mais ne voulaient pas remuer le couteau dans la plaie.

— Eh bien… il y a des avantages et des inconvénients, répondit-elle.

Craig Grassie n'était pas le seul à savoir user de la langue de bois.

33

Le capitaine Alan Noble parcourut le rapport du médecin légiste une dernière fois avec la vigilance d'un relecteur cherchant la petite bête. C'est vrai qu'il y avait quelques doutes sur les circonstances entourant la mort de Gabriel Abbott. Mais le suicide était envisageable. La quantité de poudre retrouvée sur sa main n'était pas concluante, mais ça ne signifiait pas pour autant qu'il n'avait pas tiré. Quant aux traces de brûlure sur sa tempe, elles indiquaient que le canon de l'arme avait été pressé contre sa tête. Si c'était un meurtre, son assassin avait donc tiré à bout portant. Soit il s'était approché de lui discrètement, soit Gabriel connaissait son tueur. La nuit, tout était possible.

Noble n'était pas le plus appliqué des enquêteurs mais il savait qu'il valait mieux ne pas se fier à un médecin légiste qui n'était pas sûr de son diagnostic à cent pour cent. Il s'était de nouveau plongé dans les rapports des policiers qu'il avait envoyés effectuer des interrogatoires de routine. Selon le barman et une poignée d'habitués du pub que fréquentait Gabriel Abbott, il ne s'était rien passé de particulier ce soir-là. Abbott avait bu deux ou trois pintes. Il était installé au bar à sa place habituelle, discutant avec un autre client régulier de l'agitation politique dans le Sud-Est asiatique. Apparemment, c'était une chose courante chez lui. Il était obsédé par ce sujet comme d'autres par telle équipe de football. La conversation avait dévié sur Donald Trump et Abbott avait ensuite quitté le pub.

Le parking de l'établissement était doté d'un système de vidéosurveillance. Juste après vingt-deux heures, on pouvait voir Abbott sortir du pub, traverser le parking, s'arrêter quelques minutes dans la rue avant de se mettre en route pour Kirkgate. On ne voyait personne le suivre, en voiture ou à pied. Il n'y avait pas d'autres caméras sur son chemin qui auraient pu le filmer avant qu'il ne s'engage sur le sentier du Loch Leven pour rentrer chez lui. Ça ne signifiait pas qu'il n'avait pas été suivi à distance par quelqu'un qui connaissait ses habitudes. Mais rien n'accréditait cette thèse.

Rien n'indiquait non plus que quelqu'un avait attaqué Abbott sur le banc où on l'avait retrouvé. Il y avait bien sûr des traces laissées par le passage d'autres personnes : des mégots de cigarettes, des emballages de friandises, un gobelet en carton. Mais rien ne les reliait à l'homme retrouvé mort. Il n'y avait aucune trace de lutte, pas d'empreintes ni de morceau de tissu accroché à un clou mal fixé sur le banc. Bref, rien de sherlockholmesque. En l'absence d'indices, il était logique de conclure à un suicide, rendu légèrement plus compliqué puisque l'homme, aux dires de tous, était quelque peu instable.

Un suicide, donc. Il n'avait plus rien à faire, à moins que de nouveaux éléments ne viennent changer la donne. Il attendrait quelques heures avant de refermer le dossier. Il n'y avait aucune raison de se précipiter un lundi matin. Il jeta un rapide coup d'œil autour de lui afin de s'assurer qu'il y avait suffisamment de collègues dans les parages pour garder la boutique, et il sortit prendre en catimini un second petit-déjeuner à Kitty's Kitchen. Boudin noir, saucisse, haricots blancs à la sauce tomate et deux œufs sur le plat. Tout ce que la seconde Mme Noble lui interdisait.

Il était en train de passer son bras dans une des manches de sa veste quand son téléphone sonna.

— Capitaine Noble, répondit-il en appuyant bien sur chaque syllabe.

— Will Abbott, dit une voix tendue.

Noble leva les yeux au ciel et se laissa tomber sur sa chaise. Le foutu frère… On n'était jamais tranquille.

— Bonjour, monsieur Abbott. J'étais justement en train de parcourir le dossier concernant Gabriel.

Faites sentir aux proches des victimes qu'ils comptent, que cela soit vrai ou non.

— Comment puis-je vous aider ?

— Vous m'avez affirmé que vous aviez presque terminé l'enquête sur la mort de mon frère.

— C'est le cas.

— Vous m'avez dit aussi que selon vous, il s'agissait très probablement d'un suicide, ajouta-t-il sur un ton de plus en plus accusateur.

— C'est exact. Ce matin, je suis même en mesure de vous affirmer que rien dans notre enquête ne contredit la thèse du suicide, répliqua Noble en parlant d'une voix grave pour montrer sa compassion.

Il devait faire cet effort.

— Alors pourquoi avez-vous envoyé une de vos collègues à Londres pour poser des questions sur mon frère ? Et sur ma mère ? Vous savez bien qu'elle a été assassinée il y a vingt-deux ans, non ? Qu'est-ce que ça a à voir avec le suicide de mon frère ? demanda Will Abbott que la colère faisait presque bégayer.

— Je suis désolé, monsieur, mais je ne vois pas du tout de quoi vous parlez, répliqua-t-il aussitôt afin de désamorcer la situation. Aucun membre de mon équipe ne se trouve à Londres. Nous n'avons demandé aucune aide à la police londonienne.

— Elle ne travaille pas pour la police de Londres. Elle est de la police écossaise. Est-ce que vous êtes en train de me dire que vous n'êtes pas au courant ? Une de vos collègues fait le tour de Londres en posant des questions sur ma famille et vous n'en savez rien ? Ce n'est pas à moi que vous arriverez à faire avaler ce genre de choses. Vous voulez bien m'expliquer ce qui se passe, nom de Dieu ?

Noble commençait à se sentir vraiment en difficulté. La combinaison « femme flic » plus « vieille affaire » pointait dans une seule direction qui n'augurait rien de bon.

— Pouvez-vous me dire ce qui est arrivé exactement, monsieur ?

Temporiser, calmer les esprits, faire redescendre la pression.

— Je vous l'ai dit. Une de vos collègues sème la zizanie en posant des questions sur ma famille. Sur le meurtre de ma mère. Est-ce que vous vous rendez compte à quel point tout ça est difficile pour moi ? Je viens de perdre mon frère, et vous, vous envoyez quelqu'un ici pour foutre le bordel en posant des questions sur la mort de ma mère ? Sur une affaire bouclée il y a des années. Vous imaginez un peu ce que ça fait de perdre les membres de sa famille ?

— Je comprends que vous soyez triste, monsieur Abbott. Mais pouvez-vous m'en dire plus ?

Noble entendit son interlocuteur prendre une brève inspiration.

— Quoi ? Vous n'êtes pas au courant de ce que font vos hommes ?

— Comme je vous l'ai déjà dit, ce n'est pas quelqu'un de mon équipe. Essayons de mettre les choses au clair, d'accord ? Vous voulez bien me raconter tout ce que vous savez ?

— Hier, cette policière s'est présentée chez une amie de la famille. Felicity Frye, l'actrice, j'imagine que vous avez déjà entendu parler d'elle ?

Noble savait qui c'était. Son cœur se serra davantage en se souvenant que sa seconde femme lui avait appris quelques semaines auparavant que l'actrice souffrait d'un cancer en phase terminale. Qu'est-ce qui avait pris à Karen Pirie – parce qu'il s'agissait manifestement d'elle – d'aller ennuyer cette femme mourante en l'interrogeant sur un suicide qui ne la regardait pas ?

— Oui, je vois qui c'est, dit-il en essayant de ne rien laisser transparaître de ses émotions.

— Vous savez sans doute aussi qu'il ne lui reste plus que quelques mois à vivre ? Elle est en train de mourir d'un cancer du pancréas. Et votre collègue, ajouta-t-il, prononçant ce mot comme s'il s'agissait d'un juron, l'a interrogée sur mon frère et a utilisé cela comme excuse pour faire ressurgir tout un tas d'histoires au sujet de ma mère. En quoi ça la regarde ? demanda-t-il en s'étranglant de colère.

— Est-ce que vous connaissez le nom de cette policière ?

Un froissement de papier.

— Il s'agit du commandant Karen Pirie, grogna-t-il. J'ai eu le mari de Felicity Fry au téléphone et il s'est plaint de tout ça. Comme si c'était ma faute. Comme si j'avais quelque chose à voir là-dedans. C'est vraiment scandaleux.

— Je comprends votre indignation, monsieur Abbott. Comme je l'ai expliqué, le commandant Karen Pirie ne fait pas partie de mon équipe. Elle dirige l'Unité des affaires historiques. Elle doit enquêter sur le meurtre de votre mère. Personne n'a jamais été formellement inculpé pour ça, si je ne me trompe ?

— Ce n'est pas un mystère. Tout le monde sait que l'IRA ou un de ces groupuscules terroristes nord-irlandais est responsable de ce qui s'est passé. Ce n'était pas très difficile à deviner à l'époque. Alors j'aimerais qu'on m'explique pourquoi cette policière vient harceler cette pauvre femme au sujet de quelque chose que tout le monde sait ? Comment peut-elle oser faire une chose pareille ?!

— Je suis désolé, répondit Noble en ne le pensant qu'à moitié. Si vous le souhaitez, j'informerai le supérieur du commandant Karen Pirie de ce qui s'est passé. Je peux même lui demander de vous contacter ?

— Très bien, mais je ne suis pas le seul à avoir été affecté par cette histoire. Pauvre Felicity… Elle ne va pas bien et n'a peut-être plus toutes ses capacités de discernement.

Il y eut un silence. Noble attendit. Il était récompensé au-delà de ses espérances. Abbott prit une grande inspiration et ajouta :

— Le problème c'est que Felicity a entraîné quelqu'un d'autre dans toute cette histoire. Quelqu'un qui n'a rien à voir avec tout ça. Mais si le nom de cette personne venait à être révélé, cela créerait un immense scandale.

— J'ai du mal à vous suivre, répondit Noble. Vous allez devoir être un tout petit peu plus explicite.

— Mon Dieu… Écoutez, ma mère a menti au sujet de l'identité du père de Gaby. Tom Abbott, mon père, était déjà mort quand elle est tombée enceinte de Gabe. Elle a menti parce que c'était plus facile que de répondre à des questions. Ce n'est pas grave ; j'étais au courant depuis des années. Caroline m'a laissé une lettre que l'avocat m'a transmise à mes vingt et un ans. Ça ne concernait que la famille et personne d'autre. Felicity Frye a tout raconté à cette Karen Pirie. Mais elle ne s'est pas arrêtée là. Felicity est persuadée que le père biologique de Gabe est Frank Sinclair.

C'était un nom que tout le monde connaissait. Noble ne savait pas quoi répondre.

— Vous voyez de qui je veux parler ? Lord Sinclair. Le baron des médias.

— Le grand défenseur de la famille et des valeurs familiales ?

— Celui qui s'est érigé en parangon de vertu, confirma Abbott. Il est encore plus radical que l'archevêque de Canterbury. Je ne peux pas aborder le sujet des jeux vidéo sans que lui et ses sbires se mettent à crier au scandale. Putain, c'est pourtant un ami de la famille ! Que Dieu protège ses ennemis. Vous imaginez un peu sa réaction si une rumeur idiote comme ça commençait à se répandre ? Il deviendrait fou furieux.

Noble jubila à cette idée.

— Je comprends que vous soyez contrarié, dit-il doucement. La meilleure chose que je puisse faire c'est contacter le supérieur du commandant Pirie afin qu'il vous parle. Dès que nous aurons terminé cette conversation, je contacterai le commissaire divisionnaire Simon Lees pour lui expliquer ce qui s'est passé. Il demandera sans doute au commandant Pirie de s'expliquer. Je suis sûr qu'il vous en dira plus dès qu'il aura une vision claire de la situation. Pour le moment, je ne peux que m'excuser pour les désagréments occasionnés.

Un soupir.

— Je vais bien être obligé de me contenter de ça, n'est-ce pas ? répliqua sèchement Abbott.

Noble sentit néanmoins qu'il capitulait. Ils échangèrent encore quelques mots, et la conversation se termina sur un ton moins vindicatif qu'au début. Noble glissa son téléphone dans sa poche et se dirigea vers la sortie. Afin de tirer le meilleur parti de ce coup de fil, il voulait éviter que ses collègues ne puissent l'entendre.

À son grand étonnement, Karen Pirie avait des amis au sein de la police écossaise et tout particulièrement dans le Fife. Il ne voulait pas qu'elle sache à l'avance ce qui allait lui tomber dessus. Lui aussi était furieux, même s'il n'en avait rien montré au cours de sa conversation avec Will Abbott. Comment osait-elle porter des jugements hâtifs sur une affaire qui ne la concernait pas ? Une affaire sur laquelle elle ne savait rien à part ce que son arrogance lui dictait, une affaire dans laquelle elle n'avait aucun droit de fourrer son nez. Elle n'avait jamais fait aucun effort pour cacher ce qu'elle pensait de lui. Elle pensait qu'il était paresseux et qu'il bâclait son travail. Tout ça parce qu'il ne voyait pas l'intérêt de se prendre la tête sur des dossiers qui n'en valaient pas la peine. Mais la roue avait tourné et c'était elle qui allait se retrouver sur le gril. Le Macaron n'allait pas être le seul à s'en réjouir.

34

Karen savait qu'elle aurait dû rentrer chez elle dimanche par le train de nuit, mais elle avait laissé son bon sens derrière elle vendredi soir et il ne semblait pas près de revenir. Comme elle l'avait expliqué à Phil dans sa tête en traversant Covent Garden après avoir quitté les Grassie, il y avait quelque chose dans cette affaire-non-élucidée-qui-n'était-pas-la-sienne qui la turlupinait et qui ne voulait pas la lâcher. Elle avait transgressé toutes les règles – elle n'avait pas le droit de s'occuper de cette enquête douteuse – mais elle n'arrivait pas à s'ôter de la tête que c'était important et que si elle ne s'en chargeait pas, personne ne le ferait.

Phil aurait secoué la tête, exaspéré, et lui aurait dit qu'elle était son pire ennemi. Il lui aurait fait remarquer que tout ce qu'elle allait obtenir, c'était d'envenimer plus encore ses relations avec le Macaron. Ce à quoi elle aurait répondu qu'elle n'en serait pas fâchée. Il lui aurait rappelé qu'outrepasser les règles était le meilleur moyen de faire couler une affaire, ce à quoi elle aurait répliqué qu'en l'état actuel des choses, il n'y avait pas vraiment d'affaire et que la situation ne pouvait donc pas empirer.

Un enfant qu'elle croisa sur son chemin la regarda les yeux écarquillés en la voyant parler toute seule. Karen se retourna, fit quelques pas dans sa direction et dit à l'enfant étonné :

— Ce n'est pas parce que tu ne peux pas le voir qu'il n'existe pas.

Après s'être remise en route, elle se demanda si elle n'était pas en train de perdre les pédales. Est-ce qu'elle souffrait d'un syndrome de stress post-traumatique ? Dieu sait qu'elle avait été suffisamment traumatisée par l'année qui venait de s'écouler pour en subir les effets pendant toute une vie. Mais elle n'avait pas l'impression de perdre la raison. Les insomnies, les conversations avec Phil, les obsessions pour des problèmes qui n'étaient pas de son ressort, elle parvenait à gérer tout ça. Son entourage n'agissait pas avec elle comme si elle avait perdu la tête. Ni ses parents, ni ses amis, ni Jason.

Elle allait bien. Elle était peut-être juste un peu plus obsédée par certaines choses que d'habitude. Au lieu de retourner à Euston et trouver un endroit pour grignoter avant de reprendre le train, elle retourna à l'hôtel – « Non, toujours pas de bagages » – et envoya un texto à Jason :

> Je prends ma journée demain. Je reviens au bureau mardi. Continue de vérifier les différents témoignages dans l'affaire Tina McDonald. Je pense que j'ai trouvé une solution pour ton problème de coloc. Ne te préoccupe pas de ça.

Elle s'installa ensuite avec son ordinateur portable pour trouver un moyen de faire ce qui ne se produisait que dans les livres, comme elle l'avait affirmé à Felicity Frye.

Voilà pourquoi, en ce lundi matin, Karen marchait sur Tottenham Court, le visage tourné vers le soleil réconfortant. Elle avait acheté la veille un nouveau chemisier et de nouveaux sous-vêtements au Marks & Spencer de Long Acre. Elle était douchée, avait absorbé sa dose de caféine matinale et était parée pour enfreindre de nouvelles règles.

Elle s'arrêta dans un café prendre un latte. Elle demanda au serveur un sac en papier et ne fit pas d'objection quand il lui demanda 5 pence en échange. Elle le plia et le mit dans sa poche avec quelques serviettes. Maintenant, elle était fin prête.

De retour dans les rues ensoleillées, elle passa devant des boutiques qui vendaient des articles de décoration chic, puis des magasins discount de matériel électronique dont les vitrines étaient remplies d'objets dont elle ne comprenait pas l'usage. Elle contourna les panneaux publicitaires qui cachaient la nouvelle gare et passa devant des vitrines remplies de livres, de guitares et d'un tas de bibelots sans intérêt que les gens entassaient chez eux. Elle longea ensuite des théâtres et des galeries d'art avant de s'enfoncer dans le cœur de Westminster.

Elle finit par atteindre le fleuve. D'un côté de la rue, il y avait le palais de Westminster. De l'autre, Portcullis House où l'on trouvait des bureaux modernes pour les députés, des salles de commission et de réunion. La Commission parlementaire sur l'information siégeait ce matin dans la Boothroyd Room.

Quand elle l'avait découvert, Karen y avait vu un présage. Un signe indiquant qu'elle devait poursuivre cette mission absurde qu'elle s'était assignée. Et dans la mesure où elle n'était toujours pas capable de faire preuve de discernement, elle entra dans Portcullis House avec cet air confiant que pouvait prendre une femme en possession d'une carte de police qui n'imaginait pas un instant que sa quête chimérique puisse être entravée.

*

Le Macaron était assis à l'arrière de son véhicule de fonction, en essayant de garder son calme. Il ressentait de la colère contre Karen Pirie qui avait dépassé les bornes et sapé son autorité. Quelle image cela donnait-il de lui qu'un officier de police sous ses ordres foule aux pieds le règlement sans montrer le moindre respect pour le travail de ses collègues ?

Cependant, il ressentait aussi une certaine jubilation et ce, pour les mêmes raisons. Elle était allée trop loin, cette fois. Elle ne pourrait pas s'en tirer comme ça. Non seulement la mort de Gabriel Abbott n'était pas de son ressort, mais ce n'était pas non plus une affaire non élucidée. Abbott venait d'être retrouvé mort et une enquête était en cours. Mais cet électron libre de Pirie s'en fichait et en avait profité pour déterrer une vieille affaire techniquement non élucidée sans la moindre vergogne (une expression qu'il avait entendue dans la bouche de sa fille et qu'il avait rarement l'occasion d'utiliser). Ce n'était pas acceptable en temps normal, et ça l'était encore moins quand quelqu'un d'aussi éminent, virulent et procédurier que Lord Sinclair se retrouvait impliqué et traîné dans la boue.

C'était la fin de Karen Pirie à la tête de l'Unité des affaires historiques. Il y avait d'abord eu cette série de fuites, et maintenant cette histoire. C'était le moment idéal pour lui régler son compte. Elle avait toujours été la chouchou des médias grâce à ses nombreux succès. Son nom était régulièrement cité dans les tabloïds et associé à des affaires où des familles se réjouissaient de savoir ce qui était finalement arrivé à leurs proches et où des victimes se félicitaient que leurs agresseurs paient enfin pour leur crime. Mais voilà plusieurs mois que Karen n'avait pas obtenu d'importants succès, autrement dit une éternité d'un point de vue médiatique.

Elle appartenait au passé. La question maintenant était de savoir comment il allait pouvoir la punir.

Lees se frotta les mains de plaisir avant de poser ses paumes sur ses cuisses. Que tout cela allait être plaisant ! Il répéta dans sa tête les mots qu'il allait prononcer tandis que la BMW noire tournait dans Gayfield Square pour s'arrêter devant le commissariat. Il était tellement excité qu'il n'attendit même pas que son chauffeur lui ouvre la portière pour sortir. Il réajusta la casquette de son uniforme et se dirigea vers l'entrée.

Il aimait la façon dont les gens réagissaient quand il entrait au commissariat. C'était comme si sa simple présence leur donnait un petit électrochoc dans les synapses. Le grand patron est dans les bureaux. Il avait toujours rêvé de ça, et maintenant, à part des individus non conformistes comme Pirie, tout le monde était au garde-à-vous devant lui.

— L'Unité des affaires historiques ? grogna-t-il à la personne qui se trouvait à l'accueil.

— Passez cette porte, tournez à droite, c'est au bout du couloir, bégaya-t-elle en appuyant sur un bouton pour lui permettre de pénétrer à l'intérieur des locaux.

Il remonta le couloir, épaules redressées, torse bombé, les joues roses d'une colère qui bouillait dans ses veines. Il avait l'air tellement déterminé que deux policières se plaquèrent contre le mur sur son passage. À chaque pas, il pouvait sentir le poids de son autorité dont il allait bientôt faire usage d'une manière encore plus éloquente.

Il ouvrit la porte sans prendre la peine de frapper et s'immobilisa sur le seuil. L'imbécile aux cheveux roux envers qui Pirie restait incompréhensiblement loyale fut si surpris par cette arrivée intempestive que son sandwich au jambon vola dans les airs et se décomposa en retombant. L'inspecteur

Murray bondit sur ses pieds et s'écarta de son bureau en heurtant sa chaise au passage.

Lees parcourut la pièce du regard avant de jeter un regard méprisant à Murray.

— Où est-elle ? demanda-t-il.

— Elle a pris un jour de congé, euh… monsieur, répondit Murray d'une voix rauque.

— Ce n'est pas ce que je vous ai demandé, répliqua Lees lentement et sèchement. Je vous ai demandé où était le commandant Karen Pirie.

— À Londres. Elle y est pour le week-end.

— C'est tout ce que vous savez ? Vous ne savez pas où elle se trouve exactement ou ce qu'elle fait à Londres ?

L'imbécile semblait au bord des larmes.

— Elle ne m'a rien dit. Juste qu'elle y passait le week-end.

— Vous a-t-elle dit sur quoi elle travaillait ?

Murray jeta un coup d'œil rapide sur l'écran de son ordinateur.

— Nous travaillons sur l'affaire Tina McDonald. On attend de savoir si on aura accès à l'extrait de naissance de Ross Garvie. Je suis en train de parcourir les dépositions, répondit-il précipitamment, désireux de satisfaire son interlocuteur.

— Et l'autre affaire. De quoi s'agit-il ?

— Quelle autre affaire ?

L'imbécile paniquait. Mais d'après Lees, cela prouvait qu'il était ignorant plutôt que complice.

— Peu importe. Quand doit-elle revenir ?

— Demain. Elle a dit demain matin, répondit-il en déglutissant, yeux écarquillés, sa pomme d'Adam remontant dans sa gorge.

— Et vous ne travaillez sur rien d'autre ?

Murray secoua rapidement la tête.

— Euh… Juste sur des trucs de routine. Nous attendons des rapports d'analyse sur d'anciennes pièces à conviction pour voir si on ne pourrait pas en tirer quelque chose. Mais ces affaires sont toujours en sommeil. On ne travaille pas vraiment dessus, expliqua-t-il avant de passer la langue sur ses lèvres.

Lees tourna les talons et rebroussa chemin sans prendre la peine de refermer la porte derrière lui. De retour dans la voiture, il appela Karen Pirie sur son portable. Quand il tomba sur son répondeur, comme il s'y attendait, il annonça :

« Ici, le commissaire divisionnaire Lees. Je me suis rendu dans vos bureaux d'où vous étiez absente. Rappelez-moi dès que vous aurez ce message. Mais avant que nous puissions avoir une petite discussion face à face, je vous ordonne de cesser votre prétendue enquête sur le suicide de Gabriel Abbott. Ne tardez pas à me répondre, commandant Pirie. C'est un ordre. »

Il appuya d'un coup sec sur le bouton « raccrocher » du téléphone et se carra au fond de son siège en cuir. En attendant, il allait entretenir le feu de sa colère, pour reprendre une expression utilisée par leur barde national. Quand elle daignerait le rappeler, il déchargerait alors sur elle toute sa fureur.

Il était presque content qu'elle soit absente de son bureau. Imaginer ce qui allait venir était un doux plaisir.

35

La Boothroyd Room, d'après le policier qui l'avait conduite jusque-là, était la salle de réunion emblématique de Portcullis House. Quand les membres du Parlement avaient pris la décision de faire construire un nouveau lieu de réunion, ils avaient clairement opté pour un endroit qui frappe les esprits. Le bâtiment était impressionnant : il était pourvu d'un vaste atrium en pierre, verre et acier, plus ou moins lumineux selon les caprices du ciel et agrémenté de quelques arbres plantés en son centre. Il s'en dégageait une impression d'opulence et de pouvoir. Probablement l'un des édifices les plus spectaculaires que la plupart des visiteurs aient eu l'occasion de voir, songea Karen. À moins qu'ils ne se soient déjà rendus au Parlement écossais, qui avait coûté une fortune. Les politiques avaient clairement compris le bénéfice qu'il y avait à travailler dans un environnement à l'esthétique soignée. Dommage qu'ils n'aient pas étendu ce principe à la plupart des lieux où les fonctionnaires passaient leur vie. Elle se demanda combien de temps leurs leaders tiendraient dans ce placard qu'elle partageait avec Jason et où flottait une perpétuelle odeur de viennoiseries venant de chez Greggs.

Son escorte lui proposa une des meilleures places dans la salle, avec une vue dégagée sur la douzaine de chaises qui se trouvaient derrière une table en bois en forme de fer à cheval ; celle-ci faisait face à une autre tout en longueur où, vraisemblablement, s'asseyaient les témoins. Derrière, il y avait des rangées de confortables sièges en cuir d'une couleur hésitant entre le gris, le turquoise et le bleu-vert.

— Voilà, madame, dit-il poliment. Nous ne laissons entrer le public que dix minutes avant le début des débats. Premier arrivé, premier servi, mais comme vous êtes de la maison, vous avez droit à un petit traitement de faveur.

— Merci, répondit Karen. Je vous revaudrai ça si vous venez un jour à Édimbourg.

Elle n'avait pas eu besoin d'inventer une excuse pour venir s'asseoir dans la salle. Elle avait montré sa carte de police et vaguement expliqué qu'elle devait voir l'un des membres du comité. Et bientôt, elle allait se retrouver à quelques mètres de Lord Sinclair, le supposé donneur de sperme de Caroline Abbott. Enfin, ça, elle ne comptait pas lui en parler.

Le policier lui avait indiqué un siège au milieu de la première rangée, mais Karen préférait ne pas se faire trop remarquer. Elle choisit donc de s'asseoir au bout de la deuxième rangée, près de la fenêtre, où elle pourrait regarder la circulation sur le fleuve quand les débats deviendraient trop ennuyeux. Elle savait que ça finirait par arriver. Mais comparé à d'autres endroits où elle devait parfois rester en planque pour surveiller un « potentiel suspect » selon l'expression employée par Lees, ce n'était pas si mal. Le siège était confortable et la température ambiante agréable ; la tapisserie sur le mur du fond – une scène stylisée représentant des arbres et tantôt des champs tantôt une rivière – avait des tons bleus apaisants et le buste de la baronne Boothroyd était beaucoup moins laid que la plupart des portraits qu'elle avait vus dans le couloir.

Karen sortit son carnet ainsi qu'un stylo pour se donner une contenance. Quelques minutes plus tard, la porte s'ouvrit à nouveau et un groupe de gens mal assortis entra. Parmi eux se trouvaient manifestement des journalistes. Ils se groupèrent dans un coin de la salle en bavardant comme s'ils n'étaient pas seulement collègues mais amis. Certains avaient l'air d'étudiants en sciences politiques ; il y avait aussi deux types branchés, journalistes en devenir, supposa Karen. Un trio de jeunes musulmanes enjouées portant le foulard se donnaient des petits coups de coude en souriant. Il y avait aussi des retraités qui étaient là pour entretenir leurs neurones et se tenir au courant de l'actualité. Pendant que le public prenait place autour d'elle, les employés administratifs de la commission s'installèrent et disposèrent les dossiers tout en discutant les uns avec les autres d'une façon détendue qui traduisait une certaine routine.

Entrèrent ensuite le magnat de la presse canadien et sa suite qui s'assirent le long de la table des témoins ; l'importance du personnage était visible rien qu'au nombre de personnes qui l'accompagnaient.

Enfin, ce fut au tour des membres de la commission d'entrer. Une douzaine d'individus – sept hommes et cinq femmes – qui n'avaient rien d'impressionnant. Ils étaient élégants et soignés, mais aucun d'entre eux n'aurait fait tache dans une salle de réunion ou dans une association caritative. Les personnes haut placées, pensa Karen, n'étaient pas si différentes des autres. Ils avaient presque l'air de Monsieur et Madame Tout-le-Monde.

Elle reconnut Frank Sinclair grâce aux photos qu'elle avait vues sur Internet. La soixantaine bien sonnée, il avait l'air en pleine forme. Ses cheveux autrefois blonds étaient à présent grisonnants ; il avait des rides et le teint pâle mais encore un beau visage et ses yeux d'un bleu profond étaient alertes, scrutant la salle et ses occupants. Il consulta ses papiers quelques instants en fronçant ses sourcils broussailleux, griffonna une note avec son gros stylo Montblanc avant de regarder de nouveau l'assemblée. Karen ne savait pas s'il ressemblait vraiment à Gabriel Abbott. Elle avait seulement vu quelques photos de l'homme retrouvé mort et ce n'était pas suffisant pour établir une quelconque comparaison. Elle aurait bien voulu demander à Noble des photos post-mortem.

Les discussions démarrèrent aussitôt et Karen s'ennuya rapidement à mourir. Les choses semblaient avancer très lentement et elle prenait la peine d'écouter Frank Sinclair uniquement parce qu'elle y était obligée. Elle crut comprendre qu'il était très favorable au respect de la vie privée sauf pour les gens qui vivaient d'une façon qu'il désapprouvait. Un problème de moralité, un acte illégal ou malhonnête privait la partie coupable de ses droits et en faisait une cible légitime pour les médias, selon lui. Vu l'étroitesse de sa conception de la moralité, cela signifiait que la plupart des gens étaient des cibles légitimes, en conclut Karen. Elle fut contente de voir que ce n'était pas l'opinion majoritaire dans la salle.

Deux heures s'étirèrent interminablement. Karen avait du mal à imaginer Sinclair fréquenter ce monde dissolu et convivial du théâtre et de la télévision dans lequel Caroline et Ellie avaient évolué. Elle savait que beaucoup de gens en vieillissant devenaient plus conservateurs, mais là c'était vraiment le grand écart. Peut-être que la culpabilité qu'il ressentait d'avoir aidé Caroline s'était révélée tardivement et avait provoqué une réaction extrême. Ou alors, elles avaient continué à le fréquenter parce qu'elles le trouvaient différent, parce que c'était un dinosaure et qu'il était l'exact contrepoint de leur style de vie. Quant à lui, il pouvait puiser dans leur façon de vivre des arguments validant sa rectitude morale.

Les débats touchèrent à leur fin. Lords et ladies se levèrent et réunirent leurs papiers. Karen resta en retrait tandis que le public quittait lentement la salle et consulta son téléphone pendant que les assistants discutaient avec leurs patrons. Il y avait un petit groupe compact autour de Frank Sinclair, près de la table en forme de fer à cheval. Un peu plus tôt, il avait siégé en bout de table à l'autre extrémité de la pièce et Karen se dirigea tranquillement dans cette direction. Elle regarda aux alentours. Personne ne prêtait attention à elle. Tout le monde était occupé à sortir ou à bavarder ; d'autres vérifiaient que le magnat n'avait rien laissé de compromettant derrière lui.

Comme si de rien n'était, elle sortit les serviettes en papier qu'elle avait prises au café et, d'un geste rapide, ramassa le verre de Frank Sinclair pour le fourrer dans sa poche. Elle quitta ensuite lentement la salle et se dirigea vers les toilettes les plus proches. En sécurité dans un des box, Karen glissa le verre dans le sachet en papier qu'elle déposa soigneusement au fond de son sac à main. Elle ne voulait pas se faire arrêter en sortant pour avoir volé un verre appartenant à la Portcullis House.

Respire, s'enjoignit-elle. Elle venait de réaliser quelque chose de tellement aberrant qu'elle ne pourrait jamais le révéler à ses collègues, et personne ne s'en était rendu compte. C'était de la folie. Mais c'était pour une noble cause.

*

Karen ne se doutait pas qu'elle avait été repérée. Lord Sinclair avait commencé sa carrière comme journaliste grâce à son grand sens de l'observation. Il n'avait pas perdu ce don. Tout en écoutant les questions et les commentaires des gens qui venaient le voir, il continuait d'observer ce qui se passait autour de lui. Il avait remarqué Karen du coin de l'œil et suivi ses mouvements sans rien laisser transparaître de son incrédulité en voyant ce qu'elle était en train de faire.

Il n'y avait aucun doute. Cette femme venait de glisser son verre dans sa poche et prenait à présent la fuite. Il n'y avait qu'une seule façon d'expliquer son geste.

Il fut parcouru d'un frisson. Mais il n'allait pas paniquer. Il n'était pas arrivé jusqu'ici en perdant son sang-froid devant la menace. Il s'excusa et prit son assistant à part.

— Cette femme qui est en train de sortir, suivez-la et renseignez-vous sur elle.

L'assistant, qui était suffisamment bien payé pour faire preuve d'une indéfectible loyauté, s'éclipsa discrètement. Sinclair le regarda partir tout en réfléchissant à ses différentes options, des moins compromettantes aux plus radicales. Personne ne nuirait à sa réputation.

36

Le train quittait King's Cross quand Karen constata qu'elle avait oublié de rallumer son téléphone après avoir assisté à la commission. Elle était tellement excitée par son larcin que tout le reste était passé au second plan. C'est au moment où elle commençait à se détendre pour affronter le long voyage du retour vers Édimbourg qu'elle pensa à consulter son portable et découvrit qu'il était éteint. Elle l'alluma et poussa un grognement quand elle vit qu'elle avait reçu cinq messages vocaux et six textos.

Le premier message vocal provenait du Macaron. Les deux suivants de La Menthe. Il y en avait un autre d'un numéro inconnu. Le dernier était de Giorsal. Les textos étaient tous de La Menthe. Dans le premier, il lui demandait de la rappeler. Dans les autres, il répétait cela de manière à chaque fois plus urgente. Il s'était manifestement passé quelque chose, mais elle se demandait de quoi il pouvait s'agir.

Karen poussa un soupir et se dirigea jusqu'au sas à l'extrémité du wagon pour ne pas déranger les autres passagers en jurant au téléphone. Légèrement incommodée par l'odeur du désodorisant synthétique, elle prit connaissance du message laissé par le Macaron. Il était cinglant :

« Ici, le commissaire divisionnaire Lees. Je me suis rendu dans vos bureaux d'où vous étiez absente. Rappelez-moi dès que vous aurez ce message. Mais avant que nous puissions avoir une petite discussion face à face, je vous ordonne de cesser votre prétendue enquête sur le suicide de Gabriel Abbott. Ne tardez pas à me répondre, commandant Pirie. C'est un ordre. »

Ah. Voilà qui était clair. Ou presque. Ce qu'elle ne savait pas encore, c'était comment le Macaron était au courant de ce qu'elle faisait, et à quel point la situation était sérieuse. Le connaissant, il était capable de s'emporter simplement parce qu'elle avait demandé à Alan Noble où en était son enquête. Elle soupçonnait également Noble d'être suffisamment lèche-bottes pour l'avoir dénoncée à son chef. Tout le monde savait qu'il détestait Karen et voulait la discréditer.

Mais ça pouvait être plus grave. Quel que soit le problème, elle n'allait pas s'en occuper dans le train. Elle ne voulait pas prendre le double risque que leur conversation soit coupée ou écoutée. Elle voulait pouvoir gérer le problème quand et où elle le déciderait. Idéalement, quand elle en saurait un peu plus sur la gravité de la situation.

Jason parlait sur un ton inquiet dans son premier message.

« Bonjour, chef, c'est moi. Le patron est d'une humeur massacrante. J'ai pensé qu'il valait mieux que je vous informe. Je lui ai dit que vous aviez pris un jour de congé, j'espère que je n'ai pas fait de bêtise. Enfin bon, j'ai pensé que c'était mieux que je vous le dise. »

Dans son deuxième message, il répétait la même chose en ajoutant cette fois que la secrétaire du Macaron l'avait contacté afin qu'il informe le commandant Karen Pirie qu'elle était attendue au bureau du commissaire divisionnaire à la première heure. « Elle a ajouté qu'elle allait vous écrire un mail, mais elle voulait s'assurer que le message soit bien reçu. C'est pour ça que je vous le transmets. Elle semblait vraiment remontée, chef. »

On voulait clairement lui mettre la pression, pensa Karen. Si le Macaron avait su diriger ses troupes, il aurait découvert que Karen n'était pas du genre à se laisser intimider. Et ce, depuis l'école. Elle se défendait bec et ongles quand des petites garces s'en prenaient à elle. Elle n'avait pas le sens de la repartie de Giorsal, mais elle arrivait à leur tenir tête en leur lançant ce même regard intransigeant qui déstabilisait le Macaron. Elle n'était pas du genre à se laisser impressionner. Pas plus hier qu'aujourd'hui.

Le numéro qu'elle n'avait pas reconnu s'avéra être celui d'Alan Noble et ça expliquait pas mal de choses : « Ici le capitaine Noble. À quoi tu joues Karen ? Je viens d'avoir le frère de Gabriel Abbott au téléphone. Il est furieux que tu sois allée à Londres pour te mêler de ses affaires et de celles de sa famille. Et ça après que je lui eus dit qu'il y avait de grandes chances que son frère se soit suicidé. Tu n'avais aucun droit de fourrer ton nez dans ce dossier. Tu as vraiment dépassé les bornes. Tu n'as pas à te mêler de ce qui ne te regarde pas ni à affirmer des thèses sans fondement qui font passer tes collègues pour des nazes. Je vais me plaindre à la hiérarchie. C'est franchement inacceptable. »

Aïe. Quelqu'un avait tout raconté au frangin. Selon Karen, ça venait de Jumpin' Jack Ash. Ce type ne lui avait pas vraiment inspiré confiance. Il n'avait manifestement pas voulu lui parler de certaines choses – peut-être certaines que Felicity Frye lui avait apprises – et il avait aussitôt prévenu Will Abbott qu'elle était en train de semer la pagaille. Il était intéressant de noter que la première réaction d'Abbott n'avait pas été de demander s'il y avait de nouvelles pistes concernant la mort de sa mère. Au lieu de ça, il s'en était aussitôt pris à Noble, lequel avait choisi de menacer Karen d'en informer le Macaron. Elle n'arrivait pas à savoir s'il était lâche, carriériste ou tout simplement stupide.

Si quelqu'un voulait vraiment maquiller un meurtre en suicide, il était bien tombé avec le capitaine Noble.

Le dernier message était de Giorsal.

« Salut, ma jolie. J'ai eu le déplaisant Alan Noble au téléphone qui semblait remonté comme une pendule. Il m'a demandé de ne rien te dire au sujet de Gabriel Abbott. Comme s'il était mon chef. Bon alors, quand est-ce que tu veux que j'arrange une rencontre avec Ian Lesley ? Il vaudrait peut-être mieux qu'on organise ce rendez-vous en dehors des heures de bureau ? Passe-moi un coup de fil quand tu seras fixée. »

Karen ne put s'empêcher de sourire. Le système n'avait pas formaté Giorsal. Elle tenait sa promesse au sujet de l'assistant social de Gabriel Abbott. Qui mieux que lui pouvait la renseigner sur la vie du défunt ? Qu'est-ce que Phil avait l'habitude de répéter, déjà ? « Quand la chance te sourit, profites-en à fond. »

Penser à Phil lui rappela que c'était lundi et, vu la situation, il était préférable d'annuler sa soirée hebdomadaire avec Jimmy Hutton. Ce n'était pas la première fois que le travail les obligeait à reporter leur rendez-vous, mais elle regrettait malgré tout de devoir le faire. Elle lui envoya un texto, en lui promettant de le contacter plus tard dans la semaine.

Elle retourna à sa place, convaincue qu'elle arriverait à affronter ce qui l'attendait à Édimbourg. Il y avait aussi cette histoire de verre au fond de son sac à main. Heureusement, c'était lundi. Elle fit un rapide calcul mental. La personne qu'elle voulait voir devait changer de train à Haymarket vers vingt heures quinze. Ça lui laissait amplement le temps de régler un autre truc avant de se rendre à ce rendez-vous sur un quai de gare venteux. Elle envoya un texto pour organiser la rencontre et se plongea ensuite dans le dernier Lee Child. Rien de mieux qu'un bon roman pour faire passer le temps.

Deux chapitres plus tard, son portable se mit à vibrer. Elle vérifia l'écran. Elle n'allait pas prendre le risque un jour comme ça de répondre au téléphone sans savoir qui l'appelait. Mais dès qu'elle vit qui c'était, elle sut qu'elle devait prendre cet appel. Elle se leva d'un bond et se dirigea vers le sas tout en répondant au téléphone.

— Commandant Pirie ?

Malgré la mauvaise qualité de la communication, la voix de Colin Semple était reconnaissable.

— Maître Semple. Je suis contente de vous entendre. Enfin, j'espère que c'est pour m'annoncer de bonnes nouvelles ?

— Plutôt bonnes, en effet, dit-il. Où êtes-vous ?

— Je suis dans le train. J'étais à Londres et je rentre à Édimbourg.

— Dans ce cas, vous devrez attendre demain pour obtenir ce que vous souhaitiez : la juge Abercrombie pense que Ross Garvie ne va pas nous quitter de sitôt et elle a donc pris sa décision. Elle a donné son accord pour que vous puissiez avoir accès à l'extrait de naissance original de Garvie. Mais à aucun autre document, j'en ai peur. Juste l'essentiel.

Karen fut envahie par un sentiment d'excitation. Ils allaient enfin avancer sur l'affaire Tina McDonald ! Cette pénible attente était terminée et l'enquête allait pouvoir commencer.

— C'est super ! s'exclama-t-elle. Qu'est-ce que je dois faire maintenant ?

— Vous devez aller récupérer une copie de l'ordonnance du juge au tribunal. Si votre collègue ne sait pas quoi faire en cette fin d'après-midi, il a sans doute encore le temps d'y aller avant que le tribunal ne ferme ses portes. Une fois que vous l'aurez en votre possession, vous devrez vous rendre aux Archives, vous savez, sur Princes Street, en face de l'hôtel Balmoral. Sur place, on vous donnera une copie de l'extrait de naissance de Garvie. Ensuite c'est à vous de jouer, commandant.

— Merci de m'avoir tenue au courant. Et merci pour votre excellent travail.

— Vous m'avez payé pour, répondit-il d'une voix chaleureuse. Bonne chance, commandant.

Karen s'adossa contre la vitre du train et ferma les yeux quelques instants. Elle adorait traquer les criminels et maintenant elle allait pouvoir le faire pour de bon. Elle envoya un rapide texto à Jason :

> La juge a donné son accord pour l'extrait de naissance. Enfile ta veste et va récupérer le document au secrétariat de la juge avant la fermeture. On se voit demain matin. La chasse est ouverte !

C'était bien qu'il puisse s'occuper et oublier la colère du Macaron.

Elle retourna à son Lee Child l'esprit tranquille, sans se douter qu'un jeune homme au milieu du wagon n'avait cessé de l'observer depuis qu'ils étaient montés dans le train.

37

Il pleuvait quand le train arriva en gare d'Édimbourg. Une petite pluie cinglante de neige fondue accompagnée de rafales de vent lui gifla le visage. Tant pis pour le bus, elle allait prendre un taxi. Dans des moments pareils, elle était décidée à ne pas se montrer vulnérable. Le taxi roula sur les rues pavées, à travers Canongate jusqu'à Pleasance, ses essuie-glaces peinant à chasser la pluie du pare-brise.

— Sale temps, lança le chauffeur.

Pas aussi sale que le quart d'heure qu'allait bientôt passer quelqu'un, pensa Karen.

— Oui, confirma-t-elle.

La circulation était dense, mais le chauffeur savait comment s'y prendre pour éviter les bouchons. Karen courut du taxi jusqu'à l'entrée d'un immeuble dans le quartier de Marchmont avant d'appuyer sur la sonnette correspondant à l'appartement du troisième étage. Un homme répondit d'une voix à peine audible.

— Oui ?

— Une livraison pour vous, annonça-t-elle.

La porte se déverrouilla. De nos jours, comme tout le monde faisait ses courses sur Internet, quelqu'un qui vivait dans une colocation ne vérifiait pas forcément le nom du destinataire.

Karen monta jusqu'au troisième étage sans marquer de pause. Encore peu de temps auparavant, elle aurait eu du mal à gravir l'escalier, mais la marche nocturne associée à sa perte de poids l'avait remise en forme. Elle en déplorait la raison mais elle devait bien admettre qu'elle en appréciait les résultats. Elle aborda le dernier tournant de l'escalier en pierre et tomba nez à nez avec un jeune homme appuyé négligemment contre le montant d'une double porte en bois. Il était nu-pieds, portait un jean qui moulait ses jambes frêles, une chemise grise boutonnée jusqu'au cou, une barbe hirsute branchée, et arborait une petite moue.

— Où est le paquet ? demanda-t-il d'un air suffisant.

— C'est toi Liam ?

— Qu'est-ce que ça peut vous faire ? Vous avez dit que vous aviez une livraison. Mais vous n'avez rien.

Il tendit la main vers la poignée de la porte.

— Au revoir.

Karen avança rapidement vers lui et brandit sa carte de police.

— Je suis le commandant Karen Pirie.

— Oh, fit-il d'une voix traînante. Pourquoi vous ne l'avez pas dit ? Jason parle tout le temps de vous. Si vous le cherchez, il n'est pas ici pour le moment.

— Comme tu le sais pertinemment, jeune homme, Jason ne vit plus ici.

Elle avança vers lui, ce qui l'obligea à reculer et il poussa un cri quand il se cogna le coude contre le rebord de la porte. Elle l'attrapa par la chemise pour l'empêcher de bouger.

— Doucement, mon garçon. Alors, c'est toi Liam, oui ou non ?

— Oui, c'est moi. Qu'est-ce que vous me voulez ?

Elle le poussa et il recula maladroitement dans le couloir et se cogna contre une table étroite couverte de prospectus.

— Aïe ! Qu'est-ce qui vous prend ? C'est une agression !

— Arrête ton cinéma, lâcha-t-elle sur un ton sarcastique.

Elle fit un nouveau pas dans sa direction et il se retrouva acculé contre un mur.

— Écoute-moi bien, petit con. Je peux t'arrêter pour ingérence dans une affaire en cours. Et même pour entrave à la justice. Tu seras grillé à la fac. Tu pensais décrocher un bon boulot ? Tu peux faire une croix là-dessus. Avec une condamnation comme ça, tu auras de la chance si tu arrives à trouver un boulot de serveur. Même avec cette piteuse barbichette.

Elle fit un geste pour tripoter sa barbe mais il s'éloigna d'elle.

— Je ne sais pas de quoi vous parlez, balbutia-t-il.

— Ne joue pas les cow-boys avec moi, répliqua Karen en insistant sur chaque mot. Je sais ce que tu as fait. Toi et tes potes, vous avez fait croire à Jason que vous étiez son ami. Tu t'es foutu de lui dans son dos, devant tes copains snobinards. Et ensuite tu l'as trahi. Tu t'es servi d'un type bien, gentil et loyal. Tu l'as flatté pour qu'il te révèle des trucs. Tu lui as fait croire que tu t'intéressais à lui, alors qu'en réalité, tu te servais de lui.

Il devint blême et haussa légèrement les épaules.

— Personne ne l'a obligé à dire quoi que ce soit.

— Très bien. Le problème, c'est que les choses ne se sont pas arrêtées là. Tu as agi de façon méprisable, détestable et perfide. Ça, OK, passe encore. Mais ensuite, tu lui as fait un sacré coup de pute. Tu as trahi sa confiance et tu l'as vendu aux médias.

Il faisait moins le fier à présent. Elle pouvait sentir son haleine de café sur son visage.

— Ils l'auraient découvert dans tous les cas, gémit-il.

— Non. Je ne crois pas. Les informations que tu as fait fuiter étaient sensibles. À cause de ça, une ordure va peut-être éviter la prison et continuer à faire souffrir des gens. Tu as commis un délit, mon garçon.

— Vous bluffez, protesta-t-il en essayant de s'écarter d'elle. Si c'est si grave, arrêtez-moi.

Karen se fendit d'un sourire.

— Liam… C'est quoi ton nom de famille ? Enfin, on s'en fout, je le saurai bien assez tôt. Liam Dugland, tu es en état d'arrestation pour avoir entravé le cours de la justice. Tu as le droit de garder le silence, mais tout ce que tu diras pourra être retenu…

— Attendez ! Vous ne pouvez pas faire ça ! répliqua-t-il, paniqué.

— Contre toi…, continua Karen, imperturbable. Est-ce que tu as bien compris ?

— S'il vous plaît, supplia-t-il. Je m'excuse. S'il vous plaît. Je ne voulais pas créer de problèmes. C'était juste pour rigoler.

— Et pour obtenir un peu d'argent. Et pour te faire connaître comme informateur auprès des journaux, ajouta-t-elle avec mépris.

Il baissa la tête.

— C'est vrai. Mais je veux devenir journaliste.

— Ah oui, d'accord… Je vois que tu as déjà la moralité minable qui prévaut dans ce métier. Donne-moi une bonne raison pour que j'oublie cette histoire.

Il lui jeta un coup d'œil roublard.

— Parce que si je vais au tribunal, Jason perdra son boulot…

Karen applaudit lentement.

— Ce qui signifie que je gagnerai sur tous les fronts. Tu auras le casier judiciaire que tu mérites et moi, je serai débarrassée d'un flic idiot. Tu seras puni et mon collègue, lui, sera ridiculisé.

Liam écarquilla les yeux. Il avait l'air stupéfait.

— Vous allez vraiment laisser faire ça ?

— Je ne vais pas m'en priver ! Et te voir dans une position délicate, ce sera la cerise sur le gâteau.

Il y eut un long silence.

— S'il vous plaît, finit-il par implorer. S'il vous plaît, ne détruisez pas mon avenir. Ni celui de Jason.

Il baissa la tête.

— J'ai agi comme un con.

— N'utilise pas ce mot dans son sens péjoratif. Je me sens offensée.

Il se mordit la lèvre.

— Pardon.

Karen trouva qu'elle prenait un peu trop de plaisir à lui faire peur. La colère qu'elle ressentait contre lui s'était apaisée, inutile de le tyranniser, à présent. Il était temps qu'elle agisse de manière plus pondérée.

— Tu vas écrire une lettre à Jason dans laquelle tu feras la liste de toutes les infos que tu as cafardées aux médias. La liste entière. Tu t'excuseras pour ce que tu as fait. Tu joindras un reçu d'une organisation caritative à qui tu auras fait don de la même somme d'argent que tu as obtenue pour avoir vendu l'histoire de Tina McDonald. Si Jason ne reçoit pas cette lettre au commissariat de police de Gayfield Square après-demain au plus tard, je reviens ici pour t'arrêter. Et cette fois, je ne reculerai pas.

Le soulagement qui transparut sur son visage était pathétique.

— Je ne voulais pas créer de problèmes.

— Tu diras ça à Jason, il te croira peut-être.

Elle lui donna une dernière petite tape sur la poitrine avant de quitter l'appartement et de descendre l'escalier. Il pleuvait toujours, mais elle se trouvait à quelques minutes à peine de l'arrêt de bus. Elle éprouvait une telle satisfaction qu'elle ne prêta pas la moindre attention ni au froid ni à la pluie.

38

Le docteur River Wilde détestait les lundis, mais pas pour les raisons habituelles. Comme elle aimait ce qu'elle faisait, ce n'était jamais une corvée de se rendre au travail. Le problème, c'était les choix qu'elle avait faits. Jusqu'à récemment, elle avait exercé son métier d'anatomiste et médecin légiste à l'Université de Carlisle, dans le nord de l'Angleterre. Mais le département était petit, guère ambitieux, et – hormis elle – peuplé de professeurs qui s'acheminaient tranquillement vers la retraite. Elle ne comptait pas attendre de prendre la place d'un collègue et sa curiosité avait été stimulée par les missions qu'elle avait effectuées pour la police écossaise. Karen Pirie avait été son premier contact au nord de la frontière, mais elle avait été approchée depuis par d'autres membres de la police quand ils avaient besoin d'identifier des dépouilles humaines.

C'était plus facile pour elle de pouvoir travailler dans un labo écossais. Elle avait régulièrement postulé pour une mutation à l'Université de Dundee, dotée de bien meilleurs équipements qu'à Carlisle. Finalement, le doyen de Dundee avait fini par céder et lui avait offert un poste permanent à l'université. D'un point de vue professionnel, c'était une opportunité à saisir sans se poser de question.

Mais d'un point de vue personnel, c'était une autre histoire. River vivait à Keswick au cœur du Lake District avec son compagnon, le commandant Ewan Rigston. Même s'il avait pu travailler ailleurs comme elle, il était attaché à sa région et n'était pas vraiment enthousiaste à l'idée de s'éloigner de son fief plus de quelques jours. Il n'était pas question pour Ewan d'aller vivre à Dundee. Même avec une vue sur la mer.

À présent, les lundis soir, River disait au revoir au Lake District et prenait le train pour Dundee, où elle restait jusqu'au jeudi soir. Elle travaillait trois longues journées à la morgue et au laboratoire, puis rédigeait ses rapports les lundis et les vendredis. Elle était satisfaite d'un point de vue professionnel mais n'aimait pas être éloignée d'Ewan.

Parfois, elle faisait une escale à Édimbourg pendant quelques heures. Il y avait un restaurant vietnamien près de la gare de Haymarket où Karen et elle se retrouvaient pour partager un repas. Cette semaine, pourtant, elles n'avaient pas prévu de se voir et c'est pourquoi le texto de Karen l'avait prise au dépourvu. Elle avait répondu :

Non, je ne peux pas. J'ai déjà acheté mes billets de train. La semaine prochaine ?

Mais Karen avait insisté et elles allaient donc se croiser rapidement entre deux trains à la gare de Haymarket. River ne savait pas pourquoi c'était si urgent, mais Karen n'était pas du genre à faire perdre son temps à quelqu'un. Dans tous les cas, ce devait être important. Ensemble, elles avaient résolu des affaires qui auraient pu tomber aux oubliettes si elles étaient arrivées dans les mains de quelqu'un de moins déterminé. Et au fil du temps, elles étaient devenues amies.

Se faire des amis n'était facile ni pour l'une ni pour l'autre. Elles avaient eu du mal à trouver des points communs avec leurs collègues respectifs. Par choix, elles n'avaient pas eu d'enfants. Toutes deux voyaient le shopping comme une nécessité plutôt que comme un loisir. Elles repéraient très vite les imbéciles et ne faisaient preuve d'aucune patience avec eux, bien que Karen ait découvert en travaillant avec Jason que des qualités autres que l'intelligence étaient précieuses. Leur amitié s'était construite lentement, mais elles entretenaient maintenant des liens solides. Quand Phil était mort, la seule personne vers qui Karen s'était tournée pour partager son immense chagrin avait été River. River avait l'impression que Karen ne l'avait jamais regretté, ce qui aurait pu arriver.

Le train ralentit en passant devant le Murrayfield Stadium, à l'approche de sa destination. La pluie qui était tombée sans discontinuer depuis Carlisle s'arrêta soudainement comme si on avait appuyé sur un interrupteur quelque part dans le ciel. River descendit du train sur le quai humide et aperçut Karen qui, trempée, lui faisait signe.

Elles se rejoignirent en hâte, se prirent dans les bras et échangèrent les civilités de rigueur qui ne nécessitaient pas réellement de réponses.

— Alors ? Qu'est-ce qu'il y a de si urgent pour que ça ne puisse pas attendre la semaine prochaine ? demanda River tandis qu'elles s'installaient sur un banc.

Karen fit une grimace.

— Je ne suis pas vraiment en odeur de sainteté en ce moment, expliqua-t-elle.

— Rien de nouveau, répliqua River en lui donnant une tape sur le bras. Raconte-moi.

— C'est assez compliqué. Pour résumer, un type a été retrouvé mort la semaine dernière et on ne sait pas trop si c'est un suicide ou un meurtre, sachant que ce serait plus simple de pencher vers la thèse du suicide. Le truc, c'est que la mère de la victime a été tuée il y a vingt-deux ans. Officiellement, l'affaire a été résolue, mais personne ne s'est penché très sérieusement sur ce dossier parce que tout le monde pensait que l'IRA était responsable.

— Et tu as donc décidé d'en faire officiellement ton affaire ?

Karen fronça le nez.

— En quelque sorte. Mais ça ne plaît pas à tout le monde et maintenant le Macaron veut me flanquer une belle déculottée.

— Et tu t'es dit, pourquoi ne pas partager cette formidable déculottée avec ma vieille amie River ?

Karen afficha un grand sourire.

— Tu me connais tellement bien.

— Bon, qu'est-ce que je peux faire pour toi ?

Karen retira un sachet en papier de son sac à main. Il contenait un objet cylindrique, long d'une dizaine de centimètres.

— C'est un verre, expliqua-t-elle. J'ai besoin de l'ADN.

River poussa un soupir.

— Tu en as besoin de toute urgence, j'imagine.

— Ce n'est pas si urgent que ça. Je dois encore mettre la main sur les profils avec lesquels je veux le comparer.

— Les profils, au pluriel ?

Karen soupira.

— Histoire de ne négliger aucune piste. Quelque chose me turlupine à propos de cette affaire. Des petits trucs me chiffonnent qui paraîtraient stupides ou anodins si j'essayais de les formuler. Je préfère donc ne pas trop y penser et encore moins en parler à quelqu'un. Du moins, tant que je n'aurai pas de preuves.

— Et si tu ne trouves aucune preuve ?

Karen haussa les épaules.

— J'aurai l'air d'une parfaite idiote. Ce ne sera pas la première fois.

— OK. Mais tu sais que nous ne sommes pas équipés pour effectuer des analyses ADN ? Il faudra les faire à Gartcosh, ce qui signifie que tu devras emprunter la voie officielle.

Karen prit un air sournois.

— On ne pourrait pas passer par l'école vétérinaire ?

— L'école vétérinaire ? répéta River, perplexe.

— Ils sont équipés pour effectuer des analyses ADN. Je me souviens d'une affaire à Perth il y a quelques années, concernant des faux pedigrees de chiens. C'est le même procédé, non ?

River resta bouche bée pendant quelques secondes avant de reprendre ses esprits. De l'ADN, c'était de l'ADN, et que les analyses soient effectuées dans un labo vétérinaire ou dans un labo de la police écossaise à Gartcosh, le procédé était en effet le même. Mais ça ne signifiait pas que ça ne poserait pas de problèmes.

— Ça va être compliqué de justifier ça devant un tribunal. J'imagine déjà la défense, incrédule : « Vous avez effectué des analyses d'échantillons ADN obtenus illégalement dans une école vétérinaire ? Là où on soigne les moutons et les chèvres ? »

Karen laissa échapper un petit rire.

— Ça poserait problème si je cherchais à obtenir des preuves. Mais pour le moment, tout ce que je veux, ce sont des infos. Si j'obtiens quelque chose de probant, je pourrai l'utiliser dans le cadre de l'enquête. Sans compter que j'aurai de bonnes raisons de vouloir procéder à un échantillonnage ADN de façon officielle. Pour le moment, je veux juste savoir si je suis sur la bonne piste.

River ne pouvait s'empêcher d'admirer l'ingéniosité de Karen. Elle-même arrivait parfois à ses fins de façon peu orthodoxe.

— Est-ce qu'on fait les choses dans les règles ? Ou est-ce qu'il va falloir que je supplie un thésard d'effectuer ces analyses en guise d'exercice ?

— Je n'ai pas vraiment de budget vu que cette affaire n'est pas officiellement la mienne, dit-elle. En même temps, elle n'a techniquement pas été élucidée. J'ai dit au Macaron que j'étais en train de m'y intéresser… Oh, et puis merde. Mets ça sur le compte de l'Unité des affaires historiques. Je te donnerai un numéro de dossier dès que j'en aurai un.

River ouvrit son sac à dos et y déposa délicatement le sachet en papier.

— En espérant que ça marche. J'analyserai ça quand tout le monde aura le dos tourné. On fera passer l'échantillon comme étant celui de Joe le chien.

La satisfaction se peignit sur le visage de Karen.

— Tu savais que je te dirais oui, dit River en secouant la tête. Tu es une sacrée manipulatrice, Pirie.

— Il faut bien que quelqu'un le soit, dans ce monde pourri. Tu crois que tu pourrais changer le nom du chien par Frank ? Ça me ferait plaisir.

Le phare d'un train apparut dans le tunnel au bout du quai.

— Tu devras m'expliquer cette histoire de Frank le chien une autre fois. Voilà mon train, dit River.

Elle se leva et prit Karen dans ses bras.

— Tu vas bien, sinon ?

Karen hocha la tête.

— Je vais beaucoup mieux que la semaine dernière et probablement moins bien que la semaine prochaine. On essaie de se voir bientôt, d'accord ? J'irai jusqu'à Dundee s'il le faut.

— OK, répondit River en se dirigeant vers son train.

Alors qu'elle montait à bord, Karen lui lança :

— Et remercie Sunny pour son aide de l'autre jour. Si tu as besoin de blâmer quelqu'un, c'est à elle qu'il faut s'en prendre. C'est elle qui a titillé ma curiosité sur cette affaire.

River se retourna et lui fit un signe de la main en souriant. Une école vétérinaire, il fallait y penser. Elle était entourée de femmes rebelles et elle adorait ça.

39

La perspective de devoir se lever mardi matin entama la détermination de Karen. Son voyage à Londres l'avait suffisamment fatiguée pour qu'elle parvienne à trouver le sommeil, mais elle savait que la culpabilité viendrait la tourmenter tant qu'elle n'aurait pas récupéré les coordonnées personnelles des Syriens afin que Craig puisse leur venir en aide.

Au lieu de rentrer chez elle et de s'offrir un bon bain parfumé avant d'aller se coucher, Karen avait donc continué sur sa lancée. Elle avait pris un train pour revenir à Waverly et s'était ensuite arrêtée pour manger un curry en haut de Leith Walk. Le restaurant était bondé et bruyant ; idéal pour observer les gens tout en dégustant l'assortiment d'entrées qu'elle avait commandé. Après le repas, elle avait pris un bus et était arrivée chez elle aux alentours de vingt-trois heures. Elle avait enlevé le tailleur qu'elle portait depuis vendredi, en se demandant si elle pourrait le porter encore une fois avant de le déposer au pressing. Peut-être que si elle le pendait dans la salle de bains, l'odeur de Londres et les plis disparaîtraient.

Elle enfila sa tenue de marche et regarda le dernier épisode d'une série télévisée qu'elle suivait depuis quelques semaines. Vint alors le moment de sortir dans la nuit.

Karen les retrouva sous le pont comme elle s'y attendait. Miran et Tarek étaient là tous les deux, ce qui rendrait sans doute les choses plus faciles. Ce soir, ils étaient sept autour du brasier et fumaient des cigarettes au doux parfum de tabac qui lui rappelait la pipe de son grand-père.

Miran s'écarta pour lui laisser une place et lui fit un signe de tête courtois quand elle les rejoignit.

— Bonsoir, dit-il.

Les autres la saluèrent également dans un murmure, même les deux qui lui jetaient habituellement des regards noirs.

— Bonsoir à vous, répondit Karen.

Elle prit dans sa poche un paquet de dattes fraîches qu'elle avait acheté au Marks & Spencer de Haymarket un peu plus tôt.

— Je vous ai apporté ça.

Elle tendit le paquet à Miran qui l'approcha des flammes pour voir de quoi il s'agissait, avant de l'ouvrir et de distribuer les dattes autour de lui.

— Merci, dit-il. C'est gentil.

Elle ne savait pas trop comment aborder le sujet de l'hypothétique café et elle se contenta donc de présenter simplement les choses.

— Je suis allée à Londres, dit-elle. J'avais un travail à effectuer là-bas. Pendant que je m'y trouvais, j'en ai profité pour rencontrer le député en charge de cette partie d'Édimbourg. C'est un peu votre député aussi, maintenant. Je lui ai parlé de vous.

Tarek eut l'air inquiet.

— On ne fait de mal à personne ici, dit-il. On utilise le bois qu'on trouve. On ne le vole pas.

Miran posa une main sur son bras.

— Elle le sait, je pense.

— Je lui ai parlé de votre problème. Je lui ai dit que vous n'aviez pas vraiment d'endroit où vous retrouver entre vous. Nous avons discuté pour savoir comment vous aider à trouver un local. Un endroit que vous pourriez transformer en café, où vous pourriez servir des boissons chaudes, peut-être même de la nourriture.

— Mais nous n'avons pas le droit de travailler, intervint Miran.

Karen écarta les mains.

— Il y a moyen de contourner ça en travaillant pour une association caritative. Vous n'aurez pas le droit de gagner de l'argent. Vous devrez travailler bénévolement. Mais vous travaillerez pour votre communauté. Pour vos femmes, enfants et parents. Le député pense que c'est possible. Il est prêt à vous aider pour que ça se réalise.

Un des hommes qui n'avait jamais parlé auparavant prit la parole :

— Pourquoi est-ce que vous faites ça ? demanda-t-il d'un air méfiant.

— Parce que vous êtes ici maintenant. Dans notre pays. Et que vous avez besoin d'aide.

Les hommes discutèrent de façon animée dans leur langue. Mais ça ne l'empêcha pas de comprendre le sens de ce qui se disait. La majorité voyait les choses d'un bon œil. Seuls deux d'entre eux secouaient la tête, l'air mécontent. C'était toujours comme ça. Il fallait des contestataires pour s'assurer qu'on avait bien pesé le pour et le contre avant que les choses n'avancent.

Finalement, Tarek s'adressa à elle.

— Nous pensons que vous cherchez vraiment à nous aider et nous vous en remercions. Comment doit-on s'y prendre ?

— Je ne sais pas exactement. Je ne connais pas grand-chose dans ce domaine. Ce que je peux faire en revanche, c'est vous mettre en contact avec le député. Il s'appelle Craig Grassie. Je vous ai écrit ses coordonnées.

Elle sortit un morceau de papier de sa poche qu'elle donna à Miran.

— Voici son numéro de téléphone et son mail. Est-ce que vous pouvez me dire comment il peut entrer en contact avec vous ? Vous avez un numéro de portable ? Ou une adresse mail ?

Il y eut un nouvel échange. Quel que soit le problème, Miran était tout seul contre la majorité. Il finit par lever les bras au ciel avant de se tourner vers elle en poussant un soupir.

— Certains n'ont pas envie de vous donner leur numéro parce que vous êtes de la police.

Il agita le papier.

— Mais on peut contacter directement cet homme et lui expliquer que vous nous avez donné ses coordonnées. Je suis désolé, ce n'est peut-être pas très poli. En tout cas, on est reconnaissants.

Karen secoua la tête.

— Je veux que vous puissiez avoir une meilleure vie ici. C'est tout. J'espère que Craig Grassie pourra vous aider à ouvrir un café. Bonne chance.

Elle tendit la main. Miran hésita un instant avant de la serrer. Tarek la serra à son tour et enfin tous les hommes les imitèrent, même ceux qui avaient l'air de penser qu'ils risquaient d'attraper une maladie en la touchant.

Il était temps d'y aller. Avec un peu de chance, elle avait enclenché un processus qui allait améliorer le quotidien de ces gens qui avaient vu ce que les hommes pouvaient faire de pire à leurs congénères. Ce n'était pas grand-chose, mais c'était toujours mieux que rien.

Une fois chez elle, elle réussit à dormir. Son sommeil fut rempli de rêves intenses et compliqués qu'elle oublia quelques minutes après son réveil. Fourbue, elle eut du mal à se lever. Mais elle ne pouvait pas se permettre de traîner aujourd'hui. Elle avait des choses à faire et, avant ça, elle devait régler le problème avec le Macaron.

Karen essaya d'oublier son appréhension en prenant une douche, en mangeant un morceau et en buvant deux cafés. Mais ça ne changea rien, et même si son nouveau tailleur préféré avait été revigoré par la condensation de l'eau dans la salle de bains, elle se sentait tout de même mal préparée et loin d'être à la hauteur de la situation. En terminant son café, elle regarda par la fenêtre la mer qui scintillait dans la lumière matinale. Elle pouvait entendre la voix de Phil dans sa tête : « S'ils prennent mal les choses, tu les emmerdes, ma chérie. »

Il n'était pas encore huit heures que de nombreuses voitures étaient déjà garées devant le commissariat sur Fettes Avenue. Tout le monde savait que des coupes budgétaires étaient prévues et nombreux étaient les policiers qui ne voulaient pas perdre leur poste. Ils se montraient donc dès l'ouverture des bureaux et se rendaient indispensables jusqu'à l'heure de fermeture. Karen se gara près de la sortie, pour pouvoir partir rapidement, et entra dans cette affreuse bâtisse qui avait servi auparavant de QG à la Police du Lothian et des Borders mais qui n'était plus rien d'autre à présent qu'une propriété parmi d'autres de la police écossaise. Elle se demanda combien de temps ils allaient l'occuper. Ce n'était pas vraiment un commissariat de police, mais plus un genre de centre administratif, dépourvu de cellules et de salles d'interrogatoire. Ça aurait pu être une banque ou le siège d'une compagnie d'assurances.

Karen arriva en avance dans les bureaux du Macaron. Elle s'installa sur un petit canapé inconfortable recouvert de tweed dans l'alcôve près de sa porte. Quand il fit son apparition dans le couloir, parlant à deux policiers en uniforme, elle se leva, prête pour le guet-apens. Lees sursauta quand il l'aperçut.

— Bonjour, dit-elle.

— Je ne vous attendais pas aussi tôt, répondit-il en ouvrant la porte de son bureau.

— Vous vouliez me parler en personne.

Elle était sur ses talons quand il ouvrit la porte. La seule façon de se débarrasser d'elle aurait été de faire un esclandre, mais comme il y avait deux commissaires dans le couloir qui se rendaient dans leur bureau, elle savait qu'il allait devoir prendre sur lui. Elle entra donc, presque collée à lui.

Lees accéléra le pas pour se réfugier derrière son bureau. Avant même qu'il ait retiré sa casquette, elle était déjà assise, jambes croisées, mains jointes sur les genoux.

— J'ai d'excellentes nouvelles, annonça-t-elle.

Lees eut du mal à cacher son trouble.

— De quoi parlez-vous ?

— Vous n'êtes pas au courant ? La juge Abercrombie nous a donné son accord. L'inspecteur Murray a récupéré la décision de justice hier en fin d'après-midi. Dès que nous en aurons terminé ici, je file aux Archives pour récupérer une copie de l'extrait de naissance de Ross Garvie. Avec un peu de chance, nous devrions obtenir des résultats sur le meurtre de Tina McDonald très bientôt, expliqua Karen de manière enjouée, ne lui donnant aucune possibilité de lui clouer le bec. Si tout se passe bien, ce sera un nouveau trophée à votre palmarès. C'est toujours plaisant d'avoir son nom associé au succès.

Il bredouilla quelques mots comme s'il voulait l'interrompre, mais elle continua sur sa lancée.

— Ce n'est pas tout. Vous avez une autre raison de vous réjouir : j'ai réglé un problème qui va également vous économiser de l'argent. Vous pouvez dire au commissaire divisionnaire Robson d'arrêter de perdre son temps. Il n'a plus besoin d'enquêter sur les fuites.

— Comment ça ?

Il la regardait les yeux écarquillés, le visage tout rouge.

— Vous êtes complètement…

— C'est simple, poursuivit Karen.

Elle menait la danse et elle n'allait pas lui donner l'opportunité de reprendre la main.

— J'ai résolu l'énigme des fuites. Vous ne vous en souvenez sans doute pas, parce que ce genre de chose est le cadet de vos soucis et que personne n'attend de vous que vous régliez ces menus détails, mais pendant que le capitaine Parhatka était à l'hôpital, avant qu'il ne meure, quelqu'un s'est introduit dans son bureau et a volé son ordinateur portable. Un geste dégueulasse. Je n'y ai pas vraiment prêté attention à l'époque, parce que j'avais évidemment d'autres soucis. Et puis j'y ai repensé l'autre jour…

— Oui… ?

Il semblait au bord de la crise de nerfs. Il était temps d'enfoncer le clou, de se montrer forte et implacable.

— J'utilisais l'ordinateur portable de Phil de temps en temps. Après son décès, tous ses identifiants ont été effacés. Mais les miens sont toujours actifs sur cet ordinateur. Je me suis renseignée à Gartcosh et on m'a confirmé que celui ou celle qui avait volé l'ordinateur pouvait avoir accès à mes mails et mes dossiers.

Elle secoua la tête d'un air triste.

— Je suis désolée de ne pas y avoir pensé plus tôt, s'excusa-t-elle avant de baisser les yeux et de poursuivre d'une petite voix, j'avais d'autres soucis… Mais j'ai réglé le problème, ajouta-t-elle en relevant la tête. J'ai changé mes mots de passe et ai déplacé mes dossiers ; du coup, celui ou celle qui fouinait dans nos enquêtes se cassera le nez s'il tente de se reconnecter. On est tirés d'affaire maintenant donc, comme je le disais précédemment, c'est un problème en moins et c'est bon pour le budget, conclut-elle avec un grand sourire.

Lees paraissait abasourdi. Il était tellement abasourdi qu'il semblait sur le point de capituler. Mais il n'avait pas encore dit son dernier mot.

— Typique : imprudence et insouciance. Ce qui nous amène à la raison pour laquelle je voulais vous voir…

— Oui, je crois qu'il y a eu un petit malentendu, dit Karen en souriant d'un air gêné. J'ai une dette envers le capitaine Noble. Sans son enquête sur la mort de Gabriel Abbott, je ne me serais sans doute jamais penchée sur le meurtre de sa mère. Et ça ne fait aucun doute que c'est une affaire du ressort de l'Unité des affaires historiques. Un quadruple meurtre non élucidé sur le territoire écossais. C'est mon travail – non, c'est mon devoir – de porter un nouveau regard sur une affaire aussi sérieuse.

— Ce n'est pas… il n'y a pas… vous avez fourré votre nez dans une affaire qui ne vous regarde pas. Une affaire qui… pour laquelle on a conclu au suicide. Rien ne justifie que vous semiez la zizanie comme vous le faites.

Il semblait avoir du mal à trouver ses mots.

Karen secoua la tête avec indulgence.

— Encore une fois, il s'agit d'un malentendu. Le capitaine Noble est très susceptible et n'aime pas qu'on marche sur ses plates-bandes. Il soupçonne tous ceux qui enquêtent sur un événement en lien avec ses affaires de vouloir le faire passer pour quelqu'un d'incompétent. Rien n'est plus éloigné de la vérité. Mais il se trouve que son enquête a attiré mon attention sur l'affaire de 1994. Quand j'ai commencé à m'y intéresser, je me suis rendu compte que personne ne l'avait réexaminée.

Elle haussa les épaules.

— J'ai pensé que ça ne pouvait faire de mal à personne si je jetais un coup d'œil à ce dossier en attendant que la juge rende sa décision sur l'affaire Tina McDonald. Enfin, quand même. Quatre meurtres, jamais élucidés ? Ça fait tache dans nos archives.

Son air ingénu était presque caricatural. Karen se reprit en une fraction de seconde.

— Comme j'étais à Londres ce week-end, j'en ai profité pour aller poser quelques questions et faire des économies sur le budget.

C'était toujours un bon argument à sortir au Macaron. Il était obsédé par le budget.

— Vous n'êtes pas censée passer d'un dossier à un autre comme ça au hasard, ni choisir une affaire comme ça vous chante. Vous êtes censée travailler sur des dossiers non élucidés dans lesquels on a découvert des éléments nouveaux.

— Absolument. Mais c'est parfois important de réexaminer certains dossiers d'un œil neuf. Nous devons prendre des initiatives et pas seulement attendre qu'une correspondance ADN se présente comme avec Ross Garvie.

Il pouvait difficilement la contredire sur ce point. Elle avait réussi à revenir dans le droit chemin. Elle avait réussi à s'en sortir.

— Si vous n'y voyez pas d'inconvénient, je vais examiner un ou deux détails qui sont passés entre les mailles du filet à l'époque. Maintenant, si vous voulez bien m'excuser, je dois me rendre aux Archives pour récupérer l'extrait de naissance.

Elle était à mi-chemin de la porte quand la voix du Macaron l'interrompit.

— Ne vous approchez pas de Will Abbott, aboya-t-il dans son dos. Il fait le deuil de son frère. C'était un enfant quand sa mère a été assassinée. Il ne peut rien vous apprendre là-dessus.

Karen leva les yeux au ciel avant de tourner la tête vers lui.

— Je ferai de mon mieux. Mais je ne peux rien promettre, répondit-elle en franchissant la porte.

40

La Menthe, comme on le lui avait demandé, était déjà installé à son bureau, bâillant au-dessus d'une canette d'Irn-Bru et d'un gros friand à la saucisse dégoulinant de sauce. Il se redressa, les yeux écarquillés, quand Karen entra avec beaucoup trop d'entrain pour quelqu'un qui venait de se faire réprimander.

— Alors ? demanda-t-il l'air inquiet.

— Tout s'est passé comme sur des roulettes, répondit Karen. Tout est réglé. On peut y aller.

C'était faux, mais c'était rassurant.

— Qu'est-ce qui s'est passé ? Qu'est-ce que vous avez dit ?

Karen se tapota un côté du nez.

— Je ne peux pas révéler toutes mes ficelles, Jason. Je dois garder ma part de mystère.

Voyant son air déçu, elle lui donna quelques explications.

— Je t'ai tiré d'affaire. Tu te souviens que quelqu'un a volé l'ordinateur portable de Phil quand tout le monde se trouvait à l'hôpital avec lui ?

Jason hocha la tête.

— Oui, j'en suis pas revenu à l'époque. Je veux dire, c'est comme de piller une tombe. Ou de se conduire comme Burke et Hare[1].

— Pas tout à fait.

Karen fut impressionnée par son érudition avant de se souvenir qu'il y avait eu un film avec Simon Pegg sur les deux voleurs de cadavres.

— J'avais l'habitude de l'utiliser de temps en temps et je faisais toujours bien attention à me déconnecter ensuite. J'ai demandé à Tamsin à Gartcosh si c'était possible de pirater mes dossiers et mes mails après avoir oublié de me déconnecter. Elle m'a répondu que oui, si on savait comment s'y prendre. J'ai raconté au Macaron que c'était ce qui avait dû se passer.

Jason eut l'air stupéfait.

— Et il vous a crue ?

— Pourquoi pas ? Cette histoire me fait passer pour quelqu'un d'un peu négligent, mais ce n'est pas un crime en soi et ça rend l'explication plus crédible. Donc plus la peine de s'inquiéter, Jason. Tu devrais recevoir bientôt ton assurance-vie par la poste.

Elle consulta sa montre.

— Bon, il ne faut pas qu'on traîne si on veut être à l'heure pour notre rendez-vous aux Archives.

Jason fourra dans sa bouche le reste du friand à la saucisse et mâcha vigoureusement.

— Mmrrchi, bredouilla-t-il en prenant sa veste.

— De rien. Et tu n'as rien à craindre de tes anciens colocs. J'ai eu une petite discussion avec Liam, expliqua-t-elle avec un sourire sardonique. Il ne t'ennuiera plus.

La panique se lut sur le visage de Jason.

---

1. Burke et Hare sont deux criminels qui revendaient les cadavres de leurs victimes à un médecin légiste d'Édimbourg. (*N. d. T.*)

— Vous l'avez menacé ?

— Je sais y faire, tout simplement. Les menaces ne sont qu'un détail.

Karen se dirigea vers la porte.

— N'oublie pas les papiers, lança-t-elle par-dessus son épaule.

Jason prit l'ordonnance de la juge et le certificat d'adoption que les Garvie avaient été sommés de remettre à Karen pour les besoins de l'enquête. Sur la route menant aux Archives, elle questionna Jason sur son déménagement.

— Ta mère a été contente de te revoir ?

— Je pense. Elle m'a fait un bon dîner avec du bœuf et du chou.

— Ça ne t'embête pas de rester chez elle ? Tu comprends pourquoi tu devais quitter ton appartement ?

— Oui, répondit-il d'un air sombre. Vous aviez raison. Les vrais amis n'agissent pas comme l'a fait Liam. Mais je veux revenir m'installer en ville. Je n'aime pas faire tout ce trajet pour aller au travail. Je vais commencer à chercher sur Internet dans la semaine.

— Bonne idée. Est-ce que tu es déjà allé aux Archives ?

Jason secoua la tête.

— Non, je n'en ai jamais eu l'occasion.

— J'y suis allée il y a quelques années. Mon père avait attrapé le virus de la généalogie en regardant l'émission *Who Do You Think You Are*[1] *?* Il m'avait envoyée là-bas pour retrouver des archives familiales.

— Vous avez découvert quelque chose d'intéressant ?

— Seulement que je descendais d'une longue lignée de paysans écossais. Mon père a perdu assez vite son intérêt

1. Émission diffusée sur la BBC qui retrace la vie des ancêtres d'une célébrité britannique. (*N. d. T.*)

pour la généalogie quand il a compris que nous n'étions que des moins-que-rien. Mais ça valait le coup de voir l'intérieur du bâtiment. C'est étonnant. C'est un des plus anciens bâtiments du monde dédié aux archives. Il y a une incroyable rotonde au centre et l'unique source de lumière provient d'une fenêtre dans le toit, comme au panthéon à Rome, soi-disant. Tu devrais prendre le temps de regarder, si on en a l'occasion. Mais le plus intéressant en ce qui nous concerne, c'est que ce bâtiment a été conçu par Robert Adam.

— Qu'est-ce que ça a à voir avec nous ?

— Il était de Kirkcaldy, Jason. Comme nous.

Jason lâcha un petit rire.

— Il a un peu mieux réussi que nous dans la vie.

— Pas vraiment. Ils se sont retrouvés à court d'argent en plein milieu de la construction. Le chantier est resté en plan et le bâtiment sans toit, pendant des années.

— Il existe des maisons comme ça dans des quartiers périphériques d'Édimbourg. Ils ont commencé à les construire il y a quelques années et puis l'argent a fini par manquer.

Karen leva les yeux au ciel.

— Oui, mais ce ne sont pas vraiment des chefs-d'œuvre d'architecture. On disait de cet édifice que c'était le plus beau pigeonnier d'Europe.

Ils bifurquèrent dans Princes Street et se retrouvèrent devant la statue équestre du duc de Wellington qui pointait le doigt dans la direction de Waterloo.

— Les pigeons s'y sentent toujours chez eux, constata Jason en montrant un groupe d'oiseaux perché sur un rebord en pierre.

Ils grimpèrent les marches et la porte automatique s'ouvrit pour les laisser entrer dans un hall qui n'avait rien d'extraordinaire. La première moitié était occupée par un bureau d'accueil et par des chaises pour les visiteurs qui attendaient d'être reçus. L'autre moitié par un magasin de souvenirs où on pouvait trouver un bizarre assortiment de livres sur l'histoire locale et le genre de tasses que seuls les touristes achetaient. Karen se présenta à l'accueil :

— Nous avons un rendez-vous avec Bruce Andrews.

Ils venaient à peine de s'asseoir quand, au fond du hall, une porte vitrée à l'encadrement en chêne s'ouvrit, et un homme d'environ quarante-cinq ans s'avança vers eux. À première vue, malgré ses cheveux grisonnants, il ressemblait davantage à un professeur d'éducation physique qu'à un fonctionnaire : il portait un polo, un jean, des tennis. Mais c'était bien leur homme. Il vint à leur rencontre et leur tendit la main.

— Commandant Pirie, je présume ? Je suis Bruce, Bruce Andrews, dit-il avant de se tourner vers Jason. Et vous devez être l'inspecteur Murray, n'est-ce pas ? Suivez-moi.

Ils le suivirent, franchirent la porte et pénétrèrent dans un petit bureau pourvu d'une seule et grande fenêtre offrant une vue spectaculaire sur les trois ponts et sur la coupole argentée de l'Old College. L'édifice était environné par les façades majestueuses du Balmoral Hotel et de l'ancien bureau de poste, baptisé Waverly Gate. Ici, dans le centre-ville, Karen avait souvent l'impression qu'on ne pouvait pas tourner la tête sans en prendre plein les yeux.

Jason était moins intéressé par la vue que par un coffre-fort mural doré de la taille d'une armoire de toilette.

— C'est ici que vous gardez les archives ?

Andrews afficha un grand sourire.

— On ne pourrait y déposer qu'une infime partie de ce que nous possédons. Non, c'est là qu'on conservait autrefois l'argent des droits d'inscription et des salaires.

Il indiqua une table en bois entourée de quatre chaises.

— C'est ici que nous dévoilons aux gens les archives concernant leur adoption. Ils prennent rendez-vous, viennent avec une pièce d'identité et nous leur montrons ce que nous avons. J'imagine que vous avez une ordonnance du tribunal ?

Jason sortit le document de sa poche et le tendit à Andrews qui l'étudia attentivement.

— Tout semble en ordre, commenta-t-il avant de se lever. Je suis obligé de vérifier avant de vous apporter les archives concernant l'adoption. Nous prenons la confidentialité très au sérieux. Nous ne sommes que deux au département des adoptions et nous sommes les seuls à avoir les clés de la pièce où nous gardons les registres. Même le directeur des Archives ne peut pas s'y rendre sans notre accord. Si vous voulez bien m'excuser, je vais chercher le registre correspondant.

Il les laissa seuls. Karen observa la pièce austère, ses murs couleur crème, la moquette bleu bruyère, les dossiers, le bureau quelconque et l'ordinateur.

— On ne dirait pas comme ça, mais cette pièce a vu passer de grands moments d'émotion.

— J'ai du mal à m'imaginer ce qu'on doit ressentir quand on découvre l'identité de ses parents biologiques, dit Jason avant de sourire. C'est pas plus mal que je sois le portrait caché de mon père.

— Oui. Si on ne s'entend pas avec ses parents adoptifs, on doit sans doute rêver d'autre chose. Et quand on aime vraiment ceux qui nous ont élevés, on doit avoir un peu peur de découvrir son profil génétique. Tu aimerais savoir, toi ?

Jason secoua la tête.

— Non. C'est déjà assez difficile comme ça de gérer les relations avec mes propres parents, si vous voyez ce que je veux dire.

Karen hocha la tête.

— Moi, je ne sais pas si je pourrais résister. Si je découvrais que j'avais été adoptée, je voudrais tout savoir.

— Oui, mais c'est parce que vous êtes trop curieuse, chef. Dans le bon sens, s'empressa-t-il d'ajouter.

Avant que Karen ne puisse répliquer quoi que ce soit, Andrews revint avec un épais registre gris-vert à la reliure en lin clair, orné de lettres et de numéros estampillés sur le dos.

— Et voilà, dit-il. Le registre des adoptions.

Il l'ouvrit à l'endroit où se trouvait un marque-page.

— Voici l'enregistrement de l'adoption de Ross Garvie. Là, ce sont ses parents adoptifs – il montra le nom des Garvie – et ici, il est mentionné qu'ils ont obtenu la permission d'adopter Darren Paul McBride. La date de naissance se trouve ici ainsi que le lieu de l'enregistrement – Dundee, comme vous pouvez le constater – et ici, nous avons l'information cruciale dont nous avons besoin. Le numéro de l'acte de naissance. Là, tout en bas, son nom d'adoption. Ross Stewart Garvie.

Andrews referma le registre pour aller consulter l'ordinateur sur son bureau.

— À présent, je dois entrer ce numéro et le tour sera joué.

Bruits de touches sur un clavier, cliquetis de souris, ronronnement d'imprimante. D'un grand geste, il tendit à Karen une copie de l'extrait de naissance original de Ross Garvie.

Elle retint son souffle en prenant le papier. Elle avait enfin l'information qui devait la mener jusqu'au meurtrier de Tina McDonald. Darren Paul McBride. Né au Simpson Memorial Pavilion à Édimbourg. Nom de la mère : Jeanette MacBride. Adresse : 7/43 Cambus Cour, EH14 3XY.

— C'est dans Wester Hailes, non ?

— Je crois bien, oui. Ça ressemble à l'adresse d'un quartier HLM, dit Andrews.

— Pas de mention du père ?

Andrews afficha un petit sourire en coin.

— C'est souvent le cas dans les adoptions. Le père doit être d'accord pour donner son nom s'il n'est pas marié à la mère, et généralement il refuse. Parfois il n'est même pas au courant…

— Il est indiqué ici que la mère travaillait dans une crèche, dit Jason. Peut-être qu'on pourrait retrouver sa trace grâce à ça, si elle ne vit plus à cette adresse.

En bas du document, dans une case, était écrit le mot : « Adopté ». Karen le montra du doigt.

— Vous écrivez ça après l'adoption ?

— C'est exact. Les actes de naissance sont des documents publics. Tout le monde peut y avoir accès et en demander une copie. Cette mention sert à empêcher le vol d'identité. Vous ne pouvez pas utiliser cet acte de naissance pour obtenir une quelconque pièce d'identité, tel qu'un passeport ou un permis de conduire.

— Est-ce qu'il y a moyen de retracer le processus d'adoption ? De savoir où le bébé a atterri ?

Andrews secoua la tête.

— C'est impossible. Vous pouvez me croire, commandant.

— Je vous crois. Je demandais juste par curiosité.

Karen plia la feuille et se leva.

— Merci, vous nous avez été d'une grande aide.

Ils sortirent sous une belle éclaircie et Karen se dit que les lieux offraient une des plus belles vues d'Édimbourg. Si on faisait abstraction de l'arrière-train de la statue de Wellington à cheval. Mais même ça ne pouvait entamer sa bonne humeur. Ils avaient enfin l'élément essentiel pour retrouver l'assassin d'une pauvre jeune femme qui n'avait été coupable que de vouloir faire la fête avec ses amies.

— On approche du but, dit-elle à Jason. On approche.

41

Karen aimait ce sentiment d'excitation lié à la reprise d'une enquête mise en stand-by. Elle était retournée au bureau d'un pas tellement rapide que Jason avait dû zigzaguer entre les piétons pour pouvoir rester à son niveau. Pendant qu'ils marchaient, elle lui avait donné ses instructions :

— Première chose : cherche dans l'annuaire. Je vais m'occuper des avis de décès et des comptes Google, Twitter, Facebook et Instagram. Tu t'occuperas ensuite de la liste électorale. Si Jeanette MacBride n'est pas inscrite, reviens en arrière et vérifie chaque année jusqu'à ce que son nom apparaisse. Jette un œil aussi aux jugements du tribunal d'instance et regarde si son nom n'apparaît pas quelque part. On verra où ça nous mène.

Avec un peu de chance, Jeanette MacBride vivait encore à Wester Hailes. Mais les chances étaient minces. S'ils arrivaient à découvrir quand elle était partie, ils pourraient établir une liste de ses voisins de l'époque et vérifier ensuite dans les archives si certains d'entre eux vivaient toujours dans le secteur. Si ça ne donnait rien, il y aurait d'autres archives à consulter. Celles concernant les mariages et les décès étaient les plus évidentes, mais ils pourraient chercher aussi ailleurs s'ils n'arrivaient toujours pas à retrouver la mère biologique de Ross Garvie.

De retour au bureau, Karen, suffisamment remontée à bloc pour ne pas avoir besoin d'un café, envoya un rapide texto à Giorsal. Ce n'était pas parce que le meurtre de Tina occupait de nouveau le devant de la scène qu'elle n'allait plus s'intéresser à cette autre affaire qui la turlupinait.

Salut Gus. Ne t'occupe pas de ce que dit Noble. La mort de GA a un lien avec une affaire non élucidée et ça, c'est mon domaine. Est-ce que tu peux nous arranger un rendez-vous ce soir avec Ian Lesley ? Les pizzas sont pour moi ! Bises.

Elle sourit. Le loup était définitivement entré dans la bergerie.

Jason était déjà devant son ordinateur, tête baissée, doigts pianotant sur le clavier, l'air concentré. Karen se mit également au travail. Elle commença par se connecter au site des circonscriptions d'Écosse. Elle tapa le nom de Jeanette MacBride, se limita à une période de vingt ans et à cinq bureaux de circonscription pour débuter sa recherche. Elle démarra par ceux qui se trouvaient le plus près de l'adresse qu'ils avaient pour MacBride. Il y avait près de neuf cents bureaux de circonscription en Écosse et s'il le fallait, elle les passerait tous en revue jusqu'à ce qu'elle trouve.

Mais la chance lui souriait. Jeanette MacBride était née le 27 juin 1979 à Édimbourg. Sa mère, Maria MacBride, était sans emploi et n'avait que dix-neuf ans à l'époque. Elle vivait dans un appartement de Portobello. Le nom du père de Jeanette MacBride ne figurait pas sur son acte de naissance, comme c'était le cas pour son fils. Était-ce la raison pour laquelle elle avait abandonné son enfant ? Est-ce que sa propre expérience l'avait décidée à ne pas reproduire le schéma qu'elle avait connu enfant ? Elle se demanda si

Maria MacBride vivait toujours à Édimbourg. Elle aurait seulement cinquante-six ans aujourd'hui. S'ils ne trouvaient rien, elle pourrait probablement leur dire où vivait sa fille.

— Jeanette était d'Édimbourg, dit Karen.

Jason leva les yeux, surpris.

— Quoi ?

— Elle devrait avoir trente-sept ans aujourd'hui. Je t'envoie son acte de naissance.

Elle retourna à ses recherches et commença par Google. La vieille dame de quatre-vingt-quatorze ans décédée à Schenectady n'était manifestement pas celle qu'ils cherchaient. Ni cette actrice philippino-australienne, dont le prénom était orthographié différemment de toute façon.

Elle passa sur Facebook et vérifia trois profils avant de les écarter en raison des critères géographiques et de l'âge. Twitter et Instagram ne lui apprirent rien. Soit Jeanette MacBride ne s'intéressait pas aux réseaux sociaux, soit elle s'était mariée et avait changé de nom. Elle avait peut-être disparu de la circulation pour un tas de raisons. Elle pouvait être en prison. Peut-être avait-elle des problèmes psychiatriques ou bien était-elle trop pauvre pour avoir accès à un ordinateur.

Peut-être était-elle décédée.

Karen écarta cette pensée et chercha dans les contrats de mariage sur le site des circonscriptions. Rien de ce côté. Elle essaya avec Maria, la mère de Jeanette, et découvrit un certificat de mariage. En 1998, elle avait épousé un ouvrier du bâtiment du nom de James Robertson.

— Ah, super, marmonna Karen. Espérons seulement qu'on n'ait pas à se rabattre sur elle.

— Pourquoi ?

— Elle s'est mariée avec un certain James Robertson. Elle ne pouvait pas trouver plus commun comme nom et prénom. En plus c'était un ouvrier du bâtiment. Le boulot le plus précaire qui soit, expliqua-t-elle en soupirant. Tu as eu plus de chance de ton côté ?

Jason grogna.

— Je suis remonté à 2007 mais son nom n'est pas encore apparu. J'attends le chargement de l'année 2006.

Le silence retomba, brisé seulement par des bruits des touches d'ordinateur. Mais ça ne dura pas longtemps. Quelques minutes plus tard, Jason poussa un cri de joie.

— Je l'ai trouvée ! Elle vivait encore à l'adresse de Wester Hailes en 2006.

Il donna une chiquenaude sur l'écran de l'ordinateur.

— Super. Vérifie les voisins.

— Je suis dessus.

Jason était en train de noter sur son carnet les noms des gens qui résidaient près de chez Jeanette en 2006. Il vérifia patiemment ensuite dans les archives qu'il avait déjà examinées si certains d'entre eux vivaient toujours à la même adresse. Concentré sur sa tâche, il faisait un bruit de succion assez répugnant avec sa bouche. Pendant ce temps, Karen éplucha les archives de l'état civil pour voir si Jeanette s'était mariée, sans succès.

Jason recula sur sa chaise et se leva.

— C'est bon, dit-il. Je mérite une canette d'Irn-Bru. Je vais en chercher une au distributeur. Vous voulez quelque chose ?

— Non. Qu'est-ce que tu as trouvé ?

Karen écarta les mains d'un air exaspéré. Quand est-ce qu'il apprendrait à établir des priorités ?

— Deux résultats, répondit-il en se dirigeant vers la porte.

Karen alla jeter un œil dans son carnet. Une liste de dix noms, tous rayés sauf deux. Agnes McCredie et Thomas

Anderson. Elle vérifia les noms sur l'écran. Agnes vivait au 7/45 et Thomas au 7/40.

— Pas mal du tout, marmonna-t-elle.

Ils vivaient au même étage, près de l'appartement de Jeanette MacBride. Quand Jason revint avec sa canette, elle avait déjà enfilé son manteau.

— Allez, Jason, il est temps d'aller faire un petit tour à Wester Hailes.

*

Par miracle, l'ascenseur fonctionnait. Mais dès que la porte se referma sur l'odeur âcre d'urine, de vomi et de quelque chose d'indéfinissable en décomposition, Karen faillit appuyer sur le bouton « ouvrir porte » afin de prendre l'escalier avant qu'il ne soit trop tard. Mais elle se remémora juste à temps à quoi devait ressembler l'escalier : capotes usagées, seringues, excréments de chat dans les coins, merdes de chien sur les paliers et détritus un peu partout. Peu importaient les efforts déployés par la mairie – et par certains résidents désespérés – pour faire de ces immeubles des lieux décents, la bataille était perdue d'avance.

Les parois en métal de l'ascenseur laissaient entrevoir des traces de graffitis que les employés municipaux n'avaient pas réussi à effacer complètement, et Karen crut reconnaître parmi eux des tags de gang. La petite racaille de Wester Hailes ne semblait pas beaucoup changer de génération en génération. L'alcool et les cigarettes bas de gamme mais surtout les drogues bon marché leur avaient ôté tout espoir d'une vie meilleure. Pour ces gens, l'ascenseur social qui pouvait permettre auparavant de sortir de la pauvreté était définitivement en panne.

Le septième étage n'était pas aussi délabré que d'autres que Karen avait vus. Les portes bleues étaient défraîchies et sales, mais la peinture n'avait quasiment pas bougé. Une galerie faisait le tour de l'immeuble et aucune des fenêtres qui y donnaient n'était condamnée. Certaines avaient même des rideaux presque propres. L'appartement d'Agnes McCredie était un de ceux-là. Karen frappa à la porte et se posta devant la fenêtre de la cuisine où, comme elle s'y attendait, un coin de rideau se souleva derrière lequel elle entrevit un visage. Elle sourit d'un air qu'elle espérait engageant.

Au bout d'un moment, la porte s'entrouvrit de quelques centimètres, maintenue par une chaîne en laiton que Karen aurait pu casser net d'un coup d'épaule. Au moins, Agnes McCredie se montrait prudente. L'œil qui observa le visage de Karen était chassieux et éteint mais agrandi par les verres de ses lunettes.

— Qu'est-ce que vous voulez ? demanda-t-elle d'une voix nasillarde et forte.

Karen et Jason montrèrent leur carte professionnelle.

— Nous sommes de la police, répondit Karen. Nous cherchons des gens qui ont connu Jeanette MacBride. Elle vivait au 43.

La femme recula légèrement.

— Jeanette ? Elle a fait quelque chose ? C'est pas son genre.

— Non, pas du tout. Nous essayons de la retrouver, tout simplement. Est-ce que nous pouvons entrer pour discuter, madame McCredie ?

— *Mademoiselle* McCredie. Jeanette ne vit plus ici depuis dix ans. Attendez.

Agnes McCredie ferma la porte, retira la chaîne, et la rouvrit en grand. D'un geste, elle les invita à entrer.

— À droite, indiqua-t-elle en désignant la porte.

Elle paraissait fragile, comme tout le reste dans le couloir. La moquette grise et hideuse était usée mais propre ; des photos encadrées des quatre derniers papes étaient accrochées au mur. Une légère odeur de bacon flottait dans l'air.

Le salon était meublé d'un canapé, de fauteuils assortis et d'un guéridon qui devaient dater des années 1970. Une petite table entourée de chaises et recouverte d'une broderie en dentelle faisait face à la fenêtre. Un vase en cristal avec des jonquilles en plastique navrantes était posé au centre. Au mur, un crucifix, une image de Jésus portant le Sacré-Cœur dans sa main comme s'il vérifiait qu'il était assez bon pour être cuisiné, et une gravure de saint François d'Assise charmant les oiseaux et les animaux. Une télévision avec une antenne d'intérieur complétait le décor. Tout était immaculé. La propreté devait être l'antichambre de la dévotion, pensa Karen en s'installant sur le canapé. Jason la rejoignit et Agnes McCredie s'assit sur le fauteuil en face de la télévision. C'était une petite femme soignée et terne, mais son sourire était doux et métamorphosait son visage étroit. Elle ne devait pas avoir loin de quatre-vingts ans, pensa Karen. Elle avait visiblement été épargnée par la folie des années 1960. En même temps, dans certaines parties de l'Écosse, les années 1960 n'avaient commencé qu'en 1979.

— Avant que je vous parle de Jeanette, je veux savoir pourquoi vous êtes ici exactement.

Elle croisa les mains sur ses genoux et les regarda tous les deux.

— Nous travaillons pour l'Unité des affaires historiques, expliqua Karen. Nous nous occupons de ce que les gens appellent généralement des affaires non élucidées. Nous pensons que Jeanette pourrait nous aider sur une affaire.

Agnes leva les sourcils.

— Très bien, madame, mais ça ne m'évoque absolument rien. J'aimerais que vous m'en disiez plus.

Karen ne pouvait pas vraiment en vouloir à la vieille femme de se montrer curieuse. Elle aurait fait la même chose.

— Jeanette a eu un bébé quand elle vivait ici. Vous le saviez ?

— Bien sûr que je le savais. Je l'ai persuadée de ne pas se faire avorter.

Elle se redressa dans son fauteuil.

— Son petit ami a filé comme un chat échaudé quand il a découvert qu'elle était enceinte. Elle était décidée à se débarrasser du bébé, mais je l'ai aidée à comprendre que sa vie était aussi sacrée que la sienne. Elle a donc décidé de le garder et de le faire adopter. Mais pourquoi est-ce que vous me demandez ça ?

Parfois, il était préférable d'être honnête. Cette femme n'était pas du genre à se laisser berner. Karen allait devoir lâcher un peu de lest dans l'espoir de récolter peut-être pas mal d'informations.

— Le fils de Jeanette a récemment eu un accident de voiture et son ADN a été prélevé. Cela nous a révélé d'importantes informations : nous avons découvert qu'un de ses parents avait été impliqué dans un crime très grave il y a vingt ans. Nous devons retrouver son père. Notre seul moyen, c'est de passer par Jeanette, expliqua-t-elle en écartant les mains. Nous n'avons pas beaucoup d'éléments pour avancer, mais nous pensons que vous pourriez peut-être nous aider.

Agnes prit un chapelet dans la poche de son tablier et le fit tourner entre ses doigts osseux d'un air absent.

— Jeanette est partie en 2006. Elle a rencontré un homme charmant à son travail. Elle travaillait à Jumping Juniper sur la route de Juniper Green et Kevin était le facteur. Kevin l'a demandée en mariage mais comme il était originaire d'Irlande, il voulait retourner là-bas. Plus rien ne retenait Jeanette ici : sa mère était morte l'année précédente… très jeune, d'un cancer du sein, ajouta-t-elle en baissant la voix.

— Donc ils se sont mariés et ont déménagé en Irlande ?

Agnes secoua la tête.

— Non, ils sont partis en Irlande et se sont mariés ensuite. Jeanette m'a envoyé une photo.

— Vous l'avez toujours ?

Agnes secoua la tête.

— Je l'ai gardée pendant quelques années. Nous avons échangé des cartes de vœux pendant un petit moment et puis ça s'est arrêté. Je n'ai pas eu de ses nouvelles depuis au moins cinq ans.

— Est-ce que vous vous souvenez du nom de famille de Kevin ? intervint Jason, son carnet à la main.

— O'Toole, répondit-elle avec un petit sourire. Comme Peter O'Toole. *Lawrence d'Arabie*, vous savez ?

— Vous avez encore l'adresse de Jeanette et Kevin ? demanda Karen.

Agnes acquiesça.

— Attendez un instant.

Elle sortit de la pièce et revint au bout de quelques minutes en tenant un cahier usé avec une couverture à carreaux.

— C'est mon carnet d'adresses, dit-elle en parcourant l'index. Nous y voilà.

Elle lut une adresse à Dublin que Jason nota consciencieusement.

— Est-ce que vous connaissiez le petit ami de Jeanette ? continua Karen. Celui qui l'a mise enceinte ?

— Je ne dirais pas que je le « connaissais ». Mais je l'ai vu quelques fois quand il attendait l'ascenseur avec Jeanette.

Un bel homme. Brun, les yeux noisette, large d'épaules. Elle m'avait annoncé qu'ils étaient amoureux et que c'était le bon, mais comme je dis toujours, on ne sait pas si c'est vraiment le bon tant qu'on ne ressort pas de l'église à son bras. Je ne trouvais pas que c'était quelqu'un de bien pour elle, mais les jeunes n'écoutent pas ce qu'on leur dit, poursuivit-elle en poussant un soupir. J'ai malheureusement découvert que mes doutes étaient fondés mais je n'en ai retiré aucune satisfaction, vous pouvez me croire.

Karen hocha la tête. Malgré sa foi manifeste, la vieille femme n'avait pas jugé sa voisine trop sévèrement.

— Et puis elle est tombée enceinte, ajouta-t-elle en secouant la tête d'un air triste. Elle ne lui en a pas parlé au début. Elle avait peur qu'il pense qu'elle cherchait à le piéger. Elle voulait avorter et continuer comme si rien ne s'était passé. Mais je voyais bien qu'elle hésitait et finalement, elle a décidé de le garder. Du coup, elle a dû lui en parler.

— Et ensuite ?

— Je ne sais plus si je vous ai dit qu'il était dans l'armée… Toujours est-il qu'il était stationné à Catterick et dès qu'il le pouvait, il venait voir Jeanette. Généralement le week-end. Elle lui a avoué ça un samedi après-midi et au lieu de rester la nuit sur place, il a pris sa moto pour repartir tout droit au camp militaire. Elle ne l'a plus jamais revu. Il ne voulait pas lui parler au téléphone et ne répondait pas à ses lettres. J'ai cru qu'elle n'allait pas s'en remettre. Finalement elle a appris qu'il avait été envoyé à l'étranger. Et voilà tout. Elle a accouché, a donné le bébé et elle est retournée au travail deux semaines plus tard. Elle n'a plus jamais été la même après ça. C'était encore une jolie fille. Une gentille voisine et quelqu'un d'agréable. Elle avait toujours du temps à me consacrer, même si elle n'était pas catholique. Elle est devenue un peu triste après avoir abandonné son bébé. Et cette tristesse n'a pas disparu malgré sa rencontre avec Kevin.

À présent, il était temps de passer à la question à dix mille dollars.

— J'imagine que vous ne vous souvenez pas du nom du petit ami ?

Agnes parut offensée.

— Bien sûr que je m'en souviens. Je n'ai peut-être pas loin de quatre-vingts ans mais j'ai encore toute ma tête. Je fais mes Sudoku et mes mots croisés tous les jours pour garder mon cerveau actif. Il s'appelait Darren Foreman. Sergent Darren Foreman du Royal Highland Regiment, que nous connaissons mieux vous et moi sous le nom de « Black Watch », dit-elle en regardant Jason. Je m'en souviens bien parce que j'ai écrit ses coordonnées dans la Bible familiale de Jeanette. Elle n'était pas très pieuse ; je savais qu'elle ne prendrait pas le temps de le faire alors je m'en suis occupée à sa place.

— Vous êtes certaine que c'était bien le père ? demanda Karen.

Agnes se redressa sur sa chaise.

— Jeanette n'était pas une fille aux mœurs légères. Darren était son premier véritable petit ami. Comme elle avait grandi dans un foyer monoparental, elle n'avait pas envie d'être à l'image de sa mère.

Elle soupira.

— C'est pourtant ce qui s'est passé, mais d'une façon un peu différente. C'était vraiment une fille bien. Mais ce sergent Darren Foreman a été son talon d'Achille.

42

Agnes McCredie ferma la porte de son appartement derrière eux et remit la chaîne en place.

— On a appris pas mal de choses, hein, chef ? se réjouit Jason en se dirigeant vers l'ascenseur.

— Attends, Jason, où est-ce que tu vas ? Nous avons un autre témoin potentiel ici.

Il se retourna, l'air déconcerté, comme c'était, hélas, trop souvent le cas.

— Ben… On a obtenu les informations qu'on voulait. Mlle McCredie nous a tout raconté en détail. Maintenant, il ne nous reste plus qu'à retrouver le sergent Darren Foreman. Un petit coup de fil aux archives de l'armée et le tour sera joué.

— Pas si vite. Manifestement, Agnes McCredie adorait Jeanette MacBride. Mais en tant que policiers, on sait bien que ce que les gens nous racontent ne reflète jamais complètement la réalité. C'est pourquoi, quand on a deux sources d'information possibles, on doit les consulter toutes les deux, Jason.

L'information sembla monter lentement jusqu'au cerveau.

— Vous pensez vraiment qu'on pourrait en apprendre plus sur Jeanette MacBride ?

— Aucune idée. Mais nous, on n'en saura rien si on n'essaie pas. Par ailleurs, je ne fais pas confiance aux gens qui ne me proposent pas un thé.

Karen continua de parcourir la galerie jusqu'à la porte de Thomas Anderson. Ses fenêtres étaient recouvertes de draps qui avaient dû un jour être blancs mais qui étaient à présent grisâtres par endroits. Elle frappa trois coups fermes.

Il y eut un long silence, puis des bruits de pas. La porte s'ouvrit ; un homme qui pouvait avoir entre quarante et soixante-dix ans apparut. Son visage était ridé et jaunâtre ; quelques poils de barbes parsemaient ses joues creuses et sa gorge ; ses cheveux gris acier donnaient l'impression qu'il les avait coupés lui-même, sans l'aide d'un miroir. Il portait un polo noir délavé qui révélait des bras pâles maigrichons, et un pantalon de jogging noir bon marché laissant deviner des jambes tout aussi maigres. Il avait le ventre rebondi d'un buveur de bière. Il ressemblait à une olive percée par des cure-dents. Sauf qu'il sentait la cigarette et le renfermé.

— Qu'est-ce que vous voulez ? demanda-t-il en lançant un regard noir à Karen puis à Jason.

— Thomas Anderson ?

Son air renfrogné s'accentua encore un peu plus.

— C'est pour quoi ?

— Je suis le commandant Pirie de la police écossaise. Et voici l'inspecteur Murray. Nous voudrions vous poser quelques questions au sujet d'une de vos anciennes voisines.

— Ah bon ? Qui ça ? demanda-t-il en faisant une moue.

— Jeanette Macbride.

Andersen se détendit.

— Elle vivait au quarante-trois.

— C'est ça. Ça vous ennuierait de nous laisser entrer ?

— Oui. J'ai pas passé l'aspirateur depuis un moment.

— Vous avez quelque chose à cacher, monsieur Anderson ? demanda Karen d'un air innocent. Est-ce que je dois demander à la police du secteur de venir faire un petit saut chez vous avec un mandat de perquisition ? Écoutez, je me fiche de savoir si vous avez des cigarettes ou de la vodka de contrebande. Je ne veux qu'une seule chose : discuter avec vous de Jeanette MacBride.

— Pourquoi ? Qu'est-ce qu'elle a fait ?

— Rien qui vous concerne. Est-ce que nous pouvons entrer ? Je suis sûre que vous n'avez aucune envie que les autres locataires de l'immeuble vous voient parler avec la police ?

Elle avait trouvé son point faible. Anderson regarda à droite et à gauche, recula puis leur fit signe d'entrer. À l'intérieur, l'appartement était comme un catalogue olfactif de la vie d'Anderson. Ça sentait la fumée de cigarette, le graillon, le vieux pet et la transpiration, à quoi s'ajouta une odeur d'urine quand ils passèrent devant les toilettes.

Le salon comprenait un canapé au cuir usé et graisseux, ainsi qu'une énorme télévision qui datait d'une époque où les écrans plats n'existaient même pas en rêve. Une petite table recouverte d'un revêtement plastifié, flanquée de deux tabourets en bois, se trouvait près de la fenêtre. Deux cartons à vin servaient de tables d'appoint. Des canettes écrasées formaient une pile sur le sol près d'un cendrier de bar plein à craquer.

— C'est sympa chez vous, commenta Karen.

— Je vous retiens pas, répondit Anderson avant de se laisser tomber sur le canapé.

Karen n'avait aucune intention de s'asseoir dans cette pièce. Elle s'adossa contre le mur et croisa les jambes. Jason était moins sourcilleux. Il choisit un des tabourets et sortit son carnet.

— Alors, dit Karen, vous vous souvenez de Jeanette ?

— Oui. Jolie fille. Elle disait toujours bonjour. Enfin, jusqu'à ce qu'elle commence à fréquenter ce connard d'Irlandais avec qui elle est partie. Il n'aimait pas qu'elle parle à des gens comme moi.

— Kevin O'Toole, c'est ça ?

Anderson gloussa.

— Ouais, un crétin de première.

Karen ne trouva rien à répliquer.

— Est-ce que vous viviez ici quand Jeanette a eu son bébé ?

— Oui. Mais c'était pas le petit de O'Toole. Elle l'a eu bien avant qu'il entre en scène.

Anderson tira un paquet de cigarettes de sa poche et en alluma une avec un briquet en plastique. Karen vit que la mise en garde pour la santé sur le paquet n'était pas écrite en anglais. Elle ne s'était pas trompée sur les cigarettes de contrebande.

— Vous savez qui était le père ? demanda-t-elle comme si de rien n'était.

— Elle est sortie avec un militaire. Je l'ai vu plusieurs fois en uniforme. Je pense que c'était lui le père de l'enfant, parce que je ne l'ai jamais vue avec personne d'autre.

— Vous connaissez son nom ?

Anderson poussa un grognement.

— On n'a jamais été présentés.

— Est-ce qu'elle avait beaucoup de petits amis ?

Il secoua la tête.

— Pas vraiment. J'ai appris qu'elle avait fait adopter son bébé et je ne l'ai pas vue avec un autre gars pendant un bout de temps.

— Il n'y a donc aucun doute pour vous que le militaire était le père de l'enfant ?

Anderson tira une grande bouffée sur sa cigarette.

— C'est ce que j'ai entendu dire. Y a pas de secrets par ici, expliqua-t-il avant d'ajouter : enfin, sauf pour la police. En tout cas, moi ce que j'ai entendu dire, c'est qu'il l'a mise en cloque et qu'après il s'est tiré. Qu'est-ce qu'il a fait ?

— Je ne peux pas en parler, répliqua Karen en s'éloignant du mur. Pourquoi ? Est-ce qu'il y a quelque chose que vous voulez nous dire à son sujet ?

Anderson secoua la tête.

— Non, rien de rien, comme dit la chanson.

Ça, pensa Karen, c'était sans doute vrai.

— Dans ce cas, monsieur Anderson, nous n'allons pas vous déranger plus longtemps.

Elle fit un petit signe de tête à Jason pour lui indiquer qu'il était temps de partir.

— C'est tout ?

Après avoir rechigné à les faire entrer, il semblait à présent chagriné qu'on ne lui pose pas plus de questions.

— C'est tout.

Elle se dirigea vers la sortie, suivie par Jason.

— Inutile de nous raccompagner.

Pendant qu'ils attendaient l'ascenseur, Jason poussa un gros soupir.

— Qu'est-ce qu'il y a ? demanda Karen.

— Ce genre de types me déprime. Quelle vie de merde. Comment on finit ainsi ?

— Malchance, mauvais choix.

Jason poussa un nouveau soupir.

— Parfois je pense que ces gens-là ont un jour été enfants. Ils jouaient au football. Ils avaient des rêves dans la tête. Personne ne rêve de devenir comme lui. Personne n'a envie d'être à sa place. Pourtant on n'arrête pas de voir des gens comme ça qui ont complètement foiré leur vie.

C'était sans doute la réflexion la plus profonde que Karen ait jamais entendue dans la bouche de Jason.

— Je sais, dit-elle. Quand on y pense trop, ça ne donne plus envie de se lever le matin. Selon moi, nous faisons partie des chanceux. On ne peut pas changer la vie de tout le monde, mais on doit essayer de la rendre un peu meilleure pour certains.

— Peut-être, répondit-il, en la suivant dans l'ascenseur.

— Maintenant, on a un nom et la confirmation que Darren Foreman est notre homme. Il est temps de se lancer à ses trousses.

*

De retour au bureau, Karen contacta immédiatement les Archives de l'armée. C'était toujours plus pratique de téléphoner depuis un poste fixe dans la mesure où ses correspondants pouvaient la rappeler en passant par le standard pour vérifier si elle était bel et bien policière. Pendant qu'elle attendait qu'on la rappelle, elle reçut un message de Giorsal sur son portable.

« Ship Inn à Limekilns. Table réservée pour vingt heures. Le *fish and chips* est pour toi. »

Karen ne put s'empêcher de saliver en se souvenant de l'églefin frites qu'elle avait mangé au Ship Inn's. C'était une excellente motivation pour l'aider à tenir le reste de la journée.

Le téléphone se mit à sonner.

— Commandant Pirie ? J'ai les renseignements que vous vouliez. Darren Foreman a rejoint le Royal Highland Regiment en 1987. Il avait seize ans quand il s'est engagé et il vivait à Glasgow. Il était fantassin.

— Qu'est-ce que ça signifie concrètement ?

— Ça signifie que c'était un combattant à pied. Il était chargé de faire des rondes, monter la garde, protéger des convois. Il faisait ce que la plupart des gens imaginent quand ils pensent à un soldat. Ce sont ceux qui se retrouvent sur la ligne de front et qui se font tirer dessus, expliqua son interlocuteur sur un ton légèrement amusé. L'équivalent d'un agent de police municipal, si on veut. Apparemment, il était plutôt bon dans son travail. Il est devenu soldat de première classe en moins de trois ans, caporal au bout de six ans et sergent au bout de onze ans. Il a quitté l'armée avec ce rang après quinze années de service, en 2002. Il a réussi à éviter la guerre en Irak.

Karen était quelque peu surprise. Elle aurait plutôt imaginé l'assassin de Tina McDonald comme quelqu'un d'impulsif.

— Il n'a pas causé de problèmes ? Au niveau de la discipline ?

— Je ne vois rien dans son dossier. C'était apparemment un bon soldat. On peut lire dans une note que son commandant l'avait recommandé pour intégrer l'aviation, mais il n'a pas réussi à passer les épreuves de recrutement. Aucune honte là-dedans. Seulement quinze pour cent des hommes réussissent à intégrer le régiment.

— J'imagine que vous ne savez pas ce qu'il est devenu ?

L'homme à l'autre bout du fil gloussa.

— Vous n'êtes pas au courant ?

— De quoi ?

— C'est un des vôtres. Il est officier de police.

43

Karen regarda Ian Lesley aller commander les boissons au bar. Il n'était pas très grand mais assez musclé. Soigneusement vêtu, il portait une chemise à carreaux repassée, un jean noir bien taillé et des Dr. Martens noires. Il avait des cheveux blonds coupés court sur les côtés avec un toupet rudimentaire au sommet du front. Âgé d'une trentaine d'années, il paraissait plus jeune avec son visage placide dénué de rides. Giorsal et lui étaient arrivés avant Karen et ils avaient pris une table avec vue sur le Forth. Giorsal avait fait les présentations, ils avaient commandé ensuite trois *fish and ships* et Ian avait insisté pour payer la première tournée malgré les protestations de Karen.

Giorsal suivit son regard et dit :

— C'est un gars bien, je crois. Il est très patient avec les gens. Il ne perd jamais son sang-froid, il est déterminé. Il ne laisse pas tomber les autres et il se bat pour eux. C'est quelqu'un qui fait bien son boulot, mais je ne pourrais pas en dire autant de tous ses collègues.

— Je vois ce que tu veux dire. Jason, mon bras droit, n'est sans doute pas le plus futé de mes collègues. Mais il a du cœur et ce qu'il est capable de faire, il le fait étonnamment bien. Sans compter que… il a travaillé avec Phil et moi, ajouta-t-elle en regardant son sous-verre.

— J'imagine que ça t'aide d'avoir ce lien.

— Oui, répondit-elle avant de changer brusquement de sujet. Au fait, merci pour ta suggestion au sujet des Syriens. J'ai parlé à Craig Grassie – le député d'Édimbourg – ce week-end et il va voir ce qu'il peut faire pour les aider.

— J'espère que ça va marcher.

Avant qu'elle puisse ajouter autre chose, Ian revint avec trois gin-tonics.

— Et voilà, dit-il. Notre unique verre de la soirée vu que nous conduisons tous les trois et que nous sommes en compagnie de la police.

Il sourit et distribua les verres autour de lui.

— Karen, Giorsal m'a dit que vous vous intéressiez à Gabriel Abbott ?

— Vous ne tournez pas autour du pot, répondit Karen.

— La vie est trop courte, répliqua-t-il, en braquant ses yeux bleus sur elle.

Elle se demanda ce que Giorsal lui avait raconté à son sujet.

— Officiellement, je m'intéresse à l'assassinat de sa mère. Comme personne n'a jamais été accusé formellement, il s'agit toujours d'une affaire non élucidée, la spécialité de mon unité. Mais je vais être honnête avec vous. Je me demande si nous ne sommes pas allés vite en besogne concernant la mort de Gabriel. Plus j'en apprends sur sa famille et plus j'ai l'impression que tout est intriqué.

Ian but une gorgée de sa boisson.

— C'est marrant que vous disiez ça. Gabriel allait bientôt fêter son trentième anniversaire et il m'avait dit quelque temps auparavant qu'il voulait faire un truc spécial. Sauf qu'il n'avait pas d'amis pour marquer le coup, expliqua-t-il avant de hausser les épaules. Mais il ne s'apitoyait pas sur son sort. Il aimait bien être tout seul et ne se faisait pas des amis facilement. Il en était conscient. Enfin bon, il m'a raconté qu'il était en train de regarder l'émission *Who Do You Think You Are ?* à la télévision quand il a eu une idée. Il allait établir l'arbre généalogique de sa famille. C'était le cadeau qu'il allait s'offrir.

— Comment ça s'est passé ? demanda Karen, sans rien dire de ce qu'elle savait.

— Ça a plutôt bien marché du côté de sa mère, parce qu'elle était née à Édimbourg et que nos archives ici sont bien mieux organisées que celles d'Angleterre grâce à notre système de registres paroissiaux. Il est remonté jusqu'au dix-huitième siècle. Par contre, il a eu moins de chance du côté de son père. Il n'a pas réussi à remonter plus loin que ses grands-parents. Mais la chose sur laquelle il voulait vraiment mettre la main, c'était l'avis de décès de son père. La mère de Gabriel lui avait dit que son père était mort en Thaïlande deux ans après sa naissance. Gabriel est donc entré en contact avec les autorités locales. Il n'avait pas les moyens d'engager quelqu'un sur place pour l'aider, mais il a réussi à persuader un employé de l'ambassade d'effectuer quelques recherches pour lui.

Il sourit, un brin nostalgique.

— Gabriel pouvait vraiment se montrer charmant.

— Qu'est-ce qui s'est passé ?

— Ils n'ont trouvé aucune trace du décès de Tom Abbott en Thaïlande en 1990. Ils ont cherché un peu avant et un peu après, mais toujours rien. Gabriel était dégoûté. C'était quelque chose d'important pour lui. Il espérait en savoir un peu plus sur ce père qu'il n'avait jamais connu. Mais il a abouti à une impasse.

Avant qu'il puisse ajouter quoi que ce soit, une serveuse arriva avec les assiettes remplies de larges morceaux de poisson pané et de frites. L'odeur était merveilleuse. Tout le monde était concentré sur son plat, à présent. Ils entamèrent une bonne partie de leur assiette en poussant des grognements de satisfaction avant que Ian poursuive son histoire.

— Il y a environ trois mois, il a reçu la visite de l'ancienne secrétaire de sa mère et de son mari. Elle avait gardé contact avec Gabriel. Le couple se rendait à Gleneagles pour un week-end de golf et ils se sont arrêtés pour lui rendre visite. Il leur a raconté les recherches qu'il avait entreprises et la femme lui a dit qu'il faisait fausse piste : ce n'était pas en Thaïlande qu'était mort son père mais aux Philippines. D'après elle, la confusion venait du fait qu'il était resté posté quelques années en Thaïlande. Mais c'était bel et bien aux Philippines qu'il était mort.

— Gabriel a dû être tout excité, répondit Karen en gardant un visage serein, impatiente d'entendre la version de Ian sur ce que lui avait déjà révélé Felicity.

— On peut le dire. En plus il a eu de la chance. Je ne sais pas si vous étiez au courant, mais Gabriel était un grand connaisseur du Sud-Est asiatique. De son histoire, de sa politique et de sa littérature. S'il n'avait pas eu ses problèmes psychiatriques, il aurait pu enseigner à l'université. Il n'était plus le même quand il se mettait à parler de ça. Il s'était construit un assez large réseau et il avait un contact à l'université des Philippines. Gabriel l'a donc harcelé pour qu'il retrouve l'acte de décès de son père.

Il s'interrompit pour manger une portion de poisson. En voyant l'expression de Karen, il s'empressa de mâcher.

— Est-ce qu'il l'a trouvé ? demanda-t-elle.

Ian acquiesça. Il posa ses couverts et avala une grande gorgée de gin.

— Oh oui. Mais il y avait comme un petit problème, reprit-il avant de marquer une pause.

— Il datait de 1984, poursuivit Karen. Deux ans avant la naissance de Gabriel. Et six ans avant que Caroline Abbott n'annonce à tout le monde la mort de Tom.

Giorsal eut l'air déçue.

— Tu le savais.

— Je l'ai découvert seulement hier, par hasard. C'est bien d'en avoir la confirmation. Ça a dû être difficile pour Gabriel.

— Oui. Ça remonte à quelques semaines seulement, ce qui pourrait valider l'idée du suicide. Enfin bref, Gabriel m'a passé un coup de fil quand il a reçu le mail avec une copie scannée de l'acte de décès. Il bafouillait au téléphone. Je lui ai dit de se calmer, de se préparer une tasse de thé et de téléphoner à son frère Will pour voir s'il pouvait l'aider à comprendre. Il est plus vieux que Gabriel et je me disais qu'il se souvenait peut-être de certaines choses remontant à cette époque.

Karen se remit à manger, coupant ses frites en tout petits morceaux, l'air pensif. Pour quelqu'un qui avait déjà des problèmes psychologiques, cette découverte avait dû être dévastatrice. C'était difficile d'imaginer ce qu'il avait ressenti.

— Est-ce que Gabriel vous a raconté ce que lui avait dit Will ?

— Pour être honnête, j'avais envie d'en savoir plus. On est toujours confronté à des crises dans ce métier. On ramasse les morceaux après que les choses ont mal tourné dans la vie des gens. La plupart du temps, malheureusement, ce sont des catastrophes qui étaient prévisibles : violence conjugale, maltraitance sur enfant, coup de folie.

Il haussa les épaules d'un air un peu gêné.

— Je me suis donc arrêté chez lui avant de rentrer chez moi.

— J'aurais fait la même chose, dit Karen.

— Moi aussi, confirma Giorsal.

Ian esquissa une grimace.

— Il était beaucoup plus calme qu'au téléphone. Il avait réussi à joindre Will et lui avait raconté ce qu'il avait découvert. Will était sous le choc. Mais il avait rapidement trouvé une explication. Selon Will, Caroline était quelqu'un de très pragmatique. Connaissant Tom, elle avait compris que si elle voulait un autre enfant, elle ne pourrait pas vraiment compter sur lui vu qu'il était souvent à l'étranger. Elle lui avait donc peut-être demandé de congeler son sperme afin qu'elle puisse avoir un enfant quand elle le désirait. Gabriel trouvait que l'idée n'était pas bête. Caroline aimait tout contrôler. C'est pourquoi elle était si douée en affaires. Et si elle devait de nouveau être enceinte, elle pouvait choisir elle-même quand ça lui conviendrait, plutôt que de dépendre de Tom.

Ian haussa les épaules.

— Gabriel affirmait que ses parents avaient une relation très libre, ce qui pouvait expliquer certaines choses. Selon Will, il était évident que Caroline aurait trouvé un moyen pour pallier l'absence de Tom. Cependant, Gabriel n'était pas complètement convaincu. Il voulait que Will et lui fassent un test ADN. Juste pour confirmer que la thèse de son frère était juste.

Karen prit une profonde respiration.

— Parfois il vaut mieux ne rien savoir, dit-elle. J'ai l'intuition que Will n'était pas très enthousiaste à cette idée, je me trompe ?

— Vous avez raison. Will était complètement contre. Il disait que c'était inutile et qu'il savait au plus profond de lui que Gabriel était son frère. Ça a beaucoup touché

Gabriel. Pour lui, Will ne voulait pas prendre le risque de détruire leur lien, expliqua Ian d'un air dubitatif.

— Vous n'avez pas l'air convaincu.

— En effet. Je crois que Gabriel ne voulait pas voir la réalité en face. Il voulait croire qu'il comptait pour Will, mais ce n'était pas vraiment le cas. Et ce n'était pas le moment de le lui dire. Je voyais bien qu'il y avait autre chose. Quelque chose dont il ne souhaitait pas me parler.

— Quelque chose qui avait à voir avec Will ?

Ian soupira.

— J'ai pensé qu'il fallait que je sache ce qui se passait pour pouvoir aider Gabriel au mieux. Je suis désolé, Giorsal. Je ne suis pas fier de moi. J'ai dit à Gabriel que je savais qu'il me cachait quelque chose et qu'il se sentirait mieux s'il m'en parlait. C'est là qu'il m'a avoué qu'avant même d'avoir une conversation avec son frère, il avait déjà envoyé des échantillons d'ADN à une de ces entreprises qui proposent d'en faire l'analyse sur Internet.

— Il n'a pas perdu de temps, dit Giorsal.

— Où est-ce qu'il a trouvé l'ADN de Will ? demanda Karen, concentrée comme toujours sur le détail crucial.

— C'est ce que je me suis demandé aussi. Il s'avère que la dernière fois que Will lui avait rendu visite, il avait passé la nuit chez son frère. Gabriel lui avait donné une de ces brosses à dents pourries qu'on trouve dans les hôtels et qu'il avait pris soin de conserver.

Ian sourit d'un air triste.

— Si vous aviez vu le cottage de Gabriel, vous sauriez que ça n'avait rien d'inhabituel. Il était aussi prévoyant qu'un écureuil quand il s'agissait de faire des réserves.

— Quels étaient les résultats des analyses ? demanda Karen.

Elle ne pensait plus à son *fish and chips* à présent. L'histoire de Ian était tellement captivante qu'elle en oubliait son plat préféré.

Il avala les frites qu'il avait réussi à enfourner entre deux phrases.

— J'en sais rien. Elles n'étaient pas encore disponibles quand il est mort.

— Ce qui ne valide pas vraiment la thèse du suicide, non ? intervint Giorsal, aussi fascinée que Karen par ce que venait de leur révéler Ian. Il voulait vraiment savoir. Il ne se serait sans doute pas suicidé avant d'avoir la réponse, vous ne croyez pas ?

— À moins qu'il ait obtenu la réponse mais qu'elle n'était pas celle qu'il espérait, répliqua Karen.

Ian secoua la tête.

— Je ne crois pas. Il aurait été dans tous ses états si ça avait été le cas. Je pense qu'il m'aurait appelé. Même s'il ne l'avait pas fait, je ne crois pas qu'il l'aurait gardé pour lui. Il en aurait parlé au barman ou à un des habitués du pub. Gabriel était quelqu'un de très bavard. Dès qu'il se passait un truc dans sa vie, il déballait tout.

— Tu crois qu'il a parlé à Will du test ADN ? demanda Giorsal.

Ça, c'était la grande question, pensa Karen. Presque aussi importante que l'autre qu'elle se posait. Frank Sinclair était-il au courant que Gabriel essayait de découvrir la vérité sur son père ? Elle s'éclaircit la gorge.

— J'imagine que vous n'avez pas les clés du cottage de Gabriel ?

44

Karen buta contre un pavé déchaussé, faillit tomber par terre mais se rattrapa à la dernière minute contre le mur du cottage. Entre le ciel nuageux et la haute haie qui entourait le petit jardin, elle n'y voyait rien du tout. Elle longea le mur avec précaution. La surface rugueuse sous ses doigts céda bientôt la place au bois. C'était la porte de derrière. Elle enfila une paire de gants bleus en caoutchouc. Elle ne voulait surtout pas laisser ses empreintes dans la maison de Gabriel Abbott.

Elle alluma la lampe de son téléphone et le dirigea vers le sol. Non loin d'elle il y avait un décrottoir et une brosse. D'après Ian, c'était là que Gabriel cachait la clé de secours de la porte arrière.

— Je lui avais conseillé de donner un double à quelqu'un en cas d'urgence, avait-il dit. Mais il avait affirmé que c'était plus simple d'en cacher une et de me dire à moi et à un voisin où elle se trouvait.

Quand Karen leur avait fait part de son plan, Giorsal et Ian avaient proposé de l'accompagner. Elle avait catégoriquement refusé.

— Je suis policière. Si je me fais prendre chez Gabriel, je pourrai toujours trouver une excuse. Mais vous ? Aucune chance. Croyez-moi, je ne cherche pas à me débarrasser de vous. Mais il vaut mieux que je fasse ça toute seule.

Karen repéra le décrottoir près de la porte et s'accroupit à côté. Il était en fer et plus lourd qu'il n'y paraissait ; en le soulevant, elle vit la clé dans un petit renfoncement du sol. Elle faillit la lâcher quand une voiture passa à toute allure sur la route étroite devant le cottage.

Quelques minutes plus tard, elle était dans la cuisine de Gabriel, le cœur battant la chamade même si elle savait qu'elle était seule dans la maison. L'adrénaline circulait dans ses veines et mettait tous ses sens en alerte. La pièce sentait le renfermé et il y avait une légère odeur de chou pourri. Elle n'entendait rien à part son pouls.

Malgré la faible luminosité de son téléphone, elle constata que Ian disait vrai à propos de la manie qu'avait Gabriel d'accumuler des tas de choses. Il n'y avait quasiment aucune place sur les plans de travail pour faire la cuisine : ils étaient encombrés de piles de journaux, de magazines, de sacs en plastique soigneusement pliés, de boîtes Tupperware remplies de vis, de clous et de tout un assortiment de quincaillerie. Cependant, malgré tout ce fatras, la pièce était étonnamment propre. Elle s'était attendue à trouver une cuisinière incrustée de restes de nourriture, éclaboussée de graisse et de sauce, mais elle était immaculée, comme l'était la petite partie inoccupée du plan de travail. Gabriel était peut-être quelqu'un d'instable, mais il avait des principes.

Karen se rendit ensuite dans le salon. Le cottage était isolé, sans voisins proches, et elle prit donc le risque de tirer les rideaux avant d'allumer le plafonnier.

La pièce était remplie de livres et de journaux. Les étagères qui recouvraient un des murs étaient bourrées à craquer d'ouvrages sur l'histoire, la géographie et la politique de l'Asie du Sud-Est. Au-dessus de la cheminée, au lieu d'un miroir ou d'un tableau, il y avait une grande carte de cette partie du monde, avec des punaises de couleur enfoncées un peu partout. Sur un côté, il y avait une liste de noms et de lieux qui, elle le comprit rapidement, coïncidaient avec les punaises. Ses correspondants ? Ses contacts ? Était-ce un véritable réseau ou un fantasme ? Elle n'avait aucun moyen de le savoir. C'était une chose sur laquelle elle pourrait revenir si cela avait un lien avec sa mort. Sur une table près de la fenêtre étaient posés un vieil ordinateur portable, d'autres journaux et une pile de CD. Sur le mur à côté, il y avait un arbre généalogique soigneusement dessiné avec des cases. Certaines étaient remplies, d'autres non. Sur une série d'étagères bancales près du bureau, il y avait un album photo posé horizontalement entre des livres.

La porte d'entrée du cottage donnait directement dans le salon ; il y avait un tas de lettres sur le paillasson. Karen ramassa le courrier, s'assit à la table et y jeta un œil. Des publicités, des factures d'électricité, une carte postale du Vietnam d'un certain Dusit. Une enveloppe bleue avec une adresse retour à Manille et une enveloppe brune sur laquelle il était écrit : Laboratoires Deventer, Hemel Hempstead.

La réponse qu'avait attendue Gabriel semblait être arrivée trop tard. Karen savait qu'elle devait ne pas ouvrir l'enveloppe.

— Laisse ça, murmura-t-elle, tout en sachant qu'elle n'y parviendrait pas.

Elle la retourna et étudia le rabat. C'était un autoadhésif, bien plus vulnérable que les anciens qu'on devait humecter avec la langue.

Karen fouilla dans son sac pour trouver son canif. Il n'avait rien du couteau suisse ultramoderne. Doté d'une double lame, il avait appartenu à son grand-père. Il avait servi à tailler des flèches dans des branches de frêne qu'elle utilisait avec son arc en forêt quand elle était petite. Il avait coupé les ficelles entourant les paquets que lui envoyait son grand-oncle du Canada. Il avait été affûté sur une lanière de cuir accrochée près de la cheminée jusqu'à ce qu'il soit aussi tranchant que le rasoir coupe-choux du vieil homme. Elle le gardait bien aiguisé en utilisant le même aiguisoir que celui qu'elle utilisait pour ses couteaux de cuisine. C'était l'outil parfait pour ouvrir une enveloppe sans laisser de trace.

Elle la posa à plat sur la table et sortit la plus petite lame du canif. Elle la glissa sous le rabat et prit garde à ne pas couper le document à l'intérieur. Elle avança millimètre par millimètre en retenant son souffle, concentrée sur sa tâche.

Elle réussit à décoller le rabat et à l'ouvrir sans laisser la moindre trace d'altération. Karen respirait à nouveau. Elle sortit le contenu de l'enveloppe avec précaution. Il y avait trois feuilles de papier. Une lettre et deux pages avec des graphiques qu'elle reconnut comme étant les analyses ADN. Elle les posa sur la table et avant même d'en prendre connaissance, elle photographia chaque page.

Elle lut ensuite le rapport des laboratoires Deventer.

Cher Monsieur Abbott,

Merci d'avoir utilisé nos services pour cette analyse ADN. Vous trouverez les résultats ci-joints.

Dans votre lettre, vous indiquiez qu'il existait un lien ADN entre les deux échantillons : soit qu'ils étaient frères ou bien demi-frères issus de la même mère mais de pères différents. Cependant, les analyses des échantillons ADN que vous nous avez soumis montrent sans le moindre doute que ces deux hommes n'ont aucun lien de parenté. Il n'y a aucun lien familial entre l'échantillon A et l'échantillon B.

Nous restons à votre disposition si vous souhaitez effectuer d'autres analyses.

Karen lut la lettre deux fois, pour être sûre d'avoir bien saisi. Elle regarda ensuite les deux profils ADN. Ils ne présentaient aucun point commun. Non seulement Gabriel et Will Abbott n'avaient pas le même père, mais ils n'avaient pas non plus la même mère.

45

Plus Karen avançait dans l'enquête, moins elle croyait au suicide de Gabriel Abbott. Elle réfléchit tout en parcourant les documents. Elle avait envie de partir du cottage en emportant la lettre. Si elle la laissait derrière elle, il y avait de grandes chances qu'elle tombe entre les mains de Will Abbott et ce serait la fin de tout. Les analyses ADN – quoi qu'elles prouvent – disparaîtraient sans laisser de trace, elle en avait la certitude.

Mais si elle volait la lettre, elle n'aurait aucune valeur probatoire. Elle ne pourrait jamais être produite devant un tribunal, si l'affaire allait jusque-là. Mais au moins elle en avait une photo dans son téléphone. S'il le fallait, elle pouvait obtenir un mandat et demander une copie du rapport des laboratoires Deventer. Elle devait la laisser ici, sur le paillasson, au milieu des prospectus.

Karen ferma les yeux et réfléchit. Qu'est-ce que tout ça signifiait ? Qui étaient les parents de Gabriel Abbott et pourquoi Caroline avait affirmé à tout le monde – y compris à son propre fils – qu'elle était sa mère ?

Quand elle rouvrit les yeux, elle remarqua de nouveau l'album photo. Elle s'en saisit et commença à le feuilleter. Les photographies étaient parfaitement disposées, accompagnées de légendes écrites en lettres majuscules comme sur l'arbre généalogique et comme sur la liste associée à la carte géographique. Elles donnaient l'impression d'avoir été scannées et imprimées. Sur la première on voyait Caroline tenant un bébé dans ses bras et souriant face à l'objectif. Elle était assise autour d'une table de pique-nique avec en arrière-plan un petit immeuble qui semblait être situé dans un autre pays. Sans doute la France. La légende indiquait : *Maman et moi à deux semaines, Sercy-sur-Mer*. Elle tourna la page et elle découvrit cette fois une photo d'Ellie, le visage empreint de tendresse, tenant le bébé contre sa poitrine, la tête posée sur son épaule, soutenant sa nuque avec la main. *Ellie et moi à six jours, Sercy-sur-Mer.*

Certes, Karen savait que Caroline n'était pas la mère du bébé sur les photos. Mais comment se faisait-il que personne n'ait remarqué l'expression d'Ellie MacKinnon ? La réponse à cette question, soulevée par les analyses ADN, se trouvait sous son nez. Ellie MacKinnon, l'amie dévouée, l'amour secret, la nounou sur qui on pouvait compter, était manifestement plus que tout cela.

Elle tourna les pages et vit Gabriel grandir. La ressemblance avec Frank Sinclair devenait de plus en plus évidente. Après tout, c'était Ellie qui était l'amie de Frank, pas Caroline. Il y avait sans doute plus de chances qu'il accepte de rendre service à Ellie plutôt qu'à sa petite amie. Il était évident par ailleurs qu'en grandissant, Gabriel ne ressemblait en rien ni à Caroline ni à Will. En revanche, il avait les yeux marron d'Ellie, ses cheveux bruns, la peau qui rosissait aux premiers rayons de soleil. Pourtant, ça ne semblait avoir traversé l'esprit de personne qu'elle était la mère de cet enfant.

C'était toujours comme ça. Les gens ne voyaient que ce qu'ils voulaient voir. Karen pensait à sa propre famille.

Il n'y avait aucun doute qu'elle avait hérité beaucoup de caractéristiques physiques de son père : le physique trapu, les cheveux épais. Elle avait vu des photos de famille prises pendant la dépression économique, à l'époque où son arrière-grand-mère avait été forcée de nourrir sa famille en allant à la soupe populaire dans leur village minier. Cependant, tous les Pirie sur les photos étaient costauds, voire gros pour certains d'entre eux. « Nous sommes de souche paysanne, aimait lui dire son père. Gros, même pendant la famine. » Pourtant, à chaque fois qu'elle se rendait à des réunions familiales, la famille de sa mère essayait de souligner sa ressemblance avec eux. « Tu as les yeux de ta grand-mère galloise », lui disait-on. Ou bien : « Tu es le portrait craché de ta grand-tante Meg qui est morte pendant la guerre. » Ce n'était donc pas si surprenant que personne n'ait jamais affirmé haut et fort que Gabriel ressemblait énormément à Ellie et Frank Sinclair. Ça aurait même été bizarre. Par ailleurs, Ellie et Caroline étaient mortes avant que Gabriel ne change physiquement à l'adolescence. Et à ce moment-là, personne ne se souciait de savoir à qui il ressemblait.

Karen continua à feuilleter l'album jusqu'à ce qu'il n'y ait plus de photos. À la place, elle trouva une feuille bleu pâle au format A4 où on pouvait lire ces mots :

Mon premier souvenir est un feu d'artifice. Nous sommes dans le jardin de notre maison à Londres et je suis attaché dans une poussette. Will est là aussi ; ça devait donc être l'année qui précédait son départ pour Glencorsie House. Il y a une grande boîte de pétards et de fusées à quelques mètres de nous et Ellie est en train d'en allumer une. Maman arrive derrière elle et la surprend ; Ellie laisse alors échapper la fusée dans la boîte et avant qu'elle puisse faire quoi que ce soit, tout se déclenche. Le spectacle est éblouissant, il y a toutes les couleurs de l'arc-en-ciel, les fusées partent en tous sens dans le jardin.

Maman se met à paniquer et court vers moi, mais Ellie lui crie que tout va bien ; on est suffisamment éloignés et elles éclatent de rire tandis que Will se met à pleurer parce que tout est terminé en l'espace de quelques secondes.

C'est mon plus ancien souvenir et j'éprouve toujours un grand plaisir à y repenser. La plupart de mes premiers souvenirs sont des bons moments. Ellie était toujours en train de rire et de jouer avec moi parce qu'elle savait y faire. C'était son travail, mais elle aimait ça. Maman était drôle aussi, mais d'une façon différente. Elle était plus sérieuse. Elle me lisait des livres, m'emmenait au musée et me faisait découvrir d'autres pays avec des coutumes différentes. Ellie m'emmenait au zoo, au cinéma et on vivait toutes sortes d'aventures. C'est ce dont je me souviens quand je pense à elle. Quand elles sont mortes, c'est comme si le rire avait disparu avec elles.

Je n'ai pas vraiment compris sur le coup quand M. Timmins m'a annoncé que ma mère et Ellie étaient mortes. La mort n'était pas quelque chose de réel pour moi. J'avais seulement huit ans à l'époque, et la mort était ce qu'on voyait à la télévision et dans les films ; les gens qui mouraient à l'écran ne mouraient jamais vraiment parce qu'on les revoyait ensuite dans d'autres films. Voilà comment je voyais les choses.

Je ne suis pas allé à l'enterrement et je n'ai donc jamais vraiment tourné la page, comme disent les thérapeutes. Quelques semaines après, Will est venu me voir avec tante Maddie à l'école. Ils m'ont expliqué que comme maman et Ellie étaient mortes, j'allais devoir rester à l'école pour les vacances parce que Will ne pouvait pas s'occuper de moi. Il allait entrer à l'université et en plus il était en train de monter son entreprise : Glengaming. Il a réussi à la mettre sur pied avant même d'avoir commencé son premier semestre à l'Imperial College. Il avait voulu la créer avant, mais maman lui avait dit qu'il fallait qu'il se concentre d'abord sur ses études. Quand elle est morte, il a hérité de tout l'argent et de la maison, ce qui a été une bonne chose parce que grâce à ça il a pu démarrer son business et ça lui a fait oublier ce qui était arrivé à maman et Ellie. C'était plus dur pour lui parce que étant plus âgé, il avait vraiment conscience de ce qui s'était passé. En y repensant, je suis vraiment heureux qu'il ait pu s'investir dans Glengaming. Maman aurait été très fière de lui.

J'ai commencé à véritablement comprendre à quel point ma vie avait changé quand la fin des cours est arrivée et que tout le monde est rentré chez soi sauf moi et Terrence Smith, dont les parents étaient tous deux scientifiques et travaillaient en Antarctique. Quand ils sont revenus quelques mois plus tard, ils ont donné une formidable conférence avec des diapos sur ce qu'ils avaient vécu tout en bas du monde. Et Terrence n'a plus eu besoin de rester à l'école pour les vacances.

M. Timmins et sa femme se sont occupés de moi pendant presque toutes les vacances ; ils étaient très gentils mais ils n'avaient pas d'enfants à eux et ils n'étaient pas très drôles. Je pleurais beaucoup la nuit. Maman et Ellie me manquaient énormément ; c'était comme si une main me pressait le cœur.

C'est au cours de cet été-là que j'ai commencé à m'intéresser au Sud-Est asiatique. Mme Timmins – elle n'arrêtait pas de me dire que je pouvais l'appeler Briony, mais ça me faisait trop bizarre – avait étudié le chinois et la géographie à l'université et elle avait passé un an à Hong Kong et à Shanghai. Elle me racontait ce qu'elle avait vécu là-bas et me montrait des diapositives de son voyage. Je crois que ça m'intéressait beaucoup parce que mon père, qui était ingénieur naval, avait passé une grande partie de son temps au Vietnam, en Thaïlande et aux Philippines. C'est devenu une véritable passion. J'ai essayé d'étudier cette région du monde à l'université, mais c'est à ce moment-là que les choses ont commencé à aller vraiment de travers pour moi.

Je pense que j'ai réussi à tenir le coup à l'école parce que c'était un endroit familier. Les gens imaginent que les Timmins étaient comme une seconde famille pour moi, mais ce n'était pas vraiment le cas. Ils étaient gentils, mais il y avait toujours une différence entre le temps de l'école et celui des vacances. Quand il y avait école, je devais agir comme n'importe quel élève. Je dormais dans le dortoir, je passais tout mon temps avec les autres enfants et les Timmins me traitaient exactement comme les autres. Quand l'école se terminait, j'emménageais dans une des chambres libres de leur annexe, je prenais mes repas avec eux et ça se passait bien. Quand je raconte ça aux gens, ils me regardent comme s'ils trouvaient ça bizarre.

Quand j'ai quitté l'école, je ne savais pas du tout comment j'allais pouvoir vivre. À cette époque, les affaires de Will marchaient très bien. Glengaming avait obtenu deux gros succès. Il venait juste d'épouser Lucy et il n'était donc pas très enthousiaste à l'idée que j'emménage chez eux. J'avais une place à St Andrews alors j'ai décidé de rester en Écosse. Will m'a aidé en me donnant de l'argent et j'ai trouvé un job d'été dans un bar de Kinross. Mais je ne m'en suis pas très bien sorti. Je n'étais pas très bien dans ma tête. Je ne savais pas quoi faire ni comment agir avec les gens. C'est à partir de ce moment-là que les choses ont commencé à aller de travers. En fait, je pense que ça faisait longtemps, mais j'ai mis du temps à m'en rendre compte. Tout s'est vraiment effondré dans ma vie le 5 mai 1994. Quand l'amour, le bonheur et le rire ont disparu avec la mort de maman et d'Ellie. À partir de là, plus rien n'a jamais été comme avant.

Karen sentit les larmes lui monter aux yeux en lisant les derniers mots de Gabriel. Si le capitaine Noble avait bien fait son travail, il aurait découvert ce document qui aurait étayé la thèse du suicide. Elle avait du mal à imaginer ce que Gabriel avait dû ressentir jour après jour, enfermé dans un univers d'où le bonheur avait disparu quand il avait seulement huit ans.

Huit ans. Karen se souvenait de ses huit ans. C'était l'année où ils étaient allés à Butlin's Ayr avec ses tantes, ses oncles et cinq de ses cousins. Le temps avait été nuageux mais il n'avait quasiment pas plu et ils avaient passé des heures sur la plage et sur l'aire de jeu du village de vacances. Il y avait eu un concours de beauté de la plus belle grand-mère et son père avait terminé deuxième au concours des genoux les plus moches. Elle avait mangé des beignets et avait fait un duo avec son cousin Donny au cours d'une soirée festive. La seule chose qui était allée de travers c'est qu'elle avait perdu une pièce de dix pence dans un caniveau… Elle avait grandi entourée par des gens qui l'aimaient même s'ils l'agaçaient parfois et lui faisaient de la peine sans le vouloir. Elle avait beaucoup de mal à imaginer quel genre de vie avait eu Gabriel.

Quant à son frère Will : qu'est-ce qui lui était passé par la tête pour laisser son frère tout seul comme ça, abandonné de ceux qu'il avait aimés ? Qui ferait ça à un petit garçon qui venait juste de perdre celle qu'il croyait être sa mère et celle qui était sa vraie maman ?

Elle pensait que l'album n'avait plus rien à lui révéler mais elle trouva une enveloppe blanche glissée entre les dernières pages. Elle n'était pas scellée. À l'intérieur, il y avait une petite liasse de coupures de journaux jaunies, devenues cassantes avec le temps. Elle les disposa devant elle et ne fut pas surprise de voir qu'elles concernaient le crash de l'avion. Elle ne savait pas qui avait réuni ces articles. Gabriel aurait été trop jeune pour les recueillir, en supposant même qu'il ait eu accès aux différents journaux.

Il y avait des articles du *Daily Mail*, du *Scottish Daily Record* et du *Edinburgh Evening News*. Il n'y avait rien là-dedans qu'elle ne sache déjà. Les quatre victimes avaient été photographiées à l'aérodrome avant de s'envoler vers leur destin, souriant aimablement devant l'objectif, Ellie levant le pouce.

Rien n'indiquait la provenance de la dernière coupure de journaux. Ça ressemblait à une coupure de presse d'un journal local qui faisait des reportages sur l'aérodrome d'Elstree. On retrouvait la même photo qui illustrait les autres articles, avec une différence néanmoins. C'était une version non recadrée de cette photo. Il y avait une cinquième personne dans le groupe, près d'Ellie.

Il s'agissait, indéniablement, de Frank Sinclair.

Karen prit une profonde inspiration. Que faisait Frank Sinclair à l'aérodrome ce matin-là ? Et pourquoi aucun des rapports ne mentionnait sa présence ? Qu'est-ce que cela signifiait ? Elle se frotta la joue d'un geste nerveux. Est-ce que ça signifiait quelque chose ? Était-ce juste un hasard ? À qui pouvait-elle demander ?

Elle photographia les coupures de presse avec son téléphone. Venir au cottage de Gabriel avait été une bonne décision. Comment Alan Noble avait-il pu rater tout ça ?

Karen referma l'album et le remit sur l'étagère ; elle plia ensuite la lettre, la replaça dans l'enveloppe et appuya sur le rabat pour la refermer. Ça ne collait plus aussi bien, mais ça ne donnait pas l'impression que quelqu'un l'avait ouverte. Elle la glissa au milieu de la pile de courrier qu'elle replaça sur le paillasson. Ce faisant, elle remarqua une enveloppe en provenance de Manille avec le mot « URGENT » griffonné sur un coin.

Elle la ramassa et la regarda. Elle ne voyait pas en quoi une lettre en provenance des Philippines pouvait avoir un quelconque rapport avec la mort de Gabriel. Elle la replaça au sommet de la pile et jeta un dernier coup d'œil à la pièce.

Sa visite lui avait donné matière à penser, presque un peu trop. Si Gabriel avait découvert la vérité, il avait dû comprendre qu'il avait droit à beaucoup plus que les quelques miettes laissées par Will. En tant que fils d'Ellie, il aurait pu réclamer ce qu'elle avait laissé sur son testament ; tout ce qui avait été ajouté à la fortune de Caroline et dont avait hérité Will. Comment leur relation en aurait-elle été affectée ? Elle allait devoir avoir une petite discussion avec Will Abbott au plus vite.

Et Frank Sinclair. Quel était son rôle dans tout ça ? Comment résoudre cette énigme ?

La première chose qu'elle devait faire, c'était mettre la main sur les analyses ADN de l'enquête initiale concernant le crash de l'avion. Pour l'instant, elle ne pouvait qu'émettre des hypothèses. Elle avait besoin d'éléments plus solides. Jusque-là, elle n'avait pas pu s'appuyer sur grand-chose pour contredire la thèse du suicide. Mais maintenant elle avait un mobile potentiel de meurtre.

46

Karen replaça la clé là où elle l'avait trouvée et remonta l'allée en direction de la porte d'entrée du cottage. Un petit crachin s'était mis à tomber pendant qu'elle était à l'intérieur, ce qui diminuait encore la visibilité. Elle referma le portail derrière elle et se dirigea vers sa voiture, qui était garée devant l'entrée d'une ferme à une cinquantaine de mètres de là.

Elle venait à peine de faire quelques pas quand tout à coup, derrière elle, un moteur se mit à vrombir et la route fut inondée de lumière. Elle se retourna vivement et vit une paire de phares fonçant sur elle, le moteur de l'engin ronflant bruyamment dans la nuit.

Cette voiture allait l'éviter. Le conducteur avait dû la voir. Comment aurait-il pu ne pas la voir ? Mais non. Le véhicule coupa la route et se dirigea vers l'accotement étroit où elle marchait. Pas le temps de réfléchir. Elle n'eut pas le temps de se poser plus de questions, la voiture fonçait déjà sur elle.

Karen se jeta sur le côté, contre une haie, tandis que le gros SUV la frôlait, un de ses rétroviseurs venant heurter son épaule. Elle poussa un cri ; l'impact la fit vaciller. Tandis qu'elle retrouvait son équilibre, elle entendit crisser les pneus du véhicule et vit la lumière de ses phares dessiner d'étranges formes sur les haies.

Elle comprit avec stupéfaction que le véhicule était en train d'effectuer un demi-tour pour revenir vers elle. Les phares l'éblouirent. Ce qui s'était passé n'avait rien d'accidentel. Au contraire, c'était délibéré. L'horreur de ce qui était arrivé à Phil moins d'un an auparavant la submergea et la panique monta en elle.

Elle essaya de s'enfoncer dans la haie mais les branches étaient trop serrées et elle était adossée à une clôture, la rendant infranchissable. Son épaule la faisait atrocement souffrir et ralentissait ses pensées et ses mouvements. Le SUV fonça de nouveau sur elle, roulant cette fois sur le bord de la route pour venir la percuter de plein fouet. Elle allait mourir là. Au milieu de nulle part. Chercher à poursuivre des chimères allait causer sa perte.

Tout à coup, sans qu'elle s'y attende, la cavalerie débarqua. Des gyrophares bleus illuminèrent bientôt la haie et la route. Une voiture de police arriva derrière elle. Le SUV recula précipitamment sur la chaussée et passa devant eux avant de disparaître en l'espace de quelques secondes. La voiture de police avait freiné brusquement en face de Karen ; le policier côté passager bondit du véhicule tandis qu'elle s'extirpait de la haie.

— Commandant Karen Pirie, cria-t-elle à son attention. Unité des affaires historiques.

Elle s'apprêtait à sortir sa carte professionnelle quand elle ressentit une douleur fulgurante à l'épaule qui la fit grimacer.

— Ce connard a essayé de me renverser. Lancez son signalement !

L'agent de police avait l'air déconcerté. Ce n'était en effet pas le genre d'incident auquel ils devaient être très souvent confrontés pendant une patrouille nocturne.

— Qu'est-ce qui se passe ? demanda son coéquipier, le rejoignant sur la chaussée, en voyant cette femme aux cheveux ébouriffés qui venait de sortir d'une haie.

Karen avait réussi à extraire sa carte de police de sa poche.

— Je suis policière. J'étais en train de rejoindre ma voiture, expliqua-t-elle en tendant le bras, et ce SUV sorti de nulle part m'a foncé dessus. À son premier passage il a heurté mon épaule avec son rétroviseur. Il a fait demi-tour pour terminer le travail quand vous êtes arrivés. Il faut prévenir vos collègues.

Le conducteur se gratta le menton.

— D'accord madame, mais qu'est-ce qu'on doit leur dire exactement ? J'imagine que vous n'avez pas fait attention à la marque, au modèle, à la couleur de la voiture ? On peut signaler un rétroviseur endommagé. Le conducteur est peut-être loin maintenant. L'autoroute ne se trouve qu'à quelques minutes d'ici.

Il avait raison et elle le savait. Karen se frotta l'épaule.

— Très bien. Mais vous pouvez au moins faire un rapport, n'est-ce pas ?

Ils échangèrent un regard et acquiescèrent en maugréant. Karen ne se faisait pas trop d'illusions. Celui qui conduisait le véhicule de police prit de nouveau la parole.

— Est-ce que je peux vous demander, madame, ce que vous étiez en train de faire sur une petite route de campagne au beau milieu de la nuit ?

— J'étais en train d'enquêter, messieurs, répliqua Karen en le regardant droit dans les yeux.

— Je demande ça parce que nous avons reçu un appel d'un voisin. Le propriétaire du cottage là-bas, dit-il en faisant un signe de la tête, est mort la semaine dernière. Mais le voisin a vu de la lumière dans cette maison au moment où il tirait les rideaux de sa chambre. Il nous a contactés et c'est pour cette raison que nous sommes venus. Il y a des salopards qui surveillent les notices nécrologiques et entrent par effraction dans les propriétés des gens décédés avant que la famille ait eu le temps de débarrasser quoi que ce soit.

Il fit une pause et attendit qu'elle réponde.

— Vous avez vu quelque chose, madame ?

Elle envisagea un instant d'éluder la question mais se ravisa :

— Ce n'était pas un cambrioleur.

— C'était vous dans le cottage ?

— Comme je vous l'ai dit, je mène une enquête relative à une affaire non élucidée. La mère de l'homme décédé a été assassinée il y a vingt-deux ans, et c'était notre dernière chance de voir s'il n'y avait pas chez Gabriel Abbott des documents dont on aurait négligé l'importance pour cette enquête, expliqua Karen, consciente que ses arguments n'étaient pas très convaincants. J'avais une clé, ajouta-t-elle en souriant.

Les deux hommes se regardèrent, l'air indécis. Karen savait que la dernière chose dont ils avaient envie à cette heure, c'était de se prendre la tête sur une affaire aussi compliquée, qui les occuperait jusqu'à la fin de leur service et sans doute au-delà.

— Mentionnez qu'il s'agissait d'une fausse alarme dans votre rapport, dit-elle. Pas besoin d'en faire toute une histoire.

Ils acquiescèrent, soulagés d'être débarrassés de ce problème. Le conducteur retourna dans la voiture et son coéquipier désigna l'épaule de Karen.

— À votre place, je ferais un saut à l'hôpital, pour qu'ils jettent un coup d'œil à cette épaule, dit-il. Elle a l'air douloureuse. Ça va aller pour conduire ?

— Ça va. C'est juste une contusion. Rien de cassé. Merci quand même.

— Je vais vous raccompagner jusqu'à votre véhicule, dit-il. Au cas où votre agresseur l'aurait endommagé avant de s'en prendre à vous.

Karen n'avait même pas pensé à ça dans le feu de l'action. La panique la saisit. Son agresseur pouvait très bien avoir fait exploser un avion. Elle marcha en traînant les pieds jusqu'à sa voiture et l'examina. Les pneus étaient intacts, il n'y avait aucune trace d'effraction au niveau des portières, du coffre ou du capot. Elle posa un genou à terre pour jeter un coup d'œil sous la voiture mais fut stoppée par une violente douleur à l'épaule.

— Vous pouvez jeter un œil dessous ? demanda-t-elle.

Il la regarda comme si elle était folle.

— Dessous ?

— S'il vous plaît. C'est l'explosion d'une bombe qui a provoqué la mort de la mère de Gabriel Abbott.

Un éclair de panique traversa les yeux du policier.

— OK.

Il sortit sa torche et se baissa à contrecœur sur le sol trempé. Il braqua sa lampe sous la voiture et regarda à gauche et à droite.

— Il n'y a rien, dit-il en se relevant et en regardant avec dégoût son pantalon mouillé.

Alors seulement, Karen appuya sur la télécommande permettant de déverrouiller les portières. Elle se glissa maladroitement derrière le volant et dit au revoir à l'agent de police. Avant de démarrer, elle fouilla dans son sac et trouva une plaquette d'ibuprofène. Elle en avala trois sans eau et se mit en route en se demandant tout le long du trajet qui elle avait pu contrarier au point qu'on cherche à la tuer, et ce qu'elle avait fait pour provoquer ça.

47

Karen trouvait qu'elle était quelqu'un de plutôt stoïque, mais en se levant le lendemain matin elle ne put s'empêcher de gémir. Son épaule la faisait souffrir, la douleur irradiait dans son bras et dans tout le haut du corps. Elle se déplaça en boitillant jusqu'à la salle de bains pour s'inspecter dans le miroir. Un hématome violet et noir recouvrait son épaule gauche et s'étendait sur son bras et sa clavicule. Ses muscles étaient tendus si bien que le moindre mouvement la faisait souffrir. Elle avait dormi par intermittence, se réveillant à chaque fois qu'elle changeait de position. Elle avait de gros cernes sous les yeux.

La douche apaisa un peu la douleur, mais chaque mouvement lui demandait beaucoup d'efforts. Elle trouva un tube de fond de teint dans l'armoire de toilette de la salle de bains et s'en appliqua sur le visage, pour masquer les traces les plus visibles de sa souffrance et de son manque de sommeil. Après s'être habillée, avoir bu un café et repris de l'ibuprofène, elle se regarda dans un miroir une dernière fois.

— Pas si mal, marmonna-t-elle avant de partir pour le commissariat.

Le Macaron la fit attendre pendant vingt-cinq minutes. C'était sa façon de la punir pour être venue sans rendez-vous.

Quand elle fut finalement autorisée à entrer, il lui lança un regard sévère.

— Vous boitez ? demanda-t-il.

— Je suis tombée, répondit-elle, ne préférant pas parler des événements de la veille.

— Vous devriez faire plus attention, lui recommanda-t-il sur un ton moqueur.

— C'est vrai. La raison pour laquelle je voulais vous voir, c'est que nous sommes à peu près certains d'avoir retrouvé le père biologique de Ross Garvie.

— À peu près certains ? Qu'est-ce que ça veut dire ?

— Nous avons deux témoins qui l'ont identifié comme étant le petit ami de la mère.

— Et la mère ? Qu'est-ce qu'elle dit ?

— Nous n'avons pas encore réussi à la retrouver. Elle est partie vivre en Irlande il y a une dizaine d'années et s'est mariée là-bas. Un simple test ADN nous dira si c'est notre homme, ce qui me semble une meilleure option que d'embarquer la Garda Síochána[1] là-dedans. Si nous sommes sur la mauvaise piste, nous passerons alors au plan B.

Lees tapota son stylo sur son bureau tout en réfléchissant.

— Pourquoi êtes-vous venue me parler de ça ? D'habitude vous décidez toute seule de la façon dont vous allez mener vos opérations et je ne suis au courant que des résultats. Sauf quand les choses vont de travers. Comme avec cette histoire à Oxford qui continue de faire des remous.

Karen resta imperturbable, refusant de céder à la provocation.

— Par politesse. Le père biologique supposé de Ross Garvie était dans l'armée quand la mère est tombée enceinte de lui. Il a quitté l'armée il y a plusieurs années et a rejoint

1. Police de la République d'Irlande. (*N. d. T.*)

les rangs de la police de Strathclyde. Il est aujourd'hui officier armé dans la police écossaise. Il effectue des patrouilles de routine à l'aéroport de Glasgow. J'ai besoin de l'autorisation officielle d'un supérieur pour pouvoir l'interroger.

Le Macaron avait l'air inquiet à présent.

— Vous suggérez sérieusement qu'un de nos collègues a violé… comment s'appelle-t-elle déjà ?

— Tina McDonald.

— Merci. Violé et assassiné Tina McDonald ?

— C'est une possibilité. Nous pourrons en avoir la certitude après avoir effectué un test ADN.

Il avait l'air peu enclin à accepter, mais elle était décidée à ne pas lui laisser gagner la partie. Heureusement, elle savait comment s'y prendre avec le Macaron.

— Je comprendrais bien sûr que vous préfériez attendre que je demande à la Garda de retrouver Jeanette MacBride et que nous allions ensuite, Jason et moi, en Irlande pour confirmer nos soupçons. Quoi qu'il en soit, nous ne pouvons clairement pas faire l'impasse sur cette affaire après la publicité qu'elle a eue.

— À qui la faute ? grommela-t-il.

— À celui ou celle qui a volé l'ordinateur portable de Phil, répliqua Karen posément. Alors, qu'est-ce qu'on fait ? Un rapide saut à l'aéroport de Glasgow pour prélever un échantillon de salive ou une opération de la Garda potentiellement très coûteuse ?

Lees lâcha son stylo sur la table.

— Vous ne me laissez pas beaucoup de choix, commandant Pirie. Vous savez à quel point nos ressources sont limitées. Nous devons les utiliser avec parcimonie.

Il poussa un soupir.

— Très bien. Vous avez ma permission pour interroger ce policier. Comment s'appelle-t-il ?

— Darren Foreman.

— Allez-y, dit-il d'un air pourtant contrarié.

Karen se leva trop rapidement et une douleur lui traversa l'épaule.

— Je vais m'en occuper sans plus attendre.

— Et assurez-vous de revenir avec son ADN. Je ne veux pas qu'il en profite pour prendre la poudre d'escampette un fois qu'il sera mis au courant. Faites votre travail et pas d'excuses.

Il se tourna vers son ordinateur pour lui faire comprendre que leur entretien était à présent terminé.

*

Il n'y avait que des œuvres d'art s'élevant au bord de la route pour briser la monotonie du paysage le long de la M8 en direction de Glasgow. Elles étaient censées avoir un rapport avec les lieux. Il y avait *The Horn*, un mégaphone géant en aluminium censé transmettre de la musique et des messages que personne ne pouvait entendre à cause du bruit de la circulation ; *The Sawtooth Ramps*, une série de pyramides recouvertes d'herbe supposées symboliser les monticules de schiste qui parsemaient autrefois le paysage ; *Big Heids*, trois têtes géantes en trois dimensions fabriquées par des apprentis métallurgistes dans le cadre d'un projet d'ingénierie à partir de tubes en acier ; il y avait aussi la sculpture en acier du Cheval de Clydesdale qui célébrait l'élevage du cheval de labour. D'autres constructions avaient fait leur apparition au fil des années, mais Karen n'aurait su dire si elles étaient artistiques ou fonctionnelles. Comme ces trois structures qui ressemblaient à des grues près de Livingston et semblaient avoir été fabriquées avec des pièces de Meccano, ou ce revêtement métallique d'un centre commercial de la banlieue est de Glasgow.

Elle savait très bien qu'au lieu de s'interroger sur l'art conceptuel, elle aurait mieux fait de réfléchir à la façon dont elle allait s'y prendre avec Darren Foreman. Cela étant, elle n'appréhendait pas l'interrogatoire, qu'il se montre coopératif ou non. S'il ne l'était pas, l'enquête était foutue. Il avait sans doute été formé par l'armée et la police pour faire face à un interrogatoire. Aucune des petites techniques de Karen ne parviendrait à le déstabiliser. Ça ne servait donc pas à grand-chose de passer en revue les différentes options.

Cependant, il y avait une chose qu'elle pouvait faire. Pendant que Jason conduisait, elle avait le temps de passer quelques coups de fil. Elle téléphona au département des pièces à conviction qui se trouvait dans un grand entrepôt près du QG de Gartcosh. La plupart de leurs affaires étaient reliées à des dossiers stockés sur le site où atterrissaient tous les indices matériels et la paperasse inhérents aux affaires non élucidées. L'Unité des affaires historiques s'y rendait régulièrement et repartait souvent avec des cartons remplis de dossiers.

Quelqu'un qui paraissait trop jovial pour travailler dans un entrepôt de pièces à conviction décrocha au bout de la troisième sonnerie. Karen se présenta et expliqua ce qu'elle cherchait.

— Quatre meurtres, le 5 mai 1994. Un Cessna a explosé dans le ciel au-dessus de Galashiels. Les victimes étaient Richard Spencer, député, sa femme Mary et leurs amies Caroline Abbott et Ellie MacKinnon. J'ai besoin des dossiers concernant cette affaire et tout particulièrement des analyses ADN des quatre victimes.

À l'autre bout du fil, le policier répéta ce qu'elle avait demandé ; elle confirma.

— Pour quand souhaitez-vous avoir accès à tout ça ? demanda-t-il sur un ton un peu moins enjoué.

— Je suis actuellement en route vers Glasgow. Je serai de retour dans l'après-midi. Vous pensez que ce sera disponible à ce moment-là ?

— Les dossiers seront prêts à partir de seize heures, commandant.

— Excellent. À plus tard, dit-elle avant de raccrocher. On fera un petit détour par le centre d'archivage au retour.

— Est-ce que vous avez parlé de l'explosion d'un avion ? De quoi il s'agit ? demanda Jason.

— C'est une autre affaire non élucidée sur laquelle je me suis penchée. C'est pourquoi le Macaron était d'humeur massacrante avec moi l'autre jour. Je ne suis pas allée à Londres pour le plaisir. J'y étais pour suivre quelques pistes.

— Ce n'est pas inscrit sur le tableau, dit-il, faisant référence à la liste d'affaires sur lesquelles ils travaillaient.

— C'est vrai, répondit-elle. Je n'étais pas sûre que ça nous concernait. Mais plus je m'intéresse à ce dossier, plus j'ai la conviction que tout ne s'est pas passé comme on le croit en 1994.

Jason fronça les sourcils, intrigué.

— Quoi ? Vous pensez que l'avion n'a pas explosé ?

— Si, l'avion a bien explosé. Mais peut-être que nous nous trompons sur l'identité des coupables.

— Mais… si on s'intéresse à cette affaire, ça veut dire qu'elle n'a pas été élucidée. J'ai cru comprendre que vous disiez qu'on connaissait les auteurs. Je ne suis plus.

Karen réprima un soupir, s'agita sur son siège et déplaça la partie supérieure de la ceinture de sécurité qui lui comprimait l'épaule.

— On a supposé que les auteurs de l'attentat étaient des membres de l'IRA ou d'un groupe dissident parce qu'une des victimes était un ancien ministre aux Affaires nord-irlandaises et que les terroristes irlandais étaient assez actifs à l'époque.

— Et vous pensez qu'on a fait erreur.

— Oui.

— Pourquoi ?

— Parce que je commence à croire que Richard Spencer n'était pas la cible.

Karen exposa les grandes lignes de ce qu'elle avait découvert jusque-là et ce qu'elle soupçonnait au sujet de la mort de Gabriel Abbott.

Jason était de plus en plus déconcerté.

— Je ne vois pas trop où vous voulez en venir, chef. J'ai l'impression que vous imaginez des choses.

Karen hésita un instant avant de répondre :

— Peut-être, mais alors comment expliquer que quelqu'un ait essayé de me tuer hier soir ?

Il tourna la tête vers elle, l'air horrifié.

— Quoi ?

— Regarde la route, Jason !

Il se concentra de nouveau sur sa conduite.

— Vous êtes sérieuse ?

— À ton avis ?

— Vous ne faites pas ce genre de blague habituellement… Qu'est-ce qui s'est passé ?

Karen lui raconta. Il écouta attentivement avant de pousser un long sifflement.

— Ça craint, dit-il. Comment est-ce qu'il savait où vous vous trouviez ?

— C'est une bonne question. Soit l'agresseur me suivait parce qu'il n'aime pas trop les questions que je pose, soit il surveillait le cottage et n'a pas apprécié que je m'y introduise.

— Ou alors…, balbutia Jason en lui lançant un coup d'œil incertain.

— Ou alors quoi ?

— Ou alors ce n'était qu'un pur hasard si votre agresseur est arrivé à ce moment-là. Peut-être qu'il était venu chercher la même chose que vous. Et qu'il a paniqué en vous voyant ?

— En effet, répondit Karen.

Jason faisait des progrès, aucun doute là-dessus.

— Ce qui est sûr en tout cas, c'est qu'il se passe quelque chose.

— Ça, c'est certain. Peut-être que vous avez mis le doigt sur un truc. Bon, mais qu'est-ce qu'on va faire maintenant ?

— On va résoudre cette affaire.

Elle n'avait pas le choix. Si quelqu'un cherchait à s'en prendre à elle, faire éclater la vérité était le meilleur moyen de désamorcer la situation.

— Nous irons chercher les pièces du dossier concernant l'explosion de l'avion sur le chemin du retour. Mais pour le moment, je veux que tu te concentres sur Darren Foreman, dit-elle. Prochaine sortie, l'aéroport de Glasgow.

*

Le patron de Darren Foreman était un homme taciturne à la voix douce qui contrastait avec son apparence. Il avait un visage aussi austère et presque aussi anguleux que la face nord du mont Buachaille. Il les conduisit dans une petite salle d'interrogatoire derrière la zone de sécurité de l'aéroport où il les abandonna.

— Je vais chercher Darren, dit-il.

L'unique décoration de la pièce était une affiche du ministère de l'Intérieur montrant les différents objets qu'un voyageur ne pouvait plus emporter avec lui à bord d'un avion. La pièce sentait le désodorisant au citron qui essayait de masquer une odeur âcre de transpiration. Karen chercha une position confortable sur sa chaise en plastique, mais c'était trop en demander, d'autant que son épaule continuait de la faire souffrir.

Ils n'eurent pas à patienter longtemps. La porte s'ouvrit et un homme de taille moyenne entra. Son gilet pare-balles et son équipement lui donnaient une apparence robuste. Il portait un semi-automatique Heckler & Koch. L'homme les regarda de la tête aux pieds. Sous sa casquette dépassaient des cheveux aussi noirs que ceux de Ross Garvie. Il était tentant de déceler des points communs entre eux, mais Karen n'aurait pu affirmer avec certitude qu'ils se ressemblaient. Foreman la dévisagea avec ses yeux bleus comme s'il voyait en elle une dangereuse adversaire.

Son chef apparut derrière lui et lui dit :

— Darren, je vais prendre ton arme.

Sans répliquer quoi que ce soit, Foreman passa la sangle de son arme par-dessus sa tête pour la lui tendre. Son supérieur prit la mitrailleuse et sortit en refermant la porte derrière lui.

— Je vous en prie, asseyez-vous, agent Foreman, dit Karen.

Tandis qu'il s'installait sur la chaise en face d'elle, jambes écartées, mains sur les genoux, elle se présenta puis présenta Jason.

— Je ne comprends pas, dit Foreman. Qu'est-ce que me veut l'Unité des affaires historiques ?

— Nous aimerions vous interroger dans le cadre d'une enquête officielle, expliqua Karen.

Elle fit un signe de tête à Jason qui récita la formule.

Darren Foreman recula sur sa chaise.

— Vous feriez bien de me dire de quoi il s'agit ou je sors d'ici.

— Ce ne serait pas une bonne idée, répliqua Karen. Qu'en penserait votre supérieur si vous refusiez de coopérer avec la police en mission officielle ? Je pense qu'on ne vous confierait plus pour très longtemps votre jolie petite mitrailleuse, dans ces circonstances. Écoutez, Darren, la meilleure chose à faire pour tout le monde, c'est de vous détendre et de répondre à mes questions.

Il croisa les bras sur sa poitrine.

— Allez-y.

— Connaissez-vous ou avez-vous connu une femme du nom de Jeanette MacBride ?

Perplexe, méfiant, Foreman se redressa sur sa chaise.

— Je suis sortie avec une Jeanette MacBride.

— Pouvez-vous nous dire quand ?

Il leva les yeux puis réfléchit un instant.

— Ça doit remonter à dix-sept, dix-huit ans. J'étais dans l'armée à l'époque. Vous pouvez vérifier dans mon dossier. Ça s'est terminé parce que mon unité a été mobilisée et envoyée à Berlin.

— Vous êtes sûr que c'est ce qui a mis fin à votre relation ?

Il remua sur sa chaise.

— Pourquoi vous me demandez ça ?

— Ça ne serait pas lié au fait qu'elle vous a annoncé être enceinte de vous ?

Foreman serra les poings.

— Je partais pour Berlin. Je lui ai dit que c'était terminé entre nous et qu'elle devait avorter parce que je n'avais aucune intention de devenir papa. J'étais jeune et stupide à l'époque, commandant.

— Est-ce qu'elle vous a dit qu'elle avait accouché ?

— Je n'ai jamais ouvert ses lettres, je les jetais à la poubelle. Comme je vous l'ai dit, je n'étais pas prêt pour avoir des enfants. Il m'a fallu encore cinq ans avant d'envisager d'en avoir.

— Vous n'étiez donc pas au courant qu'elle avait eu un fils ?

Il secoua la tête.

— Et qu'elle l'avait fait adopter ?

Il secoua de nouveau la tête.

— Écoutez, j'ai deux filles aujourd'hui. Je ne me sens aucunement lié à un adolescent que je n'ai jamais vu. L'homme et la femme qui l'ont élevé sont ses parents.

— Entendu. Je pense qu'ils seraient d'accord avec vous.

— Alors, qu'est-ce que je fais ici ?

— Monsieur Foreman, où étiez-vous le soir du 17 mai 1996 ?

— Quoi ? demanda-t-il, l'air perdu.

— C'est une question simple. Le 17 mai 1996.

— Vous voulez dire, où j'étais, ou ce que je faisais précisément ? demanda-t-il en se penchant en avant, mains sur les genoux. Parce que je n'ai pas la moindre idée de ce que j'étais en train de faire ce soir-là. Par contre, voici ce que je peux vous dire : ce soir-là, comme tous les autres des mois d'avril, mai, juin et de la moitié de juillet 1996, j'étais à la caserne de Gun Club Hill à Hong Kong.

48

Jason brisa le long silence qui avait suivi les paroles de Foreman.

— Vous pouvez le prouver ? demanda-t-il.

— Ce n'est pas à moi de le prouver, c'est votre travail. Vérifiez dans les archives de l'armée. Comme ça, vous saurez où je me trouvais à cette date. D'ailleurs, pourquoi vous voulez savoir où j'étais ce soir-là ?

Karen avait repris ses esprits.

— Une jeune femme du nom de Tina McDonald a été violée et assassinée dans une ruelle de Glasgow. Son meurtrier a laissé des traces d'ADN sur les lieux du crime. Pour des raisons qui n'ont sans doute aucun intérêt pour vous, vu ce que vous venez de nous dire, nous avons prélevé récemment un échantillon de l'ADN de votre fils biologique. Nous avons obtenu une concordance familiale dans les données ADN. J'imagine que vous comprenez ce que cela signifie ?

Foreman écarquilla les yeux.

— Un parent proche de sexe masculin. Et vous avez pensé que c'était moi ? dit-il d'un air indigné.

— Vous ne pouvez pas nous le reprocher, répliqua Karen.

Tant qu'elle n'aurait pas vérifié les archives de l'armée, elle ne renoncerait pas à considérer Darren Foreman comme suspect. Mais ça pourrait être utile de lui laisser croire le contraire. Ne serait-ce que pour obtenir son ADN sans trop de complications.

— Je n'aurais pas bien fait mon métier si je n'avais pas essayé de vous retrouver. Est-ce que vous acceptez de nous donner un échantillon de votre ADN afin que nous puissions vous écarter définitivement de la liste des suspects ? Vous savez que ce n'était pas vous, vous n'avez donc rien à perdre, dit-elle en arborant son plus beau sourire.

— Il a des problèmes, le fils de Jeanette ?

— Je ne vais pas vous mentir. Il est dans une situation grave. Mais il n'y a rien que vous puissiez faire pour l'aider, je peux vous l'assurer. Alors, Darren, qu'est-ce qu'on fait pour l'ADN ?

Il poussa un gros soupir.

— OK, dit-il.

Il connaissait la procédure. Il avait dû voir ça assez souvent, pensa-t-elle. Jason lui tendit le long écouvillon pour effectuer le prélèvement et Foreman le frotta vigoureusement à l'intérieur de sa bouche, de chaque côté des joues, avant de le glisser dans un tube. Jason le scella et nota sur l'étiquette le lieu, l'heure, la date, le nom du donneur et celui de l'officier en charge du prélèvement.

— Avez-vous d'autres enfants ? demanda Karen.

Foreman ricana.

— Vous me prenez pour qui ? Écoutez, j'ai fait une bêtise avec Jeanette. Après ça, j'ai été très prudent. J'ai toujours utilisé un préservatif. Jusqu'à ce que je me marie, bien sûr. Je ne voulais pas avoir d'autres mauvaises surprises.

Une idée lui traversa manifestement l'esprit et il se redressa sur sa chaise.

— Merde, dit-il doucement. Si vous cherchez des parents proches de mon fils, il faut que je vous dise que j'ai un frère.

Ou plutôt *j'avais* un frère. Il est mort il y a environ dix-huit mois. Un stupide accident sur le chantier où il travaillait.

Karen sentit ses poils se hérisser sur sa nuque.

— Vous savez où il se trouvait en 1996 ?

Il secoua la tête.

— Nous n'étions pas proches. Gary et moi, c'était le jour et la nuit. Une des raisons pour lesquelles je suis entré dans l'armée, c'est que je ne voulais pas finir comme lui. Il avait trois ans de plus que moi ; c'était un bon à rien.

— Est-ce que vous connaissez quelqu'un qui pourrait nous dire où il se trouvait et ce qu'il faisait au moment des faits ?

Foreman hocha la tête.

— Ma mère. Elle l'aimait comme la prunelle de ses yeux. Peu importe ce que Gary faisait, ce n'était jamais sa faute. Le monde entier était contre lui, d'après elle.

Il y avait de l'amertume dans sa voix.

— Elle vous racontera tout en détail.

— Merci. Où est-ce que je peux trouver votre mère ?

— Linlithgow, 39 Strathmore Court.

Jason nota les informations.

— Elle est chez elle en ce moment ?

— Aucune idée. Écoutez, elle n'est pas en très grande forme. Si vous pouviez patienter jusqu'à demain matin, ça me laisserait le temps de l'appeler et de m'assurer qu'elle sera prête à vous recevoir. Ça lui donnera l'occasion de faire travailler sa mémoire et vous obtiendrez les informations que vous cherchez, dit-il avant de baisser les yeux. Je n'aurais jamais fréquenté un gars comme lui, si ça n'avait pas été mon frère. Mais j'ai du mal à croire qu'il aurait pu commettre un viol et un meurtre.

— S'il n'en est pas l'auteur, nous ne lui collerons pas ça sur le dos par commodité, dit Karen. Je vous le promets.

— Mais s'il est coupable, il s'en est sorti en toute impunité et donc ma mère a échappé à vingt années de honte. Je ne peux pas dire que ça me chagrine.

Foreman se leva.

— C'est terminé ? Je dois aller rejoindre mon collègue de patrouille car tant que je suis ici, il ne peut rien faire.

Karen fit un geste en direction de la porte.

— Vous êtes libre de partir. Merci pour votre coopération.

Ils le regardèrent sortir.

— Va trouver son chef et demande-lui si Foreman a parfois un comportement bizarre. Tant que nous n'aurons pas les résultats des tests ADN, je ne le croirai pas sur parole.

*

Entre les travaux de voirie, la circulation à l'heure de pointe, le détour par le labo à Gartcosh pour déposer l'échantillon d'ADN et enfin l'arrêt à l'entrepôt de pièces à conviction pour récupérer six boîtes de documents, le trajet retour leur parut interminable.

— C'est l'essentiel, affirma l'employé très serviable de l'entrepôt. Il y a tout un tas de comptes rendus d'interrogatoires de témoins non classés, mais je me suis dit que vous pourriez commencer par ces cartons. Si vous avez besoin du reste, on pourra toujours aller le chercher, pas de souci.

De retour au bureau, Jason montra des signes de fatigue après avoir déchargé les cartons pour épargner l'épaule de Karen.

— Rentre chez toi, lui dit-elle. On part demain matin pour Linlithgow, donc fais en sorte d'arriver tôt au bureau.

Jason regarda les cartons d'un air dubitatif.

— Vous allez commencer à les examiner ce soir ?

— Peut-être.

— Je n'ai pas à me mêler de vos affaires, chef, mais je crois que vous feriez bien de rentrer chez vous. Je veux dire, après ce qui s'est passé la nuit dernière. Vous avez une sale tête. Enfin, l'air fatigué, se corrigea-t-il en hâte en voyant l'expression qui était apparue sur son visage. La plupart des gens ne seraient pas venus au travail si quelqu'un avait essayé de les renverser dans le but de les tuer.

Il n'avait pas tort, pensa-t-elle. Mais elle n'était pas comme la plupart des gens et ne pensait pas qu'elle arriverait à se reposer.

— Je veux juste jeter un œil aux profils ADN, dit-elle. J'ai photographié ceux qui se trouvaient dans la lettre de Gabriel Abbott et je les ai envoyés à River hier soir. Il faut que je lui donne des éléments de comparaison.

Jason souleva le premier carton et le posa sur son bureau.

— Je vais vous donner un coup de main, alors. Mais seulement si vous me promettez d'arrêter de travailler une fois qu'on les aura trouvés, répliqua-t-il en souriant d'un air gêné, se demandant s'il n'avait pas dépassé les bornes.

Karen eut un sentiment troublant de déjà-vu : ce que Jason venait de dire était le genre de phrases que Phil aurait pu prononcer à l'époque où ils travaillaient ensemble. Elle essaya de ne plus y penser mais elle se souvint alors des récriminations de Jason. Elle devait faire des efforts.

— C'est le genre de marché qu'aurait pu me proposer Phil, avoua-t-elle.

Un éclair de panique passa dans les yeux de Jason avant qu'il comprenne qu'il ne s'agissait pas d'un reproche. Il afficha un sourire incertain.

— J'ai appris quelques petites choses grâce à lui.

Il posa le couvercle du carton et l'index de son contenu contre l'écran de son ordinateur et commença à passer au crible les dossiers.

— La première tournée est pour vous. C'est un autre truc que j'ai appris de Phil.

Karen ne put s'empêcher de sourire. Un sourire triste et poignant, mais un sourire néanmoins. C'était un début. Elle s'assit par terre à côté d'un des cartons, en essayant de ne pas grimacer à cause de son épaule douloureuse. Elle commença par classer les papiers. Ils procédaient selon un système mis au point au fil des ans. Cela consistait à faire plusieurs piles. Preuves, photos de la scène de crime, analyses, témoignages, informations concernant les suspects. Ensuite ces piles étaient elles-mêmes divisées en d'autres tas selon les informations que recherchaient Karen et Jason. Parfois, ils les classaient par date, parfois par sujet, parfois par personne. C'était la méthode de Karen que Jason avait adoptée sans rechigner depuis qu'il avait rejoint l'Unité.

Ils examinèrent les documents qui semblaient avoir été jetés au hasard dans les boîtes, sans la moindre logique.

— C'est le chaos, se plaignit Jason.

— C'était un gros dossier, dit Karen. Beaucoup de gens ont dû travailler dessus. L'affaire a sans doute été réexaminée à un moment donné, ce qui expliquerait pourquoi les index sur les couvercles n'ont aucun rapport avec l'organisation des documents, qui ne sont peut-être même pas dans les bons cartons. Je n'arrive pas à comprendre pourquoi les gens ne remettent pas les choses là où ils les trouvent, marmonna-t-elle.

Dans le deuxième carton, elle finit par dénicher ce qu'elle cherchait : une enveloppe plastifiée avec les données ADN des quatre victimes tuées dans le Cessna. C'était de cette façon qu'ils avaient pu confirmer leur identité. Des échantillons avaient été prélevés chez eux – sur leur brosse à cheveux, leur brosse à dents, dans leur panier à linge – et comparés à l'ADN pris sur les fragments de chair et d'os retombés au sol.

— Eurêka ! s'exclama-t-elle. Tu peux arrêter, maintenant.

Jason leva la tête, l'air hébété.

— Pardon ?

— J'ai trouvé l'ADN. Tu peux arrêter pour ce soir.

Il afficha un grand sourire.

— Super. J'étais un peu perdu dans tous ces papiers. Je suis content de ne pas avoir été un des gars envoyés sur le site du crash. Des débris d'avion et des morceaux de corps, je ne peux pas imaginer pire puzzle.

Karen se leva en poussant un gémissement à cause de la douleur.

— Moi non plus. Il faut que je scanne les données ADN de Caroline et Ellie avant de les envoyer à River. On est mercredi, elle sera encore au labo. On pourra ensuite aller au pub. Mais juste pour un verre, parce que tu dois rentrer à Kirkcaldy en voiture.

Il fit une moue de dégoût.

— Il faut que je trouve un autre endroit où vivre. C'est super que ma mère me prépare mon petit déjeuner, mais c'est trop pénible de faire des allers-retours en voiture tous les jours. Je vais commencer à chercher autre chose ce week-end.

— Pas avec des étudiants, Jason. Peut-être qu'il serait temps que tu songes à acheter ?

Il eut l'air effaré.

— Je ne pense pas, répondit-il. Acheter ? C'est pour les grandes personnes.

Karen se mit à rire pendant qu'elle posait le profil ADN de Caroline Abbott sur la vitre du scanner.

— Tu es une grande personne, Jason. Il est temps que tu agisses en adulte.

Il secoua la tête.

— Pour ça, vous savez mieux vous y prendre que moi, chef.

Elle scanna la seconde feuille en secouant la tête.

— Je vais te dire un secret, Jason. C'est ce que je laisse croire aux autres. Mais au fond de moi, j'ai peur, comme tout le monde.

49

Le docteur River Wilde était encore au labo. À chaque fois qu'elle était à Dundee, elle travaillait aussi longtemps que possible, à la fois pour justifier le marché qu'elle avait conclu avec l'université, mais aussi parce qu'il n'y avait rien d'attrayant dans le petit studio qu'elle louait près de Victoria Dock. Elle était en train de manger une pizza à son bureau tout en parcourant une thèse de doctorat sur les analyses chimiques de l'émail dentaire quand le message de Karen apparut dans sa boîte mail.

Elle ouvrit les pièces jointes, les imprima et lut le mail. Elle mit ensuite la thèse de côté et prit l'analyse ADN de Frank le chien qui était arrivée de l'école vétérinaire dans l'après-midi accompagnée de ce commentaire : « Ça ne ressemble pas vraiment à un chien pour moi ! »

À présent, elle avait cinq profils ADN à comparer. Pour ne pas influencer son jugement, Karen ne lui avait pas dit à qui ils appartenaient. Les deux profils qu'elle lui avait envoyés par téléphone étaient qualifiés par les lettres A et B ; les deux qu'elle venait juste de lui faire parvenir par les lettres C et D. Sans oublier Frank le chien, bien sûr.

River posa les cinq profils devant elle. Ils faisaient penser à des codes-barres allongés. Pour un œil novice, il y avait peu de ressemblances entre eux. Mais même si ce n'était pas son domaine d'expertise, River avait déjà eu des comparaisons ADN entre les mains et elle avait appris à interpréter les résultats des analyses.

Elle posa les différents profils les uns à côté des autres jusqu'à ce qu'elle se fasse une idée précise des liens existants entre eux. Selon toute probabilité, C était la mère de A, dont l'ADN du père ne se trouvait pas dans la sélection en face d'elle ; quant à B, il était l'enfant de D et de Frank le chien. A et B n'avaient aucun lien de parenté.

Elle revérifia les résultats et les envoya à Karen par mail en pièces jointes.

« J'espère que ça te sera utile, ajouta-t-elle dans son message. Passe-moi un coup de fil si tu veux en parler. »

Presque aussitôt, l'icône FaceTime de River se mit à gazouiller. Elle se connecta avec Karen, qui avait l'air à la fois fatiguée et enthousiaste.

— Merci de m'avoir répondu, dit-elle. J'ai juste besoin de revoir tout ça avec toi pour être certaine d'avoir bien compris.

— OK. Mais tu as surtout l'air d'avoir besoin de repos, répliqua River.

— J'ai eu un petit accrochage avec un SUV hier soir.

— Quoi ? Tu as eu un accident de voiture ?

— J'ai eu un genre d'accident, mais je n'étais pas en voiture. Quelqu'un a essayé de me renverser. Si une patrouille de police n'était pas passée par là au bon moment, le conducteur serait sans doute parvenu à ses fins.

— Mais c'est terrible, Karen. Tu sais qui c'était ?

— Je n'en ai aucune idée. Le principal suspect dans l'affaire sur laquelle je travaille officiellement est probablement mort, donc je ne pense pas que ce soit lui. Si c'est à cause de mon intérêt pour l'affaire Gabriel Abbott, je n'ai pas suffisamment avancé pour savoir qui voudrait m'empêcher d'en découvrir davantage.

— Tu ferais bien de te dépêcher avant que celui ou celle qui t'en veut finisse par réussir son coup. Est-ce que les policiers l'ont attrapé ?

— Non. Le temps qu'ils comprennent, le conducteur était déjà loin.

— Ça s'est passé où ?

— Près de Kinross. Du côté du Loch Leven.

— Ils ne pouvaient pas utiliser le système de reconnaissance automatique des plaques ?

Karen haussa les épaules.

— Inutile. Il a pu s'enfuir dans six directions différentes en quelques minutes.

— Oh, arrête, Karen. C'est pas le moment de jouer les héroïnes. Kinross la nuit, ce n'est quand même pas le périphérique londonien. Même si ce n'était pas loin du Perthshire, il ne devait pas y avoir beaucoup de SUV roulant à toute allure en pleine nuit. Vois ça avec eux. Parles-en à ceux qui surveillent le secteur. Parce que celui qui a tenté de te renverser pourrait bien recommencer, dit River avec colère. Je ne veux pas aller à un autre enterrement.

Karen eut l'air bouleversé.

— Je serai prudente, répondit-elle.

— Phil était prudent, répliqua River calmement.

— Je sais, dit Karen. À chaque fois que je me suis réveillée, cette nuit, j'ai revu le moment où le SUV me fonçait dessus et j'ai pensé à ce que Phil avait dû ressentir avant de mourir. Voilà pourquoi je serai prudente.

— La prudence ne suffit pas. Il faut que tu contactes tes collègues qui s'occupent de la circulation. Promets-moi de le faire.

Karen détourna les yeux.

— Je le ferai. OK ? Promis.

— Est-ce que tu as été heurtée par cette voiture ? Parce que tu es très pâle et tu te tiens bizarrement.

— J'ai reçu un coup de rétroviseur dans l'épaule, c'est tout. C'est juste contusionné. Rien de cassé. Et j'ai du travail. Des dossiers sur lesquels La Menthe ne peut pas avancer tout seul. Des affaires comme celle-ci. J'ai besoin d'être sûre d'avoir bien compris. Ce que tu m'as envoyé est clair, mais j'ai besoin de ta confirmation avant de passer à l'action.

Elle but une gorgée d'un liquide pétillant.

— C'est un bon antalgique, le gin, dit sèchement River. N'en abuse pas quand même.

— Non, à moins que toi ou Jimmy Hutton ne passiez prendre un verre ? répondit Karen en gloussant. Bon, explique-moi tes conclusions.

— Comme tu le sais, j'ai effectué les comparaisons à l'aveugle. Je ne sais pas qui sont ces gens. C est la mère de A. Le père n'est pas présent parmi ces profils.

— C'est Caroline Abbott, la mère de Will Abbott. Le père était probablement son mari Tom mais il est mort au milieu des années 1980 et il n'y a aucun moyen d'obtenir son ADN aujourd'hui. Mais B n'est pas le fils de Caroline, alors ?

— C'est ça. B serait donc Gabriel Abbott ?

— Oui. Et D c'est Ellie MacKinnon, la compagne de Caroline Abbott. Il s'agit de la mère et du fils, c'est bien ça ?

— Tout à fait. Et Frank le chien est le père.

— Will et Gabriel, qui ont grandi ensemble en pensant qu'ils étaient frères, n'ont en fait aucun lien de parenté ?

— C'est ce que dit la science. Mais bien sûr, ce n'est pas la biologie qui crée les liens familiaux.

— Non, mais dès qu'il y a des questions d'héritage, les liens du sang font toute la différence.

— Tu as l'air pensive.

— Je vais devoir te laisser et réfléchir à tout ça, répondit lentement Karen.

— Si tu as besoin d'en discuter, n'hésite pas. Je pourrais faire une petite halte sur ma route demain soir, si tu veux ? Et jeter un coup d'œil à ton épaule ?

Karen hocha la tête.

— Pourquoi pas. Je pourrais t'inviter à dîner pour te remercier de ton aide.

— Ça marche. On se voit demain alors. Et Karen ?

— Oui, je sais, soupira-t-elle. Je vais contacter le service chargé de la circulation.

River mit fin à la connexion et essaya de se concentrer de nouveau sur la thèse. Mais elle ne pouvait pas s'empêcher de s'inquiéter pour son amie. Karen n'en avait toujours fait qu'à sa tête. River avait espéré que la mort de Phil lui enseignerait au moins une chose : qu'elle n'était pas invulnérable. Mais apparemment, elle n'avait pas encore retenu la leçon.

*

En temps normal, Karen serait ressortie dans la nuit pour réfléchir à ce qu'elle avait appris et faire des conjectures. Mais elle avait mal partout. Même marcher dans l'appartement lui était pénible. Elle se fit donc couler un bain, se servit un verre de gin, lança sa playlist Blue Nile et se plongea dans l'eau chaude pour réfléchir à ce qui avait bien pu se passer vingt-deux ans auparavant ainsi qu'aux raisons qui avaient pu causer la mort de Gabriel Abbott.

Vingt-deux ans plus tôt, quatre personnes avaient été assassinées. Tout le monde avait conclu de façon hâtive qu'il s'agissait d'un attentat orchestré par les terroristes nord-irlandais. Il y avait de bonnes raisons de croire à cette thèse. Richard Spencer avait été ministre aux Affaires nord-irlandaises et était détesté de fait par les sympathisants de l'IRA. L'IRA avait été active à cette époque et avait perpétré des attentats à la bombe très médiatisés. C'était commode de rejeter la faute sur eux étant donné qu'il n'y avait pas d'autres suspects.

Certains éléments contredisaient toutefois cette thèse. Premièrement, aucun groupe n'avait revendiqué l'attentat. Les terroristes aimaient généralement clamer leurs exploits sur tous les toits. C'était une façon pour eux de propager la terreur. C'était aussi un moyen de se sentir plus forts.

Deuxièmement, malgré les efforts déployés par les Renseignements généraux et l'antiterrorisme, on n'avait pas découvert la moindre faille de sécurité à l'aérodrome. Certes, ce n'était pas l'endroit le plus sécurisé au monde, mais comme il s'agissait d'un petit aérodrome, des inconnus qui n'avaient rien à y faire auraient été rapidement repérés. Il n'était pas impossible qu'un terroriste ait réussi à s'introduire à l'intérieur du hangar qui abritait l'avion de Richard Spencer, mais selon les dossiers qu'elle avait rapidement parcourus cet après-midi, tout le monde avait jugé cette hypothèse peu probable. Cependant, quelqu'un avait réussi à placer une bombe incendiaire dans l'avion, ce qui signifiait qu'il y avait bien eu une faille de sécurité quelque part.

Troisièmement, il y avait la bombe elle-même. Selon Sunny O'Brien, il s'agissait d'un engin explosif improvisé ou EEI. L'IRA, qui ne manquait pas de moyens financiers, préférait utiliser à cette époque des bombes beaucoup plus sophistiquées. La bombe en question était plutôt rudimentaire et ne portait aucune des marques de fabrique de l'IRA.

— Donc, supposons qu'il ne s'agissait pas d'une bombe de l'IRA visant un ancien ministre, dit Karen à voix haute.

Considérons les choses autrement et voyons ce qui se passe si on sort Richard Spencer de l'équation. Qu'est-ce qui aurait pu pousser quelqu'un à vouloir assassiner Caroline Abbott et Ellie MacKinnon ? Deux femmes à succès mais qui n'exerçaient pas le genre de métier où l'on est susceptible de se faire tuer.

Il n'y avait que dans certains romans policiers que les acteurs assassinaient des producteurs qui les avaient privés d'un rôle, ou bien liquidaient des présentateurs télé constituant une menace pour leur carrière.

Quand Felicity Frye avait annoncé à Karen que le père de Gabriel était Frank Sinclair, cet homme si moralisateur en permanence, une idée avait surgi dans un coin de sa tête. Au moment où celui-ci avait accepté de donner son sperme pour aider les deux femmes à avoir un enfant, il n'avait pas encore gravi les marches du succès. Il n'avait donc pas grand-chose à perdre. Si on avait découvert qu'il avait aidé à concevoir un enfant en dehors des liens sacrés du mariage, ça n'aurait pas été la fin du monde.

Mais à l'époque où avaient eu lieu les meurtres, sa carrière avait décollé de manière fulgurante. Il dirigeait un journal national et commençait à avoir un rôle important sur le devant de la scène médiatique en tant que commentateur et polémiste à la radio et à la télévision. Et même si son élection à la Chambre des lords n'avait eu lieu qu'au tournant des années 2000, il était déjà considéré comme une figure montante de la vie publique. Si Caroline et Ellie avaient constitué une menace, si elles avaient voulu dire à Gabriel la vérité sur son père, ça aurait été une sérieuse raison de vouloir se débarrasser d'elles.

Or, Karen avait découvert une photo où on le voyait à l'aérodrome le jour du drame.

C'était difficile d'imaginer Lord Sinclair rôdant aux abords de l'aérodrome avec une bombe, mais après avoir travaillé des années dans la police, plus rien ne pouvait surprendre Karen. La cruauté dont pouvaient faire preuve les gens à l'égard de leurs semblables ne la choquait même plus. Elle le considérait comme un suspect potentiel et ce, notamment, parce qu'elle trouvait ses opinions politiques nauséabondes et son comportement tyrannique. Mais elle exerçait son métier depuis suffisamment longtemps pour ne pas se laisser influencer par ses préjugés. Sinclair était peut-être quelqu'un de détestable mais ça ne le rendait pas plus coupable potentiellement que quelqu'un partageant sa propre vision du monde. Sauf qu'elle n'avait jamais décelé la moindre tolérance dans ses déclarations.

Les résultats ADN décryptés par River avaient permis de rebattre les cartes. Karen prit son verre et avala une gorgée de gin-tonic. Tout était différent maintenant qu'elle avait eu confirmation que la mère de Gabriel n'était pas Caroline mais Ellie. Ellie qui avait soi-disant pris des congés pour subir une hystérectomie, mais qui en réalité avait eu un enfant. Ellie l'amie dévouée, qui avait prétendument passé trois mois de convalescence, pendant la pause annuelle de son émission, auprès de Caroline pour l'aider au terme de sa grossesse. Ellie qui avait voulu être mère mais qui craignait de ne plus pouvoir travailler avec des enfants à une époque où le gouvernement interdisait qu'on parle d'homosexualité à l'école.

Ellie, qui avait comploté avec Caroline pour enfreindre la loi. Comme Lord Sinclair, d'éventuelles révélations auraient pu leur coûter cher. Mais c'était elles qui avaient enfreint la loi, pas Frank Sinclair. Faire une fausse déclaration sur un acte de naissance était un acte grave. Karen pensait que ça aurait été au moins aussi grave en France, où Gabriel était né. La vérité sur l'identité des parents de Gabriel aurait mis définitivement fin à la carrière d'Ellie et ruiné l'image publique de Frank. Elle avait vu juste sur Frank et Ellie. C'était à Ellie qu'il avait fait une faveur colossale.

Il restait que Frank se trouvait sur les lieux du crime le jour du drame.

Quant à Gabriel Abbott, cela soulevait de nouvelles questions. Cet homme qui cherchait à connaître son histoire et qui était sur le point de découvrir qui il était vraiment, cet homme qui voulait désespérément trouver sa place dans le monde, était une menace potentielle pour le personnage qu'était devenu Frank Sinclair. Celui qui portait des robes d'hermine avait toutes les raisons de vouloir se débarrasser de son fils non reconnu.

La grande question était de savoir ce que Frank Sinclair savait et depuis quand il le savait. Karen vida son verre et se leva en chancelant. Trouver les réponses à ces questions n'allait pas être simple. Surtout si le Macaron découvrait qu'elle était bien décidée à mener l'enquête.

50

Karen essuya le miroir de la salle de bains et examina son hématome. Au centre, le violet avait viré au bleu mais il ne s'était pas étendu. Elle prit son temps pour se sécher avant d'enfiler un pantalon de jogging et de passer son épaisse robe de chambre en velours. Elle se pelotonna sur le canapé avec un autre verre et parcourut l'offre de Netflix pour trouver quelque chose à regarder. Elle visionnait depuis dix minutes un épisode de *Modern Family* quand elle se rendit compte qu'elle n'avait rien suivi et qu'elle ne comprenait rien à ce qui se passait.

— Putain…, grommela-t-elle en éteignant la télévision.

C'était dans ces moments-là que Phil lui manquait le plus. Quelque chose la travaillait sans qu'elle arrive à mettre le doigt dessus. Ils avaient toujours été à l'écoute l'un de l'autre. Ils pouvaient échanger des thèses farfelues sans courir le risque d'être raillé. Et chacun pouvait faire des suggestions sur les dossiers de l'autre. Les derniers mois que Phil avait passés à la brigade anticriminalité avant son accident avaient été une des périodes les plus créatives et intenses de leur collaboration. Maintenant qu'elle prenait à nouveau des risques, elle se sentait seule et légèrement folle.

Elle savait qu'elle pouvait parler à River et peut-être aussi à Giorsal. Mais aucune n'était policière et n'avait cette compréhension viscérale du métier qu'elle partageait avec Phil. Elle se retrouvait de nouveau toute seule comme elle l'avait été avant qu'ils ne se mettent en couple. Mais maintenant c'était pire parce qu'elle savait ce que c'était de vivre avec quelqu'un.

Sur un coup de tête, elle envoya un texto à Hutton. Il était vingt heures passées. S'il était chez lui en train de se détendre, il ne serait pas très enclin à écouter ses théories insensées. Mais la brigade anticriminalité agissant souvent de nuit, il pouvait être au travail et aurait peut-être un peu de temps à lui consacrer. Qui ne tente rien…

Salut, Jimmy. T'es dispo ? J'aimerais discuter de quelque chose avec toi. C'est pas grave si t'es occupé.

La réponse ne tarda pas à lui parvenir :

Salut K. Je suis en train de terminer un truc à Dunfermline, je peux être chez toi dans une demi-heure si ça te va ?

Juste le temps nécessaire pour s'habiller et préparer des pâtes.

Super ! Tu préfères les pâtes à l'arrabiata ou à la puttanesca ?

*

Jimmy s'essuya la bouche d'un revers de main et sourit.

— C'est exactement ce dont j'avais besoin. La journée a été longue, annonça-t-il avant de boire une gorgée d'eau. Alors, de quoi s'agit-il ?

Karen avait insisté pour qu'ils mangent avant de parler de ce qui la tracassait. Elle savait que Jimmy aurait faim et elle ne voulait pas qu'il ne l'écoute qu'à moitié tout en dégustant ses penne alla puttanesca. Ils s'installèrent sur les confortables fauteuils qui faisaient face à l'estuaire du Forth et Karen leur servit à chacun un verre de liqueur de rhubarbe et de gingembre.

— C'est assez bizarre. C'était une affaire qui ne me concernait pas du tout mais la paresse d'Alan Noble me tape sur les nerfs.

Jimmy éclata de rire.

— Tu n'es pas la première personne à dire ce genre de choses. Je n'arrive pas à comprendre comment il a réussi à devenir inspecteur. En tout cas, ce type m'agace profondément. Qu'est-ce qu'il a fait, ou n'a pas fait, au juste ?

— Il a penché pour la thèse du suicide dans une affaire sans étudier sérieusement la possibilité qu'il puisse s'agir d'un meurtre. L'affaire en serait certainement restée là si je n'avais pas fait preuve d'obstination, soupira Karen. J'ai horreur de ça, Jimmy. Les morts ne peuvent compter que sur nous, alors la moindre des choses c'est de bien faire son boulot, t'es pas d'accord ?

— Tout à fait d'accord. Raconte-moi la suite.

Elle s'exécuta. Avec plus de détails et de subtilités qu'avec Jason. Ils n'étaient pas faits du même bois. Il écouta attentivement, ne l'interrompant que deux ou trois fois pour en savoir plus. Quand elle lui fit part de ses soupçons au sujet de Frank Sinclair et du mobile qui aurait pu le pousser à commettre ce meurtre qu'avait refusé d'envisager Alan Noble, elle s'arrêta.

— Qu'est-ce que tu en penses ?

Jimmy poussa un long soupir.

— C'est quoi ton problème ? demanda-t-il avec le sourire. Diriger l'Unité des affaires historiques est bien suffisant comme ça : pas besoin de s'enquiquiner avec d'autres affaires.

— Ne me dis pas ça. Tu fais la même chose. Tu vas déterrer le moindre truc compromettant sur des types pour les empêcher de taper leur femme.

— Bon, OK. Mais je ne comprends toujours pas ce que tu attends de moi, Karen. Tout ça me fait penser à la série *Murder 101*.

— Comment ça ?

— Tu t'es tellement focalisée sur des raisons abstraites pour expliquer ce meurtre – réputation, carrière, menace de se retrouver en prison pour avoir menti au sujet d'un acte de naissance – que tu ne t'es pas posé la question principale. Le point de départ de toute enquête sur un homicide.

Il fallut quelques secondes à Karen avant de comprendre où il voulait en venir.

— *Cui bono.*

— Exactement. À qui a profité le meurtre de 1994 ?

— Il y a deux candidats : Frank Sinclair et Will Abbott. En se débarrassant de Caroline et d'Ellie, Frank Sinclair sauvait son image publique et peut-être aussi son mariage.

— Mais tu n'as aucune preuve qu'il ait quelque chose à voir là-dedans.

— Si, j'ai peut-être quelque chose…

Karen manipula son téléphone et lui montra la photo de l'article de journal.

— Tu reconnais la personne qui se trouve tout à droite ? Intéressant, non ?

Jimmy fronça les sourcils.

— On dirait Sinclair. Et alors ?

— Les quatre autres sont morts quelques heures plus tard. La photo a été prise à l'aérodrome avant qu'ils ne s'envolent pour le Perthshire. Je me demande ce que Sinclair pouvait bien faire là.

Jimmy poussa un sifflement.

— En effet. C'est une photo très intéressante. Néanmoins, poursuivit-il en se protégeant derrière ses mains comme pour esquiver un coup, il n'y a pas vraiment de mobile. Tu m'as dit qu'il y avait deux candidats.

Karen soupira.

— L'autre, c'est Will Abbott. Le crash de l'avion a fait de lui un homme riche. Les deux femmes avaient des testaments en faveur de l'une et de l'autre, mais il n'y avait pas une de ces clauses spécifiant qu'une des deux devait survivre à l'autre un certain nombre de jours. Comme Ellie était un peu plus âgée, la loi a conclu qu'elle était morte la première et que tous ses biens revenaient à Caroline. La grande surprise c'est que Caroline léguait tout à Will au cas où Ellie mourrait avant elle. Par contre, pas un rond pour Gabriel. Mais ça peut se comprendre maintenant qu'on sait ce qu'on sait. Caroline n'a rien laissé à Gabriel parce que, malgré ce que disent les papiers, ce n'était pas son fils. Si elle avait établi son testament en Écosse, Gabriel aurait eu sa part à cause de la réserve héréditaire. Mais selon la législation anglaise, il n'a eu droit à rien. J'ai jeté un œil au testament, au fait. L'essentiel de l'argent appartenait à Caroline, mais Ellie a laissé une importante fortune elle aussi, grâce à la somme versée par l'assurance pour sa part de la maison.

— Donc, si je comprends bien, Will a eu la part de Gabriel en plus de la sienne ?

— Sans compter qu'il a toujours été bien vu par tout le monde pour s'être occupé de son petit frère en lui payant ses frais de scolarité et le loyer de son cottage à Kinross. Gagnant sur toute la ligne.

— Oui, mais enfin ça me paraît un peu extrême. Quel âge il avait à cette époque ?

— Dix-huit ans. Il allait commencer des études à l'Imperial College à Londres. Mais ce qu'il voulait vraiment faire, c'était créer une entreprise de jeux vidéo. D'après Jumping Jack Ash, il était en train de développer une super-idée de jeu mais Caroline voulait qu'il obtienne d'abord son diplôme.

— Tu penses que c'est un mobile ?

Karen fit une moue.

— Je ne sais pas. C'est un âge difficile. Les adolescents ressentent les choses de façon disproportionnée. Tout ce qui compte pour eux, c'est ce qu'ils veulent. On était nombreux à détester nos parents quand on était ados. Ils donnaient l'impression d'être là simplement pour nous mettre des bâtons dans les roues. Sans eux, le monde serait parfait et tout irait bien. Tu n'as jamais ressenti ça ?

Il haussa les épaules et se versa un autre verre.

— Un peu. Mais la seule chose que j'aie jamais voulu faire c'était être policier et mes parents trouvaient que c'était une bonne idée, alors… Mais je vois ce que tu veux dire. J'avais des copains qui auraient fait sauter leurs parents s'ils avaient su comment s'y prendre. Mais comment peux-tu être certaine que les deux affaires sont connectées ? Le crash de l'avion et le meurtre de Gabriel Abbott ?

— Je n'aime pas les coïncidences, Jimmy. Gabriel s'en sortait bien. Il n'embêtait personne. Il prenait ses médicaments et agissait normalement. Et puis un jour il décide de faire son arbre généalogique et découvre quelques semaines plus tard que l'homme qu'il pensait être son père mangeait les pissenlits par la racine deux ans avant sa naissance… et Gabriel est ensuite retrouvé mort. Tu ne trouves pas que ça fait beaucoup de coïncidences, quand même ?

— Je ne dis pas que tu as tort, Karen. Tout ce que je dis c'est que tu n'as pas de preuves tangibles. Une coïncidence et un drôle de pressentiment ne sont pas suffisants. Tu sais aussi à quel point c'est difficile de trouver des preuves après tant d'années. Si tu crois vraiment que le meurtre de Gabriel est lié à ce qui s'est produit en 1994, tu auras plus de chance de réussir. Peut-être que tu devrais essayer de convaincre Alan Noble de te filer un coup de main.

Elle poussa un petit grognement.

— Ça ne marchera pas. J'ai déjà reçu un avertissement du Macaron et Alan est remonté comme une pendule. Il faut que je fasse d'autres recherches, Jimmy ; que je trouve quelque chose d'un peu plus solide. Je n'ai pas encore parcouru tous les dossiers. Peut-être qu'il y a une information là-dedans qui pourrait m'être utile.

— Peut-être, acquiesça Jimmy.

Il termina son verre d'un trait et se leva.

— Il faut que j'y aille. Je dois me lever tôt demain matin et aller mettre la pression à des sales types pour qu'ils arrêtent leurs conneries.

— Bon courage. Et merci d'être passé. C'est toujours utile de discuter.

Elle l'accompagna jusqu'à la porte.

— C'est valable dans les deux sens, Karen. Tu m'as souvent écouté, toi aussi. À notre niveau, on a besoin de parler à des gens qui n'appartiennent pas à notre équipe mais qui comprennent le métier. Bon, allez, ne te couche pas trop tard. Je vois que ton épaule te fait souffrir.

Il lui tapota l'autre épaule devant la porte d'entrée, fit quelques pas avant de s'arrêter et de se retourner. Il avait l'air songeur.

— Je viens de penser à quelque chose. Je ne me souviens plus exactement quand c'était, ça pourrait s'être passé longtemps après le crash de l'avion, mais je crois qu'il y a eu un gros scandale à l'époque où Sinclair dirigeait *The Examiner* parce qu'ils avaient payé un terroriste irlandais pour publier son livre en feuilletons. Ça ne te rappelle rien ?

Karen fronça les sourcils.

— Non. Ça ne lui ressemble pas vraiment… Je ne le vois pas offrir à l'IRA une occasion de se faire de la publicité, dit-elle en faisant une référence ironique à une fameuse phrase de Margaret Thatcher.

Jimmy passa sa main dans sa barbe.

— Le truc, c'est que ce n'était pas un terroriste de l'IRA. Il appartenait au camp unioniste, et donc le canard de Sinclair pouvait dépeindre cet homme comme un fervent patriote. Seule la Press Complaints Commission[1] ne l'a pas entendu de cette oreille.

Pendant qu'il parlait, elle prit conscience que c'était ça qui lui trottait dans un coin de la tête et dont elle n'arrivait pas à se souvenir. Karen sourit.

— Je vais vérifier ça.

Jimmy lui rendit son sourire.

— Ne te couche pas trop tard.

Karen faillit suivre son conseil, mais elle savait qu'elle n'était pas assez fatiguée pour pouvoir dormir. Il valait mieux s'en retourner à son ordinateur. Il y avait peut-être des réponses à ses questions dans les tas de cartons qui se trouvaient dans son bureau, mais il y avait peut-être aussi des pistes à creuser sur Internet.

Elle ne parvint à rien de satisfaisant dans un premier temps. Les termes de sa recherche étaient trop vagues et débouchèrent sur une avalanche de résultats qui ne lui furent d'aucune utilité. Elle affina sa recherche petit à petit jusqu'à ce qu'elle trouve un lien qui la conduise sur le site d'un journaliste politique auteur d'articles plus ou moins critiques sur la mouvance unioniste en Ulster.

Là, dans un post remontant à six ans, elle trouva ce qu'elle cherchait. Le journaliste avait écrit un court article

1. Organisme de régulation de la presse. (*N. d. T.*)

qui lui donna tous les mots-clés dont elle avait besoin pour nourrir sa réflexion.

Peter Boyd avait, de son propre aveu, rejoint très jeune les rangs des milices protestantes qui avaient trempé dans le conflit nord irlandais avec l'enthousiasme et la conviction que Dieu était de leur côté. Dévoué, intelligent, il avait réussi à éviter les ennuis avec la justice. Sa violence avait culminé avec la fabrication de bombes rudimentaires employées pour faire sauter des voitures et des taxis appartenant à l'IRA. Et puis une de ces bombes avait visé la famille de sa cible, tuant la femme de l'homme en question ainsi que ses quatre enfants.

Boyd s'était éloigné de ses compagnons fanatiques dont certains avaient décrété qu'il ne pouvait pas partir. Il avait dû prendre la fuite et avait passé six ans au Canada. Et puis sa fille avait eu un enfant et il n'avait pas pu résister à l'envie de voir sa petite-fille. Pour financer son retour, il avait écrit un livre sans complaisance sur ses années de lutte. Certains critiques avaient émis des doutes sur la véracité de tout ce qu'il racontait, mais le livre ne manquait pas d'intérêt.

Frank Sinclair était directeur de la rédaction de *The Examiner* en 1992, à l'époque où le livre de Peter Boyd était sorti et il s'était occupé personnellement d'en acheter les droits. *The Examiner* avait dépeint Boyd comme une figure héroïque et insisté sur le fait qu'il ne pouvait jamais prendre un verre dans un pub en tournant le dos à la porte d'entrée, ni rentrer chez lui.

Ça avait provoqué un scandale, comme on pouvait s'y attendre. L'impuissante Press Complaints Commission était montée au créneau. Sinclair – avec le soutien de collègues du gouvernement de John Major – l'avait envoyée paître et, six mois plus tard, tout le monde avait oublié cette affaire.

Karen savait que ce n'était pas une preuve déterminante. Mais Frank Sinclair avait tout de même côtoyé un homme qui avait fabriqué des bombes. Un homme qui devait ressentir une certaine reconnaissance envers le directeur d'un journal qui avait alimenté son compte en banque.

Elle se pencha en arrière sur sa chaise. Elle avait pensé que Frank Sinclair n'était qu'un personnage secondaire dans toute cette affaire quand les révélations de Felicity Frye l'avaient obligée à le considérer comme sujet à caution. À présent, il devenait un suspect tout à fait crédible. Toutefois, elle savait qu'elle ne devait pas rester bloquée là-dessus. La meilleure chose à faire était de mettre cette idée de côté et de laisser son inconscient travailler pendant qu'elle se concentrait sur autre chose.

En l'occurrence, sur Will Abbott. Elle commença par Wikipédia. Ce n'était pas nécessairement la source d'information à laquelle elle se fiait le plus, mais ça lui donnerait quelques pistes pour effectuer des recherches plus fructueuses.

Les informations de base étaient relativement précises. Date et lieu de naissance, parents, jeunesse. Glencorsie House avait été son premier établissement scolaire, là où Gabriel avait été élève de six à dix-huit ans. Mais Will, lui, avait quitté Glencorsie à l'âge de seize ans pour entrer à l'Ada Lovelace School à Londres, un établissement privé spécialisé en sciences et en informatique. Il était ensuite entré à l'Imperial.

Par curiosité, Karen jeta un œil sur le site de l'Ada Lovelace School. Il soulignait le savoir-faire de l'école dans l'enseignement de la chimie, la physique, la biologie, l'informatique, et défendait une approche à la fois théorique et pratique.

— Rien de tel qu'un peu de travaux pratiques en chimie, marmonna Karen, en repensant à ce que lui avait dit Sunny sur la façon de faire exploser facilement un avion.

En parcourant le site, elle tomba sur une page dédiée à la remise des prix et trouva un lien qui recensait les lauréats des différentes récompenses par année. Elle cliqua sur 1994 et découvrit que Will Abbott n'était pas étranger au podium. Il avait gagné le Geoffrey Challoner Hanley Prize pour le Meilleur Projet en Chimie et le Ludwig Horner Award en Programmation. Le meilleur projet en chimie… Il y avait sans doute peu de chances de trouver encore quelqu'un à l'Ada Lovelace School pouvant la renseigner là-dessus. Mais ça valait le coup d'essayer.

Ce qui était clair, c'était que Will Abbott avait étudié la chimie et savait comment mettre en pratique ses connaissances. C'était au mieux anecdotique, mais ça justifiait qu'elle lui pose quelques questions.

Elle était en train de se dire qu'elle n'avait pas perdu sa soirée quand elle reçut un message de River sur son téléphone.

N'oublie pas de contacter la police de la circulation au sujet du SUV.

Je sais que tu ne l'as pas encore fait, alors ne traîne pas ! Bises.

— Fichue bonne femme, marmonna Karen.

La vie était plus simple quand elle gardait le monde à distance. Elle trouva le numéro de téléphone de l'ANPR, le service gérant le système de reconnaissance automatique des plaques minéralogiques, à Hendon. Il devrait y avoir quelqu'un pour l'aider. Ils travaillaient en temps réel et il devait donc y avoir du personnel en permanence. Huit mille caméras à travers le Royaume-Uni, vingt-sept millions d'images traitées par jour. C'était un chiffre qui dépassait la capacité d'un cerveau humain. Elle ouvrit ensuite une carte de la zone autour de Kinross.

On décrocha au bout de la troisième sonnerie.

— ANPR, répondit une voix de femme à l'autre bout du fil.

— Ici le commandant Karen Pirie. J'ai besoin d'avoir accès aux vidéos de la nuit dernière, entre vingt-trois heures et minuit, autour de Kinross.

Elle énuméra ensuite une liste de routes tandis que son interlocutrice tapait sur un clavier.

— Jusqu'où voulez-vous aller sur la M90 ? Nous avons des caméras tout le long.

— Jusqu'à environ quinze kilomètres de chaque côté de Kinross.

— OK… Les résultats de huit caméras apparaissent sur ma liste. D'après ma base de données, vous êtes autorisée à accéder à ces informations, donc je vous envoie les codes d'accès par mail.

Ça paraissait simple, mais ça ne l'était pas. La technologie avait ses limites. Sans numéro de plaque, aucun moyen d'accélérer le processus. Elle allait devoir parcourir les enregistrements caméra par caméra, minute par minute. En temps normal, Karen aurait confié cette tâche ennuyeuse à Jason. Mais cette enquête n'avait toujours pas de caractère officiel. S'il y avait bien quelqu'un qui ne devait pas se retrouver dans la merde jusqu'au cou à cause de cette affaire, c'était lui.

— Plus tôt je commencerai…, marmonna-t-elle, en ouvrant le mail qui venait d'arriver.

Elle se connecta au service. Il lui fallut moins de deux minutes pour pouvoir se mettre au travail. Elle compara les positions des caméras sur la carte routière. Quelqu'un qui connaissait bien les environs aurait pu s'enfuir en prenant des chemins sans se faire remarquer. Il fallait espérer que son agresseur ne soit pas du coin, auquel cas, le SUV apparaîtrait forcément.

Karen décida de commencer par les routes secondaires. Si elle avait dû s'enfuir, sachant ce que tout le monde savait aujourd'hui sur les caméras de surveillance, c'est ce qu'elle aurait fait. En même temps, si son agresseur ne connaissait pas les parages, il aurait aussi pu décider de repartir par là où il était arrivé. Mais il y avait moins de circulation sur les routes secondaires à cette heure de la nuit, ce qui allait lui permettre de les éliminer plus vite.

Elle fit défiler rapidement la vidéosurveillance, ralentissant seulement quand un véhicule était en vue et accélérant de nouveau s'il ne s'agissait pas d'un SUV noir. Elle avança plus vite qu'elle ne s'y attendait. Une heure suffit pour vérifier les enregistrements des caméras des quatre routes secondaires. Il fallait à présent s'attaquer à l'autoroute. Il y aurait davantage de circulation, mais un soir de semaine, à cette heure-ci, ça ne devait pas poser trop de difficultés.

Ses recherches lui prirent en tout deux heures. Elle avait identifié trois SUV noirs à l'heure approximative de son agression. Elle devait à présent entrer les numéros des plaques minéralogiques dans la banque de données pour voir à qui ils appartenaient. Elle aurait presque voulu croire en Dieu pour pouvoir lui adresser une petite prière. *Mon Dieu, s'il vous plaît, faites qu'un de ces véhicules appartienne à Will Abbott ou à Frank Sinclair.*

Pas de chance. Une ferme dans le Perthshire, un village dans les collines près de Dundee et une entreprise de Newcastle. Aucun lien manifeste avec quelqu'un d'impliqué dans l'affaire. Évidemment, si la mort de Gabriel n'avait absolument rien à voir avec son passé, si elle n'avait fait que se raconter des histoires, son tueur pouvait venir de n'importe où. Découragée, Karen éteignit son ordinateur, avala une dernière dose d'antalgiques et, fatiguée, se glissa au lit.

Comme le disait Scarlett O'Hara à la fin d'*Autant en emporte le vent* : « Demain est un autre jour. » Hélas, parfois, cette phrase sonnait plus comme une malédiction que comme une promesse.

51

Le centre-ville de Linlithgow lui avait toujours donné l'impression d'avoir subi les assauts aléatoires d'urbanistes. On ne pouvait être que charmé par les ruines romantiques du château médiéval, ou par les jolies bâtisses du dix-huitième et du dix-neuvième siècle qui bordaient d'un côté la rue principale. Et puis on tombait tout à coup au cœur de cette même rue sur une série d'immeubles parmi les plus affreusement brutalistes qu'elle ait jamais vus. Ils surplombaient la place du marché, avec sa statue de saint Michel, promettant d'être « bon envers les étrangers ». En tout cas, quelqu'un s'était montré vraiment très méchant envers les habitants de Linlithgow.

La mère de Darren Foreman vivait en périphérie du centre-ville dans une enclave qui avait été financée par la municipalité pour ses personnes âgées. Des maisonnettes mitoyennes de plain-pied alternaient avec de petits immeubles de deux étages. Le crépi gris uniforme donnait au quartier une atmosphère déprimante. Un jardin public broussailleux se trouvait en son centre avec un inutile panneau interdisant d'y jouer au ballon. Il aurait été difficile de jouer à quelque chose de plus audacieux que les billes dans ce secteur, pensa Karen.

Ils se garèrent sur le parking privé et marchèrent jusqu'au numéro 39, où se trouvaient deux appartements en rez-de-chaussée. La femme qui leur ouvrit la porte était presque pliée en deux. Elle devait pencher la tête en arrière pour qu'ils puissent voir autre chose que quelques cheveux bruns frisés. Elle ne devait pas avoir plus de soixante-cinq ans mais l'air d'être aussi fragile qu'une personne âgée. Elle les regarda à travers les verres flous et graisseux de ses lunettes.

— Vous devez être la police, dit-elle avec un accent de la côte Ouest avant de pousser un soupir résigné. Darren m'a dit que vous deviez passer. Vous feriez bien d'entrer. Je ne veux pas que toute la rue soit au courant de mes affaires.

Elle les conduisit dans le salon où il y avait tout juste assez de place pour deux fauteuils et un poste de télévision. Il y avait aussi deux chaises contre un mur, encore dans leur emballage plastique. L'atmosphère était étouffante ; Karen sentit perler la sueur le long de sa colonne vertébrale en entrant. Le parfum d'un désodorisant, qui avait pour but d'annihiler l'odeur provenant du cendrier posé sur une table près d'un des fauteuils, la prit à la gorge.

— Asseyez-vous, dit Cathy Foreman de mauvaise grâce.

Elle se laissa tomber sur son fauteuil avec un soulagement manifeste.

— Alors, qu'est-ce que c'est que cette histoire délirante à propos de mon Gary ? Darren a dit que vous pensiez qu'il avait quelque chose à voir avec le meurtre d'une jeune femme ? Vous faites fausse route, ma petite dame.

Elle était déjà sur la défensive.

— Nous appartenons à l'Unité des affaires historiques, expliqua Karen. Quand nous rouvrons d'anciens dossiers, toutes sortes de noms se présentent à nous. Une partie de notre travail consiste à éliminer des gens de notre enquête.

C'est pourquoi nous avons parlé à Darren, qui nous a beaucoup aidés. Nous avons pu l'écarter de la liste des...

— Évidemment, l'interrompit Mme Foreman, sur un ton sarcastique. Rien n'est jamais sa faute. Il s'en sort toujours. On ne lui colle jamais rien sur le dos. À chaque fois qu'il y a un problème, c'est Gary qui trinque.

Elle secoua la tête et sortit un paquet de cigarettes bon marché de la poche de son gilet en laine miteux.

— Si nous sommes ici aujourd'hui, c'est pour écarter Gary de la liste des suspects afin que nous puissions nous concentrer sur le coupable dans cette affaire.

Karen espérait que le visage de Jason ne trahirait aucune surprise en l'entendant proférer ce mensonge. Cependant, à en juger par la façon dont Mme Foreman regardait l'extrémité de sa cigarette en essayant de mettre la flamme du briquet au bon endroit, elle n'avait sans doute pas une assez bonne vue pour distinguer les nuances d'expression sur les visages de ceux qui se trouvaient dans la pièce, même si elle était petite.

— C'est ce que vous dites, grommela la vieille femme. Gary a toujours été accusé à tort. Darren n'arrêtait pas de dire que son frère avait des problèmes d'alcool, mais ce n'était pas vrai. Il avait des ennuis avec son estomac. Certains jours, il pouvait à peine se lever du lit tellement il souffrait. Parfois ça le rendait fou de rage. Ce n'est pas étonnant s'il perdait parfois son sang-froid avec les gens et qu'il se mettait en colère pour un rien.

— Ça a dû être dur pour vous.

— Oui. Mais je préférerais encore revivre ça et avoir mon fils, continua-t-elle en secouant la tête, l'air amer. C'est toujours la même chose. On rejette la faute sur les pauvres gens. Pour l'accident sur le chantier de construction, si on avait eu l'argent, on aurait pu leur coller un procès en moins de deux. Hygiène et sécurité, tu parles. Ils ont eu le toupet de dire que c'était la faute de Gary. Comme s'il était du genre à prendre des risques stupides.

— A-t-il toujours travaillé sur des chantiers ?

— Non, madame. Il a eu une bonne place comme chauffeur de bus.

— Ici, à Linlithgow ? demanda Karen en espérant connaître la réponse.

— Non, à Glasgow. Je vivais encore à Castlemilk à l'époque, avant de venir m'installer dans ce trou perdu pour me rapprocher de ma sœur et de sa famille. Gary a conduit des bus pendant des années.

— Vous vous souvenez quand il a commencé ?

Mme Foreman tira sur sa cigarette et inclina la tête en arrière.

— Ça devait être en 1993. Son père a foutu le camp en 1992 et il a commencé comme chauffeur de bus peu de temps après.

— Vous avez dû être fière de lui.

— Oui. Il avait belle allure dans son uniforme.

— Vous preniez souvent son bus ? demanda Jason.

Pour une fois, il posait une excellente question et paraissait intéressé.

— Non, jeune homme. Il n'a jamais eu à effectuer des trajets dans mon secteur. Il conduisait surtout sur la ligne 16. Ça faisait un long parcours depuis Clydebank jusqu'à Auchinairn. C'était pas à n'importe qui qu'on confiait ce trajet qui traversait le centre-ville à l'heure de pointe. Il n'y avait pas les voies réservées aux bus comme aujourd'hui.

Elle posa une main sur sa poitrine comme par fierté.

Le bus 16 était selon Liz Dunleavy celui qu'avait probablement pris Tina pour se rendre en ville.

— C'était son trajet habituel ?

— Oui. Je suis allée une fois jusqu'au terminus sur Queen Street avant de faire le trajet en sens inverse avec lui. C'était un sacré bon conducteur. Ils n'ont raconté que des mensonges pour pouvoir se débarrasser de lui. Je pense qu'ils étaient jaloux.

— Quand a-t-il arrêté de conduire des bus ? questionna Karen.

— En 2002, quand on l'a viré.

Elle se secoua la tête en ronchonnant.

— Vous savez pourquoi ? demanda Jason d'une voix étonnamment douce.

Il faisait des progrès. Ce n'était pas trop tôt.

Mme Foreman détourna les yeux.

— Comme je vous l'ai dit, il y avait toujours des gens jaloux de mon Gary. Quelqu'un a raconté des tas de mensonges sur lui. Il a dit qu'il l'avait vu boire pendant le service. On a même mis une flasque d'alcool dans son casier. C'était honteux. Le syndicat ne l'a même pas soutenu. Toutes ces années à payer ses cotisations et en retour ils ont rien fait pour lui.

— Ça a dû être difficile, répliqua Karen.

— Connards, dit la vieille femme d'un air aigri. Ils ne lui ont même pas donné une lettre de recommandation. Après ça, Gary a dû prendre ce qu'il trouvait, et c'est ce qui l'a tué. On s'attendrait sans doute à ce que Darren prenne soin de moi à la place de son frère, maintenant. Mais non. Pas Darren. Il n'y a que lui qui compte. Rien à voir avec mon Gary.

— Est-ce que Gary a déjà parlé d'une fille qui s'appelait Tina ? Tina McDonald ?

Elle souleva la tête et lança un regard noir à Karen.

— C'est cette aguicheuse qui s'est soi-disant fait violer ?

Karen n'avait pas le temps de défendre la victime. Mais elle pouvait encore obtenir des informations de cette femme aigrie et portant des œillères.

— Oui, nous enquêtons sur son meurtre. Elle était coiffeuse dans le West End.

Mme Foreman poussa un petit gloussement de mépris.

— Les coiffeuses. Leur moralité est douteuse. Ce sont des filles volages. Mon Gary n'aurait jamais fréquenté ce genre de filles. C'était quelqu'un d'irréprochable, mon Gary. Il ne sortait pas avec n'importe qui.

— Il avait une petite amie ? Quelqu'un qu'il voyait régulièrement ?

— Il s'est marié en 2000 mais ça n'a pas duré. C'était une vraie garce. Elle ne méritait pas quelqu'un comme Gary. Ils ont divorcé en 2004. Dieu merci, ils n'ont pas eu d'enfants ensemble. C'était le genre de garce qui lui aurait interdit de les voir. Il est parti sans regret. Après ça, il ne s'est jamais plus enquiquiné avec les femmes. Il passait beaucoup de temps sur son ordinateur à acheter et vendre des trucs. Et aussi à sortir avec ses copains, comme le font les hommes.

— Il n'a jamais parlé de Tina McDonald ?

— Vous n'avez rien écouté de ce que je vous ai dit ? Il n'aurait pas perdu son temps avec des filles de ce genre-là.

— C'est juste qu'elle faisait régulièrement ce trajet. Celui de la ligne 16.

— Ça veut pas dire qu'il la connaissait, rétorqua-t-elle sur un ton glacial. Vous ne pouvez pas prouver qu'il la connaissait.

— Je me posais simplement la question. Il aurait pu voir quelqu'un l'ennuyer dans le bus. Et vous en faire part ensuite.

Elle se détendit légèrement.

— Il ne m'a jamais parlé de ça. Il serait intervenu, mon Gary. Si une fille avait été enquiquinée par un homme, il l'aurait dégagé du bus. Vous pouvez en être certaine.

— Je vous crois. Vous m'aidez beaucoup à avoir une image plus précise de Gary. Mais, voyez-vous, mon patron est plutôt du genre tatillon. Je ne peux pas me contenter de rentrer au bureau et dire : « J'ai parlé à Mme Foreman, la mère de Gary, et elle m'a convaincue que son fils n'était pas notre homme. » J'ai besoin de rapporter des preuves. Avez-vous encore des objets ayant appartenu à Gary ? Son rasoir, peut-être ? Ou bien son peigne ? Un manteau ou une écharpe qu'il avait l'habitude de porter ?

Elle parut fâchée.

— Quoi ? Vous voulez faire un test ADN ? Oh, ne me regardez pas comme ça. Je suis peut-être vieille mais je ne suis pas complètement idiote. Je regarde la télé, j'ai vu *Les Experts,* et je sais tout sur ce que fait la police scientifique. Je vous aurais donné son ADN sans problème si j'en avais eu parce que je connais mon fils et que je sais qu'il n'est pas l'homme que vous cherchez. Mais je n'ai rien de ce que vous me demandez.

Elle avait l'air satisfait de quelqu'un qui venait de gagner un point.

— C'est bien dommage.

Cathy Foreman secoua la tête.

— Je n'ai pas besoin d'avoir vos prétendues preuves pour savoir que mon Gary était quelqu'un de bien. Même après son décès, il a continué à faire de bonnes actions. Il avait avec lui une carte de donneur, vous savez. Il y a des morceaux de Gary un peu partout ; il a sauvé des vies. Je n'arrive pas à comprendre comment vous pouvez imaginer qu'un homme comme lui puisse être mêlé à un meurtre.

Elle eut du mal à se lever de son fauteuil.

— Maintenant, si c'est tout ce que vous avez à me dire, j'ai à faire. Tout prend plus de temps quand on doit marcher avec le dos cassé comme moi.

C'était le moment de partir. De toute façon, Karen ne savait pas trop ce qu'elle aurait pu lui demander de plus. Jason et elle regagnèrent la voiture.

— Je ne sais pas ce qui se passe avec cette affaire, mais personne ne nous propose jamais de tasse de thé, se plaignit-il. Et encore moins des biscuits au chocolat.

— Oui, mais nous avons appris quelques petites choses. Il y a un lien entre Tina et Gary Foreman : le bus numéro 16. Il pourrait avoir discuté avec elle de ses projets pour la soirée. Ou il pourrait l'avoir entendue en parler à quelqu'un dans le bus.

— Si elle en avait parlé à un passager du bus, il se serait fait connaître auprès de nous.

— Probablement. Mais il aurait pu avoir ses raisons pour ne rien dire. Parfois les gens pensent que ce qu'ils savent n'a pas d'importance et ils ne veulent pas se retrouver impliqués ; tu crois que Mme Foreman disait la vérité quand elle a affirmé qu'elle ne possédait plus rien ayant appartenu à Gary ?

Il haussa les épaules.

— Je ne sais pas. Elle a été pressée de nous mettre dehors après qu'on a abordé le sujet, alors oui, peut-être.

— Quoi qu'il en soit, on ne va pas pouvoir mettre la main dessus. Nous avons besoin de cet ADN mais je crois, hélas, que nous n'avons aucune chance de l'obtenir.

Jason s'immobilisa.

— Les zombies, dit-il.

Karen se retourna, regrettant aussitôt ce mouvement qui réveilla sa douleur à l'épaule.

— Les zombies ? Qu'est-ce que tu racontes, Jason ?

— Si un zombie vous mord, vous êtes infectée, n'est-ce pas ? Une part du zombie entre en vous.

Elle ne l'avait jamais vu aussi excité.

— Mais le zombie mange aussi un peu de vous, et vous devenez donc une part du zombie. Chacun devient un peu l'autre. Et si c'était la même chose avec une transplantation ?

— Je ne comprends rien à ce que tu racontes, Jason, répliqua Karen. C'est complètement surréaliste. On est au beau milieu d'un lotissement de logements sociaux à Linlithgow pour enquêter sur un meurtre et tu me parles de zombies ?! Mais enfin, quel rapport ?

— Vous n'écoutez pas, protesta-t-il. Les zombies et leurs victimes partagent un peu de l'un et de l'autre. Et si c'était la même chose avec la transplantation d'organes ? Peut-être que les gens qui ont reçu des organes de Gary portent un peu de son ADN en eux ? Ça paraît plausible, non ? C'est encore sa chair.

Karen était bouche bée.

— Jason, tu es un génie ! répondit-elle.

52

Une fois dans la voiture, Karen se lança dans une recherche Google. Jason se cramponnait au volant comme s'il avait besoin de s'accrocher à quelque chose.

— Tu as raison, dit-elle tout en ayant du mal à croire ce qu'elle lisait. Un organe transplanté conserve l'ADN du donneur. On dit dans cet article que l'ADN d'un donneur est encore détecté dans le sang du receveur des années après la transplantation.

Elle avait une expression émerveillée sur le visage.

— Qui sait combien de personnes se baladent aujourd'hui dans le pays avec l'ADN de Gary Foreman ?

— Ceux qui s'occupent des transplantations, répliqua Jason simplement. Ils savent qui sont les personnes concernées et combien elles sont.

Karen continuait de lire.

— Auparavant, les médecins devaient effectuer régulièrement des biopsies pour vérifier qu'un organe n'était pas en train d'être rejeté. Mais aujourd'hui, ils peuvent le savoir grâce à une analyse sanguine. Ils peuvent voir combien d'ADN appartenant au donneur se trouve dans le système sanguin du receveur et ça leur permet de savoir s'ils doivent changer les doses du traitement antirejet. Une simple analyse sanguine nous apprendra tout ce qu'on veut savoir, Jason.

Jason semblait moins excité qu'au moment où il avait eu son idée.

— Oui, mais comment on va faire pour l'obtenir ? Comment on va s'y prendre pour découvrir qui a reçu des organes ? Et comment on va faire pour obtenir l'info ? On ne peut pas dire à quelqu'un : « Vous savez ce joli cœur que vous avez dans la poitrine ? Eh bien, nous pensons qu'il pourrait avoir appartenu à un meurtrier ; vous voulez bien nous laisser faire une prise de sang pour qu'on puisse vérifier ? »

Cette remarque coupa la chique à Karen. Elle secoua la tête.

— Je ne sais pas quoi te répondre, Jason. Je pense qu'on va devoir encore faire appel à Colin Semple, dit-elle en cherchant son numéro de téléphone.

Elle appuya le portable contre son oreille et attendit. Elle tomba sur le répondeur.

— Maître Semple, ici Karen Pirie, dit-elle avant de s'éclaircir la voix. J'aimerais vous parler d'un problème intéressant relatif à l'affaire Ross Garvie. Est-ce qu'on pourrait se voir dans la journée ? Merci.

Elle raccrocha et regarda droit devant elle, perdue dans ses pensées. Au bout d'un moment, Karen secoua la tête comme un chien sortant de l'eau, ce qui raviva sa douleur à l'épaule.

— Retournons au bureau, Jason. On ferait bien de s'occuper de l'affaire Abbott pendant que nous attendons des nouvelles de Colin Semple.

— OK, répondit-il en faisant démarrer la voiture.

— C'était vraiment une excellente idée, Jason. Quoi qu'on puisse en tirer par la suite, c'était vraiment une excellente idée.

Il se mit à rougir jusqu'aux oreilles.

— Vous voyez, c'est pas une perte de temps de regarder des films d'horreur.

Karen se mit à rire.

— Si, quand même un peu Jason. Tu peux me croire.

— Peut-être. Mais vous devez réfléchir à tout ça. Je veux dire, au cas où il y aurait une invasion de zombies, quelle arme vous choisiriez pour vous défendre ?

*

Cette fois, ils prirent le temps de parcourir les dossiers. Ils étudièrent chaque page pour avoir une vue d'ensemble des événements qui avaient précédé l'explosion de l'avion. Lentement, la chronologie de la journée commença à émerger. Ils avaient non seulement prêté attention aux faits et gestes de Richard et Mary Spencer, mais aussi à ceux de Caroline et Ellie.

La plupart des documents étaient sans intérêt : des rapports de routine établis par les enquêteurs de la police et de l'aviation civile. Rester concentré était difficile. Ce fut tard dans l'après-midi que Karen trouva un détail qui attira son attention et fit monter son adrénaline. Au milieu d'un rapport d'enquête, elle lut cette phrase : « Caroline Abbott et Ellie MacKinnon ont été conduites à l'aérodrome par le fils de Mme Abbott, Will. »

— Et voilà ! s'exclama-t-elle avec un grand sourire.

— Vous avez trouvé quelque chose, chef ?

Elle lui tendit la page.

— Ce n'est pas grand-chose, mais c'est un début. Ça nous prouve que Will Abbott était sur les lieux. On peut sans doute en apprendre plus. Il doit y avoir un compte rendu chronologique des événements quelque part là-dedans.

Et il devrait y avoir un témoignage de Will aussi. Cette enquête a été menée avec une telle minutie qu'ils n'ont pas pu le rater.

— C'est vraiment pénible que rien ne soit classé, se plaignit de nouveau Jason.

— En même temps, ça nous oblige à être plus attentifs. Si les dossiers étaient tous correctement indexés, nous irions directement vers ce qui nous intéresse au risque de manquer un détail crucial.

Du coin de l'œil, elle vit le regard exaspéré qu'il lui lançait.

— Bon, je sais que je suis pénible moi aussi. Mais tu sais que j'ai raison.

Elle avait presque terminé la première boîte quand Jason l'interrompit.

— J'ai trouvé la chronologie, dit-il en agitant une liasse de papier au-dessus de sa tête. Il n'a pas fait que les déposer. Il les a conduites jusqu'à l'aérodrome et il a visité les lieux. Écoutez : « De dix heures quinze à dix heures trente RS s'occupe des papiers et des détails de la trajectoire du vol. MS, CA, EM, FS sont dans la tour de contrôle. WA dans le hangar. »

— Bingo. Will était donc sur place tout comme Frank Sinclair. Est-ce qu'on sait ce qu'il faisait là ?

— Attendez. « Dix heures trente. Présents dans le hangar, le mécanicien Christopher Barnes et Will Abbott, fils de CA. » Il était donc bien dans le hangar, avant le décollage.

Karen poussa un petit cri de joie.

— On avance ! Il doit y avoir une déclaration du mécanicien et de Will Abbott quelque part. C'est notre priorité maintenant.

Jason parcourut la liasse.

— Écoutez ça, chef : « M. et Mme Spencer sont arrivés à l'aérodrome avec M. Frank Sinclair, directeur de journal. Ils étaient conduits par le chauffeur de M. Sinclair. M. Sinclair discutait avec M. Spencer d'une possible collaboration de ce dernier dans les colonnes de son journal. Il a fait le tour du site avec les trois femmes avant de poser avec elles devant le hangar pour une série de photos prises par le photographe free-lance Don Mayhew pour le compte de l'hebdomadaire local. M. Sinclair est parti avant le décollage de l'avion. » Est-ce que c'est ce que vous espériez ?

Karen sourit.

— À peu près. Ce sont des preuves indirectes, mais autant de preuves indirectes qui viennent s'ajouter au dossier.

Stimulée par ces découvertes, elle retourna à sa tâche fastidieuse, avant d'être interrompue par la sonnerie de son téléphone.

— Maître Semple, merci de me rappeler, dit-elle.

— Commandant Pirie. Vous vouliez me parler. Vous êtes à Édimbourg ?

— Oui.

— Bien. J'étais au tribunal toute la journée mais je suis revenu dans mes écuries il y a une vingtaine de minutes. Vous savez où me trouver ?

— Vous n'êtes pas loin de Canongate, c'est ça ? Près de l'église ?

— C'est ça. Si vous avez le temps maintenant, j'ai un petit créneau dans mon agenda.

— J'arrive.

Elle raccrocha et se leva.

— Je vais voir Semple dans son écurie.

Jason gloussa.

— Je sais, je sais, dit-il en levant ses mains comme pour se défendre. On m'a briefé là-dessus. C'est la tradition juridique écossaise. Ça fait partie de notre héritage et tout ça. Mais parler d'avocats qui traînent dans des écuries, c'est ridicule. Pourquoi ils n'ont pas de bureaux comme tout le monde ?

— Ce n'est pas qu'une histoire de tradition, répondit-elle en enfilant sa veste avec un peu plus de facilité que la veille. C'est une façon de nous exclure de leur monde. C'est pour nous rappeler qu'ils sont différents des gens comme toi et moi.

— D'accord, mais ils pourraient employer le mot « palais » plutôt qu'écurie pour parler de leur cabinet. J'imagine à chaque fois un troupeau de vieux canassons là-dedans.

Karen se mit à rire.

— Alors que ça devrait te faire penser à des chevaux de course à la robe soyeuse et aux flancs brillants se précipitant sur la ligne d'arrivée d'un hippodrome, dit-elle avant de pousser un petit grognement. Je n'aurais jamais dû dire ça, surtout maintenant que je vais retrouver Semple.

— Vous êtes sûre que vous ne voulez pas que je vous accompagne ? demanda-t-il d'un air triste.

— Ça va aller. Continue avec les dossiers et regarde si tu peux trouver ces dépositions.

*

Le cabinet de Semple ressemblait exactement à ce à quoi Karen s'attendait. Lambris en bois sombre, fenêtre à petits carreaux en forme de losange donnant sur une cour d'immeuble et laissant entrevoir un morceau du ciel gris d'Édimbourg ; un vieux bureau en acajou poli par l'huile de coude des femmes de ménage ; des piles de dossiers fermés par des rubans ; et des étagères de livres dont les seuls titres auraient pu guérir son insomnie. Au milieu de tout ça, l'avocat en personne était assis dans son vieux fauteuil en cuir et l'observait calmement, les mains jointes sur le ventre.

Karen lui expliqua de son mieux la question de l'ADN de Gary Foreman.

— Nous ne savons pas combien de personnes ont pu bénéficier de ses organes ni où elles se trouvent, conclut-elle. Mais nous n'avons pas besoin de nous lancer dans des procédures particulières pour obtenir cet ADN. Nous avons juste besoin de consulter les résultats ADN des examens sanguins des receveurs. Quelles sont nos chances, à votre avis ?

Semple explora l'intérieur de sa joue gauche avec sa langue, en levant les sourcils. Un vrai numéro d'acteur. Il regarda le plafond avant de poser de nouveau les yeux sur Karen.

— C'est un cas intéressant. D'un côté, vous cherchez à outrepasser le secret médical concernant la transplantation d'organes et les résultats d'analyses sanguines. D'un autre côté, comme il n'est pas nécessaire que les noms de receveurs soient divulgués à la police, à un tribunal ou aux autres patients, je peux arguer qu'il n'y a là rien de répréhensible et que cela serait même d'intérêt public.

— Vous pensez que cet argument pourrait convaincre le tribunal ?

— Oui, je pense être en mesure de le convaincre. Ou au moins de poser de bonnes bases pour un jugement en appel. Je pourrais certainement m'occuper de ça pour vous.

Il décroisa les mains avant de les croiser à nouveau.

— En même temps…, dit-il en levant les sourcils.

Karen entra dans son jeu.

— En même temps, quoi ?

— Qu'est-ce qui vous a poussée à venir jusqu'ici, commandant ? Il me semble que vous avez déjà suffisamment de preuves dans votre affaire. C'est un peu comme avec le Sudoku, quand vous avez rempli la plupart des cases, les deux ou trois qui restent sont évidentes.

Il décroisa les mains et joignit le bout des doigts.

— Premièrement, vous avez établi une correspondance ADN entre Ross Garvie et le meurtrier de Tina McDonald.

Ça nous mène donc vers la piste familiale, père, oncle, frère, voire cousin. Le père biologique de Ross Garvie a un solide alibi et vous vous attendez à ce que les analyses ADN l'innocentent. Hormis Ross, cet homme n'a eu apparemment que des filles. Le seul autre parent masculin est, à votre connaissance, Gary Foreman, l'oncle de Ross Garvie. Qui n'a pas de fils non plus. Ce dernier avait un lien avec la victime parce que nous savons qu'il conduisait le bus qu'elle utilisait régulièrement pour se rendre au centre-ville et qu'elle a probablement pris le soir où elle a été assassinée. Cet homme est mort, commandant. Il n'y aura jamais de procès et on ne pourra donc pas prouver sa culpabilité de manière irréfutable. Je vous suggérerais donc tout simplement de clore ce dossier. Dites à la famille de Tina McDonald que l'identité du tueur est connue mais que celui-ci est mort et qu'il ne pourra par conséquent pas être jugé, conclut-il en souriant d'un air compatissant. Je comprends entièrement votre besoin de certitudes. Sans compter que le renouvellement de l'enquête ferait la une des journaux. Mais j'ai le sentiment que ça n'apportera rien à l'affaire.

Ses mots la laissèrent sans voix. Elle ne s'attendait pas à ce qu'un avocat refuse la possibilité de gagner de l'argent en raison de principes moraux.

— Il plane encore un doute.

— Il s'agit du genre de doute qui affecte uniquement les gens qui portent des œillères ou ceux qui font preuve de partialité. La famille de Foreman n'appréciera pas, mais vous devez bien mesurer ce que la conclusion de cette affaire apportera à la famille de Tina McDonald.

— Vous avez raison, la famille de Gary Foreman ne sera pas contente. Sa mère en particulier. Elle ira frapper aux portes de tous les tabloïds pour crier au scandale.

C'était une remarque pertinente, mais Karen avait l'impression qu'elle n'utilisait cet argument que parce qu'elle voulait connaître l'absolue vérité. Semple n'avait peut-être pas complètement tort quant à ses motivations.

— Non, ils ne seront pas contents. Mais à ce stade, rien ne les rendra heureux. De plus, vous pourrez faire bonne impression en expliquant que vous avez clos le dossier sans avoir touché au budget de la justice et en respectant la vie privée des receveurs des greffes.

Karen prit une grande inspiration.

— Mais ce n'est pas du Sudoku. Il ne s'agit pas uniquement de jouer avec les médias. C'est avant tout une histoire de vérité et de justice.

Il se pencha en avant, posa les bras sur son bureau, les mains jointes devant lui comme pour une prière.

— Karen, vous êtes plus futée que ça. Vous n'avez pas besoin de ça pour vous sentir fière du travail que vous effectuez. Je ne vous demande pas de prendre une décision dans la minute. Mais je pense que vous devriez réfléchir à ce qui compte ici. Je m'en occuperai si vous êtes décidée à aller jusqu'au bout, mais je vous conseille vivement de prendre en considération les intérêts de votre service et ceux de la famille de la victime.

53

Dépitée, Karen retourna au bureau en empruntant le Royal Mile, longeant des panneaux publicitaires tagués et le viaduc ferroviaire aux pierres crasseuses. Parfois, ses pensées étaient trop sombres pour le spectacle qu'offrait Édimbourg. Semple avait raison. Elle était tellement excitée à l'idée de boucler une affaire grâce à une nouvelle astuce qu'elle n'avait pas pris le temps de réfléchir au problème dans son ensemble. Elle en faisait trop, ce que Phil n'aurait pas manqué de lui faire remarquer.

Elle se rappela tout à coup qu'elle avait plus ou moins promis à River de la retrouver ce soir entre deux trains. S'appuyant contre un panneau publicitaire, elle lui proposa par texto de dîner dans un restaurant vietnamien près de la gare. Karen pourrait discuter librement avec une amie des options qui s'offraient à elle, au lieu de le faire avec un avocat qui la connaissait mal.

De retour au bureau, elle trouva Jason les pieds posés sur sa table de travail, une canette de Irn-Bru dans une main et, dans l'autre, un donut dégoulinant d'une substance qui ressemblait à du sang et du pus.

— Ça fait plaisir de voir que tu travailles dur, lâcha-t-elle sur un ton sec.

— J'ai trouvé les dépositions, répondit-il sans prendre la peine de s'asseoir correctement. Les deux. Alors je suis allé faire un saut au supermarché. Il y en a un pour vous dans la boîte. Je vous en ai pris un au chocolat.

Parfois, Karen se trouvait bien mal entourée. Elle ouvrit la boîte et regarda avec gourmandise le glaçage brun et collant qui dégoulinait sur le papier sulfurisé.

— C'est appétissant, soupira-t-elle, en saisissant le donut avant même d'avoir enlevé son manteau.

Elle mordit dedans sans pouvoir se rappeler la dernière fois qu'elle avait pris autant de plaisir à manger quelque chose d'aussi délicieusement sucré.

— Mon Dieu, gémit-elle, la bouche pleine de crème au chocolat.

Ça, c'est de la pure gourmandise, se dit-elle.

— Comment ça s'est passé avec l'étalon ?

Karen postillonna de la crème au-dessus de son bureau.

— Pas génial ! répondit-elle avant de s'essuyer la bouche avec un mouchoir en papier pris dans son tiroir. Je crois qu'il y a un truc qui ne tourne pas rond chez lui. Il pense que nous n'avons pas besoin de l'ADN de Gary Foreman pour prouver sa culpabilité. Il y aurait assez d'éléments probants dans la balance, d'autant plus qu'il n'y aura jamais de procès, donc pas de jury à convaincre. Ce serait donc une perte d'argent selon lui de suivre cette piste.

Jason enleva ses pieds du bureau et se redressa sur sa chaise.

— Quoi ? C'est l'hôpital qui se fout de la charité ? Un avocat qui refuse de l'argent ?

— Apparemment. Il faut que je réfléchisse à tout ça. Mais pas maintenant. Qu'est-ce que tu as trouvé ?

Il lui tendit deux feuilles de papier agrafées et en garda deux autres.

— C'est la déposition de Christopher Barnes.

Elle débutait par l'introduction officielle habituelle. Lieu, date, heure, nom et prénom, adresse, date de naissance. Christopher Barnes, mécanicien aéronautique, avait cinquante-trois ans à l'époque. Son témoignage n'était pas très naturel : c'était la conséquence du langage administratif employé par l'agent de police.

> Je suis arrivé sur zone à l'aérodrome d'Elstree à huit heures le matin du 5 mai 1994. Une fois sur place, j'ai enfilé mon bleu de travail et j'ai pris ma caisse à outils dans mon casier. Je me suis occupé de la maintenance technique d'un Piper Cheyenne III sur l'aire de trafic de l'aérodrome. Je me suis rendu ensuite au hangar où M. Richard Spencer gardait son Cessna Skyline. J'y suis arrivé à neuf heures quinze. J'ai ouvert le hangar, qui était comme d'habitude verrouillé par un cadenas et qui ne montrait aucune trace d'effraction. Ce matin-là, je devais préparer l'avion pour un vol en direction de l'Écosse et j'ai donc effectué une série de vérifications sur l'engin et sur le moteur pour voir s'il n'y avait pas d'anomalies mais n'ai rien trouvé.
>
> À aucun moment je n'ai laissé le hangar sans surveillance. John Saroyan, le directeur de l'aérodrome, est passé et m'a demandé quelque chose au sujet de l'avion d'un autre client. Nous avons parlé pendant cinq minutes et puis il est parti. Plus tard, un jeune homme est entré dans le hangar et s'est présenté comme étant Will Abbott. Il m'a dit que sa mère était un des passagers du vol vers l'Écosse. Il était intéressé par l'avion et nous en avons donc discuté un peu. Pendant qu'il était là, j'ai ouvert le hangar et je suis allé vérifier qu'il n'y avait pas d'anomalies sur la piste ou ailleurs.

Je suis sorti cinq minutes tout au plus et quand je suis revenu Will Abbott était toujours dans le hangar qui n'est donc jamais resté sans surveillance.
Il est possible qu'une bombe ait été cachée à l'intérieur de l'avion. Il y a des petits espaces dans le fuselage qui n'ont aucune raison d'être vérifiés. M. Spencer avait une clé pour le cadenas et il y a un double dans le coffre du bureau. J'imagine que quelqu'un aurait pu entrer sans qu'on le remarque. Nous avons un service de sécurité et la police locale vérifie régulièrement que le hangar est bien fermé ; toutefois, quelqu'un de déterminé pourrait entrer de nuit à l'intérieur. Mais personne n'a pu approcher l'avion ce matin-là.

Karen lut la dernière phrase à voix haute et regarda Jason.

— Quelqu'un aurait pu.

Il hocha la tête.

— Mais qui soupçonnerait un adolescent dont la mère est morte dans l'accident ?

— Nous. Voyons voir ce qu'il dit.

Il y avait un préambule similaire suivi d'une courte déclaration :

J'ai conduit ma mère Caroline Abbott et son amie Ellie MacKinnon à l'aérodrome d'Elstree le 5 mai 1994 au matin. Nous sommes arrivés là-bas vers dix heures. Ils devaient s'envoler pour l'Écosse avec leur ami Richard Spencer et sa femme Mary. Richard était un pilote qualifié et il possédait son propre avion. Pendant que Richard remplissait des papiers, les femmes ont visité la tour de contrôle. J'étais intéressé par l'avion. Je n'en avais jamais vu un d'aussi près avant d'aller dans le hangar. M. Barnes, le mécanicien, me l'a montré. Il a ensuite ouvert les portes du hangar et est sorti pour aller vérifier que tout était prêt pour le décollage. Il est parti quelques minutes et je suis resté à l'intérieur tout ce temps ; personne n'a pu entrer dans le hangar pour y déposer une bombe. M. Spencer et les passagers sont ensuite arrivés dans le hangar. J'ai serré ma mère dans mes bras avant de lui dire au revoir ainsi qu'à Ellie. Je les ai regardées monter dans l'avion, se rendre sur la piste puis décoller. C'est la dernière fois que j'ai vu ma mère.

Elle posa le document.

— Les moyens, le mobile et l'opportunité. Ce serait suffisant pour Miss Marple, soupira-t-elle. Malheureusement, nous avons un petit problème de preuves.

— Comment en obtenir ?

— Je ne sais pas. Je ne sais pas si on peut. Nous devons rassembler le maximum de preuves indirectes.

Jason sortit une autre feuille en faisant un grand moulinet du bras.

— En parlant de preuves indirectes, regardez ce que j'ai trouvé !

C'était une déposition du chauffeur de Frank Sinclair. Jason lui indiqua un paragraphe du bout du doigt.

— Lisez ça. Soit le mécanicien a menti, soit il a oublié.

Karen lut le passage en question.

M. Sinclair m'a demandé de garer la voiture derrière le hangar pour pouvoir partir rapidement après avoir dit au revoir. C'est ce que j'ai fait. Le mécanicien est sorti par la porte arrière du hangar quand il a entendu la voiture. Il a voulu voir le moteur de la Bentley donc j'ai ouvert le capot pour qu'il puisse y jeter un œil. Ça a duré une dizaine de minutes, mais personne n'est passé devant nous pour entrer dans le hangar pendant ce temps.

Karen soupira.

— N'importe qui aurait pu entrer dans le hangar par la porte avant. Je me demande s'ils sont arrivés avant Ellie, Caroline et Will.

Jason retourna à la chronologie.

— Selon ce qui est écrit ici, ils sont arrivés une bonne vingtaine de minutes avant les autres.

— Où était Sinclair, alors ? Avant la visite de la tour de contrôle ?

— Ce n'est pas précisé. Tout le monde pensait que c'était un attentat de l'IRA et tout ce qu'ils ont regardé c'était comment on pouvait avoir accès à l'avion. Ils n'ont pas vérifié tous les mouvements des passagers ou des personnes qui les accompagnaient parce qu'ils étaient apparemment au-dessus de tout soupçon. Vous pensez toujours que l'explosion de l'avion a un rapport avec le meurtre de Gabriel Abbott ?

— Oui. Ça fait quand même beaucoup de coïncidences. Gabriel commence à s'intéresser à son passé et paf, on le retrouve mort peu de temps après.

— Mais pourquoi ?

— Parce que découvrir la vérité sur son passé lui aurait fait reconsidérer tout ce qu'il avait toujours cru au sujet du crash de l'avion. Sans compter qu'il en aurait voulu à Will de l'avoir privé de son héritage, comme il l'aurait découvert en parcourant le testament d'Ellie. Et qui sait ce qu'il aurait encore découvert s'il avait poursuivi ses recherches jusqu'au bout ? Certaines personnes ont dû se sentir menacées, c'est pourquoi Will – ou Frank Sinclair – a décidé que Gabriel devait disparaître.

Jason se gratta l'aisselle tout en réfléchissant.

— C'est un peu radical quand même, dit-il. Quel genre de personne tuerait sa mère puis son frère juste parce que les choses commencent à se gâter ?

— Il existe ce qu'on appelle le trouble de la personnalité narcissique. Ce sont des gens qui ont un ego démesuré et un manque d'empathie envers autrui. Ce sont des personnes vaniteuses qui ressentent le besoin d'exercer leur pouvoir sur d'autres. Elles pensent qu'elles sont meilleures que tout le monde et se fichent de savoir à qui elles font du mal dans leur volonté d'obtenir ce qu'elles veulent.

— Un peu comme Donald Trump ?

Karen sourit.

— Dans le mille, Jason. C'est quelqu'un de manipulateur, qui rejette la faute sur les autres, qui ne pense qu'à lui et qui fait preuve d'intolérance. Et qui a aussi une très haute opinion de lui-même.

— Ça explique peut-être pourquoi Will Abbott est tellement bon en affaires.

— Et Frank Sinclair. Ce qui me fait penser... au SUV qui a tenté de me renverser. Il aurait pu théoriquement avoir disparu sans être filmé par les caméras si le chauffeur avait connu les routes du secteur, mais je crois au contraire que la voiture était conduite par quelqu'un qui n'était pas du coin. Parmi les SUV repérés ce soir-là, il y avait une voiture de fonction appartenant à une entreprise de Newcastle du nom de Spartacular. Il faut que je vérifie ça..., dit-elle en lançant aussitôt une recherche pour en savoir plus sur l'entreprise.

— « Spartacular », marmonna-t-elle en attendant les résultats. Et voilà.

Elle parcourut la page.

— C'est apparemment une entreprise spécialisée dans les images de synthèse. Dans le rendu photoréaliste.

Elle arrêta tout à coup de faire défiler la page.

— Merde.

— Quoi ?

Jason se leva et vint regarder par-dessus son épaule.

— Spartacular appartient à Glengaming SARL depuis 2014. C'est l'entreprise de Will Abbott. On le tient.

— Doucement, Jason. Doucement. C'est juste une autre preuve indirecte. Ce n'est pas assez solide.

Alors qu'elle était en train de parler, Jason saisit son téléphone et composa le numéro de Spartacular affiché sur l'écran de l'ordinateur.

— Non, attends..., dit Karen.

Mais c'était trop tard.

— Bonjour, inspecteur Jason Murray de la police écossaise. Nous avons ici le compte rendu d'un accident survenu mardi soir impliquant un véhicule de votre entreprise... Oui, j'attends.

Il leva un pouce à l'intention de Karen avant de couvrir le téléphone avec sa main.

— Donnez-moi le numéro d'immatriculation, vite !

Karen parcourut son portable où elle avait noté les numéros de plaque des SUV et lui montra celui qui les intéressait.

Quelques secondes plus tard, Jason répéta ce qu'il avait déjà dit en précisant cette fois le numéro de la plaque d'immatriculation du véhicule.

— J'ai besoin de savoir aussi qui conduisait la voiture au moment de l'accident... Oui, s'il vous plaît... Oui, enfin, c'est surtout pour vous éviter l'embarras de voir mes collègues débarquer dans vos bureaux pour quelque chose d'aussi insignifiant... Non, il n'y a aucune plainte, c'est juste la déposition d'un témoin.

Jason leva les yeux au ciel et fit semblant de se pendre avec sa main libre.

— Je comprends. Mais honnêtement, j'aimerais régler ça aussi vite que possible. J'ai juste besoin d'un nom pour terminer mon rapport. Vous voulez bien ? Parfait.

Il donna à son interlocuteur son adresse mail officielle et le numéro de leur bureau à Gayfield Square.

— Vous m'avez été d'une grande aide, merci.

Il arborait un si large sourire qu'elle se demanda s'il n'était pas douloureux.

— Il m'enverra les renseignements par mail aussitôt après avoir consulté le registre des véhicules.

— Je n'en reviens pas de ce que tu viens de faire.

Jason eut l'air gêné.

— Parfois je me dis : « Comment est-ce que Phil aurait agi ? », et je le fais.

Une vague d'émotion serra la gorge de Karen. Phil aurait éclaté de rire à l'idée qu'il pouvait servir de modèle à La Menthe.

— Moi aussi, dit-elle. Il se serait plaint qu'on ne l'écoutait pas assez de son vivant.

— Vous l'écoutiez, répondit Jason. Vous êtes très à l'écoute. Il n'y a pas beaucoup de personnes qui m'auraient sauvé la mise comme vous l'avez fait.

Karen gloussa.

— T'es un peu bêta parfois, mais un bêta avisé en vaut deux, répondit-elle avant de contempler les papiers sur son bureau. On a bien travaillé aujourd'hui. Arrêtons-nous maintenant avant de tout gâcher.

Il la regarda du coin de l'œil.

— Ça vous dirait d'aller boire une pinte ?

Il ne lui avait jamais proposé ça auparavant ; il attendait toujours que ce soit elle qui prenne l'initiative. Mais beaucoup de choses commençaient à changer entre eux. Karen hocha la tête.

— Pourquoi pas ?

54

Karen voulait aller près de Haymarket pour pouvoir retrouver River plus facilement. Jason décida donc qu'il prendrait deux pintes et rentrerait chez lui en train. Ils traversèrent Leith Walk et empruntèrent le bus 26 en direction du West End pour se rendre au Ryrie's Bar. Ils trouvèrent de la place au comptoir, où Jason commanda une pinte de Flying Scotsman. Fidèle au gin-tonic, Karen commanda un Blackwood's aux extraits de plantes du Shetland. C'était frais et parfumé. La première gorgée lui fit oublier toutes les contrariétés de la journée.

Aucun des deux ne remarqua que l'homme portant une veste North Face à l'autre bout du bar avait voyagé dans le même bus qu'eux. Malgré la tentative de meurtre dont elle avait été victime, Karen n'imaginait pas que quelqu'un puisse être à ses trousses. Elle était habituée à être le chasseur et non la proie.

— Alors, qu'est-ce qu'on fait s'il s'avère que c'était Will Abbott qui conduisait le SUV ? demanda Jason en fourrant des chips dans sa bouche.

— Je ne veux pas parler travail, répondit fermement Karen. J'ai besoin de faire une pause et de ne pas penser à la suite. Laissons ça derrière nous un moment. Parle-moi plutôt de foot, de politique ou de l'endroit où tu aimerais vivre à Édimbourg.

Jason réfléchit le temps de terminer le paquet de chips.

— Vous saviez qu'entre janvier et les play-offs, les Raith Rovers ont marqué dix points de plus qu'au cours de tous les autres championnats ?

Karen, qui l'avait appris grâce à son incontrôlable fil Twitter, feignit l'ignorance.

— C'est incroyable, commenta-t-elle. Ça aurait fait plaisir à Phil.

Il n'en fallut pas plus pour encourager Jason à parler de questions épineuses entourant le football écossais le temps de terminer sa pinte et d'en boire une autre. Quand il se trouva à court d'idées, il se tut brusquement et fixa Karen du regard.

— Je vais avoir du mal à vous parler politique, j'y connais rien.

Karen sourit.

— C'est bon, Jason, tu n'as plus à te fatiguer. Je dois retrouver River à la sortie du train dans dix minutes. On va aller manger un bol de phở au restaurant vietnamien en haut de la rue.

— C'est épicé, non ? demanda-t-il un léger sourire aux lèvres.

— Assez, oui.

— Je n'aime pas vraiment ce qui est épicé.

— Je sais.

— Sauf le curry après avoir bu quelques pintes.

— Pas vraiment le genre de cuisine de ta mère.

Karen termina son verre et lui donna une tape sur l'épaule.

— On se voit demain matin. La nuit devrait me porter conseil. J'aurai les idées plus claires sur la suite des événements.

*

Perchées sur leur tabouret au comptoir du café vietnamien, Karen et River attendaient que leur bol de phở refroidisse. River n'avait pas l'air d'une professeure employée par la plus importante université en science médico-légale d'Écosse. Avec sa crinière rousse, sa veste huilée usée et ses vieilles chaussures, elle ressemblait plus à une zonarde relookée. Karen n'aurait pas été surprise de la voir accompagnée d'un chien au comportement imprévisible. Mais sous-estimer River aurait été une grossière erreur.

Karen lui avait expliqué son dilemme sur le court trajet qui menait de la gare au restaurant. Maintenant qu'elles étaient installées pour manger, River était prête à engager la conversation.

— Tu fais ton truc habituel, dit-elle avec un sourire fatigué.

— Qu'est-ce que tu entends par « mon truc habituel » ?

— Tu compliques le problème. Tu as une super-idée, mais ça ne suffit pas : il faut que tu cherches midi à quatorze heures. Tu fais tout le temps ça. Tu es tellement intelligente que tu n'arrives pas à t'arrêter à la première marche. Tu ne peux pas t'empêcher de vouloir aller plus loin.

Karen joua les offensées.

— Je ne vois pas de quoi tu parles.

— Jason a eu une bonne idée. Tiens, d'ailleurs, qu'est-ce qui se passe ? Jason fait enfin fonctionner son cerveau ?

— Il apprend, répliqua Karen sur la défensive. Il n'arrête pas de se demander ce qu'aurait fait Phil à sa place.

River haussa les sourcils.

— Ce n'est pas un mauvais principe, vu l'état actuel des choses. Bref. Jason a donc eu une excellente idée. Et tu as été tellement excitée par les possibilités qu'offre cette perspective que tu n'as pas vraiment pris le temps d'y réfléchir.

— De réfléchir à quoi ? dit Karen en goûtant sa soupe dont la température lui convenait à présent.

— Certes, l'ADN de Gary Foreman sera présent dans le corps des receveurs de ses organes. Mais réfléchis deux secondes. Quand les médecins analysent le sang des receveurs, comment peuvent-ils savoir que c'est l'ADN du donneur qu'ils voient dans ces analyses ?

Karen réfléchit à la question avant de se prendre tout à coup la tête entre les mains.

— Mais que je suis bête ! s'exclama-t-elle.

River goûta sa soupe et fit la grimace.

— Vous les Écossais avez vraiment des bouches en amiante…

— Les médecins ont forcément dû analyser l'ADN du donneur avant même de commencer les transplantations. Gary Foreman étant mort, le droit à la confidentialité ne s'applique plus pour lui. Il n'y a donc aucune raison que les médecins ne nous communiquent pas son ADN. Bon, il nous faudra peut-être passer par un juge, mais ça ne compromettra la vie de personne.

Elle frappa l'air du poing.

— Tu es géniale, River !

River haussa les épaules.

— Je prends juste mon temps, contrairement à toi. Est-ce que ça résout ton dilemme moral ?

— Presque. Je parlerai à Semple demain matin pour savoir ce qu'il en pense.

— Ce n'est pas une affaire difficile à défendre, surtout si c'est l'unique chance pour que la famille de la victime puisse tourner définitivement la page.

Les deux femmes se concentrèrent sur leur soupe. Pour fêter ça, Karen commanda un café glacé avec du lait concentré sucré, la spécialité de la maison. Elle était sur le point de boire sa première gorgée quand son téléphone vibra. C'était un message de Jason.

> Bingo. Reçu le mail du gars en charge du transport chez Spartacular. Le SUV a été emprunté par Will Abbott mardi soir, d'après le registre des sorties.

Karen ferma les yeux et remercia silencieusement le ciel.

— Un problème ? demanda River.

— Au contraire, répondit Karen. Une très bonne nouvelle.

55

Karen dit au revoir à River qui partait pour Carlisle par le dernier train. La révélation qui avait émergé de leur rencontre l'avait en partie rassérénée. Mais le texto de Jason lui avait de nouveau donné du grain à moudre. Qu'allait-elle faire du dossier Gabriel Abbott ? Avait-elle assez d'éléments pour aller voir le Macaron et lui demander qu'Alan Noble lui ouvre ses dossiers ? Y avait-il moyen d'obtenir quelque chose de plus solide que des preuves indirectes ? Ou allait-elle devoir renoncer ? Sa conviction qu'un meurtrier ayant déjà fait cinq victimes s'en sortirait impunément si elle renonçait à le poursuivre n'était pas une raison suffisante pour arrêter quelqu'un.

Elle retraversa la ville à pied. Ça aurait été plus rapide de prendre le chemin à côté du Water of Leith mais certains coins n'étaient pas suffisamment éclairés. Karen n'avait pas peur d'être attaquée, mais elle ne faisait pas confiance à ses pieds dans le noir et elle souffrait déjà d'une blessure qui limitait ses mouvements.

Tout en marchant, elle réfléchit aux liens entre l'explosion de l'avion et le meurtre de Gabriel Abbott, deux événements pour elle indissociables. S'il avait découvert la véritable identité de sa mère, il aurait rapidement appris que Frank

Sinclair était son père biologique, une révélation pour le moins embarrassante.

Pour un homme doté d'un ego démesuré comme Sinclair et ayant le pouvoir de le satisfaire, l'idée d'être vu comme un menteur et un hypocrite aurait été insupportable. Et cela aurait discrédité son discours moralisateur auprès du public. Jusqu'où un homme comme lui était-il prêt à aller pour protéger sa situation et sa réputation ? Pouvait-il compter sur le même genre d'appuis que ce roi anglais qui avait voulu se débarrasser de Thomas Becket ? Le genre de personne qui exécutait ce que son chef lui demandait ? « N'y aura-t-il personne pour me débarrasser de ce petit bâtard menteur et corrompu ? » C'était un peu trop théâtral, un peu trop médiéval. Mais ce que certaines personnes apparemment respectables étaient prêtes à faire pour sauver leur réputation ne cessait de l'étonner. Elle savait qu'il ne fallait pas sous-estimer la petite bourgeoisie.

Et puis il y avait Will Abbott. Jusqu'où un jeune homme brillant et déterminé de dix-huit ans était-il prêt à aller pour réaliser son rêve ? Un narcissique n'hésiterait pas à faire triompher ses certitudes au détriment de la vie des autres. S'il connaissait la teneur des testaments d'Ellie et Caroline, il savait qu'il pouvait obtenir l'argent nécessaire pour créer son entreprise. Mais que savait-il exactement sur les parents de Gabriel et depuis quand ? Savait-il en touchant son héritage qu'une assez grosse part n'était moralement pas la sienne ? Comment aurait réagi Gabriel une fois qu'il l'aurait découvert ? Aux dires de tous, c'était un homme intelligent mais sacrément paranoïaque. Aurait-il été suffisamment intelligent pour découvrir que son frère qui n'était pas son frère avait un excellent mobile pour commettre un meurtre ?

Mais réfléchir à un mobile n'allait pas l'aider à trouver le genre de preuves qui convaincrait un procureur. Aujourd'hui, on ne s'engageait pas dans des poursuites judiciaires sans être sûr d'avoir au moins 50 % de chances d'obtenir une condamnation.

Elle se dirigea vers Hamilton Place en esquivant un groupe de jeunes gens qui marchaient en direction de Stockbridge. Quelles preuves avaient-ils, au juste ? Ils savaient que Will Abbott avait emprunté un SUV noir qui avait été repéré non loin de l'endroit où un véhicule du même genre avait tenté de renverser Karen. Mais c'était un peu léger. Et la résolution des caméras n'était pas suffisante pour voir le conducteur. Will aurait pu passer les clés à quelqu'un. Il aurait même pu affirmer que le SUV avait été emprunté sans qu'il le sache ou sans son accord et qu'on l'avait ramené avant qu'il ne l'utilise. Ce dont Karen était sûre et ce qu'elle pouvait prouver étaient deux choses très différentes.

Il fallait aussi qu'elle arrive à prouver qu'il se trouvait près de l'endroit où Gabriel avait été assassiné. S'était-il aussi rendu à Newcastle à ce moment-là ? Avec quel véhicule ? S'ils pouvaient le découvrir, elle demanderait à Jason de visionner les enregistrements. Quid du pistolet qui avait tué Gabriel ? Les gens parlaient beaucoup de la violence des jeux vidéo. Quelqu'un avait-il offert une arme à feu à Will Abbott en guise de plaisanterie ?

— Ressaisis-toi, nom de Dieu ! dit Karen tout haut, surprenant un couple d'âge moyen qui passait par là.

Elle se fondait sur des théories qu'elle ne pouvait même pas prouver.

S'était-il passé quelque chose en 1994 qui lui apporterait un indice ? Elle repensa à cette histoire d'expérience qui avait permis à Will Abbott de gagner un prix. Si celle-ci avait un rapport avec le mécanisme de la bombe qui avait détruit le Cessna, ce serait une nouvelle preuve indirecte qui viendrait s'ajouter à toutes les autres. Parfois, les preuves indirectes étaient suffisantes pour faire condamner quelqu'un, si toutefois on en avait suffisamment.

Comme elle n'était plus très loin de chez elle, Karen s'arrêta pour acheter du lait et de l'ibuprofène au supermarché. Son épaule recommençait à la faire souffrir. Focalisée sur sa douleur, elle ne prêtait pas attention à ce qui se passait autour d'elle. Elle avala deux comprimés sur le chemin qui lui restait à parcourir jusqu'à l'appartement, mais ils ne semblèrent pas faire effet. Une fois chez elle, elle resta une éternité sous la douche mais la douleur ne diminua pas pour autant.

Enveloppée dans une serviette, elle s'assit avec une tasse de thé et observa la nuit. Les nuages étaient bas, il n'y avait pas de lune, la mer était une présence noire informe entre elle et les lumières du Fife. Il y avait toujours un passage à vide dans les enquêtes ; un moment où toutes les pistes semblaient ne mener nulle part. Ce soir, elle se trouvait dans ce genre de no man's land. Avant, elle pouvait compter sur Phil pour la sortir de l'impasse, pour lui rappeler que c'était comme ça à chaque fois et qu'elle finissait toujours par trouver une solution, même si toutes les affaires ne se terminaient pas forcément par une condamnation. Mais à présent, elle était seule pour affronter ce moment de découragement.

En colère contre elle-même et consciente que le sommeil ne viendrait pas tout de suite, Karen décida de ressortir. Sans réfléchir, elle prit directement le chemin de Restalrig Railway. Comme d'habitude, il était désert à cette heure de la nuit. Même les gens qui promenaient leur chien ne s'y aventuraient pas. Karen remonta son col à cause du vent cinglant et continua de marcher en essayant d'oublier la douleur et de faire le vide dans sa tête.

Soudain, tout bascula. L'angoisse s'empara d'elle. Son instinct animal se mit en alerte. Elle entendit une respiration haletante, sentit la chaleur d'un autre corps à proximité. Karen se retourna légèrement pour savoir pourquoi son instinct lui intimait de s'enfuir. Son mouvement dévia un coup puissant dirigé vers sa tête, qu'elle reçut de plein fouet sur son épaule déjà blessée. Karen hurla de douleur, un cri déchirant dans la nuit. Elle sentit confusément un corps la percuter, qui la projeta par terre à cause de l'élan, puis la pression d'un genou sur ses côtes. Karen essaya de se libérer, mais son bras gauche était coincé dans son dos.

Elle libéra sa main droite et griffa le visage de son agresseur. Elle fut récompensée par un cri perçant quand ses ongles entrèrent en contact avec la chair. L'homme pencha la tête en arrière avant qu'elle puisse atteindre ses yeux, agrippa sa veste et la tira vers lui avant de la plaquer de nouveau au sol.

Karen retrouva son souffle et hurla le plus fort possible. Le bruit était son allié à présent. Plus elle crierait fort et plus elle aurait de chances d'être secourue. Elle lui donna un grand coup de poing dans les côtes, sentit l'homme vaciller et relâcher son étreinte contre sa poitrine. Alors qu'elle s'apprêtait de nouveau à le frapper, il relança son attaque en poussant un râle. Elle vit une main munie d'un objet se découper dans la pénombre. Puis ce furent les ténèbres et le silence.

56

Elle ressentit tout d'abord une violente nausée. Son corps tout entier lui donnait l'impression de chanceler. Karen entrouvrit un œil. Elle percevait une lumière bleue qui contrastait avec du blanc. Ça lui fit mal à la tête alors elle referma les paupières. Elle entendit un gémissement et se demanda de qui ça provenait.

— Vous m'entendez, Karen ?

C'était son prénom. Mais elle ne reconnaissait pas la voix. Ce n'était pas celle de Phil. Ni celle d'un de ses amis. Elle n'avait pas besoin de répondre.

— Ça va aller, Karen.

Elle trouvait ça risible. Elle avait envie de rire, mais n'en avait pas la force. Encore ce gémissement et cette fois elle comprit. Il provenait d'elle. Elle essaya de parler, mais tout ce qui sortit de sa bouche fut un autre gémissement.

— Détendez-vous, Karen. Vous m'entendez ?

Qu'est-ce qu'il fallait faire pour que cette personne se taise ?

— Oui, réussit-elle à dire du bout des lèvres.

Elle sentit une main lui tapoter l'épaule. La bonne. Celle qui ne la faisait pas atrocement souffrir.

— Nous sommes en route pour l'hôpital, expliqua la voix.

Elle tourna la tête, se mit à vomir. Et puis tout redevint noir et silencieux.

*

Quand elle rouvrit les yeux, Jason se tenait près du lit, l'air grave. La nausée était passée et la douleur remplacée par un sentiment lointain de vague inconfort.

— Ne fais pas cette tête-là, Jason. Je ne vais pas mourir, dit Karen d'une voix rauque.

Jason se détendit.

— Vous êtes réveillée. Super !

— Quelle heure est-il ? Qu'est-ce qui s'est passé ?

Karen essaya de bouger mais quelque chose l'en empêcha. Baissant les yeux, elle vit que son bras droit était maintenu en écharpe.

— Vous vous êtes cassé la clavicule. Enfin, c'est probablement Will Abbott qui vous l'a cassée. Il est presque quatre heures. Du matin. Vous avez perdu conscience.

— Je ne m'en souviens pas. La dernière chose dont je me souvienne c'est d'être partie marcher sur le Restalrig Railway.

— Nous avons placé Will Abbott en cellule à Gayfield Square. Quand les collègues sont arrivés sur place, il a affirmé que trois Arabes vous avaient agressée et qu'il s'était interposé. Il n'a pas prononcé un mot depuis. Nous avons également mis sous les verrous trois réfugiés syriens car ils affirment être intervenus pour empêcher Will Abbott de vous attaquer. Je sais qui il faut croire, mais nos supérieurs ne savent pas sur quel pied danser et attendent de connaître votre version des faits.

Karen ferma momentanément les yeux et essaya de se concentrer.

— Tout ce que je peux dire, c'est que je connais ces Syriens et que j'entretiens de bonnes relations avec eux. Et je crois que Will Abbott a essayé de me renverser plus tôt dans la semaine. Ça devrait donc suffire pour qu'on l'interroge, sinon pour l'inculper. Oh, et je crois que je lui ai griffé le visage ; on peut donc probablement récupérer des traces d'ADN sous mes ongles. Est-ce qu'on sait avec quoi il m'a frappée ?

Jason secoua la tête. Il avait les cheveux en bataille et n'avait manifestement pas pris le temps de les coiffer.

— Un des Syriens a dit qu'il avait vu Abbott jeter quelque chose au-dessus du talus, mais ça ne sert à rien de chercher tant qu'il ne fait pas jour.

— Nous avons donc Abbott en garde à vue en ce moment ? Avec de grandes chances d'être inculpé pour m'avoir agressée ?

— Peut-être même pour tentative de meurtre, dit Jason. Il a dû vous frapper vraiment fort.

— Le Macaron est au courant ?

Jason hocha la tête.

— L'officier de service a contacté le commissaire principal qui a appelé le commissaire divisionnaire. Mais il n'est pas encore arrivé.

— Où sont mes vêtements ? Mon téléphone ? Mais putain, aide-moi à me lever, Jason !

— Je vais chercher une infirmière, dit-il en la laissant là, furieuse et impuissante.

Il fallut une demi-heure et beaucoup d'énergie avant que Karen ne parvienne à sortir du lit et qu'elle puisse enfiler ses vêtements. Deux infirmières et un interne l'avertirent qu'ils ne sauraient être tenus pour responsables, qu'elle souffrait peut-être d'une commotion cérébrale et qu'elle prenait de gros risques.

— Ça ne sert à rien de discuter avec elle, leur dit Jason d'un air abattu en prélevant un échantillon sous ses ongles.

Karen marcha en boitillant jusqu'à la voiture avec Jason ; elle grimaça quand elle s'assit sur le siège passager.

— Je ne vais pas mettre ma ceinture, dit-elle. Tant pis.

Elle sortit ensuite son téléphone de sa poche et composa le numéro du Macaron.

— Prends la direction du Fife, dit-elle à Jason.

Son chef finit par répondre, sur un ton particulièrement mécontent.

— Vous savez l'heure qu'il est, commandant Pirie ?

— Oui, je le sais. Je sors de l'hôpital avec la clavicule cassée et un traumatisme crânien. Mon agresseur a été arrêté. Je demande la permission d'accéder aux dossiers du capitaine Noble concernant l'assassinat de Gabriel Abbott car je pense que mon agresseur pourrait être son meurtrier.

— Quoi ? s'exclama Lees. Vous dites n'importe quoi. Visiblement, ce coup à la tête…

— Will Abbott m'a attaquée. À mon avis, parce que je suis la seule personne qui enquête sur son rôle dans les meurtres de son frère et de sa mère il y a vingt-deux ans.

— Vous délirez. J'ai cru comprendre qu'Abbott vous avait sauvée d'une agression ?

— C'est exactement le contraire. Les réfugiés syriens sont mes amis.

— Oh, pour l'amour du ciel, Pirie, gardez vos convictions politiques pour vous.

— Ça n'a rien à voir avec la politique. Je connais ces hommes. Je leur ai parlé à plusieurs reprises. Je leur ai arrangé une rencontre avec Craig Grassie, le député local. Ce sont les dernières personnes qui me voudraient du mal. Will Abbott, concentrez-vous sur lui. J'ai besoin d'avoir accès à ces dossiers tant qu'il se trouve en garde à vue.

— Pour quel motif ? demanda Lees qui se montrait plus circonspect qu'en colère à présent.

— Parce qu'il a essayé de freiner l'enquête. Tout d'abord en se plaignant de moi au capitaine Noble et à présent en essayant de me tuer. Pour la seconde fois cette semaine.

— La seconde fois ?

— Il a tenté de me renverser mardi soir.

— Et pourquoi est-ce que j'en entends parler seulement maintenant ?

— Parce que je n'avais qu'une preuve indirecte. Mais les preuves indirectes se sont accumulées depuis. Tout ce que je demande c'est de pouvoir jeter un œil aux dossiers. En quoi est-ce que ça pose problème ?

Le Macaron ne répondit rien.

— Je sais qu'Abbott est le genre d'homme d'affaires très médiatique qu'apprécie le gouvernement. Mais ça ne signifie pas qu'il doit s'en sortir impunément. Vous devez me laisser faire mon travail.

Lees soupira.

— Très bien. D'accord pour un coup d'œil aux dossiers, mais c'est tout. Vous n'avez aucune légitimité dans cette affaire.

— Merci, répondit Karen qui raccrocha aussitôt avant qu'il ne change d'avis.

Tandis qu'ils se dirigeaient vers le Forth Bridge, elle se reposa contre l'appuie-tête.

Quelle que soit la drogue qu'on lui avait injectée dans le corps, celle-ci continuait à faire merveilleusement effet. Ça aurait été facile de se laisser sombrer dans le sommeil, mais elle savait que ce n'était pas une bonne idée. Pas avec une blessure à la tête.

— Où est-ce que le capitaine Noble est basé ? Avec l'enquête sur Gabriel Abbott ?

— Glenrothes, je crois.

— Alors, c'est là qu'on va. Il est temps que la police se penche sérieusement sur cette affaire.

57

Il n'aurait pas été exagéré de dire que le capitaine Alan Noble n'était pas particulièrement enchanté de se voir tiré du lit à cinq heures et demie du matin par un policier de service mal à l'aise affirmant agir sur ordre du commandant Pirie, laquelle affirmait agir sur ordre du commissaire divisionnaire Lees. C'était une affirmation que Noble n'allait pas remettre en question puisque cela aurait impliqué qu'il réveille son supérieur hiérarchique. Il prit néanmoins le temps de se doucher, s'habiller et boire deux tasses de café avant d'arriver au commissariat une heure plus tard.

— Tu es la honte de la profession, Alan, dit simplement Karen pour l'accueillir. Il s'agit d'une enquête pour homicide, pas d'une banale affaire de voisinage. Quand un officier supérieur te donne un ordre, tu n'es pas censé lambiner mais obtempérer.

— Oh, ça va, on est au beau milieu de la nuit. Et puis ce n'est pas un homicide. Je ne vois pas ce qu'il y a de si urgent dans une affaire qui remonte déjà à deux semaines.

— Ça l'est quand on a un suspect qui se trouve en garde à vue pour un autre délit.

Noble parut stupéfait.

— Un suspect ? Dans mon affaire ? Je te l'ai déjà dit, ce n'est pas un meurtre. C'est un suicide. Tu ne peux pas être suspect dans un suicide.

— Ce n'est pas parce que tu as écrit dans ton rapport que c'était un suicide que c'en est un. C'est un meurtre, OK ? Bon, maintenant je voudrais consulter tes dossiers.

— Mais je…

— Tu veux vraiment que je réveille de nouveau le commissaire divisionnaire Lees ? Parce qu'il n'était pas content quand je l'ai appelé tout à l'heure. Je ne suis pas sûre qu'il se montrera très aimable.

Noble avait l'air d'avoir croqué par inadvertance dans un chocolat au goût infect.

— Ce n'est pas ton affaire.

— Arrête d'être aussi pathétique et donne-nous accès aux dossiers, répliqua Karen en brandissant son téléphone. Je compte jusqu'à dix et ensuite j'appelle le commissaire divisionnaire Lees pour lui rapporter ton insubordination.

Noble se mit à rougir.

— Ils sont dans la salle des opérations.

Il tourna les talons et alla ouvrir une porte dans le couloir. Il leur fit signe de venir. La pièce était petite ; des chaises étaient regroupées autour des quatre tables collées côte à côte sur lesquelles se trouvaient cinq ordinateurs. Des boîtes d'archives étaient empilées dans un coin. Des photos d'une scène de crime étaient punaisées sur un tableau en liège.

— Notre prétendue salle des opérations. C'est juste un cran au-dessus du placard à balais.

Il observa tout à coup Karen comme s'il ne l'avait jamais vue.

— Qu'est-ce qui t'est arrivé ?

— Le tueur que vous n'avez pas arrêté s'en est pris à la chef, répliqua Jason d'un air méprisant.

— Ne me parlez pas sur ce ton, Murray.

— Alors, ne lui donne pas une bonne raison de le faire, rétorqua Karen. Bon, maintenant donne-nous accès aux dossiers et tu pourras aller te recoucher.

— Certainement pas. Si vous vérifiez le travail effectué par mon équipe, je veux rester ici.

Il remonta momentanément dans l'estime de Karen.

— Très bien. Tu peux peut-être nous préparer des cafés et des sandwichs, dans ce cas.

— Je ne suis pas homme à tout faire. Je suis l'officier en charge de cette affaire.

— On n'en a pas tellement vu la preuve jusqu'ici, répliqua Karen.

Noble se mit à rougir.

— Arrête de jouer les petits chefs avec moi. Vous, les flics des affaires non élucidées, si vous pouvez vous vanter de vos résultats, c'est grâce à des cons comme moi qui sont sur le terrain et qui collectent des preuves analysées ensuite par les labos. Vous pensez être meilleurs que nous. Eh ben moi, j'aimerais bien voir comment vous vous en sortiriez si vous deviez travailler sur une affaire en temps réel, avec la pression des chefs, des journalistes et des familles vingt-quatre heures sur vingt-quatre, sept jours sur sept.

Il se tut brusquement, le visage tout rouge.

Karen le regarda de la tête aux pieds. Il y avait du vrai dans ce qu'il disait sous le coup de la colère, même si elle ne se reconnaissait pas dans le portrait qu'il venait de faire.

— J'ai travaillé sur plusieurs enquêtes en temps réel, répondit-elle calmement. Avec un taux d'élucidation de cent pour cent. Mais je ne voulais pas blesser ton amour-propre. C'est juste une question d'hospitalité. Si nous étions dans nos bureaux, Jason irait préparer en vitesse du café et des sandwichs parce qu'il sait où se trouvent les choses. Soit tu accélères le mouvement soit tu dégages, Alan. Ça m'est égal.

Noble bouillait de colère mais il avait assez de bon sens pour ne pas envenimer la situation avec un officier supérieur qui avait la verve de Karen. Il ravala sa fierté et leur donna accès aux dossiers avant d'aller à contrecœur préparer les encas. Il revint au bout de quelques minutes, en grommelant que les cafés et les sandwichs seraient bientôt prêts. Karen, plongée dans le rapport du médecin légiste, prêta à peine attention à lui. Quant à Jason, qui était généralement plus intéressé par la nourriture et les boissons que par le travail, il ne leva même pas la tête.

Ils continuèrent de parcourir les rapports jusqu'à l'arrivée de cafés trop corsés et de muffins rassis qu'ils avalèrent distraitement.

— Ne mettez pas de miettes sur le clavier, grogna Noble.

Jason le regarda avec des yeux inexpressifs tout en continuant à manger.

Deux heures passèrent lentement à parcourir des rapports ennuyeux dans lesquels ils ne trouvèrent rien de très intéressant. Karen commençait à avoir mal à la tête, une douleur sourde derrière les yeux.

— Tu sais ce qu'ils m'ont donné à l'hôpital ? demanda-t-elle à Jason.

Il secoua la tête.

— Et quand ?

Il haussa les épaules.

— Il y a à peu près cinq heures, non ? répondit-il.

Karen sortit deux comprimés de la plaquette que lui avait donnée le médecin réticent et les avala avec deux gorgées de café froid. Elle retourna ensuite examiner les rapports.

Quelques minutes plus tard, Jason s'éclaircit la gorge.

— Tu as quelque chose ? demanda Karen en relevant la tête.

Il acquiesça. Elle se leva, vint se planter derrière lui et lut ce qui était affiché à l'écran. Noble bondit sur ses pieds et la rejoignit. C'était la déposition d'un témoin. Douglas McCloskey était sorti promener son chien à Kirkgate Park avant d'aller se coucher. Il connaissait Gabriel Abbott de vue : ils fréquentaient tous les deux le même pub. Il avait vu Abbott se diriger vers Kirkgate en longeant le Loch par le sentier.

> Un homme est alors arrivé dans le sens opposé et s'est dirigé vers Gabriel. Je les voyais relativement bien parce qu'ils se trouvaient sous un réverbère. Ils avaient l'air de plutôt bien se connaître parce que je les ai vus se donner une tape dans le dos. Ils ont discuté une petite minute et ils sont repartis ensemble sur le chemin. Je n'ai pas vu jusqu'où ils étaient allés parce que j'ai fait demi-tour pour rentrer chez moi à ce moment-là. Je ne connaissais pas l'homme qui est venu à la rencontre de Gabriel mais je crois que je pourrais le reconnaître si je le voyais de nouveau. Il était plus grand que Gabriel, plutôt maigre et sec. Il paraissait un peu plus vieux que lui. Il portait une veste, un jean et un T-shirt noir. Il était habillé plutôt à la mode.

Karen se tourna vers Noble.

— Tu n'as pas pris en compte ce signalement, dit-elle. Il avait l'air mal à l'aise.

— On ne peut pas vraiment dire qu'il s'agisse d'un signalement, si ? La description pourrait correspondre à la moitié des clients d'un pub de Kinross.

— Je ne crois pas, répliqua-t-elle. Vous avez fait venir le témoin pour établir un portrait-robot électronique ?

— Je n'en ai pas vu l'intérêt. Ces trucs ne ressemblent jamais à la réalité. Et puis on ne peut pas vraiment se fier au signalement d'un témoin.

— Non, mais je rêve ! lâcha Karen. Toi et ton équipe avez d'autres témoignages comme ça ?

Noble secoua la tête.

— Non, rien d'autre. C'est une observation qui a été faite de nuit et qui n'a été corroborée par personne, nom de Dieu !

— Nom de Dieu, *commandant*, le reprit Karen. Un inconnu a été vu près des lieux où on a retrouvé la victime et tu ne t'es pas dit que ça pouvait indiquer autre chose qu'un suicide ? ajouta-t-elle avant de détourner les yeux d'un air dégoûté. Imprime ça, Jason. Tu es sûr qu'il n'y a rien d'autre dans le genre ? Que personne n'a été vu marchant aux alentours de Kinross avec un pistolet ?

— Apparemment, non. Écoute, tout indiquait que c'était simplement une rencontre fortuite entre deux personnes qui se connaissaient. Ce n'est pas comme si nous avions un suspect que nous pouvions faire venir pour une séance d'identification. On s'est dit, c'est juste un vieux bonhomme de soixante-dix ans qui promène son chien et qui essaie de faire son intéressant.

Jason récupéra la déposition dans l'imprimante.

— On s'en va, dit Karen. Mais il y a de grandes chances qu'on revienne. Alors assure-toi que tous les documents soient prêts et organisés et qu'il n'y ait pas d'autres trucs explosifs dans ce genre.

Elle se dirigea vers la porte en essayant de mettre un pied devant l'autre sans tomber. Est-ce que c'était un signe de commotion cérébrale, cette sensation de vertige ? Une fois sortie du commissariat, Karen donna ses instructions à Jason.

— Retournons à Édimbourg. Je veux que tu organises une séance d'identification avec Will Abbott et que tu envoies quelqu'un du Fife chercher Douglas McCloskey pour le conduire à Gayfield Square. L'identification des suspects doit être menée par un policier qui n'a rien à voir avec l'enquête, mais on devrait avoir l'embarras du choix sur place. Allez, ne perdons pas de temps.

— Et vous, chef ? Vous avez besoin de repos.

— Ça va, vraiment. Ma tête fonctionne encore, c'est le principal. Mais il faut que tu me dises si je commence à dérailler, OK ?

Jason eut l'air perplexe.

— Je sais, je sais, tu te demandes comment tu pourras faire la différence avec mon comportement habituel ? dit-elle en souriant.

Même les muscles de son visage étaient fatigués.

— Occupons-nous de tout ça avant qu'un médecin trop zélé décide de me coller un arrêt de travail.

58

Quand ils arrivèrent à Gayfield Square, c'était la panique à bord. Quatre hommes se trouvaient en garde à vue, l'un d'eux avait un avocat, les trois autres parlaient mal anglais. Il n'y avait pas encore eu de déposition de la victime pour distinguer les bons des méchants. Karen s'assit avec un lieutenant de la brigade criminelle à qui elle avait déjà fait appel quand elle avait eu besoin de renfort. Il était doué pour les interrogatoires ; il avait suivi des cours en la matière et avait assimilé ce qu'on lui avait enseigné.

Elle lui répéta ce qu'elle avait déjà dit à Jason, à savoir que les Syriens étaient ses amis et que Will Abbott était un suspect potentiel dans cinq meurtres.

— Je n'ai pas beaucoup de souvenirs de l'attaque. Mais je crois que j'ai griffé le visage de mon agresseur.

Elle leva la main droite.

— Jason a prélevé des échantillons de peau à l'hôpital. Une infirmière a été témoin.

— Ça pourrait s'avérer utile. Il a une griffure au visage. Il accusait les Syriens mais si vous avez son ADN sous vos ongles, sa défense ne tiendra pas.

— On m'a dit qu'il y avait peut-être une arme sur les lieux ?

Le lieutenant sourit.

— Une équipe a été envoyée dès l'aube pour fouiller le secteur. Il se trouve que vous avez été frappée à l'aide d'une grosse multiprise. Le genre d'arme que je verrais plus dans les mains d'un éditeur de logiciel millionnaire que dans celles d'un trio de réfugiés syriens. C'est en cours d'analyse au labo pour retrouver d'éventuelles traces d'ADN et des empreintes.

— Qu'est-ce que vous attendez, alors ?

Il arbora un grand sourire et se rendit dans la salle d'interrogatoire. Karen resta dans la salle d'observation où elle pouvait suivre l'interrogatoire à distance. Il n'y avait rien d'autre à faire pendant que Jason organisait la séance d'identification à partir de photos, à moins qu'elle ne se faufile jusqu'à son bureau pour faire une sieste. Combien de temps devait-on attendre après une commotion cérébrale avant de pouvoir être autorisé à dormir sans surveillance ?

Will Abbott et son avocat étaient assis face à la caméra. Abbott était penché en arrière sur sa chaise, l'air sûr de lui. Il avait la beauté de sa mère, les traits réguliers et des cheveux blonds. Il avait un visage assez particulier, pensa-t-elle. Avec un peu de chance, Douglas McCloskey le reconnaîtrait sur les photos.

L'avocat d'Abbott, Cameron Campbell, un homme assez connu, lut une déclaration à voix haute :

— Mon client passait la nuit à Édimbourg parce qu'il avait un rendez-vous professionnel le lendemain. Il a décidé de faire une promenade pour se vider la tête avant d'aller se coucher et a choisi d'emprunter le chemin de Restalrig Railway. Il marchait depuis peu de temps quand il a vu une femme se faire agresser par trois hommes originaires du Moyen-Orient. Il a essayé de s'interposer mais ils ont pris le dessus. La police est arrivée avant que les choses ne s'enveniment. Mon client ne fera pas d'autre commentaire à ce sujet.

Le lieutenant se pencha en arrière sur sa chaise, imitant la posture d'Abbott. Il lâcha un petit rire.

— Vraiment ? Maître Campbell, vous savez aussi bien que moi que la déclaration de votre client est remplie de zones d'ombre. Il y en a tellement qu'on n'y voit pas très clair même en plein jour.

Il se redressa sur sa chaise.

— Monsieur Abbott, êtes-vous descendu dans un hôtel d'Édimbourg ?

— Sans commentaire, répondit Abbott d'une voix plus aiguë que Karen ne l'aurait cru.

— Où est garée votre voiture ?

— Sans commentaire.

— Pourquoi suiviez-vous le commandant Pirie ? Est-ce parce qu'elle enquête sur le meurtre de votre mère ?

Il cligna plusieurs fois des yeux mais ne changea pas sa réponse.

L'interrogatoire se poursuivit de la sorte. Abbott s'en sortait très bien. Mais s'il était aussi narcissique qu'elle le pensait, il essaierait de jouer au plus malin avec eux à un moment ou à un autre. Elle était sur le point de faire une pause pour aller chercher un café quand Jason glissa la tête par l'entrebâillement de la porte.

— C'est fait, chef. Douglas McCloskey a choisi Will Abbott sans la moindre hésitation. On a tout ça en vidéo. Est-ce que vous voulez lui parler ?

Douglas McCloskey était un sémillant septuagénaire à la peau ridée et lâche qui rappelait à Karen un sharpeï. Il avait des yeux bleus perçants. Il était venu avec son chien, un terrier à l'air grincheux assis sur ses genoux. McCloskey lui caressait les oreilles de manière compulsive, ce qui expliquait sans doute la mauvaise humeur du chien.

— C'était très intéressant, dit-il une fois les présentations faites. J'avais peur de ne pas être un bon témoin, mais dès que j'ai regardé les photos, j'ai reconnu l'homme que j'avais vu avec le pauvre Gabriel.

— Vous vous en êtes très bien sorti, monsieur McCloskey, le rassura-t-elle. J'ai lu la déposition que vous avez faite à mes collègues. Vous souvenez-vous à quelle heure s'est déroulée cette rencontre ?

— Il devait être environ vingt-deux heures quinze. J'avais regardé une rediffusion de *Scott and Bailey*, et quand ça s'est terminé à dix heures, Roxy et moi on est sortis. Ça me prend environ un quart d'heure d'aller jusqu'à l'endroit où je fais demi-tour, et c'est là que je les ai vus.

— Est-ce que quelque chose vous a frappé dans leur rencontre ?

— J'ai eu l'impression que Gabriel était un peu surpris. C'est difficile d'en être certain, mais il m'a semblé un peu déconcerté. En tout cas, ils se sont salués de façon très amicale, dit-il en caressant les oreilles du chien. Il n'y avait rien d'hostile entre eux et c'est pourquoi je n'ai pas fait de rapprochement avec la mort de Gabriel. Le banc sur lequel on l'a retrouvé était assez loin du début du sentier, et l'autre homme n'avait pas vraiment l'air habillé pour faire une promenade. Il avait des chaussures de ville, vous voyez ?

— Vous ne l'avez pas vu revenir en ville ?

— Non, mais je n'aurais pas pu. Je tournais le dos au sentier quand je suis rentré chez moi. Je ne suis pas du genre à espionner les gens.

Il parut légèrement offensé.

— Je sais, monsieur McCloskey. Mais même si je travaille dans la police depuis longtemps, j'espère toujours avoir un coup de chance.

Il gloussa et désigna son écharpe du doigt.

— Vous vous êtes fait mal, on dirait ?

Elle poussa un soupir.

— Si on veut. Merci, monsieur McCloskey. Nous allons demander à un collègue de vous raccompagner chez vous.

— Les voisins vont croire que j'ai enfreint la loi.

— Je n'espère pas. Nous vous recontacterons si nécessaire.

*

Pendant qu'ils attendaient que le procureur se présente au commissariat pour officialiser la procédure d'un point de vue juridique, Karen se retira dans son bureau et appela Colin Semple.

— J'ai réfléchi à ce que vous m'avez dit et je pense que vous avez raison. J'ai discuté avec une collègue qui m'a fait comprendre que je mettais la charrue avant les bœufs.

— Je ne suis pas certain de vous suivre.

— Pour identifier le donneur ADN dans le sang d'un receveur, les médecins doivent savoir ce qu'ils cherchent. Ce qui signifie qu'avant d'effectuer une transplantation, ils prélèvent des échantillons de l'ADN du donneur pour les comparer plus tard. L'ADN est enregistré…

— Et Gary Foreman, étant décédé, n'a plus aucun droit.

Semple fut moins long qu'elle à la détente.

— L'hôpital n'est donc pas tenu par le secret médical, grommela-t-il. Nous n'avons pas brillé par notre intelligence, commandant. Nous n'avons fait que compliquer la situation. Heureusement que vous avez cette collègue. Je m'en occuperai demain matin à la première heure et, avec un peu de chance, nous obtiendrons une réponse décisive très bientôt. Bien joué.

— Pas vraiment. Merci de m'avoir conseillé de réfléchir. Parfois je suis tellement concentrée sur les résultats que j'en oublie la dimension humaine.

— Nous commettons tous cette erreur, commandant. Tous.

Karen raccrocha et savoura un moment sa satisfaction. Ce dossier serait bientôt bouclé. D'une certaine façon, justice n'avait pas été rendue dans la mesure où Gary Foreman n'avait pas passé une seule nuit en prison pour le meurtre de Tina McDonald. Mais il avait dû vivre avec le poids de ce meurtre tous les jours, et elle supposait que cela l'avait tourmenté. L'important, c'était que les proches de Tina puissent enfin connaître la vérité. Ils ne se demanderaient plus si tel ou tel homme croisé dans la rue, assis à côté d'eux dans un bar ou dans le métro, était le meurtrier de Tina. Ils cesseraient enfin de se demander s'ils auraient pu empêcher son meurtre.

Karen imagina les événements de cette nuit-là. Tina dans le bus, habillée sur son trente et un. Connaissait-elle Foreman, le conducteur du bus numéro 16 qu'elle prenait régulièrement ? Avaient-ils sympathisé avec le temps ? Avait-il mal interprété le comportement amical de la jeune femme ? Ou avait-il pété un plomb ce soir-là pour des raisons qui n'avaient rien à voir avec Tina ?

Soit elle lui avait parlé de ses projets pour la soirée, soit il l'avait entendue en parler à quelqu'un d'autre. Il avait quitté son travail déterminé à profiter d'elle. Il avait pris le métro pour retourner en ville et l'avait retrouvée. Peut-être l'avait-il invitée à danser. Peut-être lui avait-il proposé d'aller ailleurs. Et puis les choses avaient mal tourné. S'était-il montré trop insistant ? Avait-elle changé d'avis ? Avait-elle senti quelque chose de bizarre chez lui ?

Quelle que soit la raison, Gary Foreman l'avait violemment agressée. Ce qui avait démarré comme une bonne soirée s'était terminé dans la peur, la souffrance et la mort.

Karen poussa un soupir. C'était une horrible histoire, mais au moins maintenant, elle était close. Un dossier de plus qui se refermait. Mais un autre, plus complexe, était toujours en cours. C'était une tâche sans fin. Elle se remémora un poème qu'ils avaient étudié à l'école, une version écossaise du mythe de Sisyphe par un certain Robert Garioch :

« Badaboum, l'impitoyable rocher dévalait le ravin,

Poursuivi par Sisyphe, sûr de toucher son chèque à la fin. »

Parfois, c'était exactement ce qu'elle ressentait à l'Unité des affaires historiques.

59

Karen ne connaissait pas la procureure ; elle aurait préféré quelqu'un avec qui elle avait déjà travaillé. Quelqu'un qui sache ce qu'elle avait accompli et connaisse ses méthodes. Quelqu'un qui lui ficherait la paix. Le métier de procureur consistait à collaborer avec la police, déterminer si un dossier était suffisamment solide pour être porté devant les tribunaux et envisager la meilleure façon de faire avancer une enquête. Karen pensait qu'un bon procureur devait se montrer imaginatif et confiant afin d'obtenir les meilleurs résultats. D'après son expérience, ce n'était pas toujours les qualités principales des avocats.

Ce qu'elle savait de Ruth Wardlaw, c'est qu'elle travaillait à Édimbourg depuis peu. Âgée d'une trentaine d'années, elle avait fait ses premières armes dans les Highlands où, pour dire la vérité, les délits graves n'étaient pas très fréquents. Les meurtres étaient rares, tout comme les attaques à main armée. Mais Karen savait qu'ils avaient là-bas comme ici des problèmes liés au sexe et à la drogue ; ce n'était pas une région idyllique comme on pouvait le voir dans les feuilletons télévisés du dimanche soir. Karen espérait donc que la nouvelle procureure était assez expérimentée et adroite pour prendre en main son affaire contre Will Abbott.

Karen conduisit Ruth jusqu'aux bureaux de l'Unité des affaires historiques, loin de l'agitation du reste du commissariat. Elle envoya Jason lui préparer un café – « Pas de café pour moi, ça me donne l'illusion d'être intelligente » – et essaya de se faire une idée de la personne qu'elle avait en face d'elle. Son apparence était très stricte : pantalon, veste noire, pas de bijoux à l'exception d'une paire de boucles d'oreilles en or. Elle avait des cheveux châtains coupés au carré, des yeux vigilants et un trait de rouge à lèvres. Karen était consciente que Ruth l'évaluait de la même façon et qu'elle ferait moins bonne impression. Elle ne voulait pas penser à l'allure qu'elle devait avoir avec son jean de la veille et sa polaire, ses cheveux mal coiffés, son bras en écharpe, ses yeux enfoncés et cernés par le manque de sommeil.

— Je n'ai pas toujours une allure aussi lamentable, s'excusa-t-elle. Ça a été une semaine difficile et quelqu'un a essayé de me tuer hier soir.

— En effet. C'est le premier élément à traiter dans notre dossier, n'est-ce pas ?

— Dans le vôtre, pas le mien. Je dois rester en retrait de cette procédure. Étant la victime, je ne dois pas intervenir là-dedans ; je peux juste faire une déposition. Ce qui est probablement moins utile que je ne l'aurais souhaité, ajouta-t-elle avec lassitude.

— Donc pendant que nous avons M. Abbott en garde à vue pour cette affaire, vous voulez continuer de travailler sur une autre ?

— Deux affaires, en l'occurrence. Une vieille et une plus récente. Je ne crois pas que nous ayons assez d'éléments sur la première affaire, non élucidée. Les preuves sont très indirectes et je ne vois pas comment aller plus loin.

Karen résuma tout ce qu'elle avait découvert sur l'explosion de l'avion et les rapports complexes unissant les protagonistes.

Ruth l'enregistrait et prenait aussi des notes sur un cahier à couverture en cuir gris. À la fin de son exposé, Karen se frotta les yeux, sentant poindre de nouveau la douleur.

Ruth se gratta le menton et considéra ses notes en fronçant les sourcils.

— Vous devriez creuser cette histoire de récompense en chimie. Ça pourrait nous apporter des éléments utiles. Peut-être que Maddie MacKinnon pourrait nous en apprendre plus.

— J'en doute. Maddie a brûlé ces papiers pour éviter un scandale à l'époque. Elle ne va pas revenir là-dessus aujourd'hui. Elle ne dira rien qui pourrait porter gravement préjudice à Will. Mais nous ne devons pas oublier Frank Sinclair dans tout ça. Il était à l'aérodrome ce matin-là. Il connaissait des gens qui savaient fabriquer une bombe. J'aimerais lui parler de ce qui s'est passé en 1994. Parce que je ne serais pas surprise qu'il ait poussé Will à se débarrasser de Gabriel quand les choses ont commencé à sentir le roussi.

Ruth écarquilla les yeux de surprise.

— Vous croyez vraiment ? Un pair du royaume ?

— Je pense que ce sont des gens cupides et égoïstes qui seraient prêts à tout pour conserver leur pouvoir, leur richesse et leur statut.

Il y eut un long silence entre elles avant que Ruth ne reprenne la parole.

— Karen – ça ne vous ennuie pas que je vous appelle Karen ? –, je pense que nous devrions mettre ça de côté. Ça pourrait valoir le coup de creuser cette piste dans l'affaire actuelle si on arrive à apprendre quelque chose sur la récompense en chimie, mais sinon, c'est trop léger. Cependant, mais ce n'est que mon avis, je pense que vous êtes sur la bonne voie. À présent, parlez-moi de la mort de Gabriel Abbott.

*

Ruth Wardlaw posa son stylo et prit une profonde inspiration.

— Vous avez raison, c'est un peu mince.

Karen sourit.

— Oui, mais le dossier pourrait s'étoffer. Établir les allées et venues d'Abbott la nuit du meurtre serait un bon début. Perquisitionner son appartement à Londres et chercher des traces de poudre sur ses vêtements en serait une autre. Vérifier les vidéos de reconnaissance automatique des plaques entre Newcastle et Kinross au cours de cette nuit-là nous permettrait également d'avancer. Il faudrait récupérer la géolocalisation de son téléphone pour savoir où il se trouvait précisément. La publicité autour de l'affaire pourrait nous en apprendre plus sur la provenance du pistolet. Le mobile pourrait se résumer ainsi : Gabriel était une menace dans la mesure où il pouvait réclamer sa part de l'empire que Will avait bâti en le spoliant de son héritage.

— Je suis d'accord. Mais tout ça, ce ne sont que des conjectures. En revanche… il ne fait aucun doute pour moi qu'il a commis un acte très grave contre vous.

— Alors ? Vous pensez que nous devrions l'inculper ?

— Généralement, dans ce genre de situation, je préfère pécher par excès de prudence. Mon travail est d'intenter des actions en justice sur des affaires qui déboucheront sur des condamnations. Mais un détail distingue cette affaire des autres.

— Lequel ? demanda Karen, intriguée.

— Ellie MacKinnon. C'était une star de la télévision avant que les programmes pour la jeunesse soient monnaie courante. Elle était extrêmement populaire parmi les jeunes téléspectateurs. Elle est gravée dans la mémoire des gens comme John Noakes et Valerie Singleton. Il nous suffirait de suggérer que Will Abbott ait pu faire exploser cet avion pour retourner une partie des jurés contre lui.

— C'est sournois, dit Karen, admirant la tactique.

Peut-être avait-elle trouvé une nouvelle alliée.

— Et ça doit rester entre nous, ajouta Ruth avec un sourire en coin.

— Vous m'encouragez donc à l'inculper ?

— Je pense qu'il faut que vous l'interrogiez. Il répondra sans doute par un « sans commentaire ». Mais vous devez essayer malgré tout. Et à moins que les choses ne se passent pas comme prévu, inculpez-le. Nous nous opposerons bien sûr à une mise en liberté sous caution. Sinon ce sera très difficile de recueillir de potentielles preuves.

Elle indiqua l'écharpe de Karen.

— Je n'aime pas dire ça, mais l'inculper pour tentative de meurtre sur un officier de police me simplifie la vie.

— Contente de pouvoir me rendre utile, ironisa Karen. Allez, au travail.

*

Cameron Campbell parut étonné de voir Karen et Jason entrer dans la salle d'interrogatoire. Tandis que Jason mettait en route le matériel d'enregistrement et récitait les formalités officielles, l'avocat l'interrompit.

— C'est tout à fait inacceptable. Commandant Pirie, vous êtes victime dans une affaire d'agression dont mon client a été témoin. Cela pourrait être considéré comme de la subornation de témoins.

— Nous n'aborderons pas les événements de la nuit dernière. Mes questions concernent deux affaires sur lesquelles j'enquête. La première est du ressort de l'Unité des affaires historiques dont je suis le commandant. La seconde y est liée.

L'air offensé, Campbell se pencha vers Abbott qui se tenait à présent bien droit sur sa chaise, calme et attentif, et lui murmura quelque chose à l'oreille. Abbott ne quitta pas Karen du regard tandis qu'il écoutait son avocat. Il tourna la tête pour lui marmonner une réponse tout en gardant les yeux braqués sur Karen.

— Mon client ne fera aucun commentaire à ce stade.

Karen regarda Abbott. Elle se réjouit de voir une belle éraflure le long de sa mâchoire. Elle espérait que ça le faisait souffrir. La douleur sourde qui l'élançait à l'épaule était concurrencée par celle qu'elle ressentait à la tête et la seule chose dont elle avait envie c'était de reprendre des analgésiques et d'aller dormir. Cependant, elle savait qu'elle devait tenir bon jusqu'au bout.

— Will Abbott, avez-vous assassiné Gabriel Abbott ?

Il afficha un petit rictus, comme pour dire : « C'est tout ce que tu sais faire ? » puis il répondit :

— Sans commentaire.

— Êtes-vous le propriétaire d'un pistolet Smith & Wesson 457 ?

— Sans commentaire.

— Est-ce que votre entreprise, Glengaming, est le propriétaire bénéficiaire de Spartacular, basé à Newcastle ?

— Sans commentaire.

— Depuis combien de temps savez-vous que Lord Sinclair est le père biologique de Gabriel Abbott ?

Karen continua de lui poser des questions en passant du coq à l'âne afin de déstabiliser Abbott, en vain. Ce qui ne fut pas le cas de son avocat qui faillit perdre son calme à plusieurs reprises. Au bout d'une demi-heure stérile, Campbell montra son impatience.

— C'est presque du harcèlement, se plaignit-il. Inculpez mon client ou relâchez-le.

Karen sourit.

— Heureuse de pouvoir satisfaire votre demande, répliqua-t-elle en pensant à la réaction furieuse que cela ne manquerait pas de susciter chez le Macaron. Parce que vous n'êtes qu'un amateur, Will. Les gens comme vous pensent pouvoir commettre un meurtre et s'en sortir grâce à leur intelligence et leur réussite. Vous avez vu toutes les séries policières et tous les documentaires consacrés à des meurtres, vous avez écouté des podcasts et lu des livres. Vous avez regardé comment les petites gens se faisaient prendre. Et vous pensez que cela ne vous arrivera pas parce que vous êtes intelligent et que vous avez réussi dans la vie.

Elle continuait de sourire.

— Je vous ai demandé si vous étiez à Kinross la nuit où votre frère a été tué et vous m'avez répondu : « Sans commentaire. » Vous avez bien fait de ne pas nier, parce que ça ne fait jamais bon effet au tribunal quand on parvient à prouver qu'un suspect a menti au cours de son interrogatoire. Vous avez donc de la chance. Vous ne serez pas pris en flagrant délit de mensonge. Parce que nous avons un témoin qui non seulement vous a vu à Kinross ce soir-là mais vous a vu aussi prendre chaleureusement dans vos bras votre – comment pourrait-on l'appeler ? – non-frère ? Il vous a reconnu sur une photo au cours d'une séance d'identification.

Elle vit son visage se crisper. Amateurs. Ils pensaient pouvoir gérer la situation. Mais ce n'est pas en racontant des petits mensonges à son épouse de temps en temps ou en jouant les hypocrites avec ses actionnaires qu'on parvenait à berner quelqu'un comme Karen, habituée aux interrogatoires et dont l'instinct s'était affiné avec le temps.

Karen poursuivit sur un ton calme et plaisant.

— Cette fois, vous n'allez pas vous en sortir par une simple pirouette, Will. Faites-moi confiance, il y a d'autres révélations dans le même genre qui vous attendent.

— Vous avez des questions, commandant ? Des preuves, peut-être ? Comme je vous l'ai dit, inculpez mon client ou relâchez-le.

— Vous pensez que je ne vais pas vous inculper, Will. Votre avocat vous a sans doute dit que nous n'avions pas assez de preuves. Mais la procureure voit les choses différemment. Dès que nous aurons les résultats du labo, vous serez cuit. Je sais que vous avez été très prudent. Mais même si vous portiez des gants quand vous avez chargé le pistolet, je vous garantis que votre ADN sera sur ces balles. Et ce sera la fin des haricots pour vous. C'est pourquoi, Will Abbott, je vous inculpe pour le meurtre de Gabriel Abbott…

Elle débita la formule habituelle et vit Abbott changer d'expression. Tendu, l'air scandalisé, il serrait les dents et respirait fort par le nez.

— Attendez, lança-t-il avant qu'elle ne termine sa litanie. Il faut que je parle avec mon avocat.

*

Karen et Jason s'adossèrent contre le mur à l'extérieur de la salle d'interrogatoire, tête baissée.

— Est-ce qu'il va cracher le morceau ? demanda Jason.

— J'en doute, répondit Karen. C'est le genre de type dont on ne vient pas facilement à bout.

Ruth Wardlaw sortit de la salle d'observation. On aurait dit qu'elle marchait sur des œufs.

— Bon travail. Je pensais qu'il allait s'en sortir, mais vous avez réussi à percer sa carapace.

— Frapper là où ça fait mal : l'orgueil, répondit Karen. Lui faire croire qu'il n'est pas aussi intelligent qu'il le pense. Créer le doute. Pas vrai, Jason ?

Surpris, il tressaillit.

— Oui, chef, bredouilla-t-il, comme vous dites.

Ruth consulta sa montre.

— Vous pariez que ça va durer combien de temps, leur petit entretien ?

60

Campbell ouvrit la porte vingt-deux minutes et dix-sept secondes plus tard, d'après le chronomètre du portable de Jason. Il semblait aussi à l'aise que s'il s'était assis par inadvertance dans une flaque d'eau.

— Si vous voulez poursuivre…, dit-il sur un ton résigné.

Une fois installés dans la pièce, il reprit la parole :

— Mon client aimerait faire une déclaration.

Will Abbott était redevenu maître de lui-même. Il se tenait bien droit, les bras croisés sur la poitrine.

— Je n'ai pas tué Gabriel, dit-il. J'admets que j'étais à Kinross le soir où il est mort, mais je jure que je ne l'ai pas tué et que je ne savais pas qu'il allait mourir. J'ai juste organisé un rendez-vous.

— Alors qui l'a tué ? demanda Karen calmement.

— J'aimerais expliquer les choses à ma façon et vous pourrez ensuite me poser des questions.

Karen savait que c'était le meilleur moyen d'avancer et qu'en procédant de la sorte on obtenait des résultats. Plus le suspect parlait, plus il se révélait, même s'il pensait maîtriser la situation. Mais comme elle ne voulait pas lui faciliter la tâche, elle secoua la tête.

— Ce n'est pas comme ça que ça marche, Will. Ce n'est pas vous qui décidez ici. Vous avez lancé de graves accusations contre quelqu'un et nous devons étudier cela.

— Pourquoi ne l'arrêtez-vous pas comme vous m'avez arrêté ? demanda-t-il en lui jetant un regard noir. Frank Sinclair. Lord Frank Sinclair. Il est au Balmoral. Dans la suite J.K. Rowling. Il devait m'attendre pour que je lui fasse un compte rendu.

Il lâcha un petit rire méprisant avant de poursuivre :

— Je ne pouvais pas savoir que j'allais me faire attaquer par un groupe de migrants.

— Je ne suis pas ici pour parler de ce qui s'est passé hier. Je vous demanderai de ne pas évoquer cela au cours de cet interrogatoire, dit Karen. Pourquoi devrais-je mettre Lord Sinclair en état d'arrestation ?

Abbott retrouva son calme.

— Parce qu'il a tué Gabriel. Écoutez, laissez-moi vous raconter ma version des faits, s'il vous plaît. Il faut que vous compreniez comment les choses se sont passées.

Il poussa un soupir, secoua la tête et baissa les yeux.

— J'ai vécu un enfer depuis que c'est arrivé. Ça a été un cauchemar, expliqua-t-il avant de relever la tête pour la regarder. Ça a fait ressurgir tout le passé. Maman et Ellie, mourant dans l'explosion de cet avion. Je me sens aussi perdu qu'à l'époque.

Il était doué, pensa Karen.

— Pourquoi Lord Sinclair a-t-il tué Gabriel ?

— C'est une très longue histoire.

— Je crois en connaître déjà une bonne partie. C'était le père biologique de Gabriel, et Ellie MacKinnon était sa mère. Trois personnes seulement étaient au courant avant que deux d'entre elles ne meurent. Mais vous avez affirmé au capitaine Noble que votre mère vous avait laissé une lettre qui vous a été remise à vos vingt et un ans, et dans laquelle, j'imagine, elle vous racontait tout. C'était un sacré secret qui vous tombait dessus.

Ses yeux s'écarquillèrent tandis qu'elle parlait. Elle aimait ce moment où les suspects comprenaient qu'elle avait pris le dessus.

— Par contre, c'était probablement une erreur de votre part de dire à Frank que vous le saviez. Une stratégie plutôt risquée. Ça me fait penser à ce vieux dicton : deux personnes peuvent garder un secret, à condition qu'une des deux soit morte. Ça me rappelle aussi la façon dont sont mortes les deux autres personnes qui partageaient le secret. Mais bien sûr, vous n'avez aucune raison d'avoir peur de Frank si c'est vous qui avez fait exploser l'avion.

Karen continuait à sourire et à s'exprimer calmement.

— Vous voulez me parler de ça ?

— J'essaie de vous raconter ce qui est arrivé à Gabriel, répliqua Will d'une voix tendue. Il avait commencé à s'intéresser à la généalogie. Il voulait faire un arbre généalogique.

Il détourna de nouveau les yeux en secouant la tête.

— Puisque vous en savez déjà beaucoup, vous devez savoir aussi que ça n'avait rien d'évident. Il parlait de faire des analyses ADN et tout ça. J'ai eu peur de ce qu'il allait découvrir alors j'en ai parlé à Frank.

Karen fronça les sourcils, feignant l'incompréhension.

— Je ne comprends pas pourquoi vous êtes allé voir Frank. Pourquoi n'avoir pas dit simplement la vérité à Gabriel ?

Il passa une main dans ses cheveux.

— Gabriel était… instable. Je n'étais pas sûr de savoir comment il réagirait. Il aurait été capable de tout publier sur Internet. La vérité sur son père. Dire que je l'avais privé de son héritage.

Il écarta les mains en affichant un sourire d'enfant de chœur.

— J'ai des actionnaires à satisfaire. Frank, lui, a un rôle important dans la vie publique. Je ne veux pas que ma femme et mes enfants pensent que je suis un genre d'escroc. Je voulais m'assurer que Gabriel comprenne qu'il devait se montrer discret.

— Je vois, répondit Karen. Quelle a été la réaction de Frank ?

— Il n'était pas content, dit Abbott. Au début, il voulait continuer à garder le secret. Il ne voulait pas que je donne un échantillon de mon ADN ni que son nom apparaisse dans tout ça. Mais je savais que ça ne marcherait pas. Vous savez bien comment ça se passe : les gens aiment les ragots. Si Gabriel commençait à faire le tour des amis de maman et d'Ellie pour découvrir qui était son père, le nom de Frank aurait surgi rapidement. Je lui ai donc dit qu'il valait mieux tout avouer.

— C'est ce que vous aviez prévu de faire ce soir-là à Kinross ?

Abbott acquiesça.

— Frank disait qu'il ne voulait pas prévenir Gabriel à l'avance pour éviter qu'il n'en parle autour de lui. Le chauffeur de Frank l'a conduit à Newcastle – je travaille depuis peu avec une nouvelle filiale là-bas – et nous sommes ensuite allés tous les deux jusqu'à Édimbourg. Nous avons réservé une chambre au Balmoral et puis sommes allés à Kinross. Je connaissais les habitudes de Gabriel. Il était réglé comme du papier à musique. Je savais que je le trouverais à la sortie du pub et que je pourrais l'accompagner jusqu'à son cottage. Frank nous attendrait pendant ce temps sur un banc.

— Pourquoi toute cette mise en scène ? Vous pouviez aussi bien aller le trouver chez lui, non ?

Abbott lâcha un petit rire.

— Parce que Frank est quelqu'un de connu. Il croit que tout le monde le reconnaît partout où il va. Il était terrifié à l'idée que quelqu'un le voie et s'interroge sur sa présence ici. Je lui ai dit que c'était très peu probable, mais il n'a rien voulu savoir. Bien sûr, je comprends maintenant pourquoi il ne voulait pas qu'on se retrouve au cottage. Il ne désirait pas laisser de traces.

— Il avait projeté de tuer Gabriel depuis le début ?

Abbott appuya ses doigts sur ses tempes en faisant mine de souffrir.

— Je n'ai rien vu venir. Je lui faisais confiance. Il siège à la Chambre des lords ! Je le connais depuis toujours. Comment aurais-je pu imaginer un quart de seconde qu'il allait tuer mon frère ?

— Qu'est-ce qui s'est passé ?

— J'ai retrouvé Gabriel près du pub. Il a été surpris de me voir mais je lui ai expliqué que j'étais venu avec quelqu'un qui voulait lui parler de son histoire. Il était enthousiasmé par cette idée.

— Vous lui avez dit que c'était Frank ?

— Non, j'ai dit que c'était une surprise. Nous avons marché sur le sentier longeant le loch pendant un quart d'heure avant de nous arrêter près du banc où nous attendait Frank. Gabriel était ravi. Il ne l'avait pas vu depuis plusieurs années. Ils se sont assis et ont commencé à parler. Je me suis mis légèrement en retrait, pour vérifier que personne ne venait dans notre direction. Je leur tournais le dos. Tout ce que je sais, c'est que j'ai entendu ensuite un coup de feu et quand je me suis retourné, j'ai vu Frank qui se tenait au-dessus de Gabriel.

Il se couvrit le visage. Karen n'aurait su dire pourquoi, mais elle ne croyait pas à son numéro d'homme choqué et anéanti.

— Je n'arrivais pas à le croire.

— Que vous a dit Frank ?

Karen savait qu'elle devait continuer à le faire parler. Abbott écarta les mains de son visage.

— Il était parfaitement calme. Il a simplement dit : « Plus la peine de s'inquiéter maintenant, Will. » Comme s'il venait juste de changer le joint d'un robinet ou un truc dans le genre. Il s'est penché au-dessus de Gabriel et lui a mis le pistolet dans les mains. J'ai remarqué que Frank portait des gants. J'étais en état de choc ; on fait attention aux détails les plus bizarres.

— Vous pouviez voir ce qu'il faisait ? De l'endroit où vous étiez ?

Il se figea quelques secondes, de manière presque imperceptible.

— J'avais dû me rapprocher, je ne m'en souviens pas. Écoutez, vous devez me croire. J'aimais Gabriel. Je l'ai toujours considéré comme mon frère. J'ai pris soin de lui, j'ai payé ses frais de scolarité et son loyer.

— Sauf que l'héritage qu'il aurait dû toucher de sa vraie mère aurait très largement suffi à payer tout cela.

Il serra les mâchoires.

— J'étais légalement en droit d'hériter de cet argent.

— Légalement, peut-être. Mais moralement ? Vous êtes conscient d'avoir volé l'argent de Gabriel. Qui sait ce qu'un tribunal aurait dit s'il avait décidé de vous poursuivre en justice ?

— Je ne connaissais pas la vérité à l'époque. Pas avant mes vingt et un ans.

Karen le regarda d'un air chagriné.

— Sauf que vous avez dû voir les deux testaments à l'époque. Il est clair qu'Ellie aurait souhaité que Gabriel hérite de sa fortune si Caroline n'avait plus été de ce monde.

— Ce n'est pas moi qui fixe les règles, répliqua Abbott. J'ai hérité légalement de cet argent. Bon, quand est-ce que vous allez arrêter Frank et l'interroger sur ce qu'il a fait ?

— D'où provenait le pistolet ?

— Comment je pourrais le savoir ? Frank connaît un tas de gens et ils ne travaillent pas tous pour le gouvernement.

— Vous n'avez pas touché à ce pistolet ?

— Non, je vous l'ai dit. Je ne savais pas qu'il avait une arme sur lui. C'est Frank le responsable de tout. C'était son idée de garder un œil sur vous quand vous avez commencé à fourrer votre nez partout. Il vous a fait suivre par un de ses sbires qui nous informait de vos faits et gestes. Il pensait que vous finiriez par abandonner, mais ça n'a pas été le cas, dit-il avec une certaine amertume.

Campbell lui murmura quelque chose à l'oreille. Abbott eut l'air en colère mais garda son calme.

— Mon client vous a parlé ouvertement, commandant. À la lumière de ce qui vient d'être dit, je vous suggère de vous entretenir avec la procureure et d'abandonner les charges les plus graves contre lui. Afin de garantir son active coopération.

— Je ne crois pas, Maître Campbell. Nous allons devoir parler avec Lord Sinclair et vérifier les dires de votre client. En attendant, Will Abbott, je vous arrête pour présomption de meurtre…

Cette fois elle put aller jusqu'au bout de la formule officielle. Et ce fut terminé. Furieux, Campbell resta aux côtés d'Abbott tandis qu'on le conduisait en cellule.

— C'est une honte, ne cessait-il de répéter.

— Ce n'est pas parce que vous dites ça sans arrêt que c'est vrai, répliqua Ruth Wardlaw en marchant vers eux. Je vous suggère de vous entretenir avec votre client et de lui expliquer les avantages qu'il y aurait à plaider coupable. Parce que, comme nous, il sait très bien qu'il y a d'autres cadavres dans son placard. Et le commandant Pirie n'a pas l'intention de les oublier.

Karen laissa derrière elle un Campbell bafouillant et une Ruth Wardlaw qui prenait tranquillement l'avantage. L'histoire d'Abbott tenait debout. Elle était crédible. Pour le moment, elle ne savait pas quoi en penser. Quelqu'un devait aller chercher Frank Sinclair mais vu sa dégaine, elle ne pensait pas qu'on la laisserait franchir le seuil du Balmoral. Peut-être que deux policiers en uniforme feraient l'affaire. Une chose était sûre : Lord Sinclair allait très mal le prendre.

61

Les sourcils broussailleux froncés au-dessus de ses yeux bleu vif, Frank Sinclair lança un regard noir à Karen dans la salle d'interrogatoire.

— Vous étiez présente au comité restreint des lords lundi, dit-il. Je n'oublie jamais un visage.

— En effet, admit Karen. Je voulais vous voir en chair et en os.

— Je pensais que vous prépariez un sale coup. Vous avez volé un verre à la fin de la réunion, ajouta-t-il en penchant la tête sur le côté comme un prédateur évaluant sa proie. Mon verre.

— Vous êtes très observateur.

— Si vous vous en êtes servi comme source d'ADN, cela n'a aucune valeur.

Karen hocha la tête.

— Je sais. Tout ce qui est analysé dans nos labos n'a pas pour but d'être utilisé comme preuve. Parfois c'est juste à des fins d'enquête.

— Pourquoi enquêtez-vous sur moi ? Qu'est-ce que je fais ici ?

— Votre nom est apparu dans deux affaires différentes mais probablement liées. L'explosion d'un avion en 1994 et le récent meurtre de Gabriel Abbott.

Il fronça encore un peu plus les sourcils.

— J'avais cru comprendre, d'après ce que m'avait dit son frère Will, que la mort de Gabriel avait été classée comme un suicide.

— Nous avons hésité au début avant de revenir sur notre avis. Nous pensons que sa mort est suspecte.

— C'est triste. Mais je ne vois pas bien le rapport avec moi ?

Karen le regarda dans les yeux quelques instants avant de répondre :

— C'était votre fils.

Sinclair poussa un petit grognement.

— Seulement dans la mesure où un donneur de sperme est le père biologique des enfants nés de femmes inséminées avec son matériel génétique. Je ne ressens aucun lien affectif envers Gabriel Abbott. Je le connaissais à peine.

— Cependant, sa mère était une de vos plus anciennes et plus proches amies.

Sinclair changea de position sur sa chaise.

— Oui, je connais la vérité sur ça aussi, expliqua-t-elle.

— Elles voulaient un enfant. Je leur ai fourni le sperme. J'ai beaucoup moins vu Ellie après qu'elle a commencé à fréquenter Caroline. Je n'approuvais pas leur relation, soupira-t-il. Mais Ellie m'a persuadé malgré tout. On pourrait dire que c'était un mélange de flatterie et de chantage affectif. Je l'ai regretté presque aussitôt. J'étais conscient des dommages que je subirais si tout était révélé au grand jour. Mais je n'étais pas son père. Je suis le père de mes deux filles, mais je n'ai jamais été le père de Gabriel.

— Tout le monde ne verrait pas les choses de cette façon. Vous incarnez certaines valeurs morales. Être le père illégitime de l'enfant d'un couple de lesbiennes est le genre de scoop que vos journaux mettent en première page. Et pas pour en parler de façon positive.

Il demeura silencieux. Très bien, pensa-t-elle. Elle ne lui avait en effet pas posé de questions.

— Vous étiez à l'aéroport d'Elstree le matin du crash.

Il avait l'air surpris à présent.

— Ce n'est pas un secret. J'en ai parlé à la police à cette époque. J'ai conduit Richard et Mary là-bas. Je voulais persuader Richard d'écrire une rubrique régulière pour moi et j'ai donc pensé que ça pouvait être utile de lui rendre un petit service. Nous avons fait une visite de la tour de contrôle avec les dames et je suis parti avant même que l'avion se retrouve sur le tarmac.

Il afficha une expression de dégoût.

— J'ai été profondément affecté par l'accident. Même si je voyais très peu Ellie à l'époque, elle était, comme vous l'avez dit, une de mes plus anciennes amies.

— Ce n'est pas vous qui avez posé la bombe ?

Sinclair parut stupéfait.

— Vous plaisantez ? Évidemment que je n'ai pas posé de bombe. C'était mes amies. Comment… Comment… Comment avez-vous pu envisager une chose pareille ?

— Je devais vous poser la question. Personne n'a jamais été jugé pour le meurtre de vos amies.

Il secoua la tête d'un air déconcerté.

— C'est n'importe quoi. Est-ce la raison pour laquelle vous m'avez fait venir ici ? Pour proférer des allégations grotesques sur des événements vieux de vingt-deux ans ?

— Une grave accusation a été portée contre vous, dit Karen. Qui n'a rien à voir avec l'explosion de l'avion.

— Eh bien, si c'est aussi ridicule que votre dernière question, je n'ai rien à craindre.

— Will Abbott prétend que vous avez tué Gabriel.

Sinclair resta bouche bée. Son visage affichait une expression de totale incrédulité. Si c'était feint, cet homme pouvait se lancer dans une carrière d'acteur. Il tordit son cou comme un homme dur d'oreille l'aurait fait pour être sûr de bien entendre son interlocuteur.

— Pardon ?

— Will Abbott prétend que vous avez tué Gabriel.

Il tressaillit. Karen n'avait jamais vu quelqu'un faire ça au cours d'un interrogatoire.

— Je viens de me réveiller dans un roman de Kafka, dit-il doucement. C'est complètement fou.

— Gabriel était en train de reconstituer son arbre généalogique. Découvrir la vérité sur ses origines aurait pu vous mettre dans un très grand embarras.

— C'est vrai. Ça aurait été difficile d'un point de vue personnel, répondit-il avec un sourire en coin. Mais le monde a beaucoup changé au cours de ces dernières années. Et, de manière assez ironique, une révélation de ce genre aurait pu me servir à asseoir ma réputation dans certains milieux. Mes filles auraient trouvé ça hilarant. Commandant, je suis loin d'être parfait, mais j'essaie de vivre en accord avec mes convictions chrétiennes. Je pense que « Tu ne tueras point » est un des préceptes auxquels on peut facilement rester fidèle.

— C'est vous qui le dites. Vous avez aussi la réputation d'être quelqu'un d'envieux. Quelqu'un qui convoite les chroniqueurs des autres journaux…

Il n'y avait aucun humour dans la voix de Karen.

— Quand suis-je supposé avoir fait ça ?

— Il y a une semaine. Entre vingt-deux heures trente et minuit.

Il rejeta la tête en arrière et éclata de rire.

— Vous n'avez pas idée…, dit-il en essayant de se contrôler avant de se remettre à rire.

— Racontez-moi.

Il finit par se calmer.

— Je suis allé en effet à Édimbourg depuis Newcastle avec Will. Je me suis arrêté à Newcastle parce que nous devions discuter de notre plateforme en ligne et de sa nouvelle compagnie, Spartacular. De là, je devais aller à Édimbourg où j'avais une série de rendez-vous lundi matin. Will voulait continuer de discuter de certains détails. Il m'a proposé de me conduire jusqu'à Édimbourg et j'ai accepté. Nous avons tous les deux pris une chambre au Balmoral. Il m'a dit qu'il allait faire un saut à Kinross pour voir Gabriel. Je lui ai répondu que j'allais me coucher tôt. Nous nous sommes dit au revoir dans le vestibule.

Il haussa les épaules.

— J'ai menti. J'avais, en fait, un rendez-vous ce soir-là. Un rendez-vous confidentiel.

— Il va falloir m'en dire plus.

— Je comprends. Vous savez probablement que les unes de nos journaux étaient profondément hostiles au mouvement d'indépendance pendant le référendum ici en Écosse.

Sans déconner, Sherlock.

— J'ai en effet remarqué de gros titres au vitriol.

— Il est malheureusement devenu clair que Mme Sturgeon et sa cohorte nationaliste seront ici pour un bout de temps, que ce soit en Écosse ou à Westminster. Nos positions ne jouent pas en notre faveur. J'avais donc organisé une réunion avec un ministre de Holyrood et quelques éminents représentants de partis politiques pour discuter les termes d'un rapprochement.

Ça, c'était de l'alibi, s'il était vrai.

— Il me faut des noms.

— Je ne vais pas les clamer haut et fort. Pas tant que je serai enregistré.

Il prit un carnet et un stylo dans la poche intérieure de son élégante veste grise. Il griffonna quelques noms sur une page, avant de l'arracher et de la tendre à Karen.

Cette dernière, qui n'était pas férue de politique, reconnut les noms. Ça lui paraissait toujours un peu trop gros pour être vrai. Elle avait du mal à imaginer ce qui pouvait unir ces trois personnalités derrière Frank Sinclair.

— Ces personnes accepteraient-elles de confirmer leur présence ?

— À contrecœur, j'imagine. Mais j'essaierai de les convaincre, répondit-il avant de se pencher en avant et de poser les bras sur la table. Je ne sais pas qui a tué Gabriel, s'il s'est vraiment fait assassiner. Mais ce n'est pas moi.

— Avez-vous vu revu Will Abbott au cours de ce déplacement ?

— Nous nous sommes croisés dans la salle du petit déjeuner. Je lui ai demandé comment allait Gabriel. Il m'a répondu qu'il s'inquiétait pour sa santé mentale et qu'il avait l'air déprimé. Will m'a dit que son frère se faisait du souci au sujet d'un de ses amis persécuté au Myanmar. Pour être honnête, j'avais l'impression d'entendre toujours la même chose au sujet de Gabriel. Je n'y ai pas vraiment prêté attention, dit-il avant de marquer une pause. Vous... Est-ce que... vous soupçonnez Will ?

— Un peu plus que ça, même, répliqua Karen. Il a essayé de nous faire croire que vous étiez le coupable. Il n'était pas au courant pour votre réunion. Si vous étiez simplement resté dans votre chambre d'hôtel, ça aurait été plus difficile pour vous de vous en tirer. Juste une chose : Abbott dit que vous m'avez fait suivre. Pourquoi ?

Il haussa les épaules, comme si c'était une question sans importance.

— Je ne savais pas qui vous étiez ni à quoi vous jouiez. Je voulais être sûr que vous ne prépariez pas un mauvais coup. Je suis la cible de nombreuses personnes. Comme nous en avons eu la preuve tous les deux ce matin, ajouta-t-il sur un ton caustique.

*

Karen se glissa doucement entre les draps, ses douleurs diverses et variées atténuées par les analgésiques. Elle ne se rappelait pas avoir un jour été aussi fatiguée. River, contactée par Jason, était dans le salon avec son ordinateur portable et avait pour instruction de réveiller Karen toutes les deux heures.

— Bon courage, lui avait dit Karen après avoir pris une douche qui ne lui avait pas redonné l'énergie escomptée, bien au contraire.

Selon elle, il y avait différentes façons de rendre justice. Parfois, c'était suffisant de connaître la vérité. Personne ne pouvait reprocher quoi que ce soit aux policiers qui avaient mené la première enquête sur le meurtre de Tina McDonald. Même en comprenant que le ticket de métro ne lui appartenait pas, ça ne les aurait conduits nulle part. La preuve qui avait permis de coincer son assassin n'était pas disponible, à l'époque. Trois personnes avaient dû mourir dans un horrible et stupide accident de voiture avant qu'une preuve décisive ne lui tombe entre les mains. Ça aurait été évidemment plus satisfaisant de mettre Gary Foreman derrière les barreaux. Mais au moins la famille de Tina avait obtenu une réponse sans pour autant revivre toute cette terrible tragédie devant un tribunal.

En ce qui concernait Will Abbott, il n'y avait qu'un moyen pour que justice soit faite : c'était de l'envoyer en prison pour le restant de ses jours. Karen avait l'intime conviction qu'il était responsable de l'explosion de l'avion.

Mais elle n'avait aucun moyen de le prouver. En revanche, il allait payer pour le meurtre de Gabriel.

Pour l'instant, elle avait réussi à le priver de sa liberté en l'inculpant pour agression, entrave à la justice et meurtre. Aucun juge ne lui permettrait de sortir sous caution. Pas après avoir agressé un policier. Le problème, c'est que tout cela n'était que temporaire. Il y avait encore du chemin à faire avant que des jurés ne le condamnent pour un meurtre au moins. Karen savait que, quelque part, une preuve décisive l'attendait. Justice serait rendue. D'une façon ou d'une autre.

Épilogue

Trois mois plus tard

En ce début de soirée, Karen et River longeaient Leith Walk côte à côte. Cela faisait à peine une semaine que Karen avait retrouvé le plaisir de se mouvoir aussi librement qu'elle le faisait avant que Will Abbott ne lui casse la clavicule avec une multiprise. Elle n'avait pas encore récupéré toutes ses forces ni la mobilité de son épaule gauche, mais chaque semaine, son état s'améliorait au cours des séances de kinésithérapie. Ce qu'il y avait d'étonnant dans sa convalescence, c'est que son sommeil s'était amélioré en même temps que sa condition physique. Elle avait retrouvé la capacité d'aller se coucher à une heure raisonnable et de dormir jusqu'à la sonnerie du réveil.

Ça l'avait tellement effrayée qu'elle était retournée voir le médecin qui s'était occupé d'elle après avoir reçu son coup à la tête. Il lui avait fait passer des examens et un scanner avant de lui annoncer que tout était parfaitement normal.

— Tout arrive, avait commenté River avec une pointe d'ironie.

Elle dormait de nouveau, donc. Bizarrement, ses déambulations nocturnes qui lui avaient permis de se familiariser avec les différents quartiers d'Édimbourg lui manquaient presque. Mais elle appréciait de retrouver cette vivacité d'esprit qui allait de pair avec une bonne nuit de sommeil. Elle était de meilleure humeur aussi, capable de mieux gérer ses relations avec le Macaron.

Elle avait même ressenti un peu de compassion pour Ross Garvie. Mais juste un instant. Il était finalement sorti du coma et avait découvert qu'il ne marcherait jamais plus, porterait des couches pour le restant de ses jours, était aveugle d'un œil et sourd d'une oreille. La zone du cerveau qui régissait le langage était irrémédiablement endommagée. La question à présent était de savoir s'il était en état d'être jugé pour avoir tué ses trois amis.

Quand elles arrivèrent en bas de Leith Walk et qu'elles s'engagèrent dans Duke Street, Karen n'eut plus la patience d'attendre. Elle avait appris une nouvelle extraordinaire par mail, juste avant de quitter son bureau pour retrouver River.

— J'ai quelque chose à t'annoncer, dit-elle.

River se tourna vers elle, intriguée par le ton de sa voix.

— Le Macaron prend une retraite anticipée ?

— Mieux que ça.

— Difficile à croire.

River passa un bras sous celui de Karen.

— Allez, dis-moi.

— J'ai reçu un message du labo cet après-midi. Je ne sais pas pourquoi ça a pris autant de temps, mais apparemment, c'est le cas parfois. Ils ont retrouvé l'ADN de Will Abbott sur deux balles dans le pistolet qui a tué Gabriel.

River s'arrêta brusquement, ce qui obligea une vieille dame à faire un pas de côté maladroit, pour regarder Karen en face.

— Tu déconnes !

— Pas du tout.

Karen ne pouvait rester impassible plus longtemps. Elle se mit à sourire comme une enfant dans un magasin de bonbons.

— On l'a eu. On a réussi à coincer ce salopard machiavélique et arrogant. Ruth Wardlaw va le détruire. Il ne pourra plus jamais jouer aux jeux développés par Glengaming dans son appartement de Notting Hill.

River sourit à son tour.

— C'est une excellente nouvelle. C'est difficile d'imaginer comment il pourra justifier ça.

Elles reprirent leur marche.

— C'est une preuve qui vient s'ajouter aux enregistrements de la vidéosurveillance routière, lesquels confirment le témoignage de Frank Sinclair : ils se sont bien rendus à Édimbourg et Abbott a bien effectué seul un aller-retour à Kinross. Quant à la veste qu'il portait à ce moment-là, elle a été retrouvée au cours d'une perquisition. Il l'avait envoyée au pressing et il n'y avait donc plus de résidu de poudre. En revanche, il y avait des traces infimes de l'ADN de Gabriel sur le tissu, conséquence de sa blessure par balle.

River secoua la tête.

— Je n'arrive pas à croire qu'il ait gardé sa veste. De nos jours, on s'attendrait à ce que tout le monde soit au courant au sujet des traces ADN.

— C'était une veste sur mesure Ozwald Boateng.

— S'il peut se permettre de s'offrir du Boateng, il pouvait se permettre de la jeter et de s'en racheter une autre.

Karen lâcha un petit rire.

— J'ai rencontré sa femme. Elle était outrée qu'on lui prenne la veste. Peut-être qu'il avait peur qu'elle ne remarque son absence. En tout cas, beaucoup de gens semblent croire que l'ADN présent sur un vêtement disparaît après un passage au pressing.

— Vous l'avez eu !

— Ce n'est jamais terminé tant que les jurés ne se sont pas prononcés. Mais oui, je crois qu'on a réussi à le coincer pour le meurtre de Gabriel. C'est vraiment dommage qu'on ne parvienne pas à le faire condamner aussi pour l'autre affaire. Mais une fois qu'il sera en prison, je donnerai aux médias notre point de vue sur cette enquête.

River sourit.

— Qui, techniquement, est toujours en cours.

— Tout à fait, acquiesça Karen. Il y a un autre truc curieux. Tu te souviens que Gabriel avait parlé de la disparition d'un ami persécuté par le gouvernement à Myanmar ? Il y avait une lettre de lui au cottage, remplie de tout un bla-bla confus et paranoïaque, d'après ce que nous a confié quelqu'un du ministère des Affaires étrangères. Pendant un moment, on s'est demandé si Will n'allait pas se servir de ça pour rejeter la responsabilité du meurtre sur quelqu'un d'autre. Eh bien, figure-toi que cette semaine, une carte postale de l'ami en question est arrivée au cottage. Il n'est pas en prison. Il s'est tout simplement enfui avec sa petite amie sur une autre île.

River gloussa.

— Je suis contente qu'il y ait au moins une personne qui s'en sorte bien dans tout ça.

Elles s'arrêtèrent devant une devanture fraîchement repeinte. On pouvait lire sur l'enseigne : « Alep, café syrien », et dessous des caractères en arabe qui devaient dire la même chose, pensa Karen. Le café était rempli de gens du coin ou originaires du Moyen-Orient avec des verres à la main. Des jeunes distribuaient des bols d'olives et des assiettes de mezzes. Elle prit une profonde inspiration avant de se lancer.

— Allez, essayons de nous montrer sociables.

Elle avait à peine franchi l'entrée du café que Miran apparut devant elles.

— Commandant, dit-il. Je vous attendais.

Il se retourna et fit venir une femme près de lui. Elle avait les traits fins, de grands yeux marron, un large sourire et était manifestement enceinte. Elle inclina la tête à l'intention de Karen.

— Voici ma femme, dit Miran. Elle s'appelle Amena. Amena, c'est la dame de la police. C'est grâce à elle que nous sommes ici.

Karen secoua la tête.

— Non, Miran. Vous ne le devez qu'à vous-mêmes.

Avant que quelqu'un ne puisse ajouter quoi que ce soit, on entendit retentir le tintement du métal sur du verre. Les conversations s'estompèrent. Quelqu'un fit une courte intervention en arabe puis Tarek prit la parole.

— Bienvenue à tous. Bienvenue au nouvel Alep. Maintenant que nous avons un endroit où nous retrouver, nous allons pouvoir commencer à nous sentir chez nous. Nous remercions tous ceux qui nous ont aidés. Merci au commandant Pirie : c'est grâce à elle que les choses ont démarré. Nous voudrions aussi remercier le député Grassie qui nous a aidés à réaliser ce projet, la municipalité et tous nos amis qui contribuent au bon fonctionnement du café. Passez tous une bonne soirée, en espérant vous revoir souvent au nouvel Alep.

Des applaudissements retentirent puis les conversations reprirent.

River serra le bras de Karen.

— Tu as fait une bonne action, Karen.

— River, ils m'ont sans doute sauvé la vie. Ce que j'ai fait pour eux n'est rien, en comparaison.

— Oui, mais tu ne le savais pas quand tu les as aidés à rencontrer les bonnes personnes.

Karen repensa à l'année qui venait de s'écouler. À ce qu'elle avait perdu, à ce qu'elle avait trouvé. Et à l'inconnu devant elle.

— C'est pas faux, répondit-elle. Mais je n'ai plus rien à faire ici. Allons nous promener.

Remerciements

Karen Pirie ayant toujours un pied dans le passé, j'ai besoin de m'appuyer sur des gens possédant des connaissances précises pour m'aider quand j'ai besoin de rentrer dans certains détails. Merci à tous ceux qui m'ont aidée et tout particulièrement à :

Andy Preece pour m'avoir informé sur les bus ;

Au Professeur Niamh Nic Daied pour ses informations concernant les explosifs et pour m'avoir permis de m'entraîner dans son laboratoire ;

Au professeur Dame Sue Black pour m'avoir suggéré l'idée de l'école vétérinaire ;

À Rachael Kelsey pour m'avoir informée sur le droit des familles en Écosse et sur le statut juridique de l'ADN d'un homme mort ;

À Tom Philipps pour m'avoir éclairée sur un petit détail crucial à propos des bureaux du Fife ;

À Ellie MacKinnon pour m'avoir prêté son nom en échange d'une contribution à Breast Cancer Now et à la Sick Kids Friends Foundation ;

Aux frères McCredie pour leur aide généreuse ;

Au député Pete Wishart pour m'avoir aidée à comprendre le fonctionnement du Parlement ;

À Steve Bruce du General Register Office pour m'avoir renseignée sur l'adoption.

Merci à ma dévouée et infatigable équipe dont le soutien me rend la vie plus facile ; à mes éditeurs exigeants et perspicaces : David Shelley et Lucy Malagoni de chez Little, Brown et à Amy Hundley de Grove Atlantic ; à Anne O'Brien, ma relectrice correctrice, qui sait combien de jours il y a dans la semaine ; à mon attachée de presse, Jo Wickham, qui sait où je dois me trouver chaque jour ; à tous ceux qui contribuent à la conception, la publication et la vente de mes livres ; merci aux libraires et aux bibliothécaires pour avoir soutenu avec générosité, enthousiasme et ténacité chacun de mes romans.

Enfin, je voudrais remercier mes fidèles amis, ma famille et tout particulièrement ma compagne Jo et mon fils Cameron, qui supportent mon addiction aux mots avec compassion et humour.

NORD COMPO
multimédia

Composition et mise en pages
Nord Compo à Villeneuve-d'Ascq

Achevé d'imprimer en mars 2019
par Normandie Roto Impression s.a.s., 61250 Lonrai
N° d'impression : 1900318
N°édition : L.01ELHN000428.N001
Dépôt légal : mars 2019

Imprimé en France

« Un livre d’histoire aussi passionnant et effrayant qu’un polar. »

THE GUARDIAN

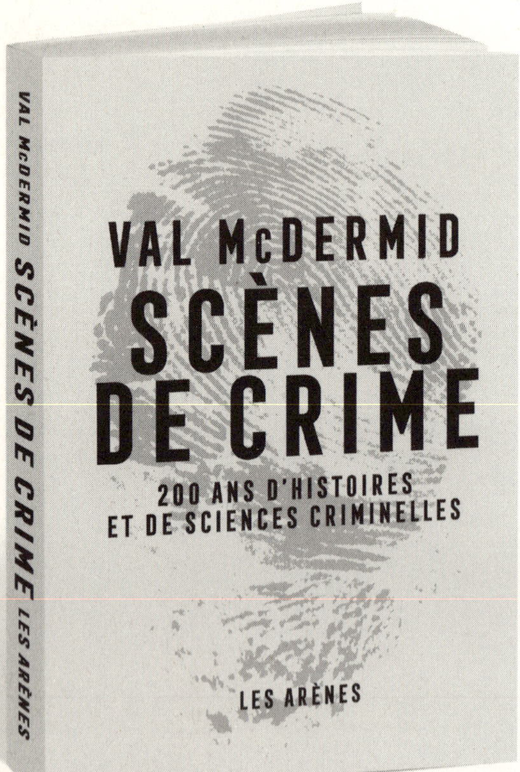

Médecine légale, identité judiciaire, entomologie, toxicologie, anthropologie judiciaire, profilage, forensique numérique… les sciences criminelles n’ont cessé de se développer et de se perfectionner depuis deux cents ans.

Dans ce livre, Val McDermid nous fait découvrir les grandes affaires criminelles qui ont été résolues grâce aux « experts » d’hier et d’aujourd’hui.